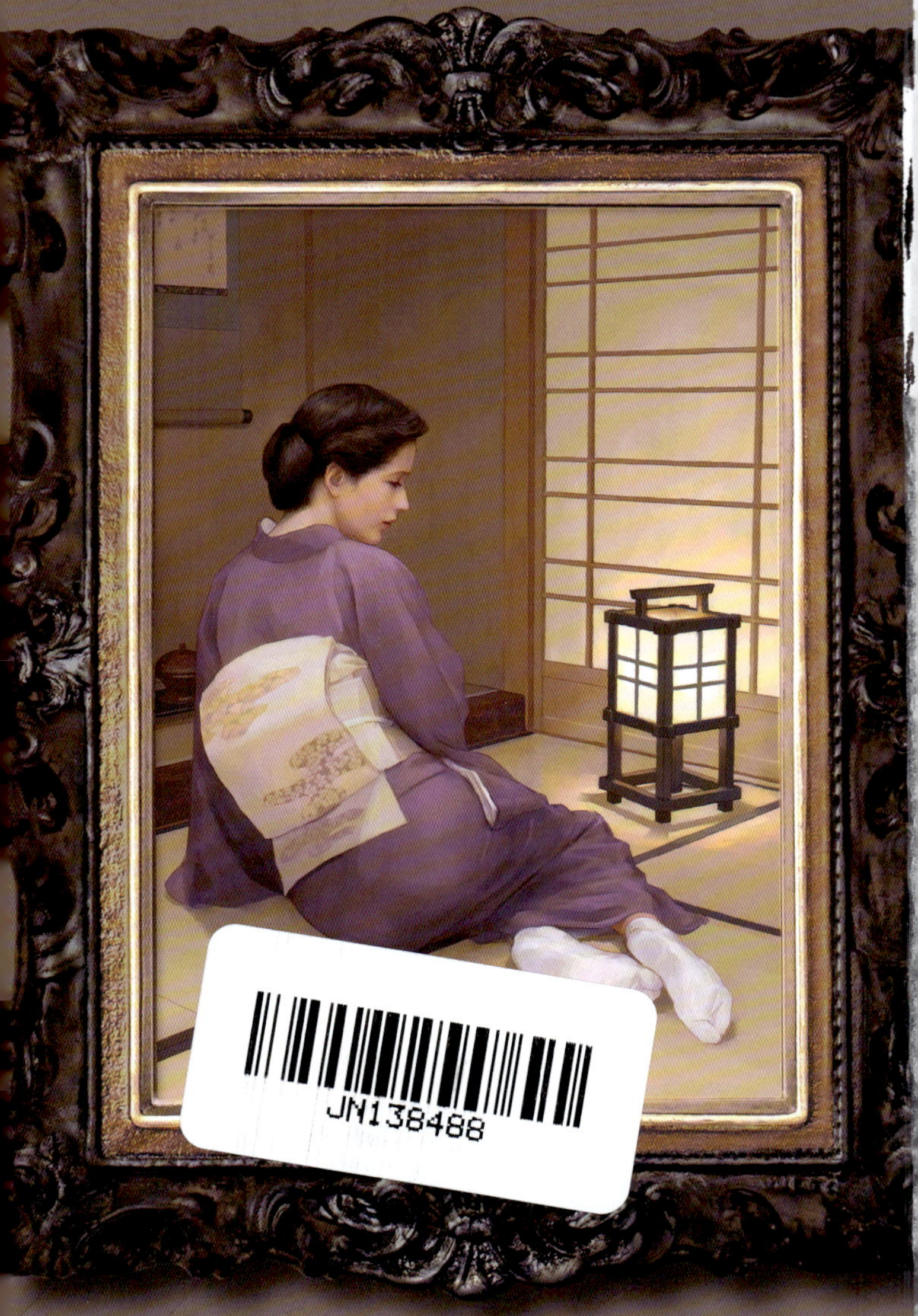

新しい母
【花穂子と藍子】

神瀬 知巳

フランス書院文庫X

新しい母【花穂子と藍子】

もくじ

新しい母【三十四歳】

ふたり暮らし
【義母と甘えん坊な僕】

339

フランス書院文庫X

新しい母
【花穂子と藍子】

新しい母【三十四歳】

第一章　新しい母と僕【お風呂で水入らず】

1

大澤佑二は湯船に身を沈めた。熱い湯に自然とため息がこぼれる。足を伸ばして、湯船の縁にもたれかかった。檜の良い香りがほのかに漂う。

(すごいな本邸のお風呂は。温泉旅館みたい)

湯船は大人三人が入ってもまだ余裕がある。洗い場も広々とし、大きめの窓からは午後の明るい光が差し込んでいた。

(湯桶もプラスチックじゃないし。やっぱり断れば良かったかな。僕にはいつもの狭いバスタブと、ちょろちょろとしかでてこないシャワーの方が似合ってるもの)

名家を物語る豪勢さは、普段離れの小部屋で暮らす佑二には、どこか居心地の悪さを感じさせた。

大量の酒瓶運びで汗をびっしょりかいた佑二を見て、女性の使用人が残り湯に入るよう勧めてくれた。だが、断るべきだったかもしれないと考えながら、佑二はそのまま腰を前にすべらせて、顔も頭も湯のなかに浸けた。周囲の音が消え、己の心臓の鼓動が大きく聞こえた。

(さっさと汗を流して出よう。こっちの家にこそこそ入り込んでいることを知ったら、大旦那さまの機嫌が悪くなる。お手伝いさんだって叱られるだろうし)

佑二は目蓋を開けて上を見た。キラキラとした夏の日差しが、水の向こうに見えた。眩しい光が乱反射をしてゆらめく。佑二はそのまま広い湯船のなかで身を横たえて、幻想的な情景に見入った。

(――僕はこの家の正式な人間じゃないんだから)

幼い頃に投げかけられた『妾の子』という語の意味も、今ならば理解できた。

佑二を生んだ母清美は、父征一と夫婦の関係にはなかった。母が学校を卒業して大澤家の使用人として働き出した時に、長男であった父と結ばれ、佑二を身籠もったのだという。

一年前に母が病気で他界し、他に引き取ってくれる親族のいなかった佑二は、大澤家に身を寄せることになった。そして二週間前に、今度は不慮の交通事故で父征一が命を落とした。

(旦那さま……お父さんとは、数えるほどしか会話したことないけど)

大澤家に移り住んでからも、父と親しく接する機会はほとんどなかった。父を「旦那さま」と呼ばざるを得ない環境のなかでは、温かな肉親の情愛が、自分に向けられていたとは言い難い。それでも母に続いて父も失ったのだと思うと、佑二の胸の辺りはきゅっと締めつけられる。

(僕は、この家にいていいんだろうか)

身体が酸素を求める。佑二は限界まで我慢を続けて、ザバッと身を起こした。

「あら佑二さん、そこにいたんですか」

湯殿に流れたのは、たおやかな女性の声だった。佑二は「えっ」と驚きの声を漏らして洗い場の方を見た。真っ白な肌が飛び込み、佑二はハッとして視線を湯船のなかに戻した。

(若奥さまだッ)

父の正式な妻である大澤花穂子だった。洗い場にひざまずいて湯桶を手にしていた。

「お、奥さま、すぐにでますので」

「慌てなくてもよろしいのよ。さっき入ったばかりなのでしょう」

「で、でも……ああっ、僕ちゃんと身体だって洗わずにお風呂に入って」

しまい湯なので好きにしていいと言われた。入浴の作法も無視して、佑二は即、湯船に浸かった。恥ずかしさと緊張で、少年の肌が色味を赤くする。

「そうなの。じゃあ、わたしもお行儀が悪いけれど、身体を洗うのは後にして」

花穂子は簡単に掛け湯をすると、立ち上がって湯船へと近づいてきた。

(わっ、奥さまが入って……)

「お邪魔しますね、佑二さん」

白い右足が縁を越え、湯に沈む。むちっとした太ももとたっぷりとした腰つきが、佑二の視界のなかに映り込む。心は動揺し、呼気が乱れた。

「ああっ、いい湯ね」

花穂子は佑二の向かいに肩まで浸かると、快さそうに声を漏らした。

「中村さんから聞きましたよ。酒屋さんの持ってきてくれた重いお酒を、一人で酒蔵のなかに運んでくれたって。ありがとう佑二さん。暑いなか難儀だったでしょう」

「い、いえ。そんなに大変じゃありませんでしたから」

縮こまって声を震わせる少年の態度に、くすりと花穂子が笑った気がした。

「武道の宗家ですから、大がかりな葬儀になるとは思ってましたけど、あんなにたくさん人が集まるなんて驚きましたね。酒蔵にあったお酒も空っぽになるんですもの。初七日を過ぎても、弔問のお客さまが途切れずお見えになるし」

大澤家は、江戸時代から続く居合術の宗家だった。藩外不出の武道として隆盛した経緯と伝統を現代まで守り抜き、今でも地域に少なくない数の門人を抱えている。後継となるはずだった父の葬式は、市の体育館を借りて盛大に執り行われた。

「お葬式の後もずっと慌ただしくて、佑二さんと、ゆっくりお話しする時間がありませんでしたね」

花穂子が佑二に向かって身を寄せてくる。長い黒髪を頭の後ろでまとめているため、白い首筋も露わになっていた。女性のなめらかな素肌が、息の届く近さにあった。甘い花の匂いをほのかに感じた。

（お、おっぱいが）

丸みのある曲線が、湯のなかにうっすらと透けていた。赤い蕾の色までかすかに見える。佑二の顔が上気した。

「あ、あの、大旦那さまもお帰りになられたのですか」

佑二は意識を逸らすように、祖父の帰宅を尋ねた。

流派の未来を担うはずだった父が急逝したため、早急に後継者を選出せねばならない。祖父母と花穂子は、朝から親族門人との会議に赴いていた。

（帰りは遅くなるって聞いていたのに）

「お祖父さまはまだ会合の最中ですよ。お断りして、わたし一人だけ先に帰らせていただいたんです。剣のことなんて、わたしにはちんぷんかんぷんですもの」

花穂子の返事を聞き、佑二は内心ほっと息を吐いた。

「そうしたら、佑二さんが入浴中だって言うから、こうしてご一緒してみました。うふふ」

花穂子の楽しげな笑みに釣られて、佑二は視線を正面に向けた。長い睫毛の二重の瞳と、形の良い鼻梁、色白の細面が、少年をやわらかな眼差しで見つめていた。

（僕、どうしたらいいんだろ）

人目を引く美しい顔立ちを、佑二はぼうっと見返した。側にいるだけでドキドキと胸が高鳴る。

(奥さま、目がちょっと赤い。帰りのお車のなかで泣いてらしたのかな)

何年も連れ添った伴侶を失ったのだ、当然だろうと思う。だが花穂子が人前で涙を見せたり、感情を崩した姿を晒すことは、葬儀の席でも一切なかった。

「佑二さん、お祖父さまが在宅の時はこちらの家に来られませんものね。佑二さんも家族の一員なのに」

花穂子が右手を差し伸ばし、佑二の頬にそっとふれた。佑二はビクッと相貌を震わせた。その反応を見て、花穂子が手を引き戻す。

「そんなに身構えないでくださいな。親子は、一緒に入浴するのが当たり前なのでしょう」

(確かに、形としては義理の母親にあたるのかもしれないけれど)

花穂子は良家の出身だけあって常に和装姿で、立ち居振る舞いも上品そのものだった。妾の子という引け目もあり、佑二が気軽に「お母さん」と呼ぶには抵抗がある。なにより周囲の空気が、それを許さない。

「ですが若奥さまはとってもおきれいで、雰囲気や仕草も僕とはかけ離れている感じが……」

佑二がか細い声で言い訳をする。花穂子は軽く嘆息を漏らした。

「前から言っていますけれど佑二さんは使用人じゃないんですから、わたしのことを奥さまなんて呼ばなくてもいいんですよ。それに若くもありませんし。わたくしは、佑二さんのお母さまと一緒の年齢なんですよ」

形の良い眉をくねらせて、花穂子が告げた。花穂子は亡くなった母と生年が同じで、三十四歳だった。

「奥さまではなく、別の呼び方をされた方がわたしはうれしいのだけれど。……なんだったらおばさんでも」

「お、おばさんはありえませんっ」

佑二はすぐさま否定した。優雅な雰囲気を漂わせる花穂子の印象に、最もそぐわない呼称だった。

「若奥さまは、若奥さまですから……。大旦那さまにも、分をわきまえるよういわれています。奥さまは僕とは、身分が違います」

喋りながら、艶っぽい白い肌へと目が吸い寄せられそうになる。佑二の声はますます小さくなった。

「身分だなんて……」

花穂子が、先ほどよりも大きくため息をこぼすのが聞こえた。一時、間が生まれた。佑二は花穂子の裸を見ないように、湯を見つめる。

「お祖父さまに逆らえないわたしが悪いのよね。あなたは夫のただ一人の子なのに。わたしがもっと母親らしいことを、してあげていたら」

佑二は、元は使用人たちの休憩所に使われていた離れの一室をあてがわれて、寝起きをしていた。食事も別で、お手伝いさんが部屋まで運んでくる。祖父の征造にとって、息子が使用人に手を付けて生ませた孫など、目障りでしかないのだろう。明確な線を引いた扱いだった。

(だけど、文句を言ってもしょうがない。周囲に望まれて、僕が生まれたわけではないのだし)

母子家庭の環境では、我が儘を口にしても、母を困らせ悲しませるだけだった。我慢することには慣れている。

「奥さまに、よくしていただいていること、感謝をしています。あっ」

突然だった。花穂子が佑二を抱き寄せた。ふんわりとした乳房が、少年の顔に当たった。

「あ、あの……」

花穂子の腕のなかで、佑二は戸惑いの声を漏らした。どう対処したらいいのかわからない。心臓の鼓動が早打った。

「感謝だなんて。お父さまが亡くなったと聞いた時も、葬儀の時も、わたしはあなたの側にいてあげられなかったのに……。なにが母親ですか。ごめんなさいね、佑二さん」

腕にぎゅっと力がこもった。胸の谷間に鼻梁が埋まり、やわらかな肉丘が少年の顔を包んだ。

(奥さまのおっぱい、ふわふわで温かい)

甘い女性の香をはっきりと感じた。母に抱かれていた幼い頃を思い出させる。

「体裁を大事にして、いつまでも格式張って……武の家ですから、古くからの伝統を重んじるのはしょうがないとはいえ、十代の男の子にあんまりですよね」

哀感を滲ませ、花穂子が囁いた。回された手が、佑二の後頭部を撫でる。慈しむ手つきだった。ボリュームのある膨らみと濡れた頬が擦れ合い、佑二の肩から力が抜ける。

「お祖父さまのこと、恨まないでくださいね」

花穂子が耳の近くで告げる。うなじの辺りに吐息を感じた。義母の胸のなかで、佑二はかすかに頭をゆらした。穏やかな花穂子の声が好きだった。子守歌を聴いているような気分になる。

（疎まれても仕方ないのに、奥さまは僕にやさしい笑みで接してくれる。隠し子がいたことだって知らなかったはずなのに）

突然、転がり込んできた自分の存在は、花穂子にとって決して好ましいものではないだろう。それでも大澤家のなかで最も自分の生活を気遣い、心配をしてくれたのは血の繋がりのない花穂子だった。祖父のぞんざいな扱いに何度も抗議をしてくれたことを、佑二は知っている。

「もっと早くに、こうしてあげるんだった」

花穂子の手が止まった。細指が佑二の髪に絡みついていた。佑二は顔を上げ、上目遣いで義理の母を見た。柳眉をたわませた憂いの表情が、佑二を見つめていた。

「奥さま？」

佑二の疑問の声に、花穂子はなにか言おうとして紅唇を開きかける。だがきゅっと口元を閉じると、小さくかぶりを振った。

「……せっかくこうして一緒にお風呂に入っているのですもの。お背中を流しましょうか。それくらい、わたしにもさせてもらえますよね」

花穂子は笑みを作ると、抱いていた佑二の頭を放して、額をツンと指先で軽く押した。いたずらっぽい仕草に、佑二はドギマギする。花穂子が佑二の腕を摑んで湯船から立ち上がった。手を引かれて、洗い場へと移動する。

(奥さまのお尻が……)

なめらかな背肌と、豊かなヒップが佑二の方を向いていた。脚を動かす度に丸い双丘が、むっちりとゆれ動く。無防備な後ろ姿に、佑二は見とれた。

「どうぞ、座って」

振り返った花穂子が告げる。佑二は差し出された洗い椅子に慌てて座った。いやらしい視線を気づかれたかと、冷や汗が滲む。

(奥さまは、僕のことを実の息子だと思って接してくれているのに……僕は、奥さまを邪な目で見て)

佑二の背後に花穂子が膝をつく。液体のソープを直接手に取ると、佑二の背中にふれてきた。やさしい手触りに、声が漏れそうになる。

(タオルやスポンジを使わないんだ)

「初めてお会いした一年前は、風が吹けば倒れてしまいそうに細かったのに、ずいぶんと筋肉がついてきましたね。お稽古を毎朝、頑張ってるおかげですね」

「お、奥さま、知ってらしたんですか？」

佑二は驚きの声を発した。門人たちの朝稽古と重ならぬよう、一時間早く起床して、こっそり練習をしていた。鏡越しに、花穂子がうなずく。

「ええ。佑二さんが誰にも見られないように気を遣っていたみたいですから、知らない振りをしていましたけど……。早い時間に起きて、よく続くなって感心してましたわ」

鍛錬の成果を確かめるように、花穂子の指が少年の背を撫でる。佑二は口を開いた。

「こちらへ来て、間もない頃だったと思います。旦那さまの夕方の稽古を眺めていたら、やってみろって突然刀を渡されて――」

父から手渡されたのは、一度もさわったことのない真剣だった。手にずっしりと引っ掛かる重みを感じただけで、喉が渇いた。扱いを間違えれば指は容易に落ち、皮膚は切り裂かれる。ヒリヒリとした緊張を感じながら、振りかぶって斬り下ろした。

「初めてで上手に振れたの？」

「わかりません。へっぴり腰だったと思うけど、旦那さまは、『いいんじゃない』って仰られて。毎朝百回振るようにと、練習用の木刀と居合刀を一振りずつ頂きました」

「で、では、あの人は……征一さんは、少しはお父さんらしいことを、あなたにしていたんですね？」

花穂子が身を乗り出して尋ねる。豊満な乳房が二つ、佑二の背中に押し当たっていた。肌が紅潮し、発汗が増す。

（奥さまのおっぱいが、たぷんってゆれてる）

「は、はい。時々、アドバイスもいただきました」

佑二は嘘をついた。会話らしい会話はそれだけだった。稽古をするように言われたものの、その後きちんとした指導を受けたわけではない。たった一人で父や祖父の姿を、見よう見まねでなぞるだけだった。

「そう。よかったぁ」

花穂子が安堵の声を漏らす。父と息子の希薄な交情を花穂子はずっと案じていたのだろう、鏡のなかのつぶらな瞳はしっとりと潤んでさえいた。

「あの、母の墓にお花をお供えしてくださったの、奥さまですよね」

佑二は尋ねた。月命日の日、学校帰りに母の墓に寄ると、毎回きれいに掃除され花が供えられていた。きっと花穂子だろうと思いつつ、今まで確かめる機会がなかった。

佑二の肩に手を置いたまま、花穂子は鏡越しににこりと笑んだ。

「佑二さんが、どんなようすで日々暮らしているか、お母さまも知りたいに決まってますから。剣の鍛錬だけでなく、佑二さんはお勉強だって頑張ってますもの。……腕を上げて」

佑二の手を花穂子が持ち上げる。二の腕の方から肘、そして指先へとソープの泡を塗して、義母の手がすべっていく。

(やっぱり奥さまだったんだ)

花穂子への感謝の念は、佑二のなかでさらに大きくなる。

(ありがたいって思いながら僕は……ああ、ぽちっと硬さの違う感触がある。乳首だよね。奥さまのおっぱい、なんでこんなにやわらかいんだろう)

花穂子の豊乳は、佑二の背中にぴったりとくっついたままだった。意識をしてはならないと思っても、膨らみの弾力は少年の肉体を昂揚させる。

「佑二さん、この前のテストだって学年で三番でしたでしょ。立派ですよ。お母さまもお喜びになっていることでしょう」

「そ、それは彩香さんのおかげです。彩香さんが、ずっと家庭教師をしてくれたから」

竹村彩香は、花穂子の実の妹だった。二十六歳で看護師として働いている。週末、彩香が都合の付いた日には、勉強を見てもらっていた。今日も午後から約束があった。

（汗臭いままじゃ、彩香さんに悪いと思ったからお風呂に入ったんだけど……こんなことになるなんて）

花穂子と入浴する機会など、一生有り得ないと思っていた。その上、身体を洗ってもらっている。本当にこれが現実なのだろうかと、佑二は信じられない気持ちで鏡のなかを見る。花穂子と目が合った。

「そう言っていただけると、彩香も張り合いがあると思いますわ。かゆいところはありませんか？」

「あ、はい」

花穂子の乳房が背中で弾んでいた。女体のきめ細かな肌が、佑二の肌と擦れ合う。

(現実なんだ……これ以上硬くしちゃだめだ。絶対に)

魅惑の感触に対して、少年の肉体は懸命に闘う。身体は熱くなる一方で、今にも男性器は切っ先をもたげようとしていた。

「今からでも、私立校へ移られてもよろしいんですよ。佑二さんの成績なら、それが当たり前ですもの」

「いいえ。近い方が便利ですから。ゆっくり朝も寝られますし」

何気ない風を装って答えながら、佑二は古文の宿題を考え、数学の問題を思い浮かべ、女体のやわらかさをなんとか忘れようとする。だが禁忌の情欲は、振り払えない。ペニスがむくむくと体積を増していた。

「毎朝五時に起きている人が、朝寝坊の話？　佑二さんのそういうところが、わたしは逆に心配ですわ」

脇腹を撫でていた花穂子の手が、前へと回った。

(あ、奥さまに、抱き締められてる)

背中から抱きつかれていた。乳房の重みを感じながら味わう、とろけるような密着感に佑二の口からは自然に息が漏れた。へその辺りに置かれた花穂子の右手が、そのまま下へとすべり降りる。

「えっ」

佑二は驚きの声を漏らした。危うい箇所へ近づく寸前に、花穂子の手を慌てて摑んだ。

「どうかしました？」

花穂子が肩越しに尋ねてくる。

「そ、そこは自分で、しますから」

「遠慮なさらないで。世の母親はこういう風に、男の子の身体を洗ってあげるものなのでしょう？　背中を流すのと変わりませんわ」

ボディソープで指が滑る。花穂子の指が佑二の手からすり抜けて、脚の間に潜った。

「あっ、あんッ」

女の指が躊躇いなく巻きつき、佑二の男性自身を摑んでいた。快感を誘う刺激に、少年の口から喘ぎがこぼれた。

「男の子は汚れが溜まりやすいから、母親が痛くないようにそっと指を使って洗ってあげるんだって、征一さんはそう仰ってましたよ。気兼ねせずともよろしいんですよ。征一さんの身体だって、同じように洗ってあげていましたから」

花穂子が耳元で告げた。義理の母が背後から深く身を被せて、脇から回した手でペニスを扱いていた。過敏な器官には軽い摩擦の感触だけで、痺れる心地をもたらした。洗い椅子の上で、少年の腰が震えた。

(そ、そうだっけ？　お母さんは、そんなことしてなかったけれど)

母一人の片親の家庭で育った。世間一般の常識を持ち出されると、佑二にもよく判断がつかない。

花穂子の細指が中程を包んで、包皮を剝き出すように根元へと動く。佑二の喉元から、少女のような声が漏れた。

「んうっ」

「痛いですか。もう少し加減した方が？」

「あ、い、いえ。平気です」

(ボディソープでヌルヌルしてる。まずいよ。そうでなくても反応を抑えるのが大変だったのに)

泡で義母の指はなめらかにすべり、快感が腰全体に走る。性的な意味合いはないとわかっていても、手淫に似た花穂子の手つきは十代の情欲を昂らせた。

（落ち着かなきゃ。奥さまは、お母さんと年は変わらない。母親を相手に欲情しているのと一緒、興奮しちゃだめだ。……で、でも、勃っちゃうよっ）

「征一さんが亡くなられて、佑二さんも不安でしょ？」

花穂子が静かな口調で尋ねてきた。おかしな声が出てしまいそうで、佑二は返事ができない。

（僕の皮を剝いて……奥さまが僕のモノを握ってる）

完全には成長しきっていない十代のペニスを、花穂子の指がやさしくさする。恋愛の経験も、キスさえしたこともなかった。当然、男性器を女性に弄られたこともない。身体は火照り、呼吸が乱れた。仮性包茎の余った皮を引き伸ばして、露出した過敏な粘膜を指腹でソフトに洗われると、膨張は一気に加速した。

（奥さまは、旦那さまにいつもこんなことをしてたんだ。こんな風にやさしく洗ってもらったら……）

離れで暮らしている佑二には、二人が一緒に入浴する習慣だということも知らなかった。愉悦と恥ずかしさで混乱する胸の内に、実父に対しての羨ましさが湧き上がる。

「あの、佑二さん？」

急に押し黙った佑二を、鏡の向こうの義母が不思議そうな顔で見ていた。

(返事をしなきゃ。奥さまは、エッチなつもりはこれっぽっちもないんだから)

「あの、おかしなことを尋ねますけれど……わたしのこと、嫌いではないのよね？　気を遣わなくていいんですよ。佑二さんのほんとうのところを訊かせてちょうだい」

気を遣うなと言いつつ、洗い場の鏡に映る義理の母の表情からは、切実なものが感じられた。

(奥さま、不安そうな顔して……)

花穂子は悩ましい視線を注ぎながら、佑二の脚の間では指を軽やかに前後させる。佑二は胸を喘がせ、くるめく快感を必死に抑えた。

「あ、あら？」

花穂子の手が急に止まった。ペニスを握り直し、揉むように指先を前後に動かす。

「おかしいわね。あの人はこんな風には……」

ようやく佑二の変化に勘づいたのか、花穂子が困惑のつぶやきを漏らした。

(奥さまに気づかれたっ)

限界だった。花穂子の指を弾いて、男性器はピンッと上向きに反り返った。同時に粘ついた汁が尿道を通って、先端から溢れた。鏡に映る花穂子が、前を覗き込むような動作をする。

「あのっ、奥さまに、やさしくしてもらったこと、うれしかったです。嫌ってなんかいませんっ」

陰茎の屹立を誤魔化すために、佑二は顔を真っ赤にして叫んだ。浴室内に響く大きな声に、花穂子が鏡越しに目を合わせてくる。

「それは本音ですよね？」

花穂子が念を押す。佑二は鏡に向かって首肯した。

「佑二さんも知っていると思いますが、代々本家の長男が跡を継ぐのが、大澤の伝統ですわ。夫の子を産むこと。それがわたしの役目でした。でもなしえなかった」

父征一の血を継いだのは佑二だけだが、名家の当主の座は相応の血筋が要求される。妾の子である佑二には、その資格はなかった。

「早晩分家の門人から剣の才に優れた方が、後継として選ばれるでしょう。佑二さんにもわかりますよね。わたしはもう、この家には必要のない人間なんです」

（それって……奥さまが、この家を出て行くってこと？）

問いかけるような佑二の眼差しを受けて、花穂子がうなずいてみせる。

「ですがわたしは、母親としてあなたの側を離れるつもりはありませんわ。お側であなたの成長を見守りたいと……。このわたしの思いは、佑二さんにとってご迷惑ではありませんよね？」

喋りながら花穂子の指が、きゅっと佑二を締めつけた。先端の括れた箇所に指先が引っ掛かっていた。ソープでヌメッた指腹がすべると、肉茎は充血を増して雄渾に漲る。

（ああ、出ちゃいそう）

カウパー氏腺液がトロトロとだらしなく垂れた。陰嚢がせり上がるのを感じる。射精感がすぐそこまで迫っていた。

「ぼ、僕は、奥さまと一緒にいたいです」

息を喘がせながら、佑二は答えた。

「よかった。それだけが聞きたかったんです。……わたし、佑二さんと一緒にいられるように、出来る限りのことをしますね」

女の細指が、棹裏をやさしく撫で上げる。ペニス全体がピクピクと震えた。左手は佑二の胸元を撫で、豊満な双乳は背中でぷるんぷるんとゆれていた。むちむちとした太ももは、佑二の腰をやわらかに挟み込む。

(身体全体で洗ってもらってる)

全身が包み込まれるような感触で、頭のなかはピンク色に染まるようだった。少年は膝の上に置いた両手を強く握り込み、歯を食いしばった。精液と見紛うような大量の粘液が、尿道口から溢れる。それを花穂子の指がソープと一緒に引き伸ばして、指で甘く締めつけながら硬直を丹念に洗い擦った。

「刺激に反応しちゃったみたいですね。征一さんはこんな風にはなりませんでしたから、ちょっと驚きましたわ。そうだ。征一さんのお着物や浴衣、佑二さんに合わせて仕立て直しましょうか。あの人も喜んでくれると思いますわ」

歓喜の喘ぎを耐えながら、佑二は鏡に向かって小さくうなずいた。

「お、奥さま、ありがとうございます」

「いいのですよ。わたしは佑二さんの母親ですもの」

佑二のうなじに温かな吐息を掛けながら、義理の母がとろけるマッサージを続けた。少年の勃起は雄々しく張り詰めて、粘度の高い透明な興奮汁をとめどなく吐き出す。佑二は目をつぶった。喉元から小さく唸りをこぼし、こみ上げる吐精の衝動をひたすら耐え続けた。

2

風呂から上がると、花穂子は佑二を桐箪笥の置かれた和室へと連れてきた。佑二の前に、着物を次々と出しては並べる。

「これが浴衣よ。白地や紺地が無難でいいかしらね。若いんですから、絞りの文様の入っている賑やかな方が似合うかしら」

隣に正座する義母を、佑二は眩しく見る。藍染めの和服に身を包み、完全に乾ききっていない濡れ髪をスティックを使ってアップに結わえていた。耳の横に垂れた後れ毛と、露わになったうなじがほんのり桜色を帯びている様が、なんとも艶っぽかった。

「そうだ、浴衣だけでなく着物でも構いませんのよ。麻糸の絣織りなんてどうかしら。わたしが今着ているのも麻の上布よ。夏向きで涼しいの」

花穂子が腕を伸ばして、自分の着ている着物の生地を佑二にさわらせようとする。佑二は光沢のある生地に、手を伸ばした。

（奥さま、いい匂いがする）

花の匂いに似た良い香が、花穂子の身体から漂ってくる。

「どう？　さらさらの手触りでしょう」

ぎこちなく袖をさわる義理の息子に向かって、花穂子がにっこりと笑む。

（どうしよう。ちっとも収まらないよ）

佑二はTシャツに薄手の綿ズボン姿だった。勃ちっ放しの陰茎は、ズボンの前をテント状に押し上げていた。正座した佑二は、片手を常に股間の上に置いて恥ずかしい隆起を隠していた。

「ねえ佑二さんはこっちとこっち、どっちの柄がお好きかしら」

畳の上の浴衣を指で差して、花穂子が訊く。

（ついさっきまで、僕を握ってくれた手）

佑二の視線は、浴衣よりも花穂子の白い指に吸い寄せられた。しなやかにすべっていきり立った陰茎を甘く擦ってくれた感触を思い出すと、股間がジンジンと疼いた。

（僕が勃起しちゃったこと、奥さまは気にしてないご様子だけれど）

風呂上がりには、花穂子がバスタオルで佑二の身体を丁寧に拭いてくれた。当然上向きに反ったペニスは、花穂子の目にも入っただろう。多感な少年にとっては、性器が大きくなったことを知られただけでも、恥ずかしくてたまらない。可能ならば、すぐさま離れの自室へと逃げ帰りたかった。

（でも――）

「いっそ着流しを、新しく仕立てましょうか。着物も慣れれば、過ごしやすいんですよ。でも着付けが大変かしらね。佑二さんは剣の練習で道着を着るから、そんなに違和感はないと思うのですけれど」

佑二に和服を用意してやれることがうれしいのか、花穂子はいつになく多弁で、表情も楽しげだった。そんな姿を見ていると、佑二の心にもじんわりとした喜びが湧く。

（あの時射精なんかしていたら、こうして一緒にいられなかったかも）

指の刺激で、幾度も放出寸前まで陥った。花穂子の前で極まった姿を晒さずに済んで良かったと佑二は思う。

（それにしてもおっぱい、やわらかかったな。ツンと硬い感触もあって）

肩胛骨にのしかかる豊満な胸肉の重みと、しこった乳頭の摩擦の感覚を思い出すと、ますます股間の逸物に血液が凝集する。

（もっとよく見るんだった、奥さまの身体……）

目を右に向ければ、色っぽい美貌と、汗できらめく襟元の白い肌が目に入る。照れと恥ずかしさが本能的な欲求を邪魔し、入浴の間、花穂子の裸身をまともに見ることが出来なかった。それを佑二は惜しいと思う。

（ちゃんと形や色を見て記憶しておくんだった。――ああっ、奥さまの隣でなにを考えてるんだ僕は。もったいないとか違うだろ）

情欲に満ちた思考をする己に、佑二は我に返って慌てた。頭を左右に振る。

「いけない。わたし、一人で盛り上がっているわね。急に色々言われてもわかりませんよね。まずは浴衣にしましょうか。柄よりも無地の方がいいかしら」

「佑二くんなら、どんな柄でも似合うんじゃないかしら」

若い女性の声がした。佑二は和室の入り口に目を向ける。そこに立っていたのは花穂子の妹、竹村彩香だった。

「離れにいないと思ったらこっちにいたのね。そろそろ土曜日恒例の、彩香お姉さまの個人指導の時刻よ」

「いらっしゃい彩香。そうだったわね。家庭教師の日だってこと、すっかり忘れていたわ」

彩香はノースリーブの白のシルクブラウスに、細身のパンツ姿だった。室内に入ってくると、佑二の左隣にすとんと座った。佑二は姉妹に挟まれる形になった。

「遮光のカーテンを買ってきたんだー。佑二くんのお部屋、西日がすごいのよ。あれじゃ、勉強のさまたげだわ」

彩香は手に提げていた紙袋から、パッケージされたカーテンを取り出して広げて見せる。ヒマワリの柄だった。

「まあ、そうだったの。気がつかなくてごめんなさいね」

花穂子が眉をたわめ、申し訳なさそうに少年を見る。

「い、いえ。……カーテンありがとうございます。彩香さん」

「いいのよ。わたしも家庭教師の時、眩しくてやりづらいもの。で、これって征一さんの浴衣でしょ。佑二くんにあげるの？」

彩香が身を屈めて覗き込んできた。肩が当たり、太ももが擦りつく。病院勤務の帰りなのだろう、香水に混じってかすかにアルコールっぽい薬品の匂いがした。

「ええ。あの人のを佑二さんに合わせて仕立て直してみようと思って」

「温泉旅館風のデザインは避けてあげればいいんじゃないかしら。まだ学生なんだもの、カラフルでも平気よ」

「そうね。モダンなのもあるのよ。市松模様だったり派手な色使いのものも」

花穂子が横に置いてあった行李に手を伸ばす。彩香が佑二の耳に、そっと口を近づけてきた。

「お姉さんの華やいだ声を久しぶりに聞いたわね。お葬式からずっと、元気がなかったから」

彩香の囁きに、佑二もうなずく。

(確かに彩香さんの言う通りだ。最近、奥さまの明るい声を聞いたことがなかった)

「伴侶を喪ったんですから当然だけれど、お姉さん弱音を吐かない人だから心配だったのよね。佑二くんがいてよかったわ。お姉さん、可愛い息子に服を選んであげる母親の気持ちを味わっているみたい。いい子いい子」

彩香が佑二の頭を撫でる。気恥ずかしさで、佑二の頬は紅潮した。

(僕なにもしていないのに、褒められてる)

「でもよろしいんでしょうか。旦那さまのものを僕がいただいて」

きっと高価な品だろう。自分が受け取っていいものか不安だった。

「旦那さまじゃなくて、お父さま、パパ、でしょ。息子が父親の物をもらってなにが悪いの。心配しなくてもいいのよ。お義兄さんが旦那さまなら、あなたはお坊ちゃまなんだから」

吊り目がちの二重の瞳が、佑二を諭すようにじっと見つめる。

「ぼ、僕はそんな大層な身分じゃありませんから」

「ふふ、お坊ちゃまって呼ばれるのは、居心地が悪いんだ。お坊ちゃまは繊細ね」

彩香は佑二の二の腕に、ツンと盛り上がった胸の膨らみを押しつけてくる。佑二は焦りの顔で、彩香を見た。

「あ、あの、彩香さん、当たってますよ」

「ふふ、なにが当たってるのかな?」

彩香は形の良い薄い唇に笑みを浮かべる。年下の少年を困らせて遊んでいるのだと、佑二は気づいた。

(わざとおっぱいを僕の腕に……彩香さんはいつも僕をからかってきて)

家庭教師の時もそうだった。佑二の手元にあるノートや教科書を覗き込む振りをしながら胸を押しつけ、真っ赤な顔になって佑二が恥じらうと、愉しそうに笑う。

「ん、今日の佑二くん、いい匂いがするぞ」

鼻をくんくんと鳴らして、彩香が告げた。

「実はさっきお風呂に入って……」

「お姉さんの髪も濡れてるみたいだけど、もしかして？」

「はい。奥さまに、身体を流していただきました」

佑二の返事を聞き、彩香が「へえー」と感心したように声を漏らした。瞳がイタズラっぽくかがやきを帯びる。

「ねえお姉さん、佑二くんとお風呂に入ったってほんと？」

「え、ええ」

柄物の浴衣を手にした花穂子が、振り返った。

「ふーん。そっかあ。母子水入らずってやつね。で、どうだった？」

「ど、どうって言われても。ねえ、佑二さん」

花穂子が助けを求めるように佑二を見た。どう言えばいいのかわからず、佑二も曖昧にうなずきを返す。

「楽しかったなら、それでいいのよ。二人は母子なのにスキンシップが圧倒的に足りないでしょ。叔母さんとしては案じていたのよね。佑二くんはいつになっても敬語だし、お姉さんはお舅さんが邪魔をして母親業を満足にさせてもらえないし」

彩香が髪を掻き上げながら、花穂子を見、佑二を見た。そして、にまっと頬をゆるめる。

「佑二くん、お姉さんの裸、なかなかのものだったでしょ」

「あ、彩香、なにを言っているの」

妹の不穏な発言に、花穂子は声を上ずらせた。だが彩香は止まらない。

「おっきなおっぱいと括れたウエスト、それにまあるいヒップ……同級生の女の子なんて比べものにならない迫力のボディに、驚いたんじゃない？」

彩香の台詞で、湯殿での映像が脳裏に呼び覚まされた。掛け湯をする時に脇から覗いた重そうに垂れる乳房、そして洗い場へと移動する時に眺めたむっちりとした双臀が、鮮明な映像となって浮かんだ。

（うう、まずいっ）

血が巡って、ペニスが勢いづく。佑二は股間を庇う両手に力をこめて、上向きになりたがる勃起を押さえつけた。

「どうしたのかな佑二くん、俯いちゃって」

彩香の温かな吐息が耳をくすぐり、髪の毛先が佑二の頬に当たった。右手が伸びて、佑二の左の膝にさわってくる。佑二は正座した身体を、ぴくっと震わせた。

(僕が勃たせちゃってること、彩香さんに気づかれてる？　彩香さんて勘がいいから)

「彩香、佑二さんにおかしなことを言うのはおやめなさい」

「お姉さん、以前一緒にホテルのプールへ行った時のこと覚えてるでしょ。お姉さんの水着姿に周囲の目が釘付けになって、カップルで来ていた男性までジロジロと見始めちゃってケンカまで起きてたわよね」

「彩香、今、そんなことを言い出さなくても」

花穂子は諌めるように言うものの、妹の言自体は否定しなかった。

(人目を引いたのは事実なんだ。奥さまの水着姿なんて、想像したこともなかった。どんなデザインのを着たんだろう。ワンピースかな。まさかビキニじゃないよね)

上品な和服の出で立ちしか知らない佑二には、花穂子が人前で肌を晒したことが信じられない。

「佑二さん、そんな呆れた顔をしないで下さいな」

佑二の視線に気づいて、花穂子が困ったように言う。頬の辺りが赤くなっていた。

「あ、呆れたりしてません。ただ、ちょっと驚いて」

「あれ以来、お姉さんは海にもプールにも行くの止めたのよね。そんな過去のあるお姉さんだから、佑二くんにはちょっぴり刺激が強かったんじゃないかなって心配しているわけ。今日の佑二くん、やけにお行儀よく正座しちゃってるんだもの。なにかを守るように置かれたこの手も気になっちゃうし」

話の矛先が自分に向かい、佑二はドキッとする。佑二の手の甲に、彩香が指先で「の」の字を描いていた。

「こ、これは……その」

「どう誤魔化すつもりなのかな。ナースのわたしにはバレバレなのに」

彩香は佑二にだけ聞こえる小声で囁いた。佑二の表情は強張った。

(見透かした目つき……。彩香さんはわかってるんだ)

この状況を切り抜ける良い方策も思いつかない。佑二は観念して口を開いた。

「ご、ごめんなさい。硬くなったのが鎮まらなくて」

「やっぱりオチン×ンがギンギンに腫れ上がってるんだ。もじもじとしているからおかしいと思ったのよね。佑二くんもお姉さんのエッチなボディの犠牲になったのね」

彩香のよく通る声が、室内に響いた。佑二は肌を赤くしてうなだれた。

(ギンギンだなんて……奥さまだっているんだから、もっと控えめな表現にして欲しい)

「どれどれ。先生が触診しましょうか?」

彩香が佑二の手に指を重ねて、ズボンの前をさわってくる。

「あっ、だめ、彩香さん」

佑二は肘を突っ張らせて阻むが、彩香は素早く指を潜り込ませてきた。さわさわとくすぐる指先を感じて、充血しっ放しの勃起は震えを起こす。先走りの液がこぼれて、下着の内を濡らした。

「ちょっと彩香、佑二さんにイタズラしちゃだめですよ。それに犠牲って……その言い方はあんまりだわ。お風呂場でのわたしの洗い方が良くなかったみたいなの。佑二さん、硬くなったまま元に戻らなくて」

柳眉をくねらせて、花穂子が告げる。彩香がピタッと悪戯の手を止めた。

「洗い方? お姉さん、佑二くんの背中を流してあげただけじゃないの。まさか、大事な部分まで洗ってあげたわけ」

「ええ。征一さんの時と同じように……あの、わたし、なにかまずいことをしたの？　別におかしなことじゃないでしょう」

彩香の表情からからかいの笑みが消える。それに花穂子も気づいて、戸惑ったように聞き返した。

「いいもまずいも……お姉さん、ソープを泡立てた指で佑二くんのココをさわったんでしょう」

「ええ。強い刺激を与えないように、やさしく包み込むようにして指をすべらせて、そっと全体を揉むように……きちんと征一さんに教えられた通りにしたのよ」

姉の返事に、彩香が嘆息をこぼした。そして佑二の顔を見る。

「佑二くん、つまりきみは、お姉さんに中途半端に手コキされちゃったわけなのね」

彩香がズバリ尋ねてきた。佑二は相貌を紅潮させながら、うなずいた。

「はあ、なんてことを。お姉さん、男の子のココは、洗ってあげたりしなくていいのよ」

彩香は先ほどよりも深くため息をつくと、佑二の腕を摑んで抱き寄せた。バランスを崩した佑二は、彩香の腰にしがみつく格好になる。

「よしよし、苦しいわよね。姉がきみに迷惑を掛けちゃったみたいね」

風呂場で花穂子がしたように佑二の頭を己の胸に掻き抱くと、後頭部を慰めるように撫でた。盛り上がった胸の膨らみが、顔にやわらかに当たっていた。

(彩香さんのおっぱいだ。奥さまと似てるけど違う。弾けるようにぷるんぷるんしてる。彩香さんは、ブラジャーをつけているからかな)

二十六歳の弾力と、三十四歳のやわらかさを頭のなかで比べながら、佑二は上目遣いで、叔母を見た。視線に気づくと、彩香は面差しをふっと緩めた。

「ごめんなさい。箱入りの姉で。お義兄さんと結婚するまで、男性とまともなおつきあいをしたこともなかったから。たとえ夫婦でも、性風俗のサービスじゃないんだから、お義兄さんに命じられた時に気づくのがふつうなんだけど」

「だって夫の身体をくまなく清めるのは、妻の務めだって言われたのよ……」

花穂子がか細い声で告げる。

「そうなの。征一さんって飄々として見えたけれど、お姉さんが素直で初心なのをいいことに、自分に都合の良いことを教え込んだのね」

花穂子と会話をしながら、彩香が佑二の股間に手を忍ばせてきた。気を抜いていた佑二は、慌ててペニスを包む彩香の手を押さえた。

「あ、彩香さん待って」

「すごい熱ね。ずっとこんななの？」

ズボン越しにいきり立ったペニスを撫で回し、彩香が驚きの声を漏らす。

「だ、だって……あの、放っておけば、自然に収まりますから」

「そうならないから、きみは困ってるんでしょう。……きみって、こんなに立派だったんだ」

彩香の紅唇から漏れたのは、逞しさに感じ入ったような吐息だった。佑二の髪がふわっとゆれた。

「お姉さん、見てよ。佑二くん汗だくでしょ。この子、身体まで熱くなってるわ」

焦りと混乱で大粒の汗が噴き出し、Ｔシャツは肌に貼り付いていた。女体に抱き締められる緊張と昂揚で少年の身体は火照り、局部は彩香の手触りを悦んで、ドクンドクンとこれまで以上に息づく。

「まあ、ほんとだわ。風邪を引いた時みたいな発熱をして」

白い手が横から伸びて、佑二の額にそっとふれた。慈しむような手つきで、汗を拭う。

「わたしが余計なことをしたからですよね。あの人は、滅多に強張ったりしなかったというのに。わたしとんでもないことを……」

間違いに気づかされた花穂子が、心細そうな声で言う。しゅんと落ち込んだ花穂子を見ていると、佑二の胸は締めつけられた。

「そうよ。お姉さん、いくら奥手でも、やっていいことと悪いことの判断をつけなさいね。十代の男の子を生殺しにするなんて」

彩香の指が、ズボンのファスナーを摘んで引き下ろし始めた。佑二は惑いの目で、彩香を見上げる。

「あ、あのっ、彩香さんっ」

「いいから。具合のよろしくない患者さんは、おとなしくしなさい」

彩香はナースの口調になって叱るように言うと、呆気なくファスナーを開いてしまう。

「で、でも、待って」

「締めつけられているから、鬱血が収まらないんでしょ。外に出しなさいね」

佑二が彩香の手を払いのけようと右手を動かす間に、彩香は躊躇いなくその内へと手を潜り込ませて、下着を巧みにずらし下げる。直接陰茎を掴むと、表へと引き出した。押さえつける布地から解放された男性器は、天を衝く角度でピンとそそり立った。

「きゃあっ」

佑二が声をあげる前に、花穂子の悲鳴が和室内に響いた。見ると花穂子は相貌を両手で覆い、佑二の男性器を見ないようにしていた。

「お姉さん、なにをそんなに驚いているの。さっきお風呂場で見たんでしょう。しかも自分の手で扱いて大きくした癖に」

「それはそうなのだけれど……改めて見ると」

顔の前の手をゆっくりと外して、花穂子が恐々と視線を佑二の股間に注ぐ。

「確かに佑二くん、立派よね」

彩香も同意して、目を落とした。佑二が股間を隠さないように、左右の手首を掴むことを忘れない。

(ああ、二人に見られてるよう。なんでこんなことに)

佑二は口のなかに溜まった唾液を、ゴクリと喉を鳴らして飲んだ。

畳に座り込んだ身体を彩香に抱かれ、反対からは花穂子が身を寄せていた。姉妹に挟み込まれた形の佑二に、逃げ場はない。風呂場とは異なり、和室内は肌を露出する場ではない。恥ずかしさが少年の身体を巡って、居たたまらない発汗をもたらした。

「ね、ねえ、彩香さん」

もう許して欲しいと、佑二は叔母を見て哀願した。

「ええ。助けてあげるわね」

彩香は手首を握った指を弛ませると、二重の瞳の目尻を下げて、妖しく微笑んだ。充血し続けて真っ赤になった少年のペニスに、彩香の右手が近づいていった。濡れ光るペニスの根元に、指が絡みつく。

3

向かいからは花穂子が佑二の顔を覗き込んでいた。

「佑二さん、おつらいのですか」

大粒の瞳が、義理の息子を心配そうに見つめる。彩香の手が離れ、自由になった右手で佑二は勃起を隠そうとするが、その前に花穂子の両手が手の甲に重なってくる。

「わたしの責任ですよね」

(どうしよう、奥さまの手を乱暴に振り払うわけにはいかないし)

気遣ってくれる花穂子に対して、むげな態度は取れない。佑二は曖昧に首をゆらした。

「苦しいに決まってるわ。お風呂場からずっとこの状態なんでしょ。継母に酷いことをされちゃったわね」

「わたしは別に意地悪をしようと思ったわけでは……」

花穂子が嘆息する。ふっくらとした唇から漏れるかすかな風が、突き立った硬直に当たって震えを起こした。

「お姉さんの息でさえ反応しちゃうんだ」

彩香が佑二の耳元で面白そうにこそっと囁く。耳穴を吐息でくすぐられ、佑二は背筋をぴくっと引き攣らせた。

「あら、こんなに溢れて」

尿道に溜まっていた先走りの透明液が、先端からトクンと漏れ出た。それを花穂子が悩ましげな表情を作って眺めていた。

(奥さまに観察されてる)

美しい義理の母に、いきり立つ男性器を観察される羞恥が、少年の心をヒリつかせた。

「カウパー氏腺液ね。わたしの指にもべっとりついてる。お義兄さんとは違って、この年頃の子は敏感なのよ。この辺は特に」

彩香の細指が、ツツーッと頂点に向かってすべっていく。亀頭の括れに人差指がふれると、佑二の腰に甘い痺れが広がった。

「んッ」

情けない悲鳴をこぼさぬよう、佑二は口元をきつく締めて耐える。右手は花穂子に、左手は彩香に握られている。なすがままの状態だった。

「その裏側の筋張ったところは、指の腹を使って念入りに洗えって征一さんに言われたのだけど。それも間違いなの？」

「ええ。佑二くんのこの反応を見ればわかるでしょ。指先で軽く撫でただけで身体までビクンビクンしちゃうのよ」

彩香が指の腹で裏筋を執拗にくすぐってくる。ぞわっと電流が走り、少年の肉体は戦慄いた。

（こんなこと止めてもらわないと）

「彩香さん、もう……んッ」

佑二は懇願の途中で口を閉じた。恥ずかしい喘ぎ声がもれそうだった。

「おめめをうるうるさせちゃって。恥ずかしいわよね。お風呂場でもないのに、こんな場所を露出してるんですもの」

「そうよね。彩香、もう止めましょうこんなこと。佑二さんが困ってらしてるわ」

花穂子は我に返ったように言い、顔を背けた。義母の横顔は艶っぽく赤らみ、瞳はしっとり潤んでいた。

「お姉さん、どうしたの。ドキドキした顔してるわよ」

「その、さっきは泡で隠れていたでしょ。それに後ろから手探りだったから、直接は……。彩香はちっとも動じていないのね」

「看護師だもの。清拭で男性患者さんの裸にも慣れているから。お姉さんは、佑二くんの逞しさに今更ながら驚いたんだ。だったらよく見せてもらいなさい。これからも佑二くんと向き合っていくつもりなんでしょう。それとも征一さんが亡くなられたから、息子扱いは止める？　血の繋がりはないのだし、舅や姑に倣って妾の子扱いで」

「し、しませんっ、そんなこと絶対に」

花穂子が妹をキッと見据えて言い切る。今までにない語調の強さだった。

「ふふ、そうよね。だったら、佑二くんとお義兄さんを一緒に扱ってはだめってこと。佑二くんは若くて、ずっと繊細なんだから。さ、お姉さん」

彩香が姉の手を引いて、促した。花穂子の手が佑二の手から離れる。花穂子は躊躇うように佑二の顔をちらちらと見るが、やがて和服の袖を左手で押さえて、右手を勃起に伸ばしてきた。

「……失礼しますね。佑二さん」

申し訳なさそうに告げ、白い指が棹腹にふれた。

（お、奥さま……）

入浴時と繰り返しの行為でありながら、遠慮し、恥じらう花穂子のようすが別の趣を醸し出していた。佑二は自由になった右手の指を握り込んで、拳を作った。

「震えていますね、佑二さん」

花穂子が漏らした。恐々とした手つきで、ペニスの硬さを確かめ、垂れた粘液を引き伸ばして亀頭へと移動する。佑二は相貌を紅潮させ、喘ぎを耐えた。

「あとちょっとだけ、我慢してなさいね。今後間違いが起きないよう、お姉さんにきちんと教えておかないと、ね？　知識の足りないお姉さんを助けると思って」

少年の逃げ道を塞ぐように、彩香が小声で告げる。花穂子のためという言い方をされれば、佑二は抵抗心を押し隠すしかない。

（彩香さん、意地悪だ）

ピクつく勃起の根元を彩香が支え持ち、亀頭部分を花穂子がさわさわと撫でていた。女性二人が寄り添うと、香水や化粧品の甘い匂いが濃く漂う。

（奥さまと彩香さんが、僕のを……一緒にさわってる）

露出した局部をさわるしなやかな指遣いを見ているだけで、心臓の鼓動は速くなった。

「火傷しそうに熱くなってるでしょ。苦しさが伝わってこない？」

「ええ。トロトロのお汁がいっぱい漏れて」

「興奮している証よ。ね、佑二くん」

彩香が意味深な微笑を浮かべて、佑二に流し目を送る。嫌がる態度のはずが、しっかりと情欲を募らせている——、その指摘だった。佑二はますます表立っての抵抗がしづらくなり、目を伏せた。

「エッチな気分になるのは、仕方がないわよね。健康的な男の子だったら当たり前だもの。花穂子お姉さんだって、別に目くじらを立てたりしないわよ。ね、お姉さん」

今度は花穂子に話を振る。花穂子は戸惑いを表情に浮かべた。

「え、ええ。それはもちろん」

花穂子はうなずくものの、着物から伸びる白い首筋がピンク色に染まっていた。

「良かったわね、佑二くん。後でタッチされたことを思い出しながらオナニーしてもお姉さんは許してくれるわよ」

「あ、彩香さんっ」

「彩香っ……佑二さんはそんな真似なさりませんよ」

母子の関係を崩しかねない不穏な発言に、花穂子と佑二は同時に声をあげた。

「それはどうかしらね、ふふ。お姉さんは、こんな感じに擦ったのかしら」

彩香は含み笑いで誤魔化すと、佑二の肉茎をゆっくりと扱き始めた。右手が上下に動く度に、肉棹はピクピクと勢いよく跳ね動いた。

「征一さんは、ここを丁寧に洗えって言っていました。指先でくすぐるように……この括れた部分には指を巻きつけて」

花穂子が説明しながら、指先で亀頭の反りをなぞってくる。姉が先端を責め、妹が棹部分を甘く擦る。佑二は沸き立つ喜悦を、首を震わせて堪えた。

「ん、ぐ……」

陰嚢の裏側に、ジンと熱いものがこみ上げる。異様な状況が少年の身体を煮え立たせた。尿道口からは透明液が潤沢に滲み出て、棹裏へと垂れ、姉妹の指を濡らす。

(出ちゃいそう)

花穂子との入浴時から、何度も射精を迎えそうだった。先走りの液には既に精液が入り混じっているかも知れない。男性器だけでなく下半身全体が灼けつくようだった。

「お姉さんが教えられたのは、性サービスを施すお店のテクニックよね。佑二くんもそう思うでしょ」

(そうだ。奥さまは、おっぱいを僕の身体に押しつけてきた)

乳房を背中いっぱいに密着させ、勃起をやさしく扱かれた時の夢見心地を思い出し、佑二の肉体は一気に恍惚へと誘われる。吐精を耐える唸りをこぼしつつ、佑二は彩香に向かってうなずきを返した。

「ふふ、出したいってお姉さんにおねだりすれば？　このままじゃちっとも収まらないでしょ」

彩香が佑二の耳に口を近づけ、ひそひそと囁いてきた。佑二は相を強張らせる。

(急になにを言って……そ、そんなこと、できるわけが。母親と息子なのに)

そう考えてから、佑二はハッと思う。

(身をわきまえていたはずなのに……僕は奥さまのことを母親だって)

崇拝に似た感情さえ抱いている花穂子に対し、母という立場をあてはめて考える自分に、佑二は驚いた。

「お姉さん、佑二くんの頼みなら断らないわよ。気持ちよく搾り取ってくれると思うな。ジンジンとはち切れそうになってる癖に。我慢もそんなに続けると身体に悪いわよ」

根元部分への指の絞りを強めて、彩香がさらに告げる。

「今日の彩香さん、悪ふざけがすぎます」

佑二は声を低め、困惑の相で訴えた。彩香の双眸は妖しくかがやき、少年を玩具にするこの状況を楽しんでいるのがわかる。

「ふふ。無理しちゃって」

彩香は笑い混じりにつぶやくと、花穂子の方を向いた。

「もしかしてお姉さんって、他にも色々仕込まれているんじゃないの？　例えば縄で縛られたりとか」

（な、なわ？）

予想もしてない単語だった。佑二は驚愕の相で彩香を見、次いで花穂子に目を転じてその返答を待つ。

「そ、そんなこと……」

花穂子は口ごもり、手淫の指遣いを止めた。長い間を置いて、上品そのものの夫人はおずおずと首肯した。

（お、奥さまが、縛られて……）

信じられない思いで、佑二は目の前の女性を見つめた。着物の襟元から伸びる首筋は、ピンクから赤に変わっていた。

「してたのね」

「だ、だって誰にも聞けないでしょう。夫婦の夜の……そういった作法が正しいのか、どうかなんて。これが当たり前なんだって夫に言われたら従うしか」

「そうかもしれないけれど、よくそんな人となんでもないような顔して、六年も夫婦をやってたわね」

「決して悪い人ではなかったのよ。そもそも彩香だって、征一さんとの結婚を勧めてくれたじゃないの」

「お姉さんは、近所の子に生け花や書道を教えるだけで満足して、一生独身のまま過ごしそうだったから、少しくらい男性と付き合ったらって言ったの。まさか初めてのお見合いからトントン拍子に結婚まで行くなんて。夜のプレイがそんな特殊な人だと知っていたら、反対していたわ」

「征一さんの教えは、色々と間違っていたのね。じゃあ、わたしはどんな風に佑二さんを洗ってあげたらよかったのかしら」

「よほど幼ければ、未発達の包皮を剝いて洗ってあげることもあるでしょうけど、息子が思春期を迎えたら、たとえ母親でも弄ったりしないわ」

「そうなの？　もうわたしは佑二さんと、一緒のお風呂に入ってはいけないの？」

「ここをさわらなければいいのよ。ふつうに背中を流してあげたなら、佑二くんだって文句を言わないはずよ。ね、佑二くん」

「は、はい」

急に佑二に話が振られる。佑二は慌ててうなずいた。

「そうよね。よかった。また一緒に入りましょうね」

花穂子が佑二の勃起を握りしめたまま明るい声を漏らした。

（ああっ、奥さまの笑顔……）

安らぎと悦びがよく表れた表情を見ることは、佑二にとってなによりの至福だった。

「ねえ、お姉さんに子供が授からなかったのは、征一さんの方に問題があったんじゃないの？　手コキされても硬くならないって相当よ――」

彩香が言葉を途中で切ると、廊下の方へと視線を向けた。人の話し声が聞こえた。

「……あんな稽古もろくにやらん男に、征一の後釜が務まるとは思えん。二十歳の頃にはわしと比肩するほど、征一は剣の才は図抜けていたというのに」

「そうは言っても、大澤のしきたりだから仕方がありませんよ」

「あらかじめ分家連中に根回ししてあったようじゃが、わしはそういう姑息なやり方も気に入らんっ」

年配の男性の声と、それを宥める女性の声は徐々に大きくなる。

「お義父さまだわ」

花穂子が困った表情を作って、腰をわずかに浮かせた。

(大旦那さまと大奥さま、帰ってらしたんだ。見つかったら怒られる)

佑二は本邸に許可なく上がることを許されていない。その上、下半身が丸出しの状態だった。この光景を見て祖父の癇癪が落ちぬはずがない。

「あ、あの、僕こんな格好です……」

「苛立った声ね。会合の結果が思わしくなかったのかしら。落ち着きなさいお姉さん。佑二くん、脅えなくてもいいの」

彩香はウインクをすると、勃起を握っていた指をほどいた。買ってきたカーテンを手にとって、素早く広げた。少年の腰をヒマワリの柄で一気に覆い隠す。

「そもそも征一がまともな息子さえこしらえていたら、こんな羽目にはなっておらん」

機嫌悪そうな祖父の声が、和室内に直接飛び込んできたのはその直後だった。

祖父と祖母が開いていた襖の前で足を止め、佑二と彩香の見慣れぬ二人に目を向ける。

「お帰りなさいませ。お邪魔しております」

機先を制するように、彩香が畳に額を押しつけて、丁寧な挨拶をした。佑二も慌てて頭を低く下げた。

「どういうつもりかな。そやつを勝手に邸内へ連れ込んで」

案の定、征造は佑二の存在を非難するように告げた。面を戻しかけた佑二は、またひれ伏した。

「堂々としてなさい。この家はあなたの家でもあるんだから」

彩香が囁き、カーテンの下に手を潜り込ませて、佑二の男性器の先端部をきゅっと握り込んだ。

「用事があったので、わたくしがお呼びしました」

おそるおそる顔を上げた佑二の目に、居住まいを正してきっぱりと告げる花穂子の姿が映る。花穂子も佑二の根元部分に指を巻きつけたままだった。姉妹の手が、少年に勇気を与えるように包み込んでいた。

「ふん、お前には道場横の草を刈っておくように言いつけてあったはずだが」

征造がギロリと佑二を睨め付けた。

（いけないっ。忘れてた）

酒瓶運びに気を取られ、肝心の祖父の言いつけを失念していたことに佑二は気づいた。相貌がみるみる紅潮する。

（あ、謝らないと）

だがなかなか声が出なかった。今でも祖父は毎日、木刀を振るっている。背筋がピンと伸びたかくしゃくとした立ち姿は、七十過ぎとは思えない。鋭い眼光を向けられただけで、威圧されたように感じる。

「そんなの庭師の仕事でしょ」

祖父に聞こえる小声で、彩香がこぼす。

「彩香ちゃん」と花穂子が妹を窘めてから、征造へと視線を戻した。

「植木屋さんに、明日手入れをしていただくよう手配致しましたので、わたくしが佑二さんを引き止めました」

（奥さま……彩香さん）

佑二の失態を、花穂子が誤魔化してくれる。二人の身体が徐々に佑二の方に寄り、カーテンの下では絡みついた指に力がこもった。佑二を守るという姉妹の意思が、伝わってくるようだった。

「花穂子さん、息子の着物を広げているようですけど、なんのおつもり？」

「これは、寸法を直して佑二さんに差しあげようと……」

祖母に問われ、花穂子が説明する。

「お姉さん、バカ正直に」

彩香が佑二の隣で小さく舌打ちをした。

「その子をこの家に上げた用事がそれですか。征一が亡くなって日にちも経たないうちに身の回りの品の処分を始めるなんて、息子も不憫なものね」

「い、いえ、処分ではなく――」

「それでは、わたしたちに断りなく、息子の形見分けを始めたと言い換えましょうか」

祖母は抉るような言い回しで、責め立てる。花穂子はそれ以上言い返すことが出来ずに、俯いた。

「そのご様子だと花穂子さんは征一への未練がないようですし、もう今後の身の振り方を考えた方がよろしいんじゃないかしら。あなたはまだ若いんですもの。わたしたちは、あなたを大澤の家に縛り付けるつもりはありませんから安心してちょうだい」

「わ、わたしに、この家を出て行けということでしょうか」

「どういう意味か、ご自分で考えたらわかるでしょう。そもそもあなたが征一の子を生んでいれば、今日の話し合いだって必要なかったというのに」

「まったくだ。子も孕めん嫁を摑まされるとは。男でも女でもいい、血筋の正しい子が一人おれば、宗家相続はなんの問題もなかった」

花穂子は頭を垂れて、肩を小さくする。

（僕を庇ったから、怒りの矛先が奥さまに……）

花穂子がなじられる光景を見るくらいなら、自分が叱られている方がずっとましだった。佑二は無力感に苛まれながら、唇をぎゅっと嚙む。

「お姉さん、頭を下げる必要はないわよ」

だが気の強い彩香は、姉が一方的に責められる姿に我慢がならなかったのだろう、眼差しをキッと強くして、会話に割って入った。

「彩香さん、大澤の家の問題です。口出しはしないでくださるかしら」

「いいえ。妊娠は女の身体だけの問題ではありませんから。お姉さんだけに責任があるような物言いは、医を職としている者として見過ごせません」

「征一になにも問題ないことは、ほれ、そこのただ飯食らいが証明しておるだろう」

征造が佑二を顎で指し示した。佑二の存在こそ、父の生殖能力の何よりの証だった。

「そ、それは……」

彩香は口ごもると、言い負かす材料を探すように、視線を左右に泳がせる。

(今度は彩香さんが……なにか機転の利いたことが言えればいいのに。ごめんなさい、彩香さん)

悔しそうに眉間に皺を作る彩香に、佑二は心のなかで謝る。その時だった。急にパッと彩香の顔が晴れる。頬を緩めて、祖父母を見た。

「でもお姉さんだって、今妊娠しています。ね、お姉さん」

(え、奥さまが妊娠?)

佑二は彩香に疑問の目を向ける。そんな雰囲気は、先ほどまでまったく感じなかった。

「とってつけたように。冗談はよしなさい」

彩香の言を信じていないのだろう、祖母も苦笑を浮かべてあしらう。

「冗談で言っていいことと悪いことの区別くらい、わたしにだって判断できますから。妊娠検査薬の結果だって、先ほど見せてもらいました。お姉さんは生理周期が規則正しい方だから、まず間違いないでしょう。明日わたしが付き添って、産婦人科できちんと診察をしてもらう予定です。お二人へのご報告はその後にするはずだったのですけれど」

彩香は胸を張って、堂々と告げた。ヒリヒリとした室内の空気が、一変するのを佑二は感じた。

「ほ、ほんとうなのか花穂子さん。征一の子だな」

祖父が花穂子へと駆け寄って尋ねる。カーテンの内で勃起を握る彩香の手がスッと移動し、花穂子の手の位置に重なった。話を合わせろという合図に思えた。

「え、ええ、お義父さま」

花穂子が返事をしながら、ぎゅっと佑二の勃起を握りしめた。手の平が汗ばんでいた。

「でかした、花穂子さん。健康な子を生むんじゃぞ。つまらんことを言って申し訳なかった」

祖父は破顔し、花穂子の着物の肩を摑んだ。そして祖母を振り返った。

「これで後継の話はご破算だな、早急に門人たちを集めんと。会議のやり直しじゃ」

「あなた、相談役の大村さん、九州へ帰られるんでは？」

「おお、そうだ。留まっていただかないと。電話だ電話」

祖父母が慌ただしく和室を後にする。室内には元の三人だけとなった。佑二ははあっと肺から息を吐き出した。

「ため息ついちゃって、緊張がとけた？　ふふ、きみの下半身はずいぶんとふてぶてしいのね。あの二人が側にいても、ずっと硬いままですもの。驚いちゃったわ」

彩香がカーテンを取り去った。姉妹の指を絡みつかせたペニスは、悠然とそそり立って偉容を晒す。

「ご、ごめんなさい。あ、あの奥さまの妊娠って……」

「そうよ彩香、どういうつもりなの」

「仕方がないでしょう。こうなったらお姉さん、赤ちゃんを作りなさいな」

白い指で佑二のペニスをゆるゆると扱きつつ、彩香は困惑の顔を作る花穂子に向けて、不敵な笑みを放った。

第二章　最高の癒しを与えてくれる寝室

1

ひぐらしの鳴く夕日のオレンジのなかを、幾本もの剣が舞う。白の胴着に身を包んだ十人ほどの門下生たちが、裏庭で晩の稽古を行っていた。

「あれは居合の型の稽古よね。似た動作の繰り返しなのね」

彩香が頭の後ろから尋ねてきた。

佑二の暮らす離れの小部屋からは、朝晩の練習風景が見えた。ひゅっ、ひゅっという風切りの音が、部屋のなかにまで届く。

「は、はい。立業の形で……十本、十種類あります」

佑二は喘ぎつつ答えた。

騒動はあったものの、彩香の家庭教師の予定は時間通りに始められた。

「佑二くんも、あのなかに加えてあげればいいのにね」

彩香が不満そうにつぶやく。

正式な門下生とは認められていない佑二は、大会はおろか練習の場にさえ一度も参加をしたことがなかった。窓から見える父の鍛錬する姿が、佑二の剣の手本だった。

「あ、あの……彩香さん、手を」

佑二は訴える。一つの椅子に、彩香と佑二は座っていた。後ろに座った彩香が大きく脚を開いて、座面の前に浅く腰掛けた佑二の腰を抱く格好だった。

彩香はその姿勢から脇から前に手を回して、佑二の剝き出しになった男性器をゆるゆると扱いていた。充血した陰茎を細指で嬲られていては、問題を解くどころではない。

「なあに？　家庭教師をしてあげてる最中だっていうのに、こんなに元気いっぱいの形にさせちゃってる癖に。ちっとも収まらないじゃないの。お部屋に戻った時は、パンツ越しにもかかわらずヌルヌルだったし。わたしはナースだから男性がこんな風になっていても割合平気だけど、ふつうの女性だったら軽蔑して平手打ちよ」

　このままでは風邪を引くと言って、彩香は強引に佑二のズボンと下着を降ろした。その後は花穂子に対抗するように、背後からの手扱きが始まった。

（こんなエッチなことを彩香さんがするなんて。いつもと違うよう）

　普段から実の姉のように、気さくに接してくれていた。だが性的な干渉をしてきたことはなく、彩香の変化に佑二は戸惑いを隠せない。

（それに、さっきの大旦那さまとのやりとりはどう解決するつもりなんだろう。奥さまが〝妊娠〟しただなんて）

　先ほどの一件も、佑二の頭に引っ掛かっていた。祖父母は既に流派の関係者に報告を入れているだろう。大ごとになった後でまかせを言ったとわかれば彩香、そして花穂子の立場が悪くなるのは明白だった。

（嘘をついたと知れたら、奥さまが即刻この家を追い出されることだってあり得る）

「手が進まないわね。集中できないの？　でも花穂子お姉さんはお風呂場でこんな風にしたんでしょう。花穂子お姉さんはよくて、わたしはダメってことはないわよね」

からかうような口調ながら、花穂子に対しては拒否をしなかった少年の負い目を、彩香はしっかりつついてくる。佑二は表立っての抵抗ができなかった。

(おまけに彩香さん、おっぱい、ノーブラだよね)

本邸から離れへと移動する間に、彩香は隙を見てブラジャーを取り去ったらしく、背にぴたりと当たる胸の感触が生々しかった。二十六歳の張りのあるボリュームは、温かみを持って背に迫ってくる。

(奥さまの大きなおっぱいで背中を洗ってもらって、今度は彩香さんのぷるぷるおっぱいが擦りついてる)

三十四歳とは異なるやわらかさや弾力を、佑二は背中越しに噛み締め、ため息をついた。女体の至福とも言えるやわらかさ、そして漂う甘い香水と肌の匂いは少年の欲情を誘ってやまない。ペニスはジンジンといきり立つ。

「そもそもこの部屋が狭くて、わたしの座る椅子がないのが悪いのよね。竹村家のお嬢さまのわたしに、床に座れって言うの?」

彩香は裏筋の辺りをくりくりと、弄ぶように指をすべらせる。性感を刺激されて、肉棹はカウパー氏腺液を溢れさせる。彩香はそれを指先ですくい取っては、亀頭に塗りつけてまぶしていた。

「で、でも彩香さんは、いつも家庭教師をしてくれる時は、ベッドに腰掛けて、んっ」

彩香の吐息が首の裏に掛かったと思った瞬間、温かな感触がうなじの辺りをちろっと撫でた。佑二は「あんっ」と情けない声を漏らして、背を引き攣らせた。

「彩香さん、なにをっ」

「ふふ、しょっぱい。佑二くんて、感度いいわよね。顔つきはあどけないのに、しっかり成長してるし。すごい括れ」

(しょっぱいって……僕の首筋を彩香さんが舐めてる)

彩香は首筋に舌を伸ばして、ぺろっぺろっと首筋の汗を舐め取っていた。右手は亀頭の反りの下に指を引っかけ、粘液のヌメリを意識させるように指を回転させてくる。上と下から同時に受ける愛撫の快感に、少年は身を捩った。

「あ、あん……彩香さん、ちょっと。だめっ」

「きみは知らないの? ベッドは寝る場所よ。それと男女が愛を交わすところ。こんな風にね」

亀頭への回転運動を続けながら、一本の指で括れの裏側を、執拗になぞりあげる。佑二の声は裏返り、腰が灼けつくように熱を孕んだ。

「あっ、ああッ」

（出ちゃうッ）

吐精感がせり上がり、目の前が赤らんだ。延々と耐え続けた肉体はもはや抑制が利かない。勃起はブルブルと震え、とろけるような性感の頂点が佑二を包み込む。その刹那だった。彩香の淫らな手の動きがピタリと止まり、代わりに肉棹の根元をぎゅっと絞り込む。

（あ、え？）

高まっていた射精感は抑え込まれ、佑二は苦しげに胸を喘がせた。尿道口から、透明な粘ついた液だけがトロトロと滲み出た。佑二はそっと背後を窺った。彩香と目が合う。

「どうかした？　手が止まっているわよ。お勉強を続けないの？　次のテストでも学年三番以内に入ったら、ご褒美をあげようと思ってるんだけどな」

彩香はとぼけるように首を傾げた。

（最後まで続けてくれればいいのに）

射精をせき止められ、焦らされるつらさのなか、佑二は思う。抑え込んだ放出欲は重苦しさを伴って、下半身に滞留していた。

「ふふ、佑二くん、お部屋に戻ったら、こっそりオナニーするつもりだったでしょ。わたしの家庭教師の時間で、残念だったわね。あの時、出してもいいですかってお姉さんに訊いていれば、きっとこんな風に手で甘くシコシコして、最後まで気持ちよくしてくれたのにね」

彩香は勃起を括り込んでいた指を緩めると、ゆるゆると棹腹をさすった。彩香の指のなかでペニスは苦しげに戦慄きを起こす。

(彩香さん、僕をいたぶって遊んでるの？)

彩香の目的がよくわからない。佑二は前を向いて、ノートに目を落とした。

「お姉さんは、後ろから手探りだったんでしょ。ってことは、お姉さんの生おっぱいもこんな具合に堪能したんだ。ねえ、お姉さんのおっぱい、どうだった？」

佑二の背中と自身の胸をぎゅっと密着させ、肩胛骨に双乳を擦りつけてきた。二十六歳の豊満なボリュームは、劣情の解消しない少年に、新たな欲望の火種を植え付ける。

(こんな状態で勉強なんか……)

再び彩香の指がいやらしく蠢く。いきり立ったペニスの裏筋を、人差し指で撫で上げながら、巻きつけた指はじんわりと圧迫を強めてくる。

ツボを心得た手つきは、自慰をしのぐ愉悦をもたらす。頭のなかがピンク色に染まり、いつの間にか花穂子の〝妊娠〟の件も消えてしまいそうだった。

「ココが弱いのよね。こっちはどうかな」

彩香が狙ったのは、尿道口だった。指腹で小穴の粘膜をソフトに捏ねくる。棹を扱かれるのとはまた別種の痺れるような感覚に、佑二の腰がヒクヒクと戦慄いた。

「きみみたいな子は、まだたっぷり皮を被っていると思っていたんだけどな。その内、看護師のわたしに仮性包茎の悩みを相談してきて……そんな展開を期待してたのに」

耳元で囁きながら、勃起の先端を爪でピンピンと弾いた。

「んッ」

佑二は呻きをこぼす。熱化したペニスには爪の刺激さえも快く響いた。手に持ったシャープペンシルを握りしめて、少年は盛んにため息をついた。

「甥っ子だから、わたしだってきちんと一線は引いていたのよ。それなのに花穂子お姉さんが、無垢なきみの身体を先に自由にしたなんて聞いたら……ね。きみだってすぐに止めればいいのに、ちゃっかり愉しんだんでしょ」

（彩香さん、怒ってるの？　さっきから嫉妬って言うか、焼き餅みたいな……でもまさか）

有り得ないと思う。彩香は二十六歳の大人の女性だった。自分とは釣り合わない。やわらかな印象の花穂子とはまたタイプが違い、シャープな顔立ちの美貌は、意志の強さと怜悧な雰囲気が漂う。経済的にも恵まれている立場であり、男性は選び放題だろう。

（きっと、いつもみたいに年下の男の子をからかって遊んでいるだけ）

佑二は視線を落として、男性器に絡む白い手に見入った。美人の叔母が、カウパー氏腺液で指を濡らしながらしなやかな愛撫をする光景は、こうして自身の目で見ていても夢のなかの出来事のようだった。

「きみ、今わたしとお姉さん、どっちのおててが気持ちいいか、考えているでしょ？　人妻の手コキの方がよかった？」

彩香が肩越しに、佑二の横顔を覗き込んでいた。佑二は動揺の目を向ける。

「そ、そんなこと考えてません」

「ふふ、ほんとかな？　忘れていないわよね。バレンタインの朝に、わざわざ豪華なチョコレートを届けてくれたのは、どこの美人の叔母さん？」

彩香は、密着させた乳房をグイグイと押しつけてくる。快い胸肉の圧迫を与えながら、細指は上下にすべりだした。佑二は肩をゆすり、身を捩って悶えた。

「あ、彩香さんです」

ベルギー製の高級チョコレートを、彩香は出勤前に立ち寄って届けてくれた。

「よろしい。やさしい叔母さんの恩を忘れてはだめよ」

冗談ぽく言うものの、相変わらず彩香の言葉の端々に妬心を感じた。

「お姉さんは、ソープの泡を使ってたんだもの。わたしの方が不利ね。もっと足を開いて。たまたまも可愛がってあげる」

膝の位置に引っ掛かっていたズボンと下着が、ついにすとんと足首まで落とされた。

彩香は勃起し続けて赤くなった棹部分を、右手でシコシコと擦り、左手は陰嚢を包み込んで揉みあやす。どちらの手も、汗と先走り汁でヌメついているのが、愉悦を増した。くすぐったさを伴った快さに、佑二の唇から吐息が自然とこぼれた。

（彩香さん、奥さまと張り合っているみたい）

「旦那さまのコレを、お風呂場でいつも洗ってあげてたなんてね。お姉さんて真面目で奥手でしょ。きっとお義兄さんは、自分好みのエッチな女性に仕込もうとしてたのね」

（それは、僕にもわかる気がする……）

同じ男として、願望を理解できた。今こうして、彩香の乳房を感じながら手扱きを受けていると、天国にいるような心地だった。

（毎晩こんなこと、しかもあの奥さまにしてもらえたら）

上品で淑やか、高貴な雰囲気を漂わせる花穂子に、裸で奉仕をしてもらえる場面を想像しただけで、佑二の鼓動は速まった。

「いつもギンギンの佑二くんにはわからないでしょうけど、大人はいつも調子よく反り返るってわけにはいかないのよ。だからお姉さんも、そういうものかって受け入れたんでしょうね。お姉さんもよかれと思ってやったのよ。許してあげてね」

「あ、は、はい……あん」

彩香は耳に息を吹きかけながら、耳の縁をツーッと舐め上げてきた。佑二は汗ばんだ相を震わせた。

「縛ったりしてたって話も、その辺に理由があるのかもね。趣向が変われば、元気になることもあるでしょうし。それにしても慎ましいお姉さんが、アブノーマルなプレイをしてたなんてびっくりよね」

（そうだ、縄まで使ったって言ってた。奥さま……どんな風に縛られたんだろう）

佑二の脳裏で、卑猥なイメージが膨らむ。友人たちから回ってくる性的な雑誌で、女性の緊縛姿を見たことがあった。花穂子が白い肌に縄を食い込ませ悶える姿を思い浮かべただけで、勃起は硬直を高め、カウパー氏腺液がドクンと溢れ出した。

「あん、すごい量ね。わたしの指、ドロドロよ。お姉さんの縛られた奴隷姿、想像したんでしょう。それともきみ自身がお姉さんを縛ってみたいの？」

「あ、あの、その……」

佑二は振り返って弁明しようとするが、上ずった声しか出なかった。彩香の推察を認めるように、勃起は細指のなかで勢いづいて跳ねた。

「そうか。きみは〝ママ〟を縛って、ぐちょぐちょにやっちゃいたいんだ。ふしだらな子ね」

（〝ママ〟を縛るだなんて）

勃起がジンジンと鬱血した。邪な願望が己でも自覚できているだけに、佑二の肌には汗が滲んで、身体はカアッと燃え立った。狼狽が隠せない。

「い、いえ、そんなんじゃなくて」

「別にいいわよ。義理の母親が相手だってのは一般的には、問題あるかもしれないけれど、わたしは職業柄エッチなことにも免疫があるから許してあげる。それよりも佑二くんの本性を、こんな形で知っちゃうなんてショックだわ」

彩香が妖しく瞳を細めて囁いた。細指は上下の動きを速め、膨れ上がったペニスをせっせと扱いた。陰嚢を繰る左手も、揉み込みを強める。溜め込まれ続けた欲求が噴き上がりそうだった。

「あ、あんッ……そ、それよりも、に、妊娠のことは、どうするんですか？」

佑二は悶え泣きながら、問いかけた。

「あ、あれは――」

愛撫をする彩香の手が止まった。佑二は腰と太ももに力をこめて、せり上がってくるものを懸命にこらえた。

「大切な人が、子供を産むためだけの存在みたいに言われると、カチンときちゃうわよね。まあ、勝手にお姉さんが征一さんの遺品の形見分けをした風にもとれるから、わたしも途中までは我慢をしていたのだけど……ついね」

「ぼ、僕が大旦那さまに言い返すべきでした。そもそも僕が庭仕事を忘れたのがいけないのに」

喘ぎながら佑二は告げた。

「佑二くんが口答え？　そんなことをしたら、もっと波風が立っていたでしょ。ふふ、しかしきみはわかりやすい子ね。自分のことは、どんなひどい仕打ちをされてもじっと耐える癖に。そんなにママのことが大事なの？」

彩香が口元を緩めて指摘する。佑二は「え？」と返事に詰まり、顔を赤らめた。

「え？　じゃないわよ。お姉さんだってそう。穏やかなお姉さんが、あのお舅さんたちに向かって言い返したんですもの、よっぽどのことよね。大事なわたしの佑ちゃんをいじめないでって、内心煮えくり返っていたのよ。……この、真っ赤になって照れちゃって。そんなにうれしかったんだ」

「……はい、うれしかったです」

佑二は素直に認めた。自分を守ろうと、感情を露わにして他人に庇ってもらえることの悦びは大きい。損得とは無縁の愛情を感じれば、なんとも言えない幸福感が湧く。

「お互い、大切な存在なのね。やっぱり二人が一緒にいられる方法は……」

　彩香がつぶやき、黙り込んだ。

「彩香さん？」

　佑二は問い返した。

「きみに浴衣をあげるって聞いた時、お祖父さまとお祖母さま、あの二人があからさまに嫌な顔をしたでしょ。法的には佑二くんだって立派な相続人だから、お姉さんが佑二くんも自分の側に引き入れて、この家の財産を狙ってると思っているのよ」

「財産？」

「ええ。この家、元は藩の剣術指南役で古い家柄でしょ。先祖伝来の広い道場や会館、それ以外にも一等地に土地をいっぱい持っているわ。跡を継げば、もれなくそれも付いてくる。だから宗家相続の話し合いだって、剣術がどうのっていうより一族内の財産争いなのよ。征一さん……あなたのお父さんと花穂子お姉さんの間に子供がいれば、なにも問題はなかったのだけれど」

（だから大旦那さまは、奥さまが子を生むことに拘っていたんだ）

　花穂子や彩香の実家である竹村家も、文化人を多数輩出している由緒正しい家系だと聞いた。武で鳴らした大澤家に釣り合う名家だからこそ、花穂子に縁談の話がやってきたのだろう。

（伝統を背負うんだもの、血筋が大事なんだよね）

こういう話を聞く度に、自分が場違いなところにいるという感を佑二は抱く。

「そんな顔しないの。佑二くんのこと、あんな子が欲しかったわって言うのがお姉さんの口癖よ。あなたを自分の息子のように考えているのはわかるでしょう？」

表情に寂しさが表れていたのか、彩香が気遣うように言う。佑二は首肯した。

「そんな風に思っている人間が周りにいるってことは忘れないで。お姉さんだけじゃないわ、わたしだって……」

彩香は耳元で告げると、腕に力をこめて、少年の肉体をぎゅっと抱いてきた。佑二のTシャツは汗でびっしょり湿り、肌に貼り付いていた。それは彩香も同じだった。汗で濡れた薄手のブラウスは、彩香の火照った体温をはっきりと感じさせる。

「わたしがきみを引き取ってもいいって考えたこともあるの。でも今言った通り、花穂子お姉さんときみ、妻と息子の二人が揃えば、遺産分与のこれ以上ない材料となるでしょ。あの人たちは、きみを絶対に手放さないわ」

股間に置かれた手が、佑二の分身を締めつけた。彩香の言葉と指遣いを悦ぶように、ペニスが反りを強めて腹を叩いた。

(僕を引き取ってくれるって。彩香さんは、奥さまの妹なのに)

血縁でもなく、花穂子ほど関係が深いわけでもない。それでも、手元に自分を置こうとしてくれるやさしさに心が震えた。

「佑二くんはどうしたいの？　一番大事なのはきみの気持ちよ」

(僕は……でも我が儘を言うと、奥さまや、彩香さんの迷惑になるのでは)

恩義を感じるからこそ、花穂子、そして彩香の負担にはなりたくなかった。佑二は答えを探すように視線を彷徨わせた。

窓の外の練習風景が目に映る。門人の一人が、庭の中央に立っていた。他の者はそれを離れて見守っていた。演武大会の稽古だろう。

柄に手をやる。同時に踏み込み、鞘からすべった剣が閃いて弧を描く。ぶれのない鮮やかな軌跡だった。

(剣を持つ以上、決して迷うなと旦那さまは仰った)

迷いを捨て、素早く抜き斬り下ろす——。それこそが居合の命だと、真剣を渡す時に父は告げた。

（でも、僕はうじうじと迷ってばかりだ……あっ）

花穂子が庭へと姿を現す。手には真新しいタオルを何枚も持っていた。稽古終わりに、タオルを手に門人たちを迎えるのが花穂子の習慣だった。

「珍しいわね。お姉さん、髪をまとめてないわ」

彩香が言う。花穂子の長い髪がたなびいていた。夕日を浴びて、着物の生地は金色に縁取られていた。白い肌はきらきらとかがやく。幻想的な光景に、佑二の瞳が吸い寄せられる。

（離ればなれになんてなりたくない。奥さまの近くにいたい）

ふっくらとした花穂子の頬のラインを見て、佑二は思う。花穂子の作るやさしい笑みがあれば、どんなに酷い祖父母の仕打ちにも耐えられた。

「佑二くんわかってる？　お義兄さんが亡くなられたから、この家にお姉さんを守ってあげられる男性は佑二くんだけなのよ」

彩香が耳元で囁いた。佑二はハッとする。

（そうだ。奥さまが、労をねぎらいながらタオルを最初に渡すのは、旦那さまだったのに）

その父はもういない。花穂子が未亡人となった事実を、佑二はようやく理解した。

「あ、んくッ」

彩香が股間に置いた右手の動きを速めた。射精感が急激に高まり、情けない声が漏れた。

「まだ出してはダメよ」

彩香の指が佑二のペニスをきつく握り込んでいた。寸前で抑え込まれ、充血した肉棹が苦しげに震える。彩香は佑二の射精を巧みにコントロールしていた。喘ぐ佑二の口元から涎が垂れる。温かな吐息が横から近づいてきた。ピンク色の舌が、ぺろっと佑二の下唇を舐めた。

(彩香さんが、僕のつばを……)

佑二は涎を舐め取った紅唇を見つめた。

「ぼ、僕に、なにか出来ますか」

佑二は尋ねた。その言葉を待っていたのだろう、叔母が切れ長の瞳をやわらげ、艶っぽい笑みを浮かべた。

「佑二くんでないと、出来ないことがあるわ。花穂子お姉さんの妊娠の件……嘘は良くないけれど、事実にしてしまえば問題ないわよね」

（事実に？）

詳しい説明を求めるように、佑二は眉間に皺を作った。

「花穂子お姉さんは、これから妊娠するの。わたしはナースだから、妊娠検査はどうとでも細工できる。お姉さんが急いで懐妊してしまえば、出産時期が多少ずれても、個人差で済むわ」

（で、でも……相手は？）

それこそが問題だった。叔母の紅唇から白い歯がこぼれる。二重の双眸を妖しくかがやかせて、佑二の顔をじっと覗き込んできた。

「征一さんもお姉さんも、そしてきみもO型よね」

その言葉で、佑二はようやく彩香の目論見に気づいた。O型からはO型しか生まれない。

「そ、そんな……そんなことは許されませんよ」

「どうして？　今のお姉さんは誰のものでもないわ。未亡人だもの。佑二くんと一緒で、独り身なのよ。それともきみはお相手がお姉さんじゃ不満なの？」

「そ、そういうことじゃありませんっ」

花穂子は母親にあたる。母と息子が関係を持つことは近親相姦だった。

「佑二くんの気持ち、わたしは知ってるの。言葉に出来ない想いは、本人よりも傍から見ている人間の方が、よくわかるのよね。正直になりなさい。お姉さんとまたお風呂に入って、ここをやさしく洗ってもらいたいでしょ。わたしの家庭教師だって終わりになるのよ。成績がよかった時の、ご褒美だってあげられなくなる」

彩香が積極的に指を動かし、佑二を追い込みに掛かった。シュッシュッという指扱きの音色が和室内に奏でられる。

「ああんっ」

佑二は喘ぎを放った。口元から唾液が垂れこぼれる。

「きみは、お姉さんの水着姿だってまだ見ていないじゃない。プールや海に、一緒に行きたくない？　わたしがうまく騙して、エロ水着をお姉さんのあのむっちりボディに着させてあげるわよ」

淫欲をもり立てるように囁く。細指に擦られ、ペニスが衝き上がった。

（ああ、出ちゃう）

少年の肉体は限界に達した。蟬の鳴き声が消え、世界が真っ赤に染まろうとした。そのタイミングで、彩香は陰嚢の下側を指で摘む。精液の通り道をせき止めたのだとわかった。

「ああん、彩香さんっ」

ドクンドクンという痙攣は起こるものの、尿道を駆け上がる樹液の噴出は始まらない。佑二は甘えたように鼻を鳴らして、決して射精を許してくれない叔母を見た。

「つらいわよね。ごめんなさいね」

彩香が顎下に舌を這わせ、汗の伝う首筋にキスをする。佑二の身体は苦悶と快美の狭間で震えた。

「一生、離ればなれになるかの瀬戸際なのよ。あなたをこの家に一人、取り残したくない。そのためには、お姉さんが妊娠するしかないでしょ」

(妊娠しないと……奥さまと会うことも出来なくなって、彩香さんの家庭教師もなくなる)

彩香の舌が、佑二の顎先に垂れた涎を舐める。吐精を抑制された肉体の内は、焼け爛れるような欲望が出口を求めて、ドロドロと渦巻いていた。佑二は故意に口元を緩めた。溜まった唾液が、粘ついた塊となって垂れ落ちる。彩香の赤い唇が丸く広がり、それを受けとめる。糸を引いた滴が口内に消えた。ゴクッと喉が鳴る。

（彩香さんが僕のつばを……）

ぐつぐつと頭の茹だる光景だった。灼けつくような劣情が、少年の肚の辺りから湧き立つ。

「ふふ、甘いわ……。大切なファーストキスは、奪わないでおいてあげる。好きな人と口づけを交わすチャンスは、大事に取っておきなさい」

彩香は舌先を覗かせて、自身の下唇をちろっと舐めた。ツヤツヤに光った紅い唇は、弧を描いて笑みを作る。妖艶な色っぽさを醸す叔母の美貌を、佑二はゆれる瞳で見つめた。

「もっとわたしに呑ませたい？　ミルクはだめだけど……我慢汁なら呑んであげようか」

彩香はそう言うと、佑二が返事をする前に肩を後ろから押して、椅子から立たせた。彩香が身を屈めて机の下へと潜っていく。佑二がペタンと椅子に腰を落とすと、彩香は佑二の膝を開いて、その間に身体を入れてきた。

「佑二くん、どうする？」

足元から美貌が佑二を仰ぎ見る。細指を肉棒に添え、赤い唇から漏れる吐息を棹裏に吐きかけながら、彩香は佑二に向かって小首を傾げて見せた。

(僕の勃起の前に、彩香さんの顔が)

ペニスが期待感でピクつく。

「ぼ、僕は……奥さまと、それと彩香さんと一緒にいたいですっ」

佑二は叫ぶように告げた。彩香がにっこりと満足そうに笑った。

「安心なさい。わたしがお膳立てをしてあげるから。佑二くん、もう立派な大人だもの。だいじょうぶよ」

紅唇が股間に被さってきた。生温かな感触が、先端部を這いずった。

「んっ」

佑二の身体にゾクゾクと身震いが起きた。

「んぷ……すごい量、あむん」

指で肉棹の付け根を括り込み、精が漏出をしないよう注意しながら、彩香がねっとりと舐め回していた。唇を尿道口につけて、カウパー氏腺液をジュルッと啜り呑む。潤沢な粘液が彩香の口のなかに吸い取られていく。射精をしていないのにペニスはビクンビクンと発作の痙攣を起こした。

(気持ちいいっ……あ、奥さまっ)

勉強机に座る佑二の姿に気づいたのだろう、花穂子が庭から手を振っていた。佑二は相貌を歪ませ、チラと下を見た。彩香の黒髪が股間の上でゆれていた。

佑二は荒く息を吐き出し、花穂子に向かって小さく手を振り返した。

2

ホテルの一室に花穂子はいた。時刻は夜の十時を迎えようとしていた。

「佑二さん、お加減はいかがですか？」

佑二は広々としたダブルサイズのベッドに横になっていた。顔が赤らみ、額の辺りに汗が浮いていた。

「平気です」

微笑みを作って佑二は返事をするが、呼気は安定しない。

（ただの乗り物酔いかと思ったのに、苦しそうだわ。わたしを病院へ連れて行く名目なのに、彩香が佑二さんまで連れ出すから）

明日、産婦人科で診察を受ける予定と言った妹の言葉が、舅たちに嘘と見抜かれるわけにはいかない。妹の運転する車で、花穂子は夜のうちに実家へと戻ることとなった。週末に一人きりにさせてはかわいそうと、彩香は佑二までも同乗させていた。

（佑二さんは、車のなかでも言葉少なだったわね）

具合の悪そうな佑二を見て、休憩を決めたのは彩香だった。幸い、近くに竹村家の所有するホテルがあった。オーナー一族が現れたとなれば、相応の部屋が用意される。空いていた最上階のスイートルームへと花穂子たちは通された。

（彩香、遅いわね）

フロントへ行った妹はなかなか戻ってこない。薬をもらうか、可能なら夜間でも診察してくれる医師を手配すると妹は言っていた。

（お医者さまは念のためよね。それほどお加減が悪いとは思えない。でももし重病だったら、どうしましょう）

花穂子は焦燥を抱きながら、濡らしたハンカチで、佑二の顔に浮いた汗を拭いた。看護師である妹に、今は判断を委ねるしかなかった。

バッグに入れてあった携帯電話が鳴る。取り出して相手を確認すると、竹村彩香と表示されていた。

「もしもし彩香、どうしたの？」

臥している佑二には話し声が煩いかと思い、花穂子は携帯電話を手にドレッシングルームへと移動した。入り口の広い鏡に、水浅葱色の着物と蜻蛉柄の描かれた絽の帯を締めた女が映る。佑二のようすが心配の余り、己の顔色までもが青白くなっていた。花穂子は小さく吐息をついてから口を開いた。

「佑二さん、相変わらずご気分がすぐれないみたいだわ。お医者さまは？　彩香は今どこにいるの？」

「わたしは職場へ向かっているところよ。今夜は夜勤なの」

「そ、そんなこと、聞いていませんよ」

花穂子は驚きの声をあげた。電話の向こうで、妹がクスクスと含み笑いを漏らす。車で走行中なのか、音声にかすかな雑音が混じっていた。

「だってお姉さんには言ってないもの。今のところ、佑二くんにお医者さまは必要ないわ。彼の調子が悪いのは、性的欲求を昼から溜め込んでいるせいよ。お姉さんは後ろの席だったから気づいてないでしょうけど、助手席に座っていた時、彼ってばずっと股間にテントを張ってたのよ」

「テントって……そ、そうだったの」

意外な理由に拍子抜けをすると同時に、やっかいな病気ではなくてよかったと、花穂子はほっと胸をなで下ろした。

「自分でちゃっちゃっと処理してしまえばいいのに、佑二くん、お姉さんと一緒にお風呂に入った思い出を汚したくないのよ。だから懸命に我慢をしているみたい。お姉さんだって、むらむらしたら自分で慰めて発散するのにね」

「わ、わたしは、そんな真似」

軽口を飛ばす妹に、花穂子は反発の声を漏らした。だが妹は、それを待っていたかのように鋭く問いただしてくる。

「なあにお姉さん、自分は今まで一度も、そんな不潔な行為はしたことがないなんて、言い出すつもり？」

「彩香、つまらないことを言うのはよして。今は、そんな会話をしている場合ではないでしょう。わたしの妊娠の件だってあるんですよ」

佑二の身体に差し迫った問題がないのは良いとしても、虚偽の懐妊報告については依然なにも解決をしていない。妹には内に秘める妙案があるらしいが、花穂子になかなかその内容を明かそうとはしなかった。

「いいえ。今だからこそ〝そんな話〟がしたいのよ。上品で慎ましいのが悪いってわけじゃないわ。でもツンとすまして気取っている継母に、生母を亡くして行き場を無くした義理の息子が、簡単に懐けると思う？」

妹の指摘に、花穂子は一時言葉に詰まった。

（ツンとすました態度を取っているつもりはないけれど……）

佑二は常に敬語を使い、礼儀正しかった。同時に花穂子に頼み事をしたり、弱音を吐くことも一切なかった。

（つまりわたしは、佑二さんにとって、まだ心を開くに足る存在でないということ）

「生みのお母さまを亡くして一年ちょっとでしょ。佑二くんは、お姉さんを母親として認めることの抵抗が、深層にあるんだと思うわ。お姉さんへの好意を憧れに代えて、過度に神聖視することで、逆に距離を置こうとしているのよ」

医療従事者らしい妹の分析に、花穂子はうなずいた。

「佑二さんが近寄り難さを感じているご様子なのは、わたしにもわかっています。彩香……わたしはどうしたらいいのかしら？」

「今夜、佑二くんに抱かれなさい」

あっさりとした妹の台詞に、花穂子は耳を疑った。手元から落としそうになった携帯電話を握り直す。

「あ、あなた、なにを言って――」

「せっかくホテルのスイートに二人っきりにしてあげたのよ。互いの殻を破る良い機会じゃない。今すぐ佑二くんの寝ているベッドへ入って、お姉さんのそのイヤらしい身体を使って、ケアをしてあげなさいな。お姉さんだって性欲を持った一人の女だってところを見せて、佑二くんの幻想を砕くの。それにお姉さん、妊娠の件と重なって都合がいいじゃない。事実にしてしまえば、お舅さんたちだって文句を言えないわ」

予想もしていなかった提案に、花穂子はくらくらと目眩を覚える。

(わたしに佑二さんの子種で孕めと……)

「冗談よね。母親と息子なんですよ、そんなことが出来るわけがないでしょう。そもそも、その場しのぎの嘘をあなたが口にしなければよかったのよ。わたしを助けようとしてくれたのはありがたいと思っているけれど……」

「だったらこれから大澤の家に戻って、二人して頭を下げる？　それでお姉さんはいいの？　妊娠をしていないとわかれば、お姉さんは大澤の家を追い出されて、佑二くんは一人あの家に取り残される。彼を守る人がいなくなれば、使い勝手の良い使用人として扱われるのは目に見えてるわ」

「そ、それは……」

まさしく花穂子の危惧しているところだった。今日も舅は、佑二一人ではこなせないような庭仕事を命じていた。

（勉強に集中しなければならない時期だというのに）

「一年間見ていたけれど、佑二くんはいい子よ。あの子が肩身の狭い思いをして暮らしていくことに、責任を感じないの？　お姉さんは心やさしいもの。ここで佑二くんを見捨てたら一生後悔するでしょう」

花穂子は黙って頭を縦にゆらした。誰かを恨むこともなく、佑二は真っ直ぐに生きようとしていた。そんな少年の未来を、曇らせてはならないと思う。

「佑二くんのためにも、お姉さんが側にいてあげるべきよ。それにはお姉さんが妊娠をするしかないの。佑二くんも、相手を務めることに同意してくれたわ」

「ゆ、佑二さんが同意？　お待ちなさい。あなた、佑二さんになにを言ったの」

花穂子は声を裏返した。思いも寄らぬ展開に、頭のなかは軽いパニックに陥っていた。

「今更、嘘でしたなんて言ってお舅さんたちに通用するはずがないし、このままだと佑二くんとお姉さんは、一生離ればなれになるって事実を説明してあげたのよ。彼はそんなのは嫌だから、自分に出来ることはなんでもするって言ったわ。お姉さんはどうするの。他に良い方法があるかもって、うじうじと悩み続ける？　佑二くんのために、自分を追い出したりしませんようにって神様にお祈りをする？

（わたしに出来ること……自分がなにを出来るか、よく考えなさいね」

（わたしに出来ること……佑二さんと離れることは受け入れ難い。だからといって、義理の息子と関係を結ぶだなんて、許されるはずが）

混乱する頭で自問する花穂子に、妹はなおも語りかける。

「征一さんが亡くなる直前に、お姉さんから不妊の相談を受けたわよね。あれから体調に変化がなければ、ちょうど今夜辺り、お姉さんの身体は受胎期を迎えるはずでしょう。このタイミングで妊娠をすれば、一ヶ月くらいのズレで済むわ。その程度なら充分にごまかせる。でも逆にこのチャンスを逃せば……お姉さん、決断は早くね。そろそろ病院に着くから、わたしは電話を切るわね」

「あっ、待って彩香。急に決断なんて言われても、わたし」

「ごめんなさいお姉さん。可能なら代わってあげたいけれど、わたしでは佑二くんを助けてあげられないのよ。たった一人の息子を救える立場にいるのは、母親だけなんですもの」

困惑する花穂子の心に、突き放すような妹の台詞が突き刺さる。

(母親……佑二さんを守れるのは、わたしだけ)

「ともかく性欲の処理だけはしてあげなさい。あの子、ずっと勃ちっぱなしだもの。過度の充血が続くことが、健康に悪いのは事実だから。元凶はお風呂場でイタズラをしてきたママでしょ。責任をもって対処してあげなさいよね。じゃあね」

電話が切られる。花穂子は音の消えた携帯電話から、ゆっくりと耳を離した。

(佑二さんと関係を持てだなんて、いつもなら一笑に付すような話なのに……)

眉間に皺を浮かべた着物姿の女が、鏡のなかにいた。紅の塗られた唇から、ため息をこぼす。

(しかも交わるだけではない。子を宿し、それを征一さんの子と偽るだなんて……)

恐ろしい所業だというのに、既に佑二の同意は得られていると妹は言っていた。花穂子の混迷は深い。ドレッシングルームで立ち尽くしたまま、しばらく動けなかった。

(どんな表情で、佑二さんと顔を合わせればいいの)

二人の時間が、気まずいものになることが想像できた。他に手立てはないのだろうかと花穂子は頭を絞るが、乱れた感情では思考はまとまらなかった。とはいえ、いつまでもドレッシングルームにこもっているわけにもいかない。花穂子は諦めてベッドルームへと戻った。

「佑二さん、横になっていなくてよろしいの？」

佑二が身体を起こして、花穂子が出てくるのを待っていた。内心の動揺を笑顔で隠して、花穂子はベッドへと近づく。

「もうだいじょうぶです。あの、彩香さんは？」

「彩香は、病院へ向かったそうです。あの子ったら勤務の予定を忘れていたみたい。車がありませんので、タクシーを呼んでいただいて、わたくしたちも帰りましょうか。佑二さん、起きられますか？」

妹との会話の肝心の内容にはふれぬようにしながら、花穂子は説明をした。

「あ、あの、僕……」

佑二が口ごもる。強張った表情に花穂子は気づいた。

（彩香の言ったことは、本当のようだわ。困った顔をなさって）

「ねえ佑二さん、彩香が佑二さんになにを言ったのか知りませんが——」

花穂子が佑二に向かって身を屈めた時だった。佑二が布団をはねのけて、ベッドから身を乗り出した。

「ぼ、僕は、奥さまと離れたくありません」

ゆれる瞳で、花穂子を見上げた。切迫感の滲んだ声は、花穂子の胸にジンと響く。

「わたくしもそうですよ」

花穂子はベッドの端に腰を掛けると、佑二の頭を胸に抱いた。髪をやさしく撫でる。佑二は着物姿の女体にぎゅっとしがみついてきた。

「でもこのままでは、奥さまのお姿を見ることも喋ることも出来なくなるんですよね。奥さまの妊娠が事実でないとわかったら、大澤の家にはいられないって」

胸のなかから佑二が小声で問いかける。

「佑二さんを、わたくしが引き取らせていただけるよう、お祖父さまにお頼みしますわ」

「でも、それは許してもらえないって彩香さんに聞きました」

佑二の右手の指が、着物の袖の先を摘んでいるのが見えた。小さな子が母親とはぐれないようにする仕草と重なって見え、花穂子の心は締めつけられた。

「そ、それは……」

花穂子自身、祖父母が佑二を手放さないことはわかっている。どう佑二を宥めたらいいのだろうかと、花穂子は視線を泳がせた。その目が少年の股間の上で止まった。

(盛り上がっている。昼からずっとこの状態だと、彩香は言っていたわね)

「お祖父さまを説得致しますわ。わたくしは財産になど興味はありません。佑二さんと一緒に暮らす、それだけが願いなのですから」

喋りながら、花穂子はむなしさを抱く。なんの確証もない台詞だった。佑二は脅えたような目で、花穂子を見つめていた。

(これではダメよね。もっとしっかりしなければ。佑二さんを守ってあげられるのはわたしだけだと彩香にも言われたのに)

妹の言葉が蘇る。己の息子と同じに扱おうと決心しながら、実際には舅たちの言いなりで、望んだ母子の姿とはかけ離れていた。

(わたしに今、出来ること……)

盛大にそそり立つ佑二の下半身に、花穂子の意識が向く。抱き合い、喋っている間もピンと突っ張ったままだった。

「お風呂場ではごめんなさいね。姉妹で育ったので、男性の生理には疎くて」

躊躇いを含んだ声で、花穂子は囁いた。佑二はほんのり肌を上気させて視線を逸らすと、着物の胸元に頬を擦りつけてくる。

「奥さま、とってもおきれいでした」

佑二が漏らす。初心な少年の態度に、花穂子の相に笑みが浮かんだ。恥ずかしさを振り捨てて、花穂子は右手を佑二の股間へと差し伸ばした。綿ズボンの表面にそっと手を重ねて置く。佑二の腰がビクッと戦慄いた。

「窮屈でしょ。外にお出しになった方が、楽になるんですよね」

佑二は俯いたままだった。首の裏辺りが、赤みを増していく。花穂子はファスナーを細指で摘み、引き下げていった。開いた隙間から、今度は下着の布地が突き上がってくる。下着の生地は所々失禁したように湿りを帯びて、黒く変色していた。

「佑二さん、失礼しますね」

花穂子は下着を引き下ろした。圧迫されていたペニスが勢いよく飛び出て、花穂子の指に当たって反り返った。

（お昼の時よりも、充血をしている）

膨張し切った陰茎は赤みを増して、痛々しさを感じるほどだった。透明な粘液が漏れ出て、先端部はヌメリの光を帯びていた。

「あ、うう……」

佑二は恥ずかしそうに声を漏らすものの、股間に突き立ったペニスを隠そうとはしない。花穂子は白い指を絡めていった。佑二の身体がぴくっと反応する。

(やはり佑二さんは、逞しいわ)

灼けつく熱を指先に感じながら、花穂子は改めて思う。まだ成長途上だろう。だが包皮を剝けば、エラは立派に張り出している。握った時の太さ、そして鋼のような硬さは、花穂子には経験のないものだった。

(腫れ上がって、ジンジンとなさっているわ。苦しんでいるのは事実ですもの。早く処置をしてあげなければ)

「つらいですか?」

花穂子は佑二の耳元で囁き、巻きつけた右手の指を、さするように動かした。どんなに先走り汁を噴き出したとしても、射精を果たしていない以上、充血は続く。

「あ……ん、は、はい」

佑二はうなずいた。先ほどのように強がったりせず、助けを求めるような上目遣いで、義理の母を見る。涙で潤んだ眼差しに、花穂子は保護欲をそそられた。

（おかわいそうに。ああ、わたしの手のなかで喘いでいる）

細指をわずかに上下に動かしただけで、肉茎は戦慄きを派手にした。温かな液がトロリと漏れ出て、花穂子の手首を濡らした。

「おくちで……して差しあげましょうか」

恥ずかしさを押し込め、花穂子は義理の息子に尋ねた。母親の言う台詞ではないと思う。だが勇気を振り絞ったその申し出に対し、佑二はかぶりを振った。

「だめなんですか？　このまま手でしてあげる方がよろしいの……」

そこまで言って、佑二の双眸に宿る切実な光に気づいた。

「佑二さん、いけませんっ」

近親姦への本能的な脅えが沸き立つ。花穂子は即座に否定をした。

「僕が相手ではいやですか？」

佑二が花穂子を見つめて、かすれた声を発した。口元が震えていた。佑二も勇気を振り絞って、食い下がっているのがわかる。

「イヤとか、そういうことではないんです、佑二さん」

「だったら、奥さま……」

うるうるとした双眸を向けられると、花穂子の胸はきゅんとする。

（佑二さんが、わたしにお願い事をすることなど、今までなかったのに、なぜこんな場面で……）

他の我が儘であれば、なんでも聞いてあげただろう。だが禁忌の相姦は、受け入れるには重すぎた。

「他の良い手立てを考えましょう。きっと見つかるはずですわ」

聞き心地の良い台詞を吐いて、花穂子はこの場を逃れようとする。佑二を抱き締めていた腕を放し、指を勃起からほどいた。ベッドから離れようと立ち上がりかけた時だった。佑二が花穂子の手首を摑んで引き止めようとする。

「待って下さい」

「あっ」

中腰になっていた花穂子はバランスを崩してベッドの上に尻餅をつき、倒れ込んだ。アップにまとめた髪から幾筋か毛が垂れ落ち、蜻蛉柄の帯が崩れて緩む。横になった女の身体に、上から人影が覆い被さってきた。

「お、落ち着いて佑二さん」

「奥さま、良い方法があるのなら、教えて下さい」

着物の肩を少年の手が摑む。花穂子は押し黙った。妙案があるのなら、思い悩んだりはしていない。

「時間がないんですよね。急がないと、子供は出来ないって」

(彩香は、そこまで説明を……)

女の身体は、常に受胎が可能な環境にあるわけではない。妊娠を望むのであれば、適切な時期を外してはなんの意味もなさない。

(でもたとえ今、子種を受け入れたとしても、確実に子を宿すとは限らない)

排卵日付近を狙えば、受胎の確率は上がるが、当然百パーセントではない。確証のない分の悪い賭けに、未来ある少年を巻き込んではならないと思う。

「もし妊娠せずに終わったら、佑二さんに生涯消せない罪を背負わせるだけの結果になってしまいます。そんな愚かで無謀な行為に、あなたを巻き込むわけには」

かすれ声で花穂子は言った。

「僕、がんばります。奥さまが懐妊なさるように。お願いです。奥さま」

強まる語調と共に、佑二が身を重ねてくる。着物の裾がはだけ、花穂子の下肢が佑二の腰で割られていく。男女の交わりの姿勢だった。

「お、お待ちに。佑二さんっ」

花穂子は相貌を振り立てて訴えた。そのまま挿入されそうな脅えが走る。咄嗟に、右手を佑二の腰の下に差し伸ばして、指先に当たる硬いモノを探り当てた。きゅっと握り込む。

「あんっ」

佑二が過敏に呻きをあげた。その視線は花穂子の胸元へと落ちた。着物の襟元がゆるんで、胸の谷間が覗いていた。花穂子は左手を胸の前に持って行き、佑二の目から白い肌を隠した。

「わ、わたしは三十四歳の女ですよ」

声を震わせて花穂子は訴えた。佑二とは、あまりにも年が離れている。たとえ妊娠の件がなくとも、相応しくないという思いは拭えない。

「僕、また奥さまと、お風呂に入りたいです」

佑二がか細い声で告げた。

(佑二さん、そんな言葉は卑怯です)

けなげな少年の想いに、未亡人の心はぐらりとゆらされる。母と子は見つめ合った。花穂子の指のなかで、佑二の分身がつらそうに息づいていた。いつまでも解消されない情欲が、少年を苛んでいる。

(この太いモノを受け入れることは、佑二さんを苦しみから救ってあげることにもなる)

花穂子はペニスを握り直した。巻きつけた親指とその他の指は大きく離れていた。女の手では摑みきれない肉塊だった。

(こんなに太いモノが、わたしの身体に……)

自身の秘穴に、雄渾な剛棒が突き立てられる場面を花穂子は想像した。狭口を荒々しく押し広げられ、女壺はみっちりと埋め尽くされるに違いなかった。

(いけない。相手は佑二さんだというのに、わたしは……)

女の呼気は乱れ、腰巻きの内でじっとりと脚の付け根は湿った。発情を抑えられない我が身を花穂子は恥じ入るが、佑二から受ける熱い視線だけでも、肌は火照ってしまう。性の悦びを知る大人の女である以上、情欲の萌芽をどうにもできない。下から男性を見上げる体勢でいるだけでも、胸の拍動がドキドキと速まった。

「僕は、奥さまを困らせていますか？」

佑二が尋ねる。今にも泣きそうな顔だった。判断に迷っているせいで、自分が担わなければならない重荷を、佑二に負わせているのだと花穂子は気づく。

「ああ、佑二さん……ごめんなさい」

花穂子は瞳を伏せた。罪を犯すにしても、その責を負うべきは子供の佑二ではなく、大人の自分であるべきだった。

(わたしがきっぱり決断しなくては。ややこを孕めば、ずっと佑二さんのお側にいられるんですもの。このまま抱いていただくことが、二人のためなのかも。……まだわたしは佑二さんに〝ママ〟と呼んでもらってもいない。母親と認めていただく前に、別れるなんて)

女心は頼りなくゆれ動く。だが近親相姦の禁忌を破り、道徳を踏みにじる壁の高さは簡単には乗り越えられない。答えを出し切れず、花穂子はため息をついた。

「僕は奥さまを悲しませるつもりじゃ……すいません、奥さま」

佑二が身を被せて、謝りの台詞をこぼす。吐息が女の首筋を撫でた。

「んっ」

佑二の腰が前に進み、硬い切っ先が女の潤みと擦れた。ぴくっと花穂子の細顎が持ち上がる。

（当たってる……）

脚から力が抜けていった。男性器を握った右手で、すらと、なんとか横に切っ先をずらす。

「佑二さん、よく考えて。きっと後悔なさいますよ」

継母は紅唇から、最後の抵抗を紡ぎ出した。佑二の顔が近づく。母と息子の唇が重なり合った。突然のキスだった。

（佑二さんと口づけを……）

少年は両目をぎゅっと閉じ、ただ唇を押しつけていた。鼻息は荒く、口元は強張っていた。佑二の緊張が花穂子にも伝わった。

（佑二さん、ガチガチになっている）

雰囲気で、佑二にとって初めてのキスなのだとわかった。ファーストキスをもらった喜びが女の胸に広がる。花穂子は佑二の背に左手を回して、強張りをほぐすように撫でた。佑二が薄目を開けた。花穂子の瞳に気づくと、擦りつけていた唇を引いた。

「出来るなら、奥さまと一緒に暮らしたいです。一緒にご飯を食べて……会話をして……ただそれだけが僕の」

佑二が声を震わせて言う。電気に打たれたような痺れに、女の身体は襲われた。

（……お風呂場で、出来る限りのことをすると言ったのは、わたし自身だったのに）

慎ましやかな幸福を願う佑二のいじらしさに、花穂子の迷いが失せる。同時に子供をここまで追い詰めた申し訳なさが、こみ上げた。

（躊躇う必要はない。最初から二人の思いは同じだったのよ）

長い睫毛をゆらして、花穂子は愛息を見上げた。決意せねばならないのは、花穂子だけだった。

「わたしだってそうですわ。佑二さんを手放したくない。佑二さん、わたくしを抱いてくださいまし」

未亡人は、義理の息子に向かって相姦を願った。脚を開いて膝を立て、着物の生地と一緒に長襦袢と腰巻きの裾を大きく割る。

「奥さまっ」

佑二が勢い込んで、身を重ねてきた。

「そのままどうぞ。わたくし、下着はつけていませんから」

佑二の腰が、花穂子の内ももを圧した。肉刀の先端が女の花唇とヌチュリと擦れ合った。互いの性器は、温かな液で潤っていた。

（わたしの身体も、佑二さんを欲しがっている）

女である以上、硬く雄々しいモノで貫かれたいという欲求がある。

「あ、あの、場所は……」

挿入箇所はここでいいのかと佑二が不安そうに聞く。花穂子は佑二にうなずきを返すと、分身に添えてあった右手で、的を外さぬように誘導した。横に逸れていた先端を、花弁に引っかけて中心へと持ってくる。ヌルッとすべって、そのまま肉塊が潜り込んできた。花穂子の首筋が引き攣った。

「あ、アンッ」

佑二が腰を沈めてくる。引き攣るほどに花弁が拡げられ、太い剛柱が女の内に潜り込む。花穂子はペニスを摘んでいた指を引き、佑二の背に両手を回した。

（ああっ、まだ入ってくる）

勃起はズブズブと押し入ってくる。膣の底まで突き進んでくる感覚は、味わったことのないものだった。やがて互いの恥骨がぶつかり挿入が止まる。

（うう、余裕がまったくない）

足の付け根に感じるのは、経験したことのない充塞感と、少年の若々しい生命力だった。鋼のように硬く引き締まったペニスが、ビクンビクンと脈動し、やわらかな媚肉をゆさぶる。動かずとも、痺れるような交合の快美が、腰の内から湧き上がってきた。

「奥さま、僕たち、一つになって……」

佑二が感動の声を漏らす。目元は潤み、唇は小刻みに震えていた。息子の相貌を見上げて、花穂子は首肯した。

「ええ。佑二さんが、わたしのなかでいっぱいになっています」

(佑二さんの初めてを、わたしがいただいた。佑二さんの心に一生残る女性に……)

血の繋がった我が子であったならと、この一年間、何度も思った。その義理の息子の純潔を奪って交わることとの背徳感、罪の思いは大きい。

「佑二さん、ごめんなさいね」

謝罪の言葉が、紅唇から自然にこぼれでた。佑二が引き取られてから離れで一人暮らしていた事実、それをどうにも出来なかった己の無力感、そして今許されない道へ引きずり込んだ罪悪感、様々な感情が花穂子の内で入り乱れる。

「奥さま、謝らないで……ああ、でますっ、ああぁっ」

佑二の雄叫びが広いベッドルームに響いた。花穂子の上で、少年の肉体が痙攣する。次の瞬間、女肉のなかで男性器が弾けた。

「佑二さんっ……ああっ、震えているっ」

脈動を感じながら、花穂子は佑二の背に置いた手に力を込めた。透明な先走りの液を潤沢に溢れさせて吐精を耐えていた肉茎が、真っ白な生殖液を女体の内で存分に吐き出していた。

(佑二さんの精子が、わたしの身体のなかに……三十四歳の女が、子供に種付けをされている)

少年の精液を浴びているのだと思うと倒錯の昂りがこみ上げ、女体はゾクゾクと痺れた。

(うう、わたしまで——イクッ)

ドクンドクンと吐き出される樹液の灼けつく熱が、熟れた女体を滾らせる。噴き上がる甘い波に、花穂子の意識は攫われた。白足袋を履いた足で、シーツを引っ掻く。そして両脚を閉じて佑二の腰をぴっちりと挟み込んだ。

「ああっ、出るっ……いっぱい出ちゃうっ」

佑二が崩れた表情で快感を訴えていた。

「遠慮なく出して下さい、佑二さん」

体裁を無くした姿に、愛おしさが女の胸に溢れる。花穂子は口元を持ち上げ、下からやさしく息子の下唇を舐めた。

「んふ、奥さま」

佑二は感極まったように声を漏らし、花穂子の朱唇を吸ってきた。花穂子もふっくらとした唇を開いて、我が子の口を吸い返した。

「佑二さん、あむん」

吐精の律動が女体をゆさぶっていた。息子を男にしてあげられたという悦びが、花穂子の身を狂おしく灼く。

(わたしが佑二さんの最初の女になれた)

佑二の舌が紅唇を割り、花穂子の口内に潜り込んできた。花穂子は口元を緩めて佑二の舌を受け入れる。唾液がしたたり落ち、下では白い樹液が流し込まれる。

(わたしのなかに佑二さんが拡がっていく、なんて量……。いったいいつまで続くの。どうしよう。箍が外れてしまいそう)

花穂子は佑二の後頭部に手をやり、指を髪に絡めた。もっと呑ませてと請うように、積極的に舌を巻きつけていった。太ももで佑二の腰を締めつけ、下半身の密着を深めた。

（佑二さん、わたしのゆうじさんっ）

花穂子は佑二の与えてくる体液を啜り呑んだ。腰に力を込めて、逸物を絞り込んだ。佑二が喉から漏らす快感の唸りと、ピチャピチャという淫らなディープキスの音色が、ホテルのベッドルームに鳴り響いた。

母と子は、許されない相姦の膣内射精に浸り続けた。

3

男性器の律動が緩やかに収まってくる。

（佑二さんの子種が、わたしの身体に溜まっている）

下腹に感じる熱は、大量放出の証だった。

ペニスの発作の間隔が長くなって行き、やがて蠢きを止めた。佑二が静かに口を引く。唾液の細い糸が作られた。

（もう、終わりなのね……）

伸びた糸は途中で切れ、花穂子は口のなかに溜まっていた二人分の唾液を嚥下した。膣内では佑二の硬直がやわらぎ、充血が弱まっていく。久しぶりに味わう牡への離れ難さが、未亡人の胸を疼かせた。

「ごめんなさい。出ちゃいました」

佑二が、入れた途端に射精したことを詫びる。

「いいえ。立派に出来ましたよ」

花穂子は笑みを作り、佑二が少年から男へと成長したことを祝福した。

「でも、こんなに早く……」

恥ずかしそうに、佑二が言う。年頃の少年らしいと花穂子は思う。昼から勃起状態にあったことを思えば、挿入まで漏出を耐えた佑二の我慢強さを、もっと褒めてやりたかった。

「佑二さんの逞しさは、しっかりわたしに届きましたわ。わたしも快くなりましたよ」

羞恥心を抑え込み、自分も絶頂へと達したことを、花穂子は遠回しに告げた。

佑二はうれしそうに顔を赤らめた。

(でも、一線を踏み越えたことで、母と子の関係がいびつに歪んだのは事実……)

「佑二さんは、後悔をなさっていませんか?」

花穂子はおそるおそる尋ねた。放精を済ませ、性欲の減退した今なら本音が聞けるかも知れない。

「後悔なんか」

意外な質問だというように、佑二はすぐさま否定した。

「だって、こんなおばさんで初体験なんて、お友だちに知られたら笑われますよ」

「いいえ。みんな羨ましがると思います。奥さまが入学式や面談でいらして下さった時、毎回話題になったんですよ。とんでもない和服美人がやってきたって」

「まあ……」

初耳だった。花穂子は戸惑いの相を作る。

「奥さまが褒め称えられるのを聞くと、僕、とっても誇らしい気分になるんです」

佑二は頰を緩めて言うと、また義母の紅唇に口を被せてきた。

「あ、待って、佑二さん……んむ」

上になった佑二に押し切られ、母と子の口元はねっとりと擦れ合った。

（いけないのに……こうして肌を重ねて抱き合っていると）

じっとりとした熱気に浮かされて、佑二のなかの男の部分に女心が傾いていく。

花穂子は頭に手を回して、唇をより深く重ねた。舌を差し伸べ合い、唾液を絡ませて巻きつけ合った。ディープキスが心地よくてたまらない。

（快楽を味わうのが、目的ではないのよ。おかしな考えを抱かず、もっと母親らしくあらねば）

花穂子は名残惜しさを振り払って、自ら朱唇を引いた。

「奥さま？」

佑二が、もう終わりかと物足りなそうな目をする。

「おうちへ戻ったら、また一緒に、お風呂に入りましょうね」

「はい。奥さま」

佑二が白い歯を覗かせる。肉体が結ばれた後も、母と子の穏やかな関係を築けるかはわからない。だが佑二のうれしそうな笑みを見ていると、自分との間にあったしこりのようなものが、消え去ったのを感じた。

「疲れましたでしょ。このまま眠ってもよろしいですよ」

花穂子は佑二の身体をぎゅっと抱いた。花穂子の肩に佑二の頰が押し当たる。

髪をすくようにして、頭の後ろをやさしく撫でた。

(もう少しだけ、佑二さんと一つになっていたい)

この夜を悔やむ場面が、今後訪れるのかも知れない。だが今は息子の重み、若々しい汗の匂い、やわらかな温もりを大切にしようと思う。

「忘れないで下さい。なにがあろうとも、佑二さんはわたしの子ですわ……んっ」

女肉の内で、男性器がピクンと蠢くのを感じた。それがきっかけだった。股の付け根に突き刺さった肉茎の充塞感が、じわじわと蘇ってくる。

(え? 気のせい? どういうこと?)

なにが起こっているのか、花穂子は最初理解できなかった。足を開き、閉じてみる。股間の異物感は着実に増していた。肉茎の先端が膣奥につかえる。

「あの、奥さま、続けてもよろしいですか?」

控えめな声で佑二が問いかけ、上体を起こした。花穂子はそこでようやく、佑二は猛々しく勃起をしたのだと気づいた。

「そんな……ついさっき終わったばかりなのに。五分も経っていない……あ、んうっ」

戸惑う花穂子の顔を窺いながら、佑二がゆっくりと腰を遣い始めた。

（ああ、佑二さん、こんなに硬くなってる）

年上の女は身も心も虚を突かれる。精液塗れで摩擦の軽減した膣内を、雄々しい肉茎が出し入れされていた。

（ヌルヌルと擦れ合ってる）

先ほどは抽送を行う間もなく、精を吐き出した。だが今度は張り出したエラが膣洞を引っ掻き、膣ヒダの一つ一つを鮮明に弾いていた。摩擦の快美に、目が眩むようだった。

「奥さま、してはいけませんか？」

佑二が出し入れをふっと緩めた。

「あっ、もっと……」

もっと出し入れを続けて欲しいと口走りそうになり、花穂子は慌てて紅唇を閉じた。ごくっと生唾を飲んで呼吸を整え、はしたない台詞をどう誤魔化そうかと考える。

「もっと？」

「……あの、もっと困ったことがあるんです。先ほどから帯が邪魔で。背が浮いて落ち着きませんから、帯を外してもよろしいでしょうか」

動揺で頬を赤色に染めながら、花穂子はつたなく言葉を繋いだ。

「すいません。気づかなくて。着物も皺になりそうですね」

花穂子が帯締めを外し始めると、佑二も手を伸ばして帯をほどくのを手伝ってくる。気恥ずかしさが、花穂子の身を火照らせた。

(男性に、衣服を脱がせてもらうなんて初めてだわ)

「あの、佑二さんも脱いだ方がよろしいのでは？　汗がすごいですよ」

佑二の介助から逃れようと、花穂子は告げた。佑二は素直に着ているTシャツに手を掛け、すぐさま半裸になった。さらには腰に手をやり、下着とズボンも降ろし始めた。挿入は続いているため、接合部が大きく擦れた。

(佑二さん、すっかり硬さが元通りに。深く突き刺さっている)

刻一刻と雄渾さは復活し、当初の長大さで女体を貫いていた。

(こんな状態で、佑二さんの抜き差しを浴びたら……)

浅ましくよがり泣いてしまう予感しかしない。果たして自分は耐えられるのだろうかと考えながら、花穂子は腰から帯を外してベッドの脇へ退けた。着物も袖を抜いて、畳んで横に置く。

（ああっ、佑二さん、そんなに食い入るように……）

汗の染みた長襦袢と肌襦袢を脱ごうとした時だった。上からじっと眺める佑二の視線に花穂子は気づいた。

（困るわ。わたし、乳首が勃ってしまっているのに）

四肢を巡る交わりの興奮は、乳房にも当然作用していた。乳頭はピンと膨らんでいるだろう。だが佑二がとっくに裸になっているというのに、自分だけ衣をまとっているわけにはいかない。花穂子は思い切って前をはだけた。

「あぁぁっ……」

豊満な白い乳房が現れ出るのを見て、佑二が感嘆の声を漏らした。一層強くなる眼差しを浴びて、その尖った乳首の先端がヒリヒリするのを感じた。

「よ、よろしければ、さわってもかまいませんよ」

態度や表情にはっきり表れている少年の願望を、見て見ぬ振りをすることも出来ず、花穂子は声を震わせながら誘いの言葉を吐いた。

「い、いいんですか？」

「ええ」

長襦袢と肌襦袢の前を開いたまま、花穂子は豊乳をクッと差し出す。佑二はすぐさま左右の手を、胸元に伸ばしてきた。指先が胸の丸みにふれただけで、甘痒い痺れが生じた。

「あ、あの……揉んでもいいでしょうか？」

恐々と指を置いただけの佑二が訊く。すべらかな肌の表面から、佑二の手の温もりが伝わってきた。花穂子は下からうなずきを返した。

「もちろんですよ。佑二さんが、お好きなようになさって下さいまし」

指が動く。少年の手では掴みきれない豊乳は、やわらかに形を変えてたぷたぷと波打った。

「お、奥さまのおっぱい、やわらかいです」

佑二は震え声で言い、夢中になって揉みあやしてくる。瞳はかがやき、口元が緩んでいた。

(佑二さん、なんてうれしそうなご様子)

豊乳にさわれる佑二の喜びが、花穂子にも伝わってくる。胸を晒したまま、愛撫刺激に耐えるしかなかった。乳頭の硬さを確かめるように、指が先端の赤い蕾を弄ってくる。他の指は膨らみ全体をゆさぶり、絞る。花穂子の呼吸は乱れた。

「んっ」

佑二の指が、乳首を摘んで軽く引っ張った。紅唇からこぼれた花穂子の喘ぎを聞き、佑二はやり過ぎたのではと、不安の目を向ける。花穂子は恥ずかしさを押し殺し、なにも問題はないと、微笑を作ってうなずいてみせた。佑二の手が、再び胸肉をゆさゆさとゆらした。

「あん……ゆ、佑二さん」

情欲が高まったのか、佑二の腰が動き始めた。乳房を揉み立てられながら、野太いペニスが打ち込まれる。汗ばんだ女の腹部が波打った。

(こんな風に責められるのは、初めて)

我慢しきれずに、花穂子の肢体は左右に捩れた。

「奥さまのふわふわおっぱい、すごいです。さわってるだけで僕……」

抜き差しに合わせて、佑二の手つきに熱がこもる。花穂子の乳房の形や色を目に焼き付けようと、佑二は熱い視線を這わせて、二つの膨らみをゆすり立てた。

「佑二さんに悦んでいただけて、わたしもうれしいですわ」

胸に生じる性感、そして女の官能をしっかりととらえる少年のペニスに、花穂子は悩ましく声を漏らした。自分の媚肉を擦るために存在しているのではと考えてしまいそうになるほど、佑二の肉茎は心地よく嵌っていた。

「あ、あのセックスってこれでいいんですよね」

佑二が上体を立てて、花穂子を見下ろす。腰がグッと嵌り、ペニスの角度が変わって膣の上側のヒダを擦り立てられた。

「あんっ。はい、ステキですよ。佑二さん……うんっ」

(また一段とお太くなられてる)

女性の象徴である豊満な双乳を弄くることで、少年はより興奮を掻き立てられていた。膨張感を伴った硬直ぶりが、女体をとろけさせる。

「奥さまのなか、温かくて気持ちいいです。もっと強くしていいですか?」

義母の乳頭を指で捏ねながら、佑二が訊く。膨らみを絞られればより、先端の感度が増す。赤い蕾は、敏感さを増していた。ジンと痺れる感覚は豊腰にまで響き、肉刺しの愉悦と合わさって女を押し上げた。

「ど、どうぞ、あっ、あふんっ」

紅唇から漏れるのは、牝の喘ぎだった。はしたないと思っても、吐き出される声は勝手に艶めいてしまう。佑二が腰を大胆に振り立ててきた。

「ああっ、佑二さん、激しいっ」

グチュッグチュッという淫猥な汁音が腰の方から、響いていた。接合部から体液が漏れ出ていた。佑二の精液だけでなく花穂子の蜜液も入り混じって、淫らな音色を派手にする。

（わたしのお腹のなかを衝き上げている。佑二さんの太いモノがスムーズに……）

精液塗れの肉交を経験するのは初めてだった。生殖液のヌメリが、オイルをまぶしたような潤滑を生んでいた。それが苦しさを誘うギリギリの拡張感をやわらげ、抽送摩擦を手助けする。

「奥さま、ものすごくきれいで、色っぽいです」

佑二が熱っぽく息を吐く。突き込みの勢いを上げながら、手の平をいっぱいに広げて、乳房を揉み立てた。人差し指で尖った乳首をツンツンと弾く。

「あ、だ、だめっ……ああんッ」

花穂子の裸身は愛撫に合わせて、戦慄いた。紅唇は、よがり泣きを奏でる。

（わたしは佑二さんのママなのに……はしたなく乱れてしまったら、母親として接することが出来なくなってしまう）

母親らしい存在でいたいと思っても、逞しい肉柱には対抗できない。佑二が一際大きく打ちつけ、根元まで肉塊を呑み込ませた。女に包み込まれる快さを堪能するように、その位置でしばらく留まった。

「そろそろ、出してもよろしいですか。奥さまのなかに」

限界なのだろう、佑二は汗のしたたる胸を喘がせていた。顎先から垂れた汗粒が、花穂子の胸の谷間に落ちる。そして密着したまま、腰をすり合わせてくる。二人の下腹部が擦れ、佑二の薄い繊毛と、花穂子の茂みが絡みつく。

(クリトリスにぶつかっている)

花穂子は美貌を歪めた。佑二が深々と埋め込んでいるため、陰核に恥骨が当たる。肉芽を捏ね回されているのと同じだった。鮮やかな快楽が迸り、目が眩む。

「ど、どうぞ、佑二さんの精を……わたくしのなかにお放ちを」

花穂子は色づいた美貌を縦にゆすった。

「奥さまっ、行きますっ」

佑二がスパートを掛ける。腰がしなり、乱暴に叩きつけられた。胸元では、指で絞られた豊乳が跳ねゆれた。少年は野に放たれた動物のように、荒々しく激しく、年上の女を追い立てた。

(わたし、串刺しにされている)

ズンズンという衝撃が、女体に心地よく響く。抽送に合わせて、開いた脚がゆれた。佑二のペニスが、的確に膣粘膜の上側をグッグッと擦ってくるのが、堪えられない。

（また気を遣ってしまう。相手は息子なのに）

赤い色が視界から立ち昇る。花穂子は両手を佑二に向かって伸ばし、肩にしがみついた。佑二が身を倒して花穂子を抱き締めた。その瞬間、汗ばんだ白い肢体は息子の腕のなかでブルッと戦慄いた。

「佑二さん、わたし――ああっ、イキますっ」

花穂子は佑二の耳元で絶頂を叫んだ。官能の波が駆け上がり、四肢を震わせる。

「奥さま、感じているんですか？」

佑二が腰遣いを緩めた。

（いやっ、佑二さんに、アクメ顔を見られている）

少年は深い位置で捏ねくるように出し入れしながら、義理の母の乱れた様を眺めていた。

「ん、佑二さん、だ、ダメっ……み、見ないで」

啜り泣くように喘ぎを吐いて、花穂子は許しを請う。

「ど、どうすれば」

困惑したように、佑二が尋ねる。花穂子は佑二の首に手を回し、喜悦の波にゆれる身体を必死にしがみつかせた。肩に額を押しつけて、浅ましい牝顔を隠す。

「つ、続けて下さい。お願い」

耳元で息絶え絶えに懇願した。一時の間を置いて、佑二の腰が粘っこく繰り込まれてきた。花穂子が密着しているため、先ほどのように派手な腰遣いではない。

「う、うぐっ」

快感の波が抜けきらない状態で受ける抽送は、つらささえもたらした。義母は喉で呻き、紅潮させた顔を息子の肩に擦りつけた。打ち込みが続く。

「あ、ああんッ」

その時、夜闇に光が差すように、一気に苦悶が弾ける。快感のうねりは先ほどよりも高さを増して、女体に襲いかかった。

「ゆ、佑二さん、わたし、変になってしまいますわっ」

花穂子は紅唇を噛み締め、これ以上情けない姿を晒してなるものかと、くるめく快楽の時間を耐えた。だが漲る勃起摩擦の勢いの前に、抵抗は潰えた。

(ああ、もっと……もっと欲しくなってしまう。こんなの初めて)

少年の若茎は最奥まで抉り込み、女壺の粘膜はそれに応えて周囲から絡みつく。

「佑二さん、わたし……わたくしっ、もうっ」

佑二に突き込まれる度に、花穂子は上品さを忘れたように、身を反らせて喉元を晒した。まとめ髪が崩れ、枕元に漆黒の毛がざわりと広がっていく。雄々しい肉棒で、身体のなかを埋め尽くされ、目の前が赤一色に染まった。

(先ほどよりも、もっと大きいのが来るッ)

こみ上げてくるのは、忘我の喜悦だった。一度目のアクメとは違い、厚みのある快楽が背筋を逆る。

「イクッ、佑二さん、花穂子はイキますッ」

今度は浅ましい牝の声を我慢できなかった。花穂子はよがり泣きをスイートルームに響かせ、佑二の背中に爪を立てた。母の立場を忘れて、肉体が情欲一色に染まる。

「僕も……出ますっ」

腰遣いが速まり、佑二も頂点を迎えた。ペニスから精が溢れ出す。

「あっ、当たってる……佑二さんの精液がっ、あうっ」

義理の息子の新鮮な樹液が、三十四歳の母の体内に再度注ぎ込まれていた。粘度の高い生殖液を悦び、柔肉が収縮を起こして、うれしげに絡みついているのがわかる。

（二度目なのに、こんなにたくさん）

大量の射精は、女にとって無上の至福だった。昂揚に染まっている時だからこそ、男性器の震えと、噴出の感覚がまざまざと感じられた。豊腰は戦慄き、白足袋を履いた足は、指先をぎゅっと折り込む。

「奥さまのアソコ、僕のに吸いついて……ああ、すごいっ」

佑二は荒い息づかいで、快楽を叫ぶ。

「ああん、佑二さん、もっと奥まで流し込んで下さいまし」

継母の求めに応じて、佑二は深く刺し貫き、底の方に精を流し込んできた。花穂子は白い脚を佑二の脚に絡みつかせ、濃厚な樹液を与えてくれる肉体に、肌をすり寄せた。佑二の胸板に熟れた乳房を押し当て、陶酔の吐息を首筋に吐きかけた。

（膣内射精が、こんなにも快いものだったなんて）

オルガスムスの最中に大量の熱い精を浴びると、身も心も焼き尽くされるような恍惚が訪れることを、十代の息子に抱かれて花穂子は初めて知る。

「奥さま、気持ちいいですっ、射精が……止まりませんっ」

精液を着実に子宮へ届かせようというのか、快感を高めるためなのか、佑二は発作の律動に合わせて腰をゆすっていた。接合部が擦れ合い、恥丘を圧迫される。

（うう、ぐりぐりされているっ）

クリトリス刺激の快美が、絶頂の波を煽った。包皮越しであっても、充血し凝り固まった陰核はジンジンと痺れた。

「そんなにされたら、わたし、おかしくなります。佑二さんっ」

花穂子は悲鳴をこぼした。脂ののった三十路の肉体は、細身の少年に翻弄され、意識のすべてを愉悦の赤い色に染められる。

（わたし、佑二さんの女になってしまう）

浅ましい声だけでも抑えようと、花穂子は佑二の首筋に噛みつき、ブルブルと裸身を痙攣させた。長い睫毛に歓喜の涙が滲む。相姦の悦楽の深みに、堕ちていくのがわかった。

「奥さま……」

佑二の声に、花穂子は吸い寄せられるように、唇を差し出した。佑二がむしゃぶりついてくる。これまで希薄だった交情を取り返すように、熱烈に口を吸い立てた。花穂子は自身の舌に唾液をのせて、佑二の口に与えた。佑二の喉が鳴る。

花穂子の胸に湧き上がるのは、少年を征服したような達成感だった。

(佑二さんが呑んでる。男の人に、自分のつばを呑ませるなんて。身体が……心がどうにかなってしまいそう)

オルガスムスの波は、佑二の長い射精が終わるまで持続した。

濃密なキスも終わりを迎え、母子の唇が離れた。速い息づかいがベッドの上にこぼれる。

「こんなに気持ちよかったの、生まれて初めてです」

佑二が大きく息を吐き、花穂子の胸に顔を預けてきた。すぐに花穂子は手を回し、髪に指を絡めた。甘えてもらえることがうれしかった。

「わたくしもです……お疲れさま、佑二さん」

二度の射精を行った佑二の労をねぎらい、花穂子も堪能の吐息を漏らす。二人の裸身は夥しい汗で光り、前を開いた花穂子の長襦袢も、じっとりと湿って色を黒くしていた。

(お互い、夢中だった)

佑二が顎の下に舌を這わせてきた。

「奥さまの汗もしょっぱいんですね。僕と同じだ」

「あ、あん、当たり前ですわ」

花穂子はくすぐったさで悶え、すぐさまお返しのように舌を伸ばして、佑二の首筋を舐めた。今度は佑二が笑みを漏らして、身を捩らせる。

(佑二さんとこんな風に睦み合う日が来るなんて)

まるでじゃれ合う恋人同士だった。うれしいと思うと同時に、この先を思うと一抹の不安を感じる。

(わたし、この先も佑二さんのママでいられるのかしら)

「奥さま、そろそろ……」

佑二が花穂子の顔を覗き込んでいた。そろそろ身を離そうと言われたのだと思った。

「ええ、そうですね」

花穂子は同意の返事をするが、佑二は花穂子の上から降りようとはしない。その内に、ゆるやかな出し入れが始まった。

「え……佑二さん」

花穂子は惑いの相を作り、声を上ずらせた。

(確かに先ほどまでは、硬さを失っていたのに)

放出が終わり、やわらかく萎えていこうとしていたはずだった。

「奥さまのアソコがヌルヌル蠢いて、僕のを締め上げてくるから」

まだまだ犯し足りないというように、佑二は腰を振り、花穂子を貫く。摩擦刺激で、勃起の膨張が戻ってくるのがわかる。

「ああ、だって……」

淫らな女と言われた気がして、花穂子は顔を赤らめ、首を振り立てた。官能を極めた膣肉は、絶頂後も収縮が続く。だが決して強制的に屹立を引き起こすような、派手な反応ではない。

(佑二さんの子種で、お腹のなかがいっぱいになっているのに)

二度も大量の精液を呑んだ女壺は、大きな汁音を響かせた。

「ゆ、佑二さん、いったい何度なさるおつもりなのですか」

既に二回、精を放っていた。男性の身体の仕組みとして、一度達した後は容易に回復しないものだと思っていた花穂子にとって、佑二の強靭さは大きな驚きだった。

「一回でも多くなかでだしなさいって彩香さんが。いっぱいした方が、妊娠の確率は上昇するって。違うんですか?」

「ち、違いませんけれど……あんっ」

膣内で膨らんだ勃起が、女肉のなかでブルッといななく。花穂子の腰にジンと痺れが走った。力感を取り戻したペニスは、女の性感を的確に捉える。

（ああ、なんで佑二さんのモノは、こんなにしっくりくるの）

「一回でも多くと仰いますが、佑二さんはいつまで続けるおつもりなのですか？」

どこまで自分を翻弄する心積もりなのかと、花穂子は脅えを抱きながら尋ねた。

「このまま朝まで。奥さまが相手なら何回だって」

佑二が真剣な表情で告げる。そしてふてぶてしく蘇った男性器で、義母の中心を穿ち抜いた。女は艶やかな黒髪を乱して、白い喉をさらけ出した。

「朝まで……そんな、あ、ああんっ」

戦慄と底知れぬ快楽への期待感が、身震いを生む。童貞であった少年は、継母を確実に孕ませるために一生懸命だった。

（こんな抱き方、ふつうではないのに。佑二さんは、なにも知らないから……）

女の内で、佑二はギンと硬さを増した。同時に花穂子の唇を奪い、舌を差し入れてくる。

「ん、んふ……んむん」

ヌルヌルと舌を絡ませ合いながら、花穂子は下腹を満たす雄渾さに感嘆の鼻息を漏らした。

(息が止まりそう。わたしのこの身体……佑二さんに支配されてしまう)

花穂子は佑二の背に手をやり、指に力を込めた。我が子を抱き留めてあげたいと願う母の気持ちはゆらぎ、子種を注いでくれる愛しい男性にしがみつこうとする女の心が、大きくなる。

(逞しいだけではない。佑二さんは、大量に精を与えてくださるんですもの)

瑞々しい牡液を浴びせ掛けられれば、えもいえぬ快楽の海で女は溺れてしまう。

「奥さまに、赤ちゃんを作って差し上げないと……ああっ」

佑二が唾液で濡れた唇で囁く。歓喜の呻きをこぼしながら、母のねっとり潤んだ蜜穴をかき回してくる。

「ひ、ひいっ」

ベッドの上に牝の喘ぎが奏でられ、長い黒髪が白い肌とこすれてざわめいた。

(ああっ、だめっ、なにもかも、消えていくッ)

タフな十代の頑強さが、熟れた女体を責め立てた。唾液を呑まされ、精液を注がれる度に、母親らしさを忘れていく。年上とはいえ、何度も抱かれて悶え泣けば、一人の女に変わるしかない。息子への愛しさが、男女の愛情へと傾いていくのを感じながら、花穂子は引き締まった少年の身体にひしと抱きつき、喉を絞ってよがり泣いた。

第三章　ママのまろやかな美臀を味わって

1

花穂子は眠りから覚めた。

(もう朝を迎えた……)

ベッドルームの窓からは朝日が差していた。閉めたはずのカーテンが開けられていることを、花穂子はぼうっとした頭で怪訝に思う。

「おはようお姉さま」

妹の声に花穂子は驚き、視線を横へ向けた。薄ピンク色のナース服に身を包んだ彩香が、ベッド脇の椅子に脚を組んで座っていた。頭にはナースキャップをのせ、ナース服の裾は短く、白の光沢ストッキングに包まれた脚線美が露わになっていた。

「彩香――んっ」

妹が突然、花穂子の口元に細長いモノを突っ込んできた。花穂子は目を白黒させ、妹を見る。

「そのまま咥えてて。動いちゃダメよ。体温が変化しちゃうから安静にね」

妹の言葉、口のなかの形と感触で体温計だと気づいた。花穂子は目でうなずく。

「助かったわ。お姉さんが基礎体温をちゃんと測っててくれて」

妹がつぶやく。なかなか懐妊しないことを、妹に相談したことがあった。その時に、体温を毎日測ることをアドバイスされた。

(こんな形で役立つとは思ってもみなかったけれど)

「お姉さん、お舅さんたちのプレッシャーがあったにもかかわらず、ずっと赤ちゃんを作ることに乗り気じゃなかったわよね。きっと血の繋がりのない息子が、自分の手元にやってくる予感があったんじゃないの?」

彩香が花穂子の胸元に手を差し伸べる。そこにあるのは佑二の頭だった。やさしい手つきで髪を撫でた。

(ああ、わたし佑二さんと抱き合ったまま寝てしまったの)

花穂子は腕に佑二を抱えていた。互いに裸で、掛けた布団で肌を隠している状態だった。

（疲れ果てて、そのままわたしの上で眠りに落ちてしまわれたのね。……結局わたしは、何度佑二さんの精を浴びたのだろう）

宣言通りに、佑二は朝まで遮二無二花穂子を犯し続けた。射精が五回を超えてからは、記憶が定かではない。寄せては返す肉悦に翻弄され、夜が白み始める頃には、花穂子の意識は朦朧となっていた。

（佑二さん、頼もしかった。今も佑二さんがわたしのなかに入っているみたい）

昨夜の激しい交わりの名残だろう。股間には佑二の強張りを呑み込んでいるような異物感があった。

（それほど、佑二さんはわたしのことを……）

細身の少年が意外なほどの精強ぶりを披露したことは、自分と離れたくないと口にした想いの証明に繋がる。花穂子は頭を持ち上げて、愛しい我が子の顔を覗き込んだ。そして予想外の光景に、一瞬息を呑む。

（佑二さん、わたしのおっぱいを吸っている）

佑二は目を閉じた状態で、左の乳房を口に含んでいた。左手は右の乳房を摑んで、すやすやと寝息を立てている。

（まるで赤子のよう……ああ、でもこんな姿を妹に見られるなんて）

幼児ならまだしも、乳房を吸う少年を抱く姿は、あまり微笑ましい画ではないだろう。ばつが悪そうに花穂子は顔を赤らめた。

「お姉さん、動揺したらだめよ。身体が火照るでしょ。いいじゃない。ママのおっぱいを欲しがる男の子、母性本能がくすぐられるでしょ。征一さんとの間に子供ができなくて良かったわね。佑二くんが、もっと肩身の狭い思いをすることになっていたもの」

佑二の頭を撫でつけながら、妹がしみじみと言う。

（確かに、わたしに子が生まれていたら佑二さんは……）

大澤家の片隅で、人目に付かぬようひっそり生きていく佑二の姿を想像しただけで、花穂子の胸は締めつけられた。少年の背に回していた手に、花穂子は力を込めた。よしよしと背中をさする。

「んっ」

母の手の温もりを感じたのか、佑二の口元が吸いつく動きを見せた。

（いやだわ。佑二さん、寝ながらおっぱいをしゃぶっている）

頬を窪ませ、目をつむったまま一心に乳房を吸い立てていた。そんな姿を見ると、花穂子の心には母性愛が満ちる。

(ほんとうに赤ちゃんみたいだわ。佑二さん、可愛い)

その時、花穂子の口からサッと体温計が引き抜かれた。

「体温が下がってるわ。ぴったり受精期ね。ひょっとしたら昨晩の内に、おめでたかもしれないわね」

(おめでた……佑二さんとの間に、赤ちゃんが)

花穂子自身、そんな予感があった。今まで経験したことのない量の精子を注がれた。内ももの辺りは粘ついた体液がこびりついている。尻の下のシーツもぐっしょりと湿っていた。

「彩香、お仕事は?」

「終わったわよ。だから迎えに来たんじゃない。唾液を調べる道具や、尿の判定薬とか持ってきたけれど、必要なさそうね。今はそんなことよりも一回でも多く佑二くんのミルクを浴びること。……お姉さん、どうかしたの?」

眉間に皺を刻んだ花穂子の表情の変化に気づいて、彩香が問いかける。

「佑二さんが身動きをしたら、わたしのなかでアレが動いて……んっ」

花穂子は美貌に困惑と動揺をたちこめさせて、告げた。股間の異物感は、激しい性交の余韻だと思っていた。だが佑二の身動きに合わせて、硬いモノが蠢いていた。

（まさか、ずっと挿入したままだったなんて）

「お姉さん、今も佑二くんと繋がっているってこと？　アソコに男性器を咥えたまま眠るなんて話、わたし初めて聞いたわ」

妹は驚きを滲ませて言うと、姉の相をマジマジと覗く。花穂子は顔を背けた。混乱と羞恥で、布団から覗く白い首や肩は真っ赤に染まった。

「佑二くん、お姉さんのなかで硬くなってるの？」

彩香が姉の耳の側に口を近づけ、小声で尋ねる。花穂子は乱れる呼気を抑えながら、小さく相貌をゆらした。

（昨夜と一緒……佑二さん、わたしのお腹を埋め尽くしている）

意識を集中してみれば、雄々しく屹立しているのがよくわかった。膣奥に亀頭がつかえ、粘膜は存分に押し広げられていた。

「朝立ちね。エッチな夢を見て興奮したからだって言ったりするけど、若い子だけでなく年を取ってからも起こる症状だし、単に男性の身体の仕組みでそうなるだけ。リラックスしていないと、生じない現象よ。佑二くん、お姉さんの腕に抱かれて安心しきっているのね」

「そうなの？　これが朝立ち……」

「ええ。目が覚めて体が落ち着けば、収まるわ。おしっこをしても鎮まるみたい。あと一つ確実な方法があるけれど、お姉さんはその方法を取るのがベストだと思う――」

妹は台詞の途中で、すっと視線を花穂子の胸元へと転じた。

「おはよう佑二くん。良い夢を見られた？」

佑二の目蓋が開いていた。花穂子の乳房を吸っていたことに気づいて慌てて口を離す。そして頬をリンゴ色に染めた。

「あ、お、おはようございます、彩香さん……奥さま」

佑二は声を上ずらせて叔母と義母を見る。瞳をゆらし、照れて困ったようすがなんとも愛らしい。花穂子は目を細めた。

「お二人さん、早速だけど朝の種付けを先に済ませたら？　佑二くんの朝立ちも間違いなく収まるでしょ。その後、朝ご飯にしましょう」

「彩香、ベストの方法って……あんっ」

妹の言おうとしていたことを理解して、花穂子は相貌を歪めた。そして艶めいた喘ぎを吐き出す。佑二が身を起こして、腰をグッと沈めてきた。潤ったままの膣洞にペニスがぴっちりと潜り込んだ。

「佑二さん……ま、待って下さい」

いきなりの肉交の開始だった。朝立ちの膨張した肉茎に膣粘膜を圧迫され、裸身は身悶えた。

(妹がベッドの横で見ているというのに)

「少しでも、確率を上げないといけませんので」

佑二が告げ、首筋にキスをした。昨夜の興奮が未だ醒めていないのだろう。花穂子を見つめる目は、愛欲の色を宿していた。

(ああ、なんとふてぶてしい……)

奥まで差し込まれた肉茎は入り口付近まで戻り、また最奥まで突き進んできた。摩擦に反応して勃起の硬さがギンと増す。継母は鼻孔から悩ましく呼気を抜き、眉間に皺を浮かべた。

「そ、それはわかりますが、いけません、せめて二人きりの時に、あんッ」

花穂子は佑二の胸を肘で押し返した。抽送を拒むように腰を捩る。

「奥さま、あ、暴れないで」

「わたしはいないものと考えればいいだけでしょ。佑二くん、身体を起こしてお姉さんを抱きかかえてあげて」

彩香が鋭く告げる。その指示に佑二は従った。上体を起こすと、花穂子の腕を摑んで胸に女体を抱いた。対面座位の形になり、花穂子はあぐらをかいた佑二の腰を跨ぐ格好になった。

「お姉さん、駄々をこねないの。佑二くんはこんなに一生懸命なのに」

彩香が花穂子の背後に近づく。手首を摑むと、背中へと持って行った。

「彩香、なにを……よしなさいっ」

花穂子は振り返って叱責した。それを無視して、妹は細工を続ける。手首に硬いベルト状の物を巻きつけていた。ジャラジャラと鎖のような金属音が聞こえた。

「て、手錠なの？」

花穂子の左右の両手首は重なるように固定される。金属鎖で繋がれているのだろう、ある程度しか腕は動かず、手を前に戻すことが出来なかった。

「そう。革の手錠よ。お姉さん、旦那さまと緊縛プレイもしていたようだから、こういうのは慣れているでしょ」

妹が笑む。花穂子の相貌は真っ赤になった。

「この三日の間に、どれだけ多く射精を受けとめるかが重要だって、お姉さんだって知っているでしょう。では続けなさいな、佑二くん。ちゃんとお姉さんに注いであげて」

「ごめんなさい。奥さま」

申し訳なさそうに言い、佑二は膝の上に抱えた女体を、下から突き上げてきた。

「あ、ああっ、佑二さん、冷静になって。彩香に見られても平気なのですか」

花穂子は、佑二に訴えた。母と息子の交わり合う姿を、叔母に披露する必要はない。

（それにしても……どうしてこんなにも佑二さんは硬いの。昨夜、数え切れないほど射精をしたのに）

射精後もなかで大きくし、繰り返し挑み掛かってきた昨夜と同じだった。案の定、摩擦刺激のなかで朝立ちのペニスはさらに力感を漲らせ、肉刀の切っ先は膣の上に擦りつく。子宮まで小突かれるような圧迫を感じ、花穂子は長い黒髪をざわめかして背筋を引き攣らせた。

「今、僕が考えているのは、奥さまのことだけです」

佑二が震え声で告げる。澄んだ瞳には、汗で濡れ光った女の乱れ顔が映ってい
た。
（佑二さんは、わたしと離れたくないために必死に）
「佑二くんは、お姉さんにママでいてもらいたいのよ。お姉さんのことが大好き
だから」
彩香が横から口を挟む。佑二は懸命な顔つきでうなずいた。
（大好きだから……）
佑二は花穂子の腰を両手で摑んで、交わりを加速するようにゆさぶってきた。
挿入の角度が変わる。左右の膣壁を亀頭のエラで擦られて、花穂子は呻いた。
「奥さま……好きです」
「ああ、佑二さんっ」
愛の言葉を贈られながら、抽送を受ける。義母は身を戦慄かせた。
（わたしを好きと……佑二さんが、こんなに積極的に）
控えめだった少年がそれほど自分を想い、心を開いてくれている。肉親に性愛
のシーンを見られる忌避感さえ、立ち昇るうれしさが忘れさせた。
「佑二さん……わたしだって、そうですわ」

義母は唇を差し出す。母と子の口元はぴったりとふれ合った。互いに口を吸い合いながら、舌をヌルヌルと巻きつけ合う。

(奥に、佑二さんのがつかえている)

重く垂れた乳房を佑二の胸板に擦りつけ、花穂子も自ら、丸いヒップを上下にゆすった。充塞は快美をもたらすと同時に、身も心も息子としっかりと繋がっているという満足感を生じさせる。花穂子の喉元からは、歓喜の喘ぎがこぼれた。

コンコンとノックの音が聞こえた。ナース服姿の彩香が席を立って、ドアを開けてリビングルームへと向かうのが、横目に見えた。

「佑二さん、誰かが来たみたいですよ」

キスを休んで花穂子は囁いた。

「続けては、だめですか？」

濡れた唇は母に尋ねた。そのままついばむようにして、キスをしてきた。

「いえ、どうぞ、このまま……んむ」

ふっくらとした下唇が引っ張られる。花穂子の口元から涎が垂れ落ちた。手を使えない花穂子は、指で拭えない。

「奥さまのつば、甘いから好きです」

佑二の舌が伸び、したたる唾液を舐め取った。

「な、なにを仰ってますの」

柳眉をきゅうっとたわめ、花穂子は目をしばたたかせた。柔肌は羞恥で上気し、発汗が一気に促された。窓からの朝日を浴びて、女体がまばゆくきらめく。

(今起きたばかりなのに)

早朝から行われる濃密な相姦の交わりに、情欲は高まっていく一方だった。

「旦那さまも、こういう風に奥さまの手を縛ったんですか？」

手を腰の後ろに回して、花穂子の手錠をさわりながら、佑二が尋ねる。

「え、あの……そうですわ。手錠ではなく、縄のことが多かったですが」

突然の質問に戸惑いながらも、花穂子は正直に答えた。佑二の息づかいが速くなる。

「あの……体位は？　どういう姿勢で奥さまは抱かれたのでしょうか」

おとなしい佑二とは思えないような問いだった。花穂子は驚きの目を返す。

「こ、答えないといけませんでしょうか？」

「あ、い、いいえ。失礼なことを訊いてすいませんでした」

佑二は我に返ったように謝罪をした。だが花穂子の夫婦生活の内実を知りたがっていることは、すっきりしない顔つきを見ているとよくわかった。

（佑二さん、納得してらっしゃらないわ。わたしがどんな風に夫に抱かれていたか、興味があるということ？）

佑二は手錠にふれていた手をすべり落とし、女の丸い尻たぶにさわってきた。熟れた臀肉を両手で鷲づかみにして、揉み込んだ。

「あ、あんッ」

「奥さまのヒップ、すべすべですね。おっぱいと同じで、ここもさわってるだけで僕、ドキドキします」

佑二は指で双丘を玩弄しながら、ズンズンと衝き上げた。花穂子は後ろ手拘束の裸身を震わせた。

（佑二さん、やきもちをやいてらっしゃるの？）

女心は過敏に察知する。いやらしい手つき、荒々しい抽送の裏にあるのは嫉妬であり、義母に対しての独占欲だった。

（三十四歳の女を、そこまで想ってくれている……）

少年のひたむきな愛を、花穂子は戸惑いつつもうれしいと感じる。

「あ、あの……夫がわたしを抱くのは、後ろからが多かったです」

花穂子は小声で告白をした。佑二が知りたいのなら、教えてあげたかった。

「後ろから？　奥さまが四つん這いになって、旦那さまが後ろから、ということですか？」

佑二の確認に、花穂子は首肯した。夫婦の秘め事をつまびらかにする抵抗感は大きい。美貌は耳の縁まで真っ赤になった。

「縛られておりますので、お布団に顔を押しつけて、胸と肩で身を支えてる形で……膝を立ててお尻を掲げて……そんなポーズです」

恥ずかしい内容を、途切れ途切れに口にした。女肉に刺さった佑二の勃起が怒ったように漲るのを感じた。

「上品で清楚な奥さまが、そんな奴隷みたいな格好で毎晩……ああ、信じられません」

口惜しそうな口ぶりで、佑二の責めは鮮烈さを増した。腰を浮かせて、蜜穴をズンズンと穿つ。

（ああ、佑二さんがお尋ねになったから、説明しましたのに）

佑二の胸中が妬心で染まったのがわかる。ペニスは膣内でピクピクと跳ね、粘膜を引っ掻いた。

「佑二さん、そんなに激しくなさっては、わたしはもうっ」

エクスタシーに達しそうだと、花穂子は訴えた。佑二はより雄々しい交わりで応える。尻肉に指を食い込ませ、下からの抜き差しに合わせて女体を縦にゆすった。媚肉と勃起がきつく擦れ合う。

「今は、僕だけの奥さまですよね」

あからさまな嫉妬心を口にして、佑二は継母を鋭く抉り込んだ。

「はい。あっ、ああんっ」

花穂子は首をガクガクとゆらして答えた。

(佑二さんがこれほどの熱情を内に秘めていたなんて)

手錠の掛けられた両手を、花穂子は背できつく握りしめる。

(イッてしまうわ)

とろける女体は、逞しい義理の息子にこのまま心まで支配されたいと思ってしまう。赤く爛れた相姦の恍惚に、身を投げ出そうとした時だった。

「どうぞ、運んで下さいな」

薄ピンク色のナースキャップとナース服が、花穂子の視界に映った。妹がベッドルームのドアを開け放していた。誘導されて来たのは、ライトブラウンの制服と制帽に身を包んだホテルスタッフだった。両手でワゴンを押している。

「あっ、えっ……」

花穂子は驚きのあまり声を失った。佑二は背を向ける格好だが、花穂子はちょうど顔が正面にあった。ホテルスタッフは若い女性だった。ベッドの上の光景に気づくと、ハッとした表情を作った。すぐに俯き、目を逸らす。

「気にせずなかへお願いします。こっちで食べますから」

妹が冷静な声で促す。

「待って佑二さん。ああっ、人が見ていますわ」

花穂子は佑二に小声で訴えた。昂った佑二は気づかないのか、構わず肉刺しを続けてくる。花穂子は跨いだ脚で佑二の腰を挟み込み、出し入れを止めようとするがペニスを食い締める感覚が強くなり、却って絶頂感が近づいた。

「んく、奥さまのなか、すごく締まってます」

佑二が快さそうに息を荒げ、突き上げた。隆盛を高めたペニスの打ち込みは子宮にまで響き、豊腰がヒクつく。

「うあ、ひっ……ひい」

花穂子は紅唇をきつく嚙み縛った。口を開けていては、はしたない牝の声を放ってしまいそうだった。

（恥ずかしい姿を晒しては……なんとか耐えるの）

スタッフに早くこの場を去って欲しいと念じながら、花穂子は噴き上がる絶頂感に抗った。見ず知らずの他人の前で、気を遣ることだけは避けたかった。だがそんな女を嘲笑うかのように、佑二はとどめにかかる。

「奥さま、そろそろ出ますっ」

佑二の声に、花穂子はビクンと身を震わせた。佑二は尻肉を両手で摑んで熟れた腰をゆすり立て、摩擦刺激を上昇させる。

（だめ、だめよっ、今佑二さんの熱いミルクを浴びたら、わたし絶対にイッてしまう。どうしたらいいの）

少年の膝の上で、女体はくなくなと快感に悶えた。

「こちらでよろしいでしょうか。それでは失礼致します」

ワゴンを置いて、女性のホテルスタッフは立ち去ろうとする。

（あと少し……あと少しだけ辛抱をすれば）

花穂子は心で唱え、今にも決壊しそうな肉体を叱咤する。だが妹がスタッフを呼び止めた。

「ありがとう。チップよ」

紙幣を白い手袋を嵌めた手に渡すのが、花穂子の霞む目に見えた。その瞬間、佑二が唸りをこぼし、ググッと膣奥を押し上げた。

(子宮にぶつかっているっ)

猛々しさは、とろけた女体に噴き上がるような陶酔をもたらした。

「うう、出るっ、奥さまっ」

佑二が欲望を解き放った。熱い樹液が膣奥を打つ。染み入る快感が迸り、花穂子はむっちりとした太もも で、佑二の腰を締めつけた。

「イクッ……花穂子も、イキますわ」

はしたない牝の叫びがこぼれた。手錠はジャラジャラと金属の音色を鳴らす。ホテルスタッフが、奇異と驚嘆の視線を向けるのが見えた。

(見られている、わたしの破廉恥な姿をっ)

看護師姿の妹、制帽を被ったホテルスタッフ、目の前の光景が緋色に染まり、そして真っ白な光へと変わった。

(まだこんなにも濃いミルクが溢れ出てくる……なんてステキなの。意識が飛んでしまいそう)

熱いザーメン液を浴びる度に、義母は背をきゅっと反らして白いヒップを震わせる。勃起を根深く飲んだ蜜穴は収縮を起こし、新鮮な樹液を搾り取るように、何度も何度も食い締めた。

「奥さまのアソコが、僕のに吸いついていています」

佑二が歓喜の息を首筋に吐きかける。

「佑二さんっ……あん、佑二さんっ」

汗ばんだ肌と二つの豊乳を擦りつけ、花穂子は愛しい少年の名を連呼した。至福の波が怒濤のように押し寄せ、全身を洗う。三十四歳の肉体は少年を跨いだ格好で、派手に痙攣をした。やがてふっくらとした紅唇から漏れるのは、嫋々とした啜り泣きに変わった。

2

佑二は花穂子との交わりをとくと、丁寧にベッドの中央に横たえた。花穂子はすぐにうつぶせになり乳房を隠した。佑二が布団を掛けて、下半身の肌を覆ってくれる。

（ようやく終わった……）

一晩中抱かれた上に、起き抜けに朝の精を搾り取るなど、花穂子にとっても初めての経験だった。息絶え絶えの状態で、汗の流れる脾腹を喘がせる。

「さっきの子、二十歳そこそこだったわね。新人ね。ベッドで乱れていた女性が、オーナーの娘だって気づいたかしら」

妹のつぶやきが聞こえる。花穂子は枕に押しつけた美貌に、新たな朱色を散らした。

（あんな場面でも気を遣ってしまうなんて、わたくしの身体は佑二さんが相手だと、辛抱ができない）

自制は利かず、色めいたよがり声を盛大に絞り出した。己の身体が少年の虜となりつつある事実に、脅えを抱く。

「彩香、わざわざベッドルームまで連れてくることはないのに」

花穂子は顔を横にして彩香を見、乱れた呼吸と共に抗議をした。

（絶頂に浸る浅ましい姿を、血を分けた妹に晒すのだってつらいのに……）

幼い頃から共に育った妹に、牝へと変わる痴態を見られる恥ずかしさ、情けなさは言葉にし難い居たたまれなさを呼ぶ。その上、見ず知らずの従業員にまで目撃された。ショックは大きい。

「性的興奮が、妊娠の確率を上げるって言うでしょう。不意打ちの形になったのは謝るけれど、ドキドキしたのは間違いないでしょ。今は、なんでも試してみるべきだと思って。ごめんなさい、お姉さん」

妹が真剣な相で告げた。悪ふざけや玩弄が目的ではないと知ってしまうと、花穂子はそれ以上文句を言えなくなる。

「……彩香、これをさっさと外して」

裸身をゆすって、妹の方へ拘束された両手首を見せた。手錠を取ってもらわねば、一人では起き上がることもかなわない。妹が身を屈めて、手錠のカギを外そうとする。

「うちのホテルは従業員教育をしっかりしているから、外へ漏れたりはしないわよ」

「あ、あの……もう終わりですか」

姉妹の会話に、佑二の小声が割って入る。妹の手が止まった。花穂子の足元の側に、佑二は正座をしていた。首を回して視線を向けた花穂子は、息を呑んだ。

（そんな……佑二さん、まだ満足なさってないの？）

揃えた足の間に、反り返った肉茎が見えた。淫液で濡れそぼった屹立は、まったく萎んでいない。目を疑う光景だった。

「食事にするつもりだったけれど……佑二くんに余裕があるのなら続けた方がいいわね。妊娠のためには、とにかく回数をこなさないと」

「彩香、待ってちょうだいっ」

落ち着いて判断を下す妹に、花穂子は声を上ずらせた。

(こんなの身が持たないわ。佑二さんがお相手だと、わたしは反応を抑えられないというのに)

三十路の女が十代の少年に、毎回本気の絶頂へと押し上げられていた。精を注がれる度に悦びは深くなり、先ほどは失神寸前まで陥った。次は理性を保てない状況まで、追いやられるに違いなかった。

「佑二さんだって、そろそろお休みをしないと。続けざまになさるのは、お身体に差し障りがあるでしょう」

「僕は平気です。先っちょが少しヒリヒリするくらいで」

「そうね。十代だもの。一番、エネルギーに溢れている時期だから、だいじょうぶでしょ」

花穂子の発言を、佑二と彩香があっさりと却下する。汗でかがやく白い裸体は、避けられない相姦の連続に、肌を震わせた。

（ああ、そんな……きっとまた、わたしは佑二さんに翻弄されてしまう）

タフな十代のエネルギーは、母の威厳、大人の矜持を奪い去るだろう。佑二が、妹が、自分を見る目が変わってしまうのが恐かった。

「あ、あの、後ろからでもいいですか？」

佑二が言いづらそうに切り出した。花穂子はハッとする。嫉妬心を滲ませた数分前の会話が耳に残っている。佑二は夫と同じ体位で自分を抱くつもりなのだと花穂子は気づいた。

「後ろ……バックスタイルってこと？　そうね。佑二くんの希望を叶えてあげることも大事よね。お姉さん、問題ないわよね？」

「あ、待って――」

花穂子が反発の声を漏らしかけると、彩香が顔を近づけ、佑二に聞こえないように小声で囁いた。

「お姉さん、恥ずかしいなんて言って、佑二くんをがっかりさせるのはなしになさい。彼は繊細なんだから、イヤとか、ダメとか口にする前に、よく考えて発言しないと」

花穂子を諭す物言いだった。夫のしていたことを駄目と言われれば、当然佑二は自分が拒否されたと感じるに違いない。

「だ、だけど彩香……」

それでも花穂子は我慢できずに、ゆれる瞳を返す。牝のポーズで佑二の前に這う我が身を想像するだけで、肌が熱く火照った。

「お姉さんはこんな形を望んではいなかったかもしれないけれど、まだ学生の佑二くんを巻き込んだ以上は、大人が責任を引き受けるのが筋じゃない？　今朝のようすを見ていると、佑二くんとお姉さんの覚悟、ずいぶん重さが違うように見えるわ。それはわたしの気のせい？」

妹の台詞が、花穂子の胸をゆさぶる。

（そうだった。わたしは決心をしたはず。佑二さんとこれからも共に暮らしていくために）

子を孕んで大澤家に残る。そのために相姦の禁忌を破ることさえ受け入れた。罪を背負った上に、妊娠もしなかったとなる悲しい結果だけは避けねばならない。

（今のわたしに出来るのは、佑二さんの精を一回でも多く受けて、無事に赤ちゃんをこの身に宿すということ。そのためには――）

花穂子は腹這いの姿勢から、膝を立てて腰を持ち上げた。下半身を覆っていた布団が、肌からすべり落ちる。足元の佑二に向かって白い双臀を掲げる格好だった。

「佑二くん、お姉さんオーケーだって」

（ああっ、恥ずかしくて息が止まってしまいそう）

突き出した腰に、佑二の視線を感じた。花穂子は羞恥のポーズを維持したまま喘ぎを吐いた。いっそ早く貫いて欲しいと思うが、佑二はなかなか女体にふれてこようとはしない。

「佑二くん、どうしたの？　固まって」

怪訝そうに妹が尋ねる。

「女性のアソコってこんな形をしてるんですね。奥さまのここに僕のモノが入ってたんですよね？」

「そうだけれど……もしかして佑二くん、女性の大事なところ、初めて見るの？　雑誌やビデオかなにかでも見たことはないの？」

「はい。そういうものを買ったことがありませんから」

佑二の返答を聞き、妹が嘆息を漏らした。

「お姉さん、最初にきちんと教えてあげなかったのね。女の身体の仕組みがどうなっているか、当然若い男の子は興味があるし、とても重要なことよ。佑二くんはお姉さんを孕ませるための道具じゃないの。ただやるだけなんて扱いはあんまりよ」

「あ、ああ……そうかもしれないけれど、そんな余裕はなかったの」

妹の言が正論であるだけに、花穂子は強く言い返すことが出来ない。

「今、佑二くんに説明してあげるけれど、構わないわよね、お姉さん」

当然、花穂子の身体を使って解説をするのだろう、美貌は強張った。だが駄目とは言えず、うなずくしかない。

「お姉さんの許可をもらったから、早速講義をしましょうか。はい佑二くん、注目。ここが女性器よ。俗称オマ×コね。この真ん中のヒダの間に、きみの肥大した陰茎が入っていたのよ。この部分ね」

妹の指が花弁を摘んだ。白いヒップはぴくっと震えた。

「ミルク色に泡立ったのが溢れちゃって、なかから垂れてるでしょ。これが佑二くんの精液ね。お姉さんの愛液も混じっているから、ものすごい量になってるけれど」

（ああ、観察されている。どうしてこんなことに。恥ずかしい）

腹這いの姿勢では、背後でなにが行われているか、花穂子は見ることはできない。それが余計に羞恥を煽る。女のなめらかな肌全体に、どっと汗が噴き出した。目元にも汗粒が流れ落ちてくるが、手錠をされているため拭うことも出来ない。

「あの、おしっこはどこから出るんですか？」

「男性と違って、女性はおしっこの出る場所がわかりづらいのよね。クリトリスは知っているわよね。その隣にあるのだけど」

尿道口の位置を教えようというのだろう、妹の指がさらに女唇を開く。花穂子の太ももはブルブルとゆれた。紅唇からはため息がひっきりなしにこぼれる。

「……あっ」

身体の奥から、ドロッとしたものが垂れ落ちるのを感じて、花穂子は小さな悲鳴を発した。

「あら、溜まっていたのが、逆流しちゃったわね。こんなにいっぱい……。佑二くん、がんばったわね。きっとお姉さんのお腹に、元気な精子が届いてると思うわ」

妹の指が、したたる精液をすくい取るようにして亀裂を撫で上げた。粘膜を擦るヌメッた感触が、腰に痺れを走らせる。花穂子は悩ましい喉声を放って、背をきゅっと反らした。

「あ、あまりイタズラをしないで、彩香」

「これじゃなにもわからないから。色んな液がべっとりで、すっかり見えなくなっているもの、少し拭き取らないと」

体液をこそぐように、なにかがヌルリヌルリと這いずった。

（ち、違うっ。これは指の感じじゃない）

花穂子の身体に動揺が走る。指にしては、やわらか過ぎた。その上、尻肌には温かな吐息が吹き掛かっていた。

「や、やめなさいっ、彩香。そんな場所に口をつけてはいけませんっ」

妹が直に口をつけ、女性器の表面をぬぐい取っているのだと気づき、花穂子は上ずった声で制止をした。

「仕方がないのよ。あいにく拭き取るようなものが見つからなくて」

そう言うと妹は、さらに強くぺろぺろと舌を這わせて、性交の名残をきれいにしていく。恥丘に生えた繊毛から陰唇の裏側、会陰の方まで丁寧に口で拭い、愛液も精液も舐め取っていた。

「なにを考えているの、彩香っ、ああっ」

さらには女穴にピタッと唇を被せて、溜まった体液を直接吸い取ることまでした。

(彩香、佑二さんの精を吸い出しているっ)

肉親に過剰な口愛撫を受ける衝撃は大きい。裸身を戦慄かせ、花穂子は枕に向かって呻きを発した。

「あの、僕も舐めていいですか?」

佑二のおずおずとした申し出に、花穂子の血が沸騰する。

(妹に続いて、佑二さんにまで)

「構わないけれど、佑二くんのミルクの味が残っているかも。それでもいいの? クンニリングス初体験で、そういうの平気?」

「彩香さんが全部舐めちゃったから、すっかりきれいになっていますよ。ここがクリトリスですよね」

ツンと女の感覚器を突かれる。佑二の指先だった。花穂子は喉を震わせた。

「あっ、佑二さん、だめっ」

「ええ。さわられると女は気持ちいいのよ。舐めてもらうともっと気持ちいいのだけれど」

そこを狙えと言うように、妹が告げる。案の定、生温かな感触は女の肉芽に当たってきた。舌先が擦れ、痺れが走った。花穂子は太ももをガクガクとゆらした。

(妹や息子に、恥ずかしい箇所を連続で舐められるなんて)

最も親しい家族から受ける羞恥の責めに、花穂子は紅唇から情感のこもったため息を吐き出した。

「クリトリスの横に指を添えて引っ張ると、皮を被っているのがわかるでしょ。普段はいきなり皮を剝いて、愛撫をしたりしてはだめよ。そこはとっても敏感で、痛くなっちゃうからね。今みたいに、しっかり身体ができあがっている状態の時はぐいぐいやって構わないから」

「はい。奥さまのピンク色で、可愛らしい形してます。ぷくって膨らんでるんですね」

口をつけたまま、少年はくぐもった声で返事をする。佑二の舌は遠慮なく這いずった。生じる愉悦に、花穂子の括れたウエストはくねった。小さな感覚器は充血を増して、ピンと尖る。佑二に太ももを摑まれているため、尻を落として逃げることもかなわなかった。

「舐める時は、付け根から先端に舐め上げるのが基本ね。円を描くようにしてあげるのもいいわ。後は男性の場合と同じように、根元を指で摘んで扱いてあげるとか。お姉さんの反応を見ながら、どういう風にすると効果があるか、あれこれ試してみるといいわよ」

(彩香は佑二さんに色々と教え込んで)

同じ女性だけあって、ツボを心得ている。花穂子の身体が実験台だった。佑二は包皮を剝き出し、過敏な内側を直接吸ってきた。鋭い快美が背筋を駆け抜け、肌が粟立つ。花穂子は喉を絞って、掲げたヒップを悶えさせた。

「んあ、ひっ……あ、彩香っ、もういいでしょ」

これ以上は耐えられそうになかった。佑二を止めて欲しいと、花穂子は妹に訴えた。

「お姉さん、佑二くんね、ついさっき射精したばかりなのに、クンニしながらアソコをもう硬くさせているのよ。このまま好きにさせてあげた方がいいわ」

妹が枕元へと身体を移動させ、顔を近づけて囁いた。

「そ、そんな、このままでは、わたし……んくっ」

佑二は女性器の構造を確認するように、舌を丁寧に這わせていた。尿道口を突くように、舌先が蠢く。豊腰はヒクッヒクッと戦慄いた。

（ああっ、今度はおしっこの出る場所を……どうして躊躇いなくおくちをつけてしまうの。不潔な場所のはずなのに）

亀裂の縁をなぞるように舌をすべらせたかと思うと、性交の刺激で腫れぼったくなった花弁を唇に含んで、舐めしゃぶった。義母の女性器を味わい尽くすように、佑二は一つ一つの場所を、じっくりと舐っては次に移った。

（だめっ、だめなのに……ああっ、わたし、佑二さんのおくちでイクわっ――）

無垢な少年に舐めてもらっているという倒錯感が、女体に妖しく作用し、佑二の口の感触をより甘美に感じさせた。官能の波が盛り上がる。陶酔の赤が目の前をちらついたと思った時には、急速に湧き上がった絶頂感が肉体を包み込んだ。

「んぐッ、んむ」

枕に口を押しつけ、花穂子は色めく嗚咽を必死に消した。手錠を掛けられた両手は指を握り込む。快感の至福が、女体を戦慄かせた。

「奥さま、いっぱい潤ってますね」

佑二が口を離して、怪訝そうにつぶやくのが聞こえた。

「きみが上手だからよ。ね、お姉さん」

花穂子の顔に掛かった黒髪を指で掻き上げながら、彩香が微笑んだ。姉がオルガスムスに達したことを、妹は見抜いていた。

（またわたしは、恥を掻いて）

自分一人が気を遣る恥ずかしさ、情けなさが花穂子の胸を焦がす。唇を噛み締め、肌を上気させた。

佑二は花穂子がエクスタシーに達したことに気づいていないらしく、なおも舌を遣ってきた。恍惚感の漂うなか、延々と続く舌愛撫に、花穂子のゆたかな腰つきはヒクッヒクッとゆれ動く。佑二が舐め上げる度にこぼれるピチャピチャという音が、救いようもなく恥ずかしかった。

（はしたなく濡らしてしまっている。このままでは何度もイッてしまう）

たゆたう陶酔の波が、再度噴きこぼれそうだった。花穂子は噛んだ唇に歯を食い込ませた。惨めに這いつくばった姿勢で可能なのは、それだけだった。

「佑二くん、熱心ね」

「奥さまの身体の一番大切な部分にふれているんだって思うと、興奮します。それにこんな奥さまのお姿、もう二度と見る機会はないでしょうから」

佑二が口を休めて、妹に答えた。

「記憶に焼き付けようとしているんだ。いっそ写真でも撮ったら？」

「い、いいんですかっ」

「あ、彩香、なにを言っててっ」

佑二と花穂子は、同時に驚きの声を上げた。

「ようやく義理のママと心を通わせられた記念日ですもの。この日の記憶をずっと留めておきたいっていう佑二くんの思いはわかるわ。頑張ってるこの子に、それくらいのご褒美をあげてもいいわよね、お姉さん」

「お、お願いします。奥さまっ」

すかさず佑二も懇願の声を響かせた。佑二が低く頭を下げている姿が、花穂子の目に浮かんだ。

(そんな切実な声音で言われても、こんな醜態を写真に撮るだなんて)

「僕のために、奥さまが奴隷みたいな姿になって下さったんだって思うと、この先、なにがあっても僕は耐えられると思うから……たった一枚でいいですから」

佑二の絞り出す言葉が、母の抵抗心をゆさぶる。懐妊せずに、母と子が離ればなれになる可能性は大いにあった。なにか形ある物で思い出を残したいという気持ちも理解できる。だが心理的な忌避感は容易には超えられない。

「佑二くんは、お姉さんから勇気をもらいたいのよ。お姉さんに、こんなに何度も挑んでくること自体が、心細さの裏返しじゃない」

妹が耳元で囁く。寂しさを埋めるように、離れたくないと訴えるように、激しい性交に込められた佑二の思いは、肌を重ねている花穂子にも伝わってきた。

（たとえ浅ましい姿であっても、佑二さんの心の支えになるのであれば……）

母性愛が胸を疼かせる。花穂子は妹を見上げ、目蓋を落として了承を伝えた。

「お姉さんのお許しが出たわよ。佑二くん、わたしのデジカメを貸してあげる。そこのバッグのなかにあるから使って」

「あ、ありがとうございますっ」

佑二が声を張って礼を言う。ごそごそという物音が背後の方で聞こえた。

「きっと当分は、佑二くんのオナニーのおかずになるわね」

彩香が小声で囁き、花穂子に向かってウインクをした。義母は頬を朱色に染めた。当然、そうなるであろうことは花穂子にもわかっている。

「奥さま、撮ってもよろしいですか？」

準備が出来たのか、佑二が上ずった声で尋ねる。イヤと言いたい心を抑え、花穂子は口を開いた。

「どうぞ、お好きになさって」

弱々しい声で告げた瞬間、シャッターの音が広いベッドルームのなかに響いた。這った裸身はビクッと震えた。喉元で「ううっ」と呻きを漏らす。シャッターは連続で切られた。双臀を高く持ち上げた牝のポーズが、何枚もデジタルカメラで記録されていく。

(佑二さん、一枚ではなかったの……)

白いフラッシュの閃光が、室内を照らしていた。丸い双丘と、その奥の唾液で濡れ光った女の恥部が余さず写されていると思うと、いてもたってもいられない気持ちになる。

「こういう画はどう?」

妹が言い、花穂子の秘園に手を伸ばしてきた。花弁の左右に指を添え、ぱっくりとくつろげた。

「あんっ、彩香、やり過ぎよ」

花穂子は懸命に背後を振り返り、喉を引き攣らせて訴えた。

「せっかくだもの。実用的にしてあげないとね」

拡げられた粘膜の上を、室内の空気が撫でる。羞恥は四肢に巡り、下腹からはジンとした痺れが広がっていく。

(いけない。濡れてしまう)

新鮮な中出しの精を注がれたように、子宮が滾っていた。愛液が分泌され、蜜肉は収縮を起こした。ヒリヒリした被虐の昂りが女の肌を熱くさせる。

「あっ」

彩香と佑二が、背後で同時に声を上げるのが聞こえた。

「な、なに、どうかしたの?」

花穂子は上ずった声で問いかけた。

「佑二くんの白いミルクが、奥から滲み出て来たわ」

妹の説明の間も、パシャ、パシャッとカメラの音が鳴った。

(精液を垂れ流した姿まで、撮られるなんて)

股間をトロトロとしたたる感覚が、倒錯感を高める。秘肉は一層火照り、呼吸が速まった。シーツと擦れる乳首もピンと屹立し、痛いほどだった。晒し者同然の時間は、花穂子の倒錯の情欲を、着実に掻き立てた。

「奥さま、もしかして興奮なさってるんですか?」

佑二がカメラを操る手を休めて、つぶやいた。

「当たり前よ。誰だってこんな風に股の奥を覗き込まれて、写真を撮られたりしたら、ふつうじゃいられないでしょ。清楚でお上品な良家の奥さまだって、一人の人間よ。お姉さんだってオナニーくらいするんだから」

「まさか、奥さまが？」

「佑二くんは疑っているようだけれど、お姉さん、真相は？」

花穂子に尋ねながら、妹は指の先でクリトリスをピンと弾いてきた。花穂子は呻き、双臀を左右にゆらす。

（……自分を偽るなということ？）

「あ、あん……わ、わたしだって、オナニーをいたしますよ」

花穂子は半ば捨て鉢になり、認めた。

「ね、わかった佑二くん。お姉さんだってきみと変わらないのよ。ふふ、わたしはオナニーなんてはしたない真似、絶対にしないけれどね」

「あ、あなたっ、自分だけ狡いわ」

笑いをこぼす妹に向かって、花穂子は批難の声を上げた。

「失礼な言い方かも知れませんが、焦る奥さま、可愛いです」

花穂子の尻肉に手がふれた。そして花唇の中央を、硬い物が撫で上げた。

（ああん、佑二さん、昂ってる）

佑二が勃起を押しつけていた。亀頭と女陰がヌルヌルと擦れる。陰唇を割り拡げられる感覚で太さと硬さが伝わり、花穂子は頭をゆすった。

「こうして佑二くんが寄り添うと、お姉さんは大きなお尻だってわかるわね。佑二くんの腰が完全に隠れちゃうもの」

「はい。大きいです」

「そんな、二人しておっきい、おっきいって言わないでっ……んうっ」

佑二が肉刀の先端で、陰核を捏ねてきた。カウパー氏腺液を塗りつけながら、円を描く。花穂子の双丘も、操られるように丸くゆれた。

「大きなお尻って、男の人は叩きたくなるって聞くけど、お姉さんは征一さんにひっぱたかれた？　スパンキングが好きな男性って、結構多いでしょ」

妹の質問に、花穂子はドキリとした。

（そんなことを白状したら、また佑二さんが嫉妬に駆られて……）

「この奥さまのすべすべのお尻を叩くだなんて、ほんとうにそんなことを？」

佑二が尻肌をやさしく撫でつけていた。花穂子は返事が出来ない。答えないことで事実と察知したのだろう、佑二はより強く男性器を押し当ててきた。花弁が亀頭で押し広げられていく。

(怒ったように、硬くなっている)

妬心が、佑二の膨張を引き出していた。これから入ってくるモノの雄々しさを粘膜に感じ、女体はジュンと潤んだ。愛液が湧出し、奥に溜まった白濁液を外へと滲ませる。それを引き伸ばすようにして、佑二の勃起が亀裂に沿って上下した。

(佑二さん、なかなか押し入ってきてくれない)

期待感を煽られた女体には、焦らしが堪えた。

「あ、あの、ずっとこの姿勢はつらいですわ。佑二さん、早くひと思いに……」

花穂子は震え声をこぼした。

「僕のコレが欲しいって意味ですか?」

佑二はかすれた声音で尋ねる。母も子も、息づかいが荒かった。

(ああ、なんと答えれば)

継母は迷う。母親として最も相応しくない言葉を、佑二は求めていた。

「佑二くんは、お姉さんの本音が知りたいのよ。知って安心したい。誰かを好きになるって、そういうことでしょ」

彩香が耳元で囁いた。花穂子の心がゆらぐ。

(本音……でもわたしは、佑二さんの恋人でも彼女でもない。母親なのよ)

この先も母子でいるためには、口にしてはならない台詞だと思う。

「旦那さまもこうやって奥さまのお尻を掴んだんですね」

硬く引き締まった肉茎で、執拗な摩擦を行いながら、佑二は尻たぶに指を食い込ませてきた。激しい肉交を予感して、女体はときめく。

「こっちもさわったのかな」

臀丘を掴んだ佑二の指の一本が、ススッと尻たぶの内へと入り込んだ。

(そ、そこはっ……)

花穂子の身に焦りが走った。一番さわって欲しくない不浄の器官に、佑二の指が近づく。花穂子は恭順を示すように、白いヒップをクンと高く掲げた。

「お、お願い。わたしに佑二さんの逞しいモノを下さい……あ、はぁんっ」

母の牝の懇願を聞くと同時に、佑二はズチュッと差し入れてきた。

(ああんっ、なんて硬いのっ)

息苦しささえ覚える充塞の感覚は、満ち足りた幸福感となって女を包み込む。花穂子は反射的に腰に力を入れて、若い勃起を食い締めた。

（たまらないっ）

秘肉からえも言えぬ陶酔が広がる。緩みのない硬さに、鼻孔からは堪能の吐息が漏れた。待ち望んだ相姦の始まりだった。

「この体位だと、奥さまのなかが絡みついてくる感じが、はっきりわかります。姿勢でこんなにも変わるんですね。奥さまのボリュームあるお尻も強調されて……」

「バックからするとムチムチとしたヒップが、おいしそうでしょ。あと三日間は、佑二くんが好きな時に突っ込んでいいのよ。むらむらしたらいつでもオッケーだから」

歓喜の息を吐く佑二に、妹が告げる。

「いつでも？　奥さま、ほんとうにいいのですか？」

花穂子に尋ねながら、佑二は腰を振ってきた。

「んっ、そ、それは……あんッ」

花穂子の声は崩れる。肉棒抽送で、同意を強要されているようだった。

（佑二さんの言う通り、正常位とは擦れ方が違うわっ。佑二さんの硬いモノを、もっとステキに感じてしまう）

角度の違いが、異なる箇所への圧迫と引っ掛かりを生む。膣粘膜を引きずり出される感覚は、味わったことがないものだった。

「お姉さん、佑二くんに答えてあげないの？　いつでもハメちゃって問題ないわよね。妊娠のためですもの」

姉の裸身にナース服の身体をすり寄せて、妹が尋ねる。下から胸元に手を差し入れて、花穂子の乳房に手をあてがってきた。

「あ、彩香、イタズラはよしてっ、あんうッ」

佑二が腰を引き、ズンと打ちつけた。根元まで突き込まれる衝撃で、目の前に火花が散って見えた。

「横を向いてご覧なさい。お姉さんにも見えるでしょう。壁際の姿見に、二人の姿が映っているわ」

妹の囁きに、花穂子は頭を回した。視線の先には大きな鏡があった。ベッドの上の光景がそこに映り込んでいた。

（なんて画なの……）

後ろ手に拘束され、浅ましい牝犬のポーズを取った肉感的な妙齢の女性、その丸い尻を抱えて貫くのは子供にしか見えない十代の少年だった。母と子の、言い訳の出来ないねじれた姿が映し出されていた。

「お姉さんの方が年上なのにね。これじゃあほんとうに佑二くんの奴隷みたい。ふふ」

妹が嗤う。背徳の興奮を掻き立てることで、受胎の確率を高めようというのだろう。妹は言葉で姉の心を煽り、指遣いで肢体を嬲る。

(狂う……こんなの狂ってしまうっ)

豊乳を揉み立てられ、乳首を摘んでコリコリと捏ね回されながら、背後からは激しい抜き差しを受けていた。形の良い鼻梁からは啜り泣きがこぼれた。

「お姉さんは、大澤の家に戻ってからも、佑二くんに種付けをしてもらわないといけない。そうでしょ?」

妹の台詞に、花穂子は相貌をゆらした。

「ええ。あなたの言う通り。佑二さん、お好きな時に……わたくしを抱いて下さいね」

いつでも自分を犯して構わないと、花穂子は背後の少年に伝えた。佑二は勢いよく尻肉に腰をパンと跳ね当てる。

「はあうっ」

埋没の衝撃に花穂子の顎が持ち上がり、枕元には乱れた黒髪が広がった。

「します。いっぱいします。奥さまのなかに何度も注ぎ込みますから」

佑二は昂った声を発し、もっと深く繋がりたいというように、密着状態から円を描いて肉茎を埋め込んできた。子宮を圧され、子宮口を擦られる。

(だめっ、ぐりぐりしてはだめぇっ)

熟れたヒップは、押し潰されるような官能に打ち震えた。奥を小突かれた後、一気に引き抜き、また勢いよく差し込まれる。鮮烈な圧迫と摩擦の変化に、花穂子の目の前が一瞬白く染まった。

「佑二くん、お姉さんのお尻を叩きたいみたいよ。それも構わないでしょ」

妹の指がきゅっと乳首を摘んだ。痛さを感じる一歩手前の強さで勃起した乳頭を捏ねくり、興奮でしこった胸肉全体を絞り立てる。肉悦を煽られた継母は、汗ばんだ肌をうねらせ、紅唇を喘がせた。

「ああうっ、佑二さん、わたくしのお尻も叩いて構いませんわっ。女の尻をぶつと、締まりが良くなって具合がよいと夫は言っていました。佑二さんがなさりたいのなら躊躇わずお好きなように、あんっ」

悲鳴寸前の声で、花穂子は訴えた。

「あ、あの、僕は……」

「こんな時に遠慮は要らないわよ。佑二くんも本音でお姉さんに……ママにぶつかりなさい」

彩香の台詞から一呼吸置いて、平手打ちが右の尻肌に落とされた。ビクンと女の肢体は震え、手錠の掛けられた腕を突っ張らせる。

「ほんとだ。奥さまのなかが、ぎゅって締まってる」

佑二が驚きの声を漏らした。痛覚に反応して、括約筋に勝手に力がこもる。佑二は二度、三度と義母の尻たぶを打った。

(佑二さんに、お尻を叩かれているっ)

手錠をされてベッドに這い、尻を捧げた姿勢で折檻されるように尻たぶに打擲を受けている。年下の少年の玩具に堕ちたような錯覚は、女の被虐悦を掻き立てた。

(佑二さんの奴隷になったよう)

「ああっ、佑二さんっ、逞しいですわっ」

花穂子は少年を褒め称えた。平手打ちが、佑二の情欲を高めていた。肉茎は隆々と猛り、女壺のなかを埋め尽くして、ヒダ肉を容赦なく穿つ。

「奥さまの身体がいやらしいから。ああっ、吸いついて離そうとしない」

佑二が快感の声を上げる。花穂子は息子にもっと悦んでもらおうと、抽送に合わせて自らも括約筋を絞り込んだ。さらに平手打ちを請うように、卑猥な仕草で双臀を打ち振る。倒錯と背徳の交わりに夢中だった。

「上品な奥さまが、うれしそうにお尻を振るなんて。こんなお姿っ……ううっ」

佑二は唸りをこぼし、母への抜き差しを激しくした。引き締まったペニスで深々と貫かれると、身も心も佑二に支配されている感が強くなる。

「そんな言い方をなさらないで」

（わたしを淫らな女に変えたのは、佑二さんですのに）

この一時は、年下の少年に仕える牝だった。主従の逆転した被虐の状況に、ゾクゾクとした昂揚が噴き上がる。

（また、わたしっ――）

「すみません。我慢できませんわ。わたしだけ先にイッてもよろしいでしょうか」

とろける摩擦の心地に身を灼かれながら、花穂子は絶頂の許しを年下の少年に求めた。

「どうぞ、奥さまっ」

佑二は抜き差しを速めた。勢い良く少年の腰が跳ね当たり、丸い尻たぶはたぷんたぷんと波打った。鋭い突き入れに、花穂子の下半身が落ちそうになる。だが佑二はしっかりと豊腰を抱えて、裸体が崩れることを許さない。媚肉はズブズブと肉茎で貫かれ、妹の手が双乳を揉みほぐす。美母はひたすら喘いだ。

「いい声で哭いてあげるのよ、お姉さん」

耳穴に吐息を吹きかけて、妹の手指が乳首を弾き立てた。前後から性感を刺激される。くるめく波に花穂子の肉体は呑まれた。

「ああっ、イクぅッ……花穂子、イキますわっ」

未亡人は、ホテルの室内に派手なよがり泣きを高らかに奏でた。佑二が尻肌を強く打ち据えた。その刹那、意識は真っ赤に焼け爛れた。目の眩む快感だった。

「あっ、ああんっ、佑二さんっ」

花穂子は背筋を震わせながら、きゅっとヒップを突き出して、オルガスムスの時間に浸った。膣ヒダに根深く刺さったままのペニスが、ゆるやかに膣奥を捏ねて、官能を後押ししてくれる。口元は緩み、唾液が垂れ落ちた。

「お姉さん、佑二くんはまだよ。ちゃんと搾り取ってあげないと」

妹の声で、花穂子は恍惚の世界からわずかに現実へと戻った。佑二は抽送を完全に止めて、女体が落ち着くのを待っていた。

「佑二さんが逞し過ぎて、つらいわ……」

花穂子は、か細く吐き出す。マラソンを走った後のように、呼吸が速かった。

「奥さまが昇り詰める時の声、色っぽくて僕も引きずられそうでした」

佑二の手が汗の滲む尻肌を、愛しげに撫でていた。その内、指が亀裂の内側へとすべり込む。

「ああ、そこはいけませんっ、汚いっ」

花穂子は忌避の声を漏らした。佑二がまさぐってきたのは肛門の窄まりだった。

「奥さま、こっちの穴までヒクヒクしていますね」

全身の筋肉の収縮は、当然そこにも作用する。排泄の小穴も花穂子の喘ぎに合わせて蠢いていた。

「お願い。佑二さんの指が汚れますから……いじめないで」

花穂子は首を捩って背後に哀訴の瞳を注いだ。佑二の指は躊躇いなく、恥ずかしい器官を撫で回す。挿入だけはされまいと、花穂子は必死に豊臀をゆらめかして悶えた。尻穴を弄くる佑二と目が合う。

「奥さまの身体に汚い場所なんて、あるはずが……あの、奥さまではなく、呼び方を変えてもいいですか？」

「え？」

「お母さん……ママ、とお呼びしてもよろしいですか？」

尻穴に指をあてがったまま、佑二が尋ねた。

(よりによってこんな時に)

バックスタイルで貫かれ、しかも排泄器官まで弄くられていた。最も母親らしくない姿の時に、申し出をされるタイミングの悪さに美貌はきゅっと歪んだ。

「……はい。もちろんですわ」

それでも湧き上がる幸福感は、女の胸を温かくする。佑二に〝ママ〟と呼んでもらうことは、花穂子の念願だった。義母は笑みを浮かべて、背後の少年にやさしい眼差しを返した。

「お姉さん、良かったわね」

妹の指が、豊乳を強く揉み絞った。這った女体はよじれ、それが肉交を再開する合図となった。

「ああっ、奥さまをママと呼べる日が来るなんて……ママッ」

佑二は感動の声を上げ、素早く腰を振り立てた。窄まりのなかに、指が浅く沈められていた。排泄の穴を刺激され、括約筋が収縮する。膣肉までもが緊張を強いられ、嵌入摩擦はさらに跳ね上がった。バック姦の快美が身に染みる。

（あうう……両方、犯されているっ）

隣り合った膣洞と直腸に、同時に挿入を受けていた。汚辱感を伴った二穴責めの感覚に、花穂子の双臀は打ち震える。

「ママ、そろそろ僕もっ……」

「いっぱいだしてください。ママが全部、受けとめますから」

熱のこもった出し入れで、佑二も昇り詰めようとしていた。射精間近の勃起は、引き締まった硬さが際立つ。窄まりに刺さった指も、徐々に深く潜ってきていた。

両穴に生じる充塞感が、寒気に似た痺れを生む。

「出ますっ……ママ、出るよッ」

佑二がピッチを上げ、叫んだ。尻肉を鷲づかみにし、指を食い込ませた。肛門に差し込まれた指も奥まで埋め込まれ、膣腔は反射的に勃起をぎゅっと絞り込んだ。スムーズな抽送が一瞬止まり、膨らんだ勃起が膣内で震えた。

（きたっ）

樹液が膣奥で爆ぜる。花穂子の目の前に真っ白な閃光が迸った。

「あっ、ああんっ、佑二さんの精子……わたしのお腹に溢れていますっ」

熱い粘液の感触が、熟れた女を天国へと誘う。昂揚の赤みを帯びた裸身は、痙攣が止まらない。脂汗が肌を伝う。

「お姉さん、佑二くんのミルクがお腹に届くところをイメージするのよ」

妹の台詞で、中出し液が流れ込む感覚が鮮やかになり、子宮の滾りも跳ね上がった。

(三十四歳の女が、少年の子種で子を宿すなんてこと、決して許されないことなのに)

「ママ、僕の精子で孕んでっ」

「はい。佑二さんの子種で、赤ちゃんを生みますわ」

精を受けとめ、赤子を宿すことが佑二の愛に応えることだった。花穂子は射精の発作に合わせて息み、ヌルヌルと擦れるペニスを渾身の力で締め上げた。二人の体液が花芯から漏れて、黒い繊毛にしたたり、シーツにポタポタと丸い染みを作る。

「ママのなか、最高に締まってるっ、ううっ、すごい。気持ちいいっ」

佑二が恍惚の叫びをこぼし、とどめのように尻肌を打擲した。鮮烈な痛みが、膣内射精の愉悦ととけあう。紅唇は啜り泣きを漏らした。

「ゆ、佑二さん、もっと……もっとして下さいっ、あんっ」

よがり泣きがスイートルームに木霊する。窓から燦々と差し込む日差しが、汗に濡れた母と子の肌をきらめかせた。

（こんなの、死んじゃいそう）

十代の生命力に圧倒され、女は理性を失う。早朝の相姦劇は、花穂子が失神を迎えてようやく終わりを告げた。

3

佑二は裸でベッドの端に腰掛けていた。足元にはナース服姿の彩香が膝をつき、佑二の股間の上で、ナースキャップを被った頭をゆらしていた。

（彩香さん……精液と、奥さまの愛液でまみれているのに）

陰茎に彩香の舌が這っていた。嫌悪感を佑二には見せないようにしているのか、後始末の舐め清めを施す仕草に、躊躇いは感じられない。表面の残滓を拭い取ると、彩香は紅唇にすっぽりと含んできた。

（あっ、おくちに呑み込んでくれてる。ううっ、とろける）

唇と舌、そして口内粘膜でぴっちり包み込まれると、腰から地面に沈み込むような心地がした。彩香はそのまま上下に美貌をゆすって、丁寧に唾液を絡めて勃起を舐め洗った。佑二の口からはため息しかこぼれない。

「んむんっ……佑二くんの立派だから、おくちに納めるのが大変だわ」

彩香が紅唇を引き上げて、佑二を仰ぎ見た。口元がテラテラに濡れ光っていた。指先で唾液の滴を拭って、コケティッシュな笑みを佑二に向ける。

「どう、だいぶきれいになったわよ」

「はい。ありがとうございます」

成果を誇る彩香に、佑二は礼を言った。

「お姉さんは気持ちよさそうに寝ちゃっているけれど、佑二くんは食事にしてもいいのよ。休憩をしないと、いい加減グロッキーでしょ」

彩香の台詞に、佑二はチラと横目を向けた。ベッドの真ん中では、夢の世界に落ちた花穂子が布団を掛けられ横たわっていた。手錠は彩香が外し、柔肌に浮いた汗も拭いた。昨夜ほとんど寝ていないことも影響しているのだろう、耳を澄ますと規則正しい花穂子の寝息が聞こえる。

「僕、お腹は減っていませんから。それにまだまだ続けられます」

「そうよね。ちっとも萎えないいんだから」

彩香が佑二の分身を、爪の先でピンと弾く。男性器は股間で堂々と反り返っていた。

（だって彩香さんが、しゃぶってくれてるんだもの。興奮するなって言う方が無理だよ）

萎えかけていたペニスだったが、彩香のやさしい口唇奉仕でみるみる蘇った。姉の花穂子同様、彩香も名家の令嬢だった。本来なら、会話をすることもままならない相手だと思うと、ペニスに絡まるピンク色の舌を見ているだけで劣情が漲る。

「もう少し続けてあげましょうか。このために口紅を赤くしてきたんですもの。輪郭をはっきり描いてグロスもたっぷりのせて……おしゃぶりさせたくなる口元でしょ」

ふふっと妖しい笑みを残して、彩香の美貌が股間に沈んだ。

（ああっ、あったかくてヌルヌルだっ）

ヌメ光った赤い唇のなかに、陰茎がやわらかに包まれていく。

「彩香さん、気持ちいいです」

股間で上下するナースキャップに向かって、佑二は囁いた。荒淫でヒリヒリとする長棹の表面を、温かな舌と唾液の潤いが癒す。彩香は「くふん」と可愛らしい喉声を漏らして、口腔抽送の速度を上げた。右手の指は根元部分に添えてシコシコと擦り、左手は陰嚢を摑んで、揉みほぐした。

(うう、彩香さん上手だよう)

口内のしっとりした吸着感と連動する指の動きに、佑二は何度も喘ぎを吐いた。彩香の舌遣いは、徐々に熱がこもってくる。舌を棹裏に貼り付かせながら、相貌を素早く振り立てた。唾液の汁音をこぼして、亀頭の括れや根元部分で、巧みに唇をきゅっと締めつける。彩香の施す本格的な口腔抽送の快美は、腰全体がとろけるようだった。

「あ、あの、彩香さん、僕のために無理をしなくても」

美貌が低く沈んだ時、咽頭の粘膜に勃起の先端部が擦れていた。喉を圧迫されて苦しさを感じぬはずはない。佑二は不安そうに足元の彩香を見る。

「んっ……でも、喉で締めつけられると、いい具合でしょ」

一旦ペニスを吐き出して、彩香が佑二に上目遣いを向ける。切れ長の二重の瞳が潤んで色っぽかった。

「たまにはこういうのも気分がいいでしょ。年上の叔母をひざまずかせてしゃぶらせているんですもの。せっかくのシチュエーションよ。ご主人さま気分で愉しみなさいね」

「でも、彩香さん目尻に涙が」

佑二は指を伸ばして、こぼれ落ちそうだった彩香の涙滴をすくい取る。彩香は顎を持ち上げ、その指にチュッとキスをした。

「手はおしゃぶりする女の頭の上に置くのよ。上手だったら撫でて褒めればいいし、もっと呑み込めっていうのなら、下へ押し込めばいいから」

そう言うと紅唇は、またちゅぷりと亀頭を含んだ。

「んぐっ、んふ」

彩香は喉声を漏らして肉茎を吸い、棹腹を指で甘く扱き立てる。睾丸をころころと指で転がすことも忘れない。

（本物の看護師さんに、フェラチオしてもらってるみたい。……彩香さんは、本物の看護師だけど、普段着の姿しか見たことないし）

仕事場での彩香を、佑二は一度も目にしたことはない。この場が自宅ではなく、ホテルの一室だということも現実感を失わせた。豪華な病室で、制服姿の看護師に奉仕をさせているような想像は、少年の劣情を高めた。

(すごい。舌がヌルヌル絡んでくる)

裏筋をくすぐる舌先の蠢きに、佑二は唸りをこぼす。尖った舌先が、括れの部分に潜り込み、丹念になぞっていた。佑二は背筋を震わせながら、彩香のナースキャップの頭に手をやり黒髪を撫でた。彩香は褒められたことがうれしいというように、「んふん」と鼻を鳴らして吸引を強めた。興奮の粘液が尿道を通って、彩香の口のなかに吐き出される。

(彩香さん、呑んでくれてる)

コクン、コクンと嚥下をする音が聞こえた。佑二は試しに彩香の後頭部を指で押してみた。彩香はぐぐっと唇をすべらせて、温かな口内粘膜で肉棹の付け根部分まですっぽりと覆い尽くす。

(彩香さん、さっきより深く呑み込んでる。喉の奥まで完全に届いてる)

頰の内側や舌とは異なるコリコリとした感触が、亀頭に当たっていた。信じられないと思いつつ、佑二は年上女性の口唇愛撫に身を委ねた。

彩香は相貌をゆすって、根元部分での出し入れをしつこく繰り返した。喉元でペニスの先端を刺激しながら、尿道口から滲み出る先走りの体液を、口全体を窄めてちゅうっと吸い出す。鼻孔から漏れた彩香の吐息が、佑二の下腹や鼠蹊部に当たっていた。

（いったいいつまで舐めてくれるんだろう）

延々と続く彩香の吸茎テクニックに、佑二は身を引き攣らせながら思う。ペニスは力感を強め、口腔内でビクビクと戦慄いた。

「んっ……また、元通りになっちゃったわね」

彩香が長棹を吐き出して、佑二を仰ぎ見た。たっぷり三十分近く舐め回されたペニスは、唾液の皮膜を帯びて切っ先までピンと伸びきっていた。

「この子、まだ出したいみたいだわ」

彩香はつぶやくとスッと立ち上がった。ナース服の裾から両手を内に入れる。短い裾がたくし上がって、太ももが大胆に覗いた。下着が見えそうになり、佑二は視線を下へと向ける。

（ガーターベルトだ）

彩香の穿く白の光沢ストッキングは、太もも丈のセパレートだった。それを吊る細いベルトが覗き見えた。

「うふふ、セクシーでしょ」

彩香の両手が脚に沿ってすべり降りてくる。指には黒い布地が引っ掛けられていた。

(彩香さん、黒のパンティなんだ)

レースで彩られた小さなショーツを、彩香はゆったりとした動作で足先から引き抜いた。その行動の先を想像して、佑二は胸を高鳴らせる。

「佑二くん、よろしい？」

彩香が佑二の膝を跨いで、肩に両手を置いた。佑二は緊張の面持ちを彩香に向けた。

「い、いいんですか？」

彩香はなにも言わずに、佑二の目を見つめたまま、腰を沈めてきた。ペニスの先端に温かな潤みが当たる。彩香は口元にニコッと笑みを浮かべて、腰をさらに落とした。

(突き刺さってる)

勃起の切っ先が、やわらかな花弁を掻き分ける感じがはっきりと伝わった。

「んっ」

亀頭部が入り口をくぐる瞬間、彩香が小さく呻きを漏らした。佑二の胸に上体をもたれかけてくる。乳房の丸みが、佑二の顎にぷるんと密着した。

(彩香さんのおっぱい)

佑二は胸に手をやり、彩香の身体を支えた。直にさわっているかのように、膨らみのやわらかさが伝わってくる。佑二はうっとりと乳房を摑み持ちながら、腰を沈めてくる彩香を見上げた。

「ん、おくちで測った時に覚悟をしたけれど、こんなに太いなんて」

細眉をたわめて、彩香が嘆息した。彩香の媚肉はたっぷりの愛液でしたたたっていた。それでも狭い膣洞と佑二のサイズが合わないのか、引き攣る感覚は強い。

屹立はゆっくりゆっくりと時間を掛けて、彩香の内に潜り込んでいく。

「あっつい……佑二くんの朝の検温は、ちょっと異常有りね」

数分掛けて、彩香の跨いだ足が佑二の太ももにぶつかり、尻が完全に落ちきった。彩香が眉間に皺を作って、佑二を見る。

「すごいのね。指も添えていないのに、横に逸れることなく入っちゃうなんて。お姉さんがアレだけ泣かされるわけだわ」

彩香は甥っ子に悩ましい視線を注ぐ。濡れ切った瞳は、目蓋が半分落ちていた。

(彩香さんと繋がってる。奥さまの……ママの隣で、彩香さんを抱くなんて)

花穂子と彩香は姉妹だった。二人と関係を持つこと自体が、ふつうではない。罪の意識で佑二の胸はチクチクとした。

「出そうになったら、ママの方に移動するのよ。それだけ注意して」

彩香が耳元で囁いた。

「え、移動を?」

「そうよ。膣内射精はお姉さんのなかにしないと、意味がないでしょう。佑二くん、疲れているでしょうから、こうして動くのはわたしがするから」

彩香は跨いだ姿勢で、腰を前後に振り始めた。精液の溜まっていない彩香の膣粘膜は、佑二の勃起とタイトに擦れ合う。

(そういえば奥さまも、最初はこんな感じだった。ヒダが食いつくような……)

「ああんっ、だめだわ。佑二くんの太すぎて、わたしの身体が驚いちゃってる。しばらく待っててね。馴染むまでこのまま……」

彩香は下半身の動きを止め、佑二の首に腕を回した。ぎゅっと抱きついて、佑二の頭に頬を擦りつける。

（温かくて包み込まれる感覚は、奥さまと同じだけど、入り口のきつさとか奥の擦れる感じとか、けっこう違うんだ。女性の身体って一人一人別なんだ）

佑二が結合の心地を噛み締めていると、彩香がじっと相貌を覗き込んできた。

「きみ今、ママのオマ×コと、比べているでしょ」

彩香が小声でつぶやく。佑二はドキリとし、声を上ずらせた。

「え、あ、そんなこと」

「いいのよ。悪いって言ってるわけじゃないんだから。味わいを比較しちゃうのは、当然だと思うし。ただ、わたしとしては、お姉さんに負けられないなって思うわけ」

彩香がくっつけていた胸を離す。佑二は乳房にあてがっていた手を引いた。彩香は佑二の顔を正面から見つめながら、クイクイと前にせり出す感じに腰を遣い、自身の胸元に手をやった。

「このナース服、いつも着ているのより、サイズが小さいのよ。それに身丈も短いし。ムチムチボディラインのエッチなミニスカナース、男はみんな好きでしょ？」

妖しく眼差しを注ぎながら、彩香が告げる。薄ピンク色のナース服は生地も薄く、素肌が透けて見えそうだった。ぴたりと貼り付いた胸元は窮屈そうで、眺めているだけでむらむらとした情欲を刺激される。

（こんな看護師さんがいる病院だったら、僕だって無理やり怪我をして入院したくなるかも）

佑二がコクコクと顎をゆすると、彩香は満足そうに眼を細めた。ナース服の前ボタンを外して、前をはだける。

（あっ、ノーブラ）

真っ白な乳房がいきなり現れ出て、佑二は驚きの顔を作った。

（彩香さん、ブラジャーをつけてなかったんだ。だからさっき、手触りが生々しかったんだ）

「なにびっくりした顔をしているの？　ポチッと浮いてた乳首に気づいてなかったの。きみの目は、ママにばかり向けられているんだから」

彩香の手が佑二の手を取る。自身の胸へと引っ張り、さわらせた。

「わたしだって充分、大きなおっぱいでしょ。ただ花穂子お姉さんがそれ以上に大きいから、目立たないだけで。いい形よね？」

佑二はうなずいた。張りのある丸みは優美な曲線を描き、深い谷間を作る見事なボリュームがあった。ツンと上を向いた乳頭は小さく、可愛らしい。豊乳であり、美乳だった。佑二は膨らみにふれた指をそっと動かした。指の沈み込むソフトな感触と、ふんわりと押し返す弾力に、カアッと劣情が盛り上がる。

「さわったり揉んだり吸ったり……色んな愉しみ方があるでしょうけど、それは佑二くん任せがいいわよね」

彩香はもっとさわりなさいと、胸を突き出してきた。欲求に抗えず、佑二は吸い寄せられるように顔を近づけ、紅い蕾に口を被せる。

（彩香さん、こりこりの乳首だっ）

夢中になって頬張り、尖った乳頭を舌で擦り上げた。右手は掴んだ乳房を揉み込む。豊満な胸丘は、指からこぼれ落ちそうだった。

「ちゅーちゅー吸って……おいしいの？」

髪をやさしく撫でつけながら、彩香が尋ねる。乳首を含んだ時の舌触りの快さは、本能に訴えるものがあった。佑二は返事の代わりに、吸引を強くした。

「んっ、佑二くんのオチン×ンもおいしかったわよ。佑二くんのしょっぱいお汁がいっぱいこぼれて、息が詰まるかと思ったわ」

（彩香さん、お嬢さまなのに僕のをおいしいって）

佑二の欲望はさらに高まっていく。右手を彩香の腰に回した。花穂子と同じで、驚くほどウエストは細い。手に力を込めて、彩香の腰振りの動きを加速した。女体のゆれが大きくなり、猛った肉茎は女穴にズッズッと突き刺さる。交わりのリズムに合わせて、彩香は「ん、んうっ」と切なく喘ぎをこぼした。

(彩香さんのなか、きつくて気持ちいいっ)

温かなヒダが、常にペニスをぎゅっと締めつけていた。彩香がストッキングの脚を、佑二の腰に絡ませた。ツヤツヤとしたストッキングの生地が、肌を快く擦る。

「ん、ナマってすごいわ……ゴムをつけていないから、佑二くんのがわたしのなかを擦っているの、はっきり感じちゃう」

彩香が佑二の額にキスをした。佑二は乳房から口を離して、彩香を見上げた。

「どうしたの？　叔母さんはキスをしては、だめ？」

彩香が反応を窺うような目で佑二を見る。佑二はかぶりを振った。

「いえ、まだ、彩香さんとちゃんとしたキスしてないから」

「そうだったわね。口と口のキスはまだだったわね」

佑二は顎を持ち上げて、口元を差し出した。紅の塗られた唇が被さってくる。

唇を擦りつけながら、佑二は乳房を揉み上げた。彩香が鼻を鳴らして、佑二の髪に指を絡めてくる。佑二は口を薄く開けて、舌先で彩香の唇を舐めた。彩香もすぐに口元を緩める。

「んふ、彩香さん」

佑二は舌をまさぐり入れて、彩香の口内を舐め回した。彩香の舌が絡みついてくる。派手な音を立てて、ヌルヌルと巻きつけ合った。

(彩香さんのおくち、甘い)

上になった彩香の側から、佑二の口のなかに温かな唾液が流れ落ちてくる。佑二は喉を鳴らして呑み下した。唇の隙間からは、泡立ったつばが垂れこぼれた。

「涎塗れのキスなんて……佑二くん、たった一日でキスが上手になったわね」

呼吸が苦しくなったのか、彩香が紅唇を引く。唾液で濡れた少年の口元を最初に指で拭い、次に自身の唇を擦った。グロスで彩られた唇は、それでもツヤツヤと照り光っていた。

(この唇が、僕のモノをしゃぶってくれたんだ)

そう思うと、陰嚢の裏辺りにジンと熱いものがこみ上げた。

「んっ、急にっ……」

彩香が美貌をゆらす。ナースキャップの横から、ほつれた黒髪が幾筋が垂れ落ちた。

「どうしたの？　突然元気になったわよ。佑二くんの、わたしのこの辺まで届いてる」

彩香は悩ましい目つきで佑二を見つめ、右手を自身のお腹の上に置いた。へその辺りを撫でながら、腰を丸くゆすり立てた。

「わたしのアソコ、壊れちゃいそう。こんなの知ったら、きっと二度と他の男性では満足できない身体になる。あんっ」

耐えきれずこぼれる彩香の快感の吐息が、佑二の耳に心地よく届く。

「彩香さんの……オ、ォマ×コも、とっても気持ちいいです」

「口ごもっちゃって。その四文字を口にするの、恥ずかしいんだ。彩香のオマ×コ最高って、言ってご覧なさい」

彩香が笑いながら、耳の縁を甘噛みしてきた。佑二は彩香に言われた通りの台詞を口にしようとするが、やはり照れが邪魔をした。喉を通ったのは「あ、あう」という不明瞭な呻きだった。

「くく、きみはほんとに可愛いな。耳まで真っ赤になってるの、わかってる？」

突然、彩香が耳穴に舌を差し込んでくる。佑二は「ひゃっ」と声を漏らして、ベッドに座った身体をわずかに浮き上がらせた。

「あんっ、こら。下から衝き上げられると、わたしの子宮に当たるでしょっ」

彩香は文句を言いながらも、腰遣いを速めた。佑二の目の前で、白い乳房がたぷったぷっと艶やかにゆれる。佑二は口を近づけ、舌を伸ばして右の乳首、左の乳首と舐め上げた。くすぐったそうに彩香が喉を震わせ、舌遣いを避けようと身を左右にゆする。上目遣いの佑二と、彩香の目が合った。腰遣いが緩まる。

「初めてなのに、大変な床入りをやり遂げたわね。相手はママだもの。ドキドキして緊張したでしょう」

そう言って彩香が横に視線を向けた。佑二も釣られて目をやる。妹と義理の息子の相姦に気づかず、花穂子はすやすやと眠り続けていた。

「彩香さん、ありがとうございます」

彩香のとったのは最善の方法ではないかもしれない。だが彩香が強引にことを運ばなかったら、花穂子との別離は確実だった。

（僕は今までうじうじ悩むだけで、なにもしてこなかった。それじゃだめなんだ。大切な人と一緒にいたいなら、もっと強くならないと）

「ふふ、佑二くん、いい顔になったね」

表情からなにかを読み取ったのか、彩香がやさしい目で佑二を見る。

「明日、明後日、もう少し頑張らないといけないけれど、だいじょうぶ？」

「はい。彩香さんとだって、僕、離れたくありませんから」

佑二は、語調鋭く言い切った。彩香の瞳が潤んだように見えた。

「やだ、きゅんとしちゃうでしょ。女って、いじらしい子を見ると放っておけなくなるのよね。これが母性本能なのかしら」

佑二の頰を両手で挟むと、ちゅっちゅっとキスをしてきた。

「あの、母性本能が、理由ですか？　今、僕と抱き合っているのは」

佑二は尋ねた。彩香が、今こうして自分と肌を擦り合わせているわけが知りたかった。

「そうね。きみたちは気づいてないみたいだけど、このお部屋、ものすごい匂いよ。朝ドアを開けた時に驚いたもの。こんなエッチな香をぷんぷんさせているんですもの。わたしも妖しい気分になっていないといえば嘘になるわ」

少年と義理の母は汗を流して、朝まで交わり合った。若い牡と、熟れた牝の発情の臭気が、ベッドルームには当然こもっているだろう。

「匂いにむらむらしたから、ですか?」

「い、意地悪な子ね。わたしに絶対、言わせたいわけ?」

質問を重ねてくる佑二に、彩香は困ったように視線を逸らした。下唇を噛む。

さすがに勘の鈍い佑二でも、仕草や雰囲気から彩香の胸の内がなんとなく感じ取れた。

(いや、まさか。彩香さんは男なんかよりどりみどりだろうし、もっと格好良くてお金持ちの男性だっていっぱい知り合いにいるだろうし)

有り得ないと思うが、現実に彩香とキスをし、セックスをしている。そんなはずはないと思いつつも、佑二は恐る恐る切り出した。

「彩香さん、もしかして僕のこと……」

佑二の声に、彩香がサッと視線を戻して、切れ長の瞳で睨み付けた。

「そうよ。わたしはきみのことが好きよ。努力家で心やさしくて、我慢強くて泣き言もこぼさない。その上、こんなに立派だったのは誤算だったけれど……二十六歳なのに、きみのこと離したくないって思う。悪い?」

彩香は挑むように言い、唇を重ねてくる。舌を潜り込ませて、歯列や歯茎を舐めてきた。佑二が舌を差し出すと、積極的に絡みつかせてきた。積極的で熱烈なキスだった。

（彩香さんが、僕のことを好き？）

姉がいたらこんな感じだっただろうかと、彩香との家庭教師の時間に、佑二は何度も思った。明るく凛々しい彩香に憧れは抱いていたが、恋人になりたいなどと望んだことはない。美しい叔母は、手の届かない高嶺の花だった。

「ほら、わたしにこの前みたいにつばを飲ませなさいよ」

彩香が唇をふれ合わせたまま命じる。佑二は丸くなった瞳を返した。

「もうっ、そんなにきょとんとしないの。わたしがきみを好きって言うの、そんなにおかしい？　可愛い甥っ子と、軽い気持ちでセックスするはずがないでしょう。これだって立派な近親相姦ですもの。驚くのは後にして、さっさとわたしをママみたいに追い詰めなさい。もっともっと虜にして、ママと叔母さんの三角関係に苦しめばいいんだわ」

彩香はもどかしそうに言い、忙しなく腰を振って白のストッキングに包まれた太ももをゆらした。

（彩香さんって焦るとこんな風になるんだ）

いつもの泰然とした雰囲気は消え、まるで十代の少女のようだった。佑二の頬が緩む。彩香の剝き出しの双乳に手を伸ばし、丸い膨らみをすくい上げた。指先で乳首を弾くと、彩香の紅唇が開いて可愛らしく喘ぎを吐き出す。すかさず口を被せて、唾液を彩香の口に流し入れた。彩香が佑二の身体に腕を回し、強く抱きついてきた。送り込んだ唾液に、自分の分を足して戻してくる。

(甘くて温かい……)

彩香の唾液を味わいながら、佑二は腰をすり合わせて、彩香の牝穴を捏ね回した。くふんくふんと切なく鼻声を漏らして、彩香が佑二の口をきつく吸う。口内の唾液を佑二は送り返した。互いの口を行き来した唾液を、彩香はゴクンと音を立てて飲み干し、身を引き攣らせた。うっとりと鼻から息を漏らす。

「トロトロの喉越しだわ」

「彩香さん、僕も好きです」

佑二は彩香の瞳を見つめた。美貌の上に、鮮やかな朱色が舞い散った。

「なっ、なに言ってるの。ママのことが大好きな癖に。男好きのするママの身体に夢中になったんでしょ」

「彩香さんのことだって、大好きです」

矢継ぎ早な台詞に、彩香は長い睫毛をゆらし、口元を震わせた。

「そんなさわやかに言い切って……ああ、純真なのもこうなると罪だわ」

困惑を滲ませてつぶやく彩香の首筋を、佑二はぺろっぺろっと舐め上げた。年上の女は、細顎を小刻みに痙攣させる。

「ううっ、舐めちゃだめ。汗がいっぱいなのよっ……」

彩香がか細く訴える。佑二は胸から手を放し、腰に手を回した。女体を抱きすくめ、反動を付けて抽送をし、さらに首筋にキスをして舌を擦りつける。

「舐めちゃだめって言っているのに。ああんっ、オチン×ンは硬くて長くて……腰ごと持って行かれそうだしっ」

彩香は悩ましく息を吐き、佑二の胸に乳房を擦りつけてきた。互いの肌が汗で快くすべる。ベッドに掛けた少年の身体の上で、ピンクのナース服姿の女体が、乗馬の最中のようにゆれた。

「彩香さんのおっぱいだって、ぷるぷるですよ。それに……彩香さんのオマ×コ、最高です」

愛撫を止めて、佑二は告げた。彩香の女壺は、絶え間なく勃起を締めつける。膣の粘膜がヌルヌルと絡み、棹腹を這いずる感覚は、下半身をとろけさせた。佑二は腰に力を込めて、快感に意識を攫われぬよう必死に耐える。

「さっきは恥ずかしくて言えなかった癖に、こんな時だけ。きみはほんとうに困った子だわ……ああんっ、ねえ、イッていい？　佑二くんのオチン×ンで気持ちよくなっていい？」

濡れ光った唇が問い掛ける。美貌は眉間にくっきりと皺を寄せ、こみ上げるオルガスムスを堪えているのがわかる。

「彩香さんのエッチな声、聞かせて下さい」

佑二は腰を引き、グッと跳ね上げた。女の身体が反り、ストッキングの脚が横に開く。

「イクッ、佑二くん、イッちゃうようっ」

彩香が佑二にしがみつき、啜り泣いた。長い睫毛が震えていた。出し入れの度に結合部からは派手な音がこぼれる。

「ねえ、キスして。わたしの唇を塞ぎながら、思い切り衝き上げて」

彩香の懇願に、佑二はすぐに唇を奪った。腰を浮かせ、女壺にペニスをズンズンと突き刺した。肢体は可憐に戦慄き、佑二の腰に脚を絡めてくる。

「ん、んふんっ、佑二くんっ」

キスをしながら、彩香がむせび泣く。蜜穴の蠕動が激しくなり、ペニスを食い締めていた。彩香の顎が跳ね上がる。

「イクうッ、ああっ、佑二くんっ、んうっん」

白い喉を晒し、よがり泣きを振りまいて、二十六歳の女が少年の膝の上で昇り詰めた。秘肉は弛緩と緊縮を繰り返して、粘膜を生々しく蠢かせる。

（ああっ、ママと一緒だ。僕の精液を欲しがる動き）

ヌルヌルとした膣肉が、勃起から生殖液を搾り取ろうとしていた。佑二は奥歯を嚙み締めて、こみ上げる吐精感を懸命に抑え込んだ。彩香の身体は痙攣を続ける。胸肉がやわらかに擦りつき、尖った乳首が佑二の胸を撫でていた。佑二が大きくため息をつくと、潤み切った瞳がハッとしたように佑二を見る。

「佑二くんも、出ちゃいそう？」

尋ねる声は、官能にとろけた甘い口調だった。佑二はうなずく。

「じゃあお姉さんの方へ、移らないとね」

彩香が佑二の頰に手を添えて、キスをする。「好きよ」と囁いて腰を浮かせた。交わりをとくと、彩香は佑二をベッドの上へ引き上げた。寝ている花穂子に掛けられた布団を剝ぎ取ってから、佑二の背中をドンと押した。佑二の身体は、仰向けの裸身に覆い被さった。

（ママの肌、温かい）

性交の余韻が引いていないのか、柔肌はしっとりと上気していた。

（いいのかな。ママ、寝ているのに）

佑二は振り返って彩香を見る。彩香はうなずいて、ウインクをした。佑二は腰を落とし、身を重ねる。充血した勃起が、花穂子の恥丘に擦りついた。すると意識のないはずの花穂子の脚が、すっと横へ開いた。

「お姉さんも欲しいって。身体がもう佑二くんを覚えちゃったのね」

（ママのアソコに当たってる）

潤った女穴と、佑二の勃起の先端がふれあっていた。腰を前に進ませる。やわらかな粘膜に肉刀が突き刺さり、佑二を温かく包み込む。

「んっ」

挿入の瞬間、かすかに花穂子が呻きを漏らしたように聞こえた。

（ママのなか……安心する）

嵌入感の心地よさに、佑二はうっとりと息を吐いた。腰を沈めれば、花穂子の媚肉の内へと吸い込まれるように埋まっていく。射精寸前のペニスは、花穂子のなかでビクビクと震えた。

「ママっ」

佑二は母の美貌を見つめながら、小さく叫んで腰を遣った。眠りに落ちる花穂子の表情は、女神のようだった。

(寝ているママに突っ込んで、注ぎ込むなんて)

意識のない女性を玩具にしているような状況に、犯罪めいたものを感じて、佑二の呼気は乱れた。

(目覚めてないのに……ママのヒダが絡んでくる)

義母の肉体は挿入を感じているのか、膣洞の蠕動が徐々に増していた。ヌメついた女粘膜はペニスに擦りつき、うねうねと蠢いて絞り込んでくる。引き抜く時は、出て行かないでと言うように、膣壁が吸着してきた。少年の性感は急速に高まった。

(うう、出ちゃう)

彩香の時とは違い、我慢をする必要はない。佑二は湧き上がる愉悦に身を任せた。陰嚢の裏が熱くなり、放出感がこみ上げる。

「ママっ、イクよ……ああっ、出るッ、ママっ」

尿道を精液が奔った。快感で目の前が黄色く見えた。放精を感じているのか、花穂子の紅唇が小刻みに震えていた。女肉もきゅきゅっと収縮を起こす。射精に合わせて佑二は腰をゆすった。

「そのまま、全部注ぎ込みなさいね」

背中から彩香の声が聞こえた。佑二は首を回して背後を見た。彩香が佑二の下肢に覆い被さっていた。尻肌に舌を這わせてくる。

「彩香さん、なにをっ」

「種付けのお手伝いよ。会陰の方から刺激をしてあげる」

チロチロと尻肌を舐めていた彩香だが、尻たぶを大きく開いてその内にも舌を潜らせてきた。

「えっ、ちょっと、彩香さん、待ってて っ、あんっ」

佑二は声を震わせた。舌が肛門をまさぐっていた。窄まりの表面にたっぷり唾液をのせて、円を描く。

「汚いですよっ、彩香さん」

「佑二くんの身体に汚い場所なんか、あるはずがないでしょう。うふふ」

先ほどの佑二の台詞をそっくり真似て、彩香が笑みをこぼした。唾液をまぶして潤滑を良くすると、彩香は舌をねじ入れてきた。排泄器官の内側を、ヌルヌルとしゃぶってくる。括約筋が刺激に反応し、花穂子の膣腔でペニスがビクンビクンと戦慄いた。

「あっ、ああっ」

佑二は切なく喘いだ。

「んふ、佑二くんのお尻、ピクピクしてる」

彩香が囁き、舌を一層深く潜り込ませてきた。

(なかを舐め回しているっ)

後穴への舌愛撫で、射精感が一段と上昇する。佑二は恥ずかしさに身悶えしながら、義母の体内に精を流し込み続けた。

第四章　熟れた肌に身も心も包まれて……

1

鏡台の前に座った花穂子は、風呂上がりの髪を櫛ですいていた。

（長い一日だった）

紅唇からはため息が漏れた。妹に車で送ってもらい、大澤の家に戻ってきたのは夕刻だった。

産婦人科の診察を受けたことを証明する書類は、妹が用意した。佑二と口裏合わせもして、舅や姑に病院での受診と懐妊の報告をしたが、嘘をついていることに胸が痛んだ。

（お義父さまもお義母さまも、少しも疑っているようすは見られなかった）

ややもすれば迷いが生じそうになる。花穂子は寝間着代わりの長襦袢の上から、己の下腹に手をあてがった。

(でも……これでいいのよね)

無事に佑二との子を授かれば、万事が丸く収まる、そう思い込むことで、未亡人は罪の意識から逃れようとしていた。

花穂子は鏡台の前から立ち、床についた。畳に敷かれた夜具は一つだった。ぽっかり空いた隣の空白をしばらく見つめてから、花穂子は照明を消した。広い寝室は静かな闇に包まれる。じきに花穂子は眠りに落ちた。

ポチャンと水の跳ねる音が聞こえた。中庭の池で鯉が跳ねたのだと思い、寝返りを打った。今度は耳の近くでピチャッという音色が響いた。耳の裏を生温かな感触が這っていた。ハッと息を呑んで、花穂子は覚醒した。

「だ、誰っ――」

「奥さま、僕です」

誰何の声に返ってきたのは、佑二の低めた声だった。

「佑二さん、驚かせないでください」

花穂子は頭の後ろに向かって告げ、ほっと胸をなで下ろした。いつの間に忍び込んだのか、佑二は布団のなかに潜って、花穂子の身体に背中から抱きついていた。

「危ないことをなさらないで。もし誰かに見つかったら」

池のある日本庭園を挟んで、向かいには舅たちの居室があった。日常会話なら聞こえないだろうが、悲鳴を発すれば義父たちが何事かとすぐに駆けつけてくるだろう。それに住み込みの使用人もいる。屋敷内に忍び込む不審な人間がいれば、有無を言わさず袋だたきにされる恐れが充分あった。

「でもこうする以外、奥さまに会えませんから」

普段屋敷に近寄れない佑二は、花穂子と口を利くこともままならない。花穂子の柳眉がたわんだ。

「そうかもしれませんけれどこんな夜更けに……」

なんの目的か佑二に尋ねる前に、理由はわかった。強張った逸物が、花穂子の尻に擦りついていた。

(わたしを抱くために、危険を冒して寝室に忍び込んできた)

花穂子の胸は高鳴った。佑二の手が、女の身体を後ろからひしと抱き締める。

「手早く済ませますから」

佑二が端的に告げる。耳の縁に舌を這わせ、手は花穂子の腰の辺りをまさぐってきた。長襦袢の裾がたくし上げられた。

「お、お待ちになって」

花穂子は狼狽の声を漏らした。下着の類はつけていない。長襦袢が捲れて、剝き出しの尻肌に佑二の指がふれてきた。佑二の指を感じただけで脚の付け根は、急速に火照りを強める。ホテルでの濃密な交わりの残り火が、身体の芯にくすぶっていた。

「あんっ」

双臀の切れ込みの間に、指が差し込まれる。花穂子の豊腰が震えた。

「奥さま、濡れていますね」

佑二が頭の後ろで囁き、耳の下にキスを施す。闇のなかで口愛撫を受け、花唇をまさぐられる状況が羞恥と昂揚を引き出した。

「仰らないで」

花穂子は蚊の鳴くような声で訴えた。息子の指が花弁を開いて、潤みのなかを探ってくる。粘ついた愛液が糸を引いて、佑二の指に絡んでいた。

「トロトロだっ……それにいい匂い」

少年の感嘆の声に、花穂子の肌は上気する。息づかいが乱れた。佑二は指を遣いながら、花穂子の黒髪に鼻を押しつけ、盛んに風呂上がりの女の匂いを嗅ぎ取っていた。

（ああ、恥ずかしい）

花穂子は息子の玩弄に、吐息を漏らす。

「奥さま、入れますね」

断れなかった。花穂子は佑二が挿入をしやすいように、背を反らす形で腰を突き出した。

（夫婦の寝室で、佑二さんに抱かれるなんて……夫が亡くなって、たった二週間だというのに）

場所が場所であるだけに、より不実の思いが際立つ。花穂子の心は締め付けられた。佑二の下半身が被さってくる。肉茎がツンと当たった瞬間、女体は身震いを起こした。

（あああっ、刺さっている）

引き締まったペニスはやわらかな女肉を掻き分け、真っ直ぐに入ってくる。緩みとは無縁の硬直ぶりで、粘膜を押し広げていた。

(佑二さんの硬いモノを、わたくしの身体が悦んでいる)

ゆっくりゆっくりと雄々しい男性器が、突き入れられる。豊腰がヒクついた。

「んっ、あん、んっ」

紅唇は我慢できずに、艶っぽく喘ぎを吐きこぼした。

「ずいぶん疲れてらっしゃったんですね。僕が布団に入り込んで、奥さまのお身体にふれても、気づかないだなんて」

佑二の手がウエストを摑んで、グッと引き寄せた。

「んうっ」

浅ましい音色を響かせそうになり、花穂子は慌てて自分の小指を咥えて噛んだ。肉茎が女壺のなかに完全に埋まっていた。横になった肢体を背後から貫く横臥位であっても、先端はしっかり底まで届き、牡の猛々しさを女に教え込む。

(この天井につかえて、子宮を押し上げられる感じ……たまらない)

緩みのない少年の硬直ぶりは、三十四歳の未亡人には麻薬だった。呑み込んだ瞬間に肉体はとろけ、心が華やぐ。

「佑二さんと違って、わたくしはもう若くありませんので……あんっ」

未亡人は指を噛んだまま、喘ぎ混じりに答えた。

（繰り返し抱かれ、失神するまで追い込まれたというのに、こうして貫かれれば、またとろけてしまう）

どうにもならない女の弱さを、花穂子はこの年になって初めて知る。佑二が腰を打ち付けてきた。枕の上で花穂子の長い黒髪がざわめく。抜き差しの粘膜快美で、恍惚は一層色めいた。

（しかも一段深い女の悦びを教えてくれたのは、息子だなんて）

「奥さまはお若いです。魅力的でおきれいで、この家に戻ると奥さまは手の届かない存在に思えて……ホテルでの出来事も、夢だったのではと恐かったです」

佑二は長襦袢の胸元に、手を探り入れてきた。胸肉に指を食い込ませて、揉みしだかれる。下肢には佑二の脚が纏わり付いていた。ペニスは力感を強め、母の媚肉を衝き上げた。

（わたしを離すものかと言うように……佑二さん、不安でしたのね）

荒々しさを感じる抱き方に、少年の心細さが感じられた。花穂子は胸を嬲る佑二の手の甲に、己の手の平を重ねた。

「夢ではありませんわ。わたくしはここにいますよ」

「はい……でも」

佑二が口ごもる。

「どうかなさったの？」

花穂子は努めて穏やかに尋ねた。

「あ、あの、奥さまは再婚を考えておられるのですか？」

佑二が震え声で尋ねた。ホテルを出てから、一度実家へと立ち寄った。その時に見合い話がいくつも来ていると、父に言われた。

(佑二さん、だから夜這いを……)

「父の戯れ言ですよ」

竹村の家での縮こまっていた佑二の姿を思い出しながら、花穂子は答えた。恐縮したように顔を伏せ、出されたコーヒーにも手を付けなかった。

「奥さまのお宅も、大澤の家と同じ……いえ、もっと立派に見えました。ホテルと違って、建物内には歴史を感じさせる重い雰囲気があって……それは奥さまに対して僕の感じる引け目と一緒なんだと思います」

「引け目など……あの家の一部は、いずれ佑二さんの物になるんですよ。あなたはわたくしの息子ですもの」

「奥さまっ」

佑二は喜びの滲んだ声を上げて、ズンと肉茎を差し込んだ。熟尻に少年の腰が当たる。花穂子は横向きになった肢体を引き攣らせた。

(ああっ、埋め尽くされている。実家での佑二さんは、子供にしか見えなかったのに、今は別人のよう。逞しさで、わたしを女に変えてしまう)

「奥さまっ、ああっ、奥さまっ」

佑二は乳房を握りしめ、腰を打ち付けてきた。布団のなかは、汗ばむ熱気で満たされる。

(佑二さん、わたしの呼び方が元に戻って……まるで不義密通を犯しているよう)

長い年月を含んだ大澤の屋敷内の空気がそうさせるのか、佑二は以前の他人行儀な呼び方に戻っていた。顔も見えない状態で〝奥さま〟と呼ばれて貫かれていると、使用人に夜這いを受けているような錯覚が起きる。

「奥さまのお身体、良い匂いがします」

「ああっ、嗅がないで。わたしすっかり汗を掻いて」

佑二が首筋に鼻を押しつけていた。花穂子は身を捩る。

「奥さまの湯上がりの肌と汗の香が混じって、とっても甘い匂いがします」

佑二がうっとりと言い、舌を伸ばして柔肌を舐めてくる。女の肢体は戦慄いた。佑二の手が乳房から離れる。腰に移動し、細帯をほどこうとしていた。

（裸に剝かれてしまう……）

夫が存命の頃となんら変わりのない夜の姿だった。ただ相手が自分の息子だという事実が、花穂子の胸を苛む。

「今はまだ、奥さまと僕は釣り合わないかも知れません。でもこれからいっぱい勉強して、奥さまの横に並んでも引け目を感じないような男になります」

耳の側で佑二が囁く。女心をジンと疼かせる台詞だった。

（三十四歳の女に、真摯な愛の告白を……）

本気の想いであることは、佑二の性格からして疑いようはない。なにより猛った男性器が、花穂子への熱い感情を一突きごとに訴えてくる。

「はい。わたしが他の男性に惹かれたりしませんように、佑二さん、しっかり抱き留めていてください。あっ、ああんっ」

佑二の腰遣いが、粘っこさを増す。奥を小突くようにして膣肉を攪拌していた。雄々しさが女の意識を覆い尽くす。紅唇は歓喜の喘ぎを振りまいた。

「ここに僕と奥さまの子が……」

長襦袢の前をはだけて、女らしい丸みを帯びた下腹を佑二の手が撫でていた。

「ええ。もう宿っているかも知れませんわ」

どれだけ身体のなかに白い樹液を注がれただろう。今も奥には粘ついた生殖液が溜まっているはずだった。

「この身体は、僕のものですよね」

佑二が女体をきつく抱き締めて問いかけた。花穂子は頭をゆすった。

「はい」

佑二が突然花穂子の左腕を摑んで持ち上げた。佑二の息づかいが、晒された腋の下に当たる。花穂子は狼狽の声を上げた。

「ああっ、佑二さん、お許しを」

「でも、僕のものだって……」

「そうは言いましたけれど」

「ここは、奥さまのいやらしい香がこもっています」

佑二は腋窩の匂いを嗅いでいた。そして舌を這わせてくる。

「んっ、んう」

花穂子は羞恥にまみれて、唸りをこぼす。腋毛はきれいに処理をしてあるはずだった。それに入浴からたいして時間は経っていない、恥ずかしい腋臭は香ったとしても、わずかなはずだった。だが緊張は消えない。

「奥さまの腋の下……おいしいです」

佑二の言葉が、女の発汗を促進した。濡れた舌がしつこく這いずる。くすぐったい触感が背筋に電気を走らせた。ゾクゾクと女体は戦慄いた。

「佑二さん、そんなにお太くなさらないで」

母の腋の下を責め、佑二は膨張を強めていた。

「奥さまも、締まってます」

佑二が快さそうに息を吐く。女体に残っていた官能の火種は、佑二の責めを受けて今や赤々した焰を上げていた。蜜穴は絞りを強めて収縮を盛んにする。

「ああ、出ちゃいそう」

「どうぞ、佑二さん、早くお放ちを」

花穂子は嗚咽を放って、吐精を求めた。

「奥さまと一緒にイキたいです。奥さまがアクメする時の顔が見たい。アソコのうねりを感じながら、射精したいです」

「そんな、我が儘を仰らないで。佑二さんが逞しすぎて、わたし、いやらしい声が我慢できないんです……あ、またッ」

花穂子の声は、佑二の激しい抽送で崩れる。交わる二人の身体から布団がずれ落ち、なかにこもっていた甘い牝の臭気が広がった。

「奥さまの匂いで、むせ返りそうですね」

「意地悪を言わないで、ああんっ」

甘酸っぱい発情の香に、花穂子は恥じ入ったように嗚咽を漏らした。垂れ流れた愛液が内ももを濡らし、シーツにまで染みを作っていた。佑二が乳房をすくい上げ、乳首を摘んで揉み込む。花穂子の紅唇からは、情感でけむったよがり声が奏でられた。

「声が邸内に響きますよ、奥さま」

「佑二さんが、わたしのおくちを塞いで下さい」

花穂子は後ろを振り返った。人の吐息が近づいてくる。花穂子は紅唇を突き出した。佑二の口と擦れ合う。むしゃぶりつくように吸い、舌を差し出して佑二の口のなかをまさぐった。舌がねっとりと巻き付き合う。ヌチャヌチャという卑猥な音色を響かせて、母と子は相姦のキスに耽った。

「旦那さまの……お父さんの代わりに、僕が奥さまを守りますから」

口が離れ、佑二が告げる。荒々しく腰を遣って追い込んできた。少年の言葉が、女の愛欲の思いをくすぐる。豊乳を摑んだ佑二の手に花穂子は指を重ね、きつく握りしめた。

「今朝のように、わたくしのこともママと呼んではくださらないのですか」

「ママ、好きです」

突然、枕元の照明がつけられた。オレンジ色の淡い光が、女の乱れ顔を照らし出した。

「ああ、明かりをつけないで」

恥ずかしいよがり顔を見られることに、花穂子は狼狽し、目蓋を伏せた。

「いつもは上品な大和撫子なのに、ママの顔、いやらしくなってる。このエロ顔を、僕以外の男に見せないで」

(佑二さんだけですわ)

言葉の代わりに、花穂子は佑二の唇を舐め、音を立ててキスをした。佑二のペニスが張り詰めていた。ゴリゴリと膣ヒダを削る。雄々しさは、口づけをする余裕さえも奪い取った。

「あうっ、ママ、おかしくなりますっ、ああんっ」

濡れた唇を喘がせ、女は叫んだ。昂揚の熱気が身体を呑み込む。佑二の手を握り締めて、爪を立てた。

「ん、佑二さん、わたしの口を押さえて」

花穂子は懇願をした。佑二が手で、花穂子の口元を覆った。はしたない牝泣きは、くぐもった息づかいに変わった。花穂子は舌を伸ばして、佑二の指を舐めた。佑二が口のなかに指を差し入れてくる。義母は唾液を絡めて、息子の指を舐めしゃぶった。

（きっとよがり泣きも辛抱できない、淫乱な女だと思われている）

夫ではない男性を寝室へ呼び寄せ、むき身の肌を晒して貫かれている。人から淫蕩な女と誇りを受けても花穂子は反論出来ない。

（ああっ、だめになるぅっ）

乳首を引っ張られ、躙られる。強い刺激がたまらなかった。未亡人は、息子の与えてくる快美に身を委ねる。快い肉刺しが、膣肉を延々と穿った。女陰から発情の甘蜜があふれて止まらなかった。花穂子は双臀を卑猥に振り立て、摩擦の快美を上昇させる。

「そろそろ、僕っ……ママっ」

「んふっ、佑二さん、ママを孕ませて。熱いミルク、ママにいっぱい呑ませてっ」

口のなかに挿入された佑二の指に、エロティックに舌を絡ませながら花穂子は懇願した。

「ママ、僕の子をっ……ああっ、出るッ」

(溢れているっ)

精子の熱を感じて、張り出した未亡人の腰がくねる。夫との思い出の残る寝室で、息子に抱きすくめられ、膣内射精を受けていた。拭えぬ罪の意識と背徳感が、相姦の交わりを妖しく炙った。赤い恍惚が女の意識を攫う。

「ママも、イキますっ、んぐ……うむっ」

高い鼻梁は艶っぽく呻きを放ち、赤い唇は涎を垂らして息子の指をしゃぶり立てた。

(佑二さんのミルク、なんてステキなのっ)

中出し射精の虜だった。十代の男の子だけが可能な潤沢な精液の量が、至福のオルガスムスを熟れた女にもたらす。

(身も心も、佑二さんから離れられなくなってしまいそう)

もっと呑ませてと花穂子は尻を打ち振った。蜜肉は勃起と擦れて、棹腹を絞り立てる。ドクンドクンと勢いよく噴き出す新鮮な樹液を浴びて、裸身はなめらかな肌をのたうたせた。

禁忌の近親姦に酔い痴れて、未亡人は際限なく昇り詰めた。

2

離れとして使われている木造家屋の前で、母と子は足を止めた。

「それではおやすみなさい。ぐっすり寝てくださいね」

花穂子は額にチュッとキスをした。佑二一人が深夜に出歩いていれば、家人に見咎められる恐れがある。長襦袢の上に羽織を着て、花穂子もついてきた。

「あのもう少しだけ、一緒にいられませんか」

佑二が花穂子の羽織の袖を摑んで、引き留めた。寂しさを隠さない佑二の態度には敵わなかった。

（先ほどまで、わたしの身体をあれだけいじめた人とは思えない）

花穂子は苦笑を浮かべ、佑二のほっそりとした指に、自身の指を絡めた。

「では佑二さんが寝付くまで、お側にいますね」

佑二が白い歯を見せて、花穂子の手をぎゅっと握り返してくる。

母と子は手を繋いで離れのなかへと入った。

（狭いお部屋）

照明に照らし出された佑二の部屋を見渡して、花穂子は改めて思う。ベッドと勉強机を置けば、後はほとんどスペースがない。

花穂子と佑二は、幅のないシングルベッドに寄り添うようにして、横になった。

（佑二さんの匂いがする）

「ママ……」

佑二はうれしそうに、添い寝をする母の胸に顔を埋めてきた。甘えた態度に花穂子の心が温もる。花穂子は佑二のほっそりとした身体を抱いた。

（一人で暮らしているのと同じですもの。寂しかったですよね）

いじらしい少年だった。父との交流は一切なく、裕福とは言えない環境で育った。それでも生母を支えて、慎ましく生活していた。

（でもお母さまを、病気で喪って……）

誰も知り合いのいない家へと、佑二は突然連れてこられた。離れの部屋で一人ぽつんと暮らす孤独感は、十代の少年には大層堪えるだろう。だが佑二は不平を一切漏らさず、常に花穂子に朗らかな笑顔と、憧憬の眼差しを向けてくれた。

「ママのおっぱいが欲しいの？」

花穂子は尋ねる。佑二は花穂子の乳房に手を添えて、揉み込んでいた。

佑二が返事を迷っている間に、花穂子は上体を起こして長襦袢の胸元を緩めた。白い乳房を露わにする。

「い、いいんですか？」

花穂子は慈しみの笑みを浮かべて、うなずく。佑二の口が膨らみに近づき、赤い蕾を含んだ。花穂子は佑二の後頭部に左手を添え、支えた。母が膝の上に赤子を抱いて、乳を与えるのと同じ体勢だった。

（わたしの愛しい子……）

少年は母乳を欲するように、舌を擦りつけて乳頭を吸い立てていた。乳房の横にあてがった指は、忙しなく揉み上げてくる。花穂子は目を細めて、乳房を吸う我が子を見つめた。母と子に戻った時間は、花穂子にやわらかな安らぎをもたらす。

（あら？）

佑二の身体の変化に、花穂子は気づいた。佑二の身につけているのは、花穂子が仕立て直した父の絞り染めの浴衣だった。興奮状態になった股間が、蜘蛛絞りの生地をピンと押し上げていた。

(ママのおっぱいを吸って、こんなになるなんて)

花穂子は右手を佑二の股間に伸ばした。こうして瞬時に硬くしてもらえることは、自分を魅力的だと褒め称えているのと同義だった。女の優越感をくすぐられながら、花穂子は佑二の浴衣の前を開いて、男性器を外へと出す。元気よく衝き上がった分身に、指を絡めた。

「んっ」

乳を吸いながら、佑二が眉間に皺を作る。先刻射精したことを忘れたように、陰茎は隆々と衝き立っていた。

(充分、硬くなっている)

花穂子は何度も勃起を握り直した。指をはじき返すような手応えに、牡の頼もしさを感じた。

「しようのない子。ついさっき、ママのなかにあれほどいっぱいだしたのに」

花穂子がからかうように言うと、佑二は上目遣いで母を見上げて、相貌を赤く染めた。花穂子は先端に被った包皮を、きゅっと下に引っ張り、亀頭を完全に露出した。

（これでまだ成長途上だなんて、信じられないわ）

エラの張った先端部は、この先もっと肥大をするのだろう。今以上に雄々しくなった形を想像した花穂子は、無意識に自身の唇を舐める。尿道口からは、粘ついた液がしたたっていた。それを引き伸ばして、花穂子はペニスをシコシコと甘く扱き立てた。佑二は相貌を歪めて、鼻孔から切なく吐息を漏らした。

「もうじき本物のおっぱいがでますから、その時にまたママのおっぱいをあげましょうね」

花穂子が笑顔で告げると、佑二は恥ずかしそうに目をしばたたかせた。潤んだ瞳が、保護欲をそそった。花穂子は佑二の髪を指で撫でつけながら、手淫の速度を上げた。少年は腰をヒクヒクと浮き上がらせ、乳首から口を離して喘ぎをこぼす。

「ん、ママ……」

濡れた唇は、反対の乳房に吸い付いてきた。

（こんな姿をお義父さまたちに見られたら……）

叱られるどころでは済まないだろう。だが止めようとは思わない。母性愛と肉欲を同時に満たしてくれるのは、少年だけだった。

激しい性交の余韻は、まだ身体に色濃く残っている。佑二に流し込まれたばかりの精液と愛液が花唇から滲んで、股の付け根を濡らしていた。

(もっと可愛がってあげたい)

花穂子は佑二のペニスを絞り込み、刺激を強くした。尿道口に指先を軽く押し当てて、マッサージする。勃起の震えが大きくなった。

「ママの手、気持ちいい。あん、出ちゃう」

佑二が乳頭を吐き出し、快感を訴えた。花穂子は指遣いを止めて、亀頭をきゅっと摑んだ。エラの括れを指先でなぞりながら、身を屈めて喘ぐ口元にキスをした。口のなかに唾液を溜めて、トロトロと流し込む。

(こんなはしたないキス、したことがないのに)

息子は母の体液を受けとめると、甘えたように鼻を鳴らした。喉がコクンコクンと嚥下の音色を奏でる。花穂子の身体に、妖しい歓喜の痺れが走った。

(佑二さんは、わたしのつばを当然のように呑んでくれる)

「ママ、おいしいよ」

花穂子が唇を引き上るると、佑二はほっと陶酔の吐息を漏らした。花穂子はにっこり笑って手淫を再び加速した。ビクンビクンと指のなかで陰茎が跳ねていた。尖った乳首を息子の唇がついばんでくる。歯を立てて甘噛みをされると、紅唇からは嗚咽がこぼれた。

「そうやっていると、ほんとうの母子みたいね」

室内に響く女性の声に、花穂子はハッと我に返った。部屋の入り口に、妹の彩香が立っていた。花穂子はすぐさま身を横にして、剝き出しの胸元を隠した。佑二も身体を起こして俯いた。母も子も、相貌が真っ赤に染まる。

（いつもこんな場面を、妹に目撃されて）

花穂子は呼吸を整えながら髪を撫でつけ、ベッドの上に正座をして妹を見た。妹はノースリーブの白のワンピースの出で立ちだった。微笑を浮かべて、ベッドに近づいてくる。

「彩香、こんな時間にどうしたの？」

「子作りのお手伝いに来たのよ。佑二くんが眠りこけていたら、お姉さんを襲いに行くように、アドバイスしようと思って。でも、そんな必要はなかったわね」

妹が背に回していた手を、前に持ってくる。指には縄が握られていた。荷造りに使われそうな麻縄だった。

「あっ、そ、それは――」

それがどこから持ち出されたのか気づいて、花穂子の表情が強張った。

「見覚えがあるでしょ。昼間二人を送って来た時に、お姉さんのお部屋のなかで偶然見つけたのよね」

「偶然で、そんなものがっ」

花穂子が声を上ずらせると、彩香は唇の前で人差し指を立てて「しー」と言うジェスチャーを作った。そして花穂子の隣にちらりと視線を注ぐ。花穂子も横を見た。佑二が妹の持つ麻縄をジッと見つめていた。

「もしかして、奥さまを縛った縄ですか?」

「お姉さん、どうなの? お姉さんの身体を拘束したのはこれ?」

甘く満ち足りていた室内の空気が、張り詰めたものに一変していた。花穂子は、正座をした膝の上で拳を作る。深呼吸をしてから、口を開いた。

「そ、そうですわ」

未亡人は認めた。夫が花穂子の手足や身体を縛るのに、用いていた縄だった。

「佑二くん、当たりだって。これがお姉さん愛用の縄なのよ。ずいぶんと色が変わっているけれど、汗やらなにやらの色々な液体を吸ってきたのね」

黄色がかった麻糸は、繰り返しの使用で所々黒ずんでいた。隣で佑二がゴクッと生唾を飲む音が聞こえた。

「佑二くんも、お姉さんを縛ってみたいでしょ?」

「彩香、佑二さんをけしかけないで」

「いいんですか?」

花穂子の反発の声に、佑二の声が重なる。そして佑二は花穂子の方を向いて、返事を待つ。

(今朝は手錠で拘束をされて佑二さんに抱かれ、今度は縄掛けをされて……)

この状況で、佑二の望みを断ることなど出来るはずがない。花穂子は悲嘆に眉をくねらせながら、首を縦にゆすった。

「佑二さんが、なさりたいのであればどうぞ」

か細い声で告げた。彩香がベッドに歩み寄って、佑二に麻縄を手渡した。

「佑二くん、縛り方ならわかるわよね。DVDを買って渡してあげたんですもの」

(DVD?)

疑問の眼差しを向ける花穂子に、彩香が微笑を浮かべる。

「昼間、緊縛の方法が解説されたＤＶＤを、プレゼントしたのよ。佑二くんにも、いつか必要になると思って」

そのまま彩香は花穂子の長襦袢に手を伸ばして、脱がせに掛かった。長襦袢が肩から落ち、白い肌が晒される。

(わたしが征一さんに縛られていたことを聞き出した時から、この子は用意周到に……んっ)

花穂子は息を呑んだ。縄が背後から回され、肌を擦っていた。

(息子から、縄掛けを受けるなんて)

佑二が乳房の下に縄を通してくる。ざらついた麻の感触に、紅唇からは切なく吐息が漏れた。双乳の下を縛ると、今度は上だった。幾重にも回された麻縄で、女の膨らみは上下から括り出され、よりボリューム感を増して卑猥に変形する。

「縄、きつくないですか？」

佑二が尋ねる。息づかいが荒かった。少年の興奮を感じ、花穂子の肌も火照る。

「平気ですわ」

二の腕を動かせぬように胸縄と固定し、両腕が背中に回される。左右の手首を重ねて縄が結ばれ、美母の緊縛が完成した。正座した裸身に、麻縄がざっくりと食い込んでいた。

「お姉さん、とっても似合っているわよ。お義兄さんが、縛りたがった理由がわかるわ。ムチムチのボディに麻縄が栄えて、とってもエッチだもの」

妹の言葉に花穂子は頰を真っ赤に染めて、うなだれた。豊乳の先端で、赤い蕾がはしたなく尖っているのが目に入る。柔肌には羞恥の汗が滲み出た。

「じゃあ早速、奴隷になったママは、息子からの愛を頂きましょうか」

彩香の手が花穂子の肩にふれた。花穂子は面を上げた。妹はいつの間にかワンピースを脱ぎ落としていた。下には黒のショーツを穿いているが、ブラジャーはつけておらず、形の良い乳房が丸出しだった。彩香もベッドの上に上がって、縛られた花穂子の身体を抱き留める。

「え、な、なぜ?」

「狭いベッドだから、こうするしかないでしょ」

そう言うと、彩香は姉を抱いたまま、仰向けに倒れ込んだ。妹が下になり、縄で縛られた姉が上から覆い被さる形になる。姉妹の乳房が直接当たって擦れ合っていた。

「だってあなたまでベッドに上がる必要が……しかも裸になって、あんっ」

硬くなったペニスが、花穂子の花唇に当たっていた。女の亀裂に沿って上下にすべる。

「あっ、佑二さん、待って」

花穂子は首をねじって背後を見た。佑二も裸だった。膝立ちの姿勢で、花穂子の秘部に勃起を押しつけていた。緊縛で興奮したのだろう、硬直はいつも以上に熱を孕んでいた。

「佑二くん、お姉さんを縛りながら、ものすごく昂っていたもの。オチン×ンが真っ赤になって怒ってたわ。さ、佑二くん、どうぞ」

身を捩る姉の緊縛裸身を、妹が抱き留めて制した。

(犯されるっ)

忌避感と同時に湧き上がる期待感に胸を疼かせながら、花穂子はもどかしく尻を打ち振った。だが佑二は、一向に差し入れて来ない。

「どうしたの佑二くん？　遠慮をするような状況じゃないでしょう」

「だってママが嫌がってるみたいだから」

ペニスの先端をしつこく擦りつけながら、佑二が告げる。粘ついた愛液と、したたる精液を引き伸ばして、女肉をくすぐってくる。白い双臀がピクッピクッと震えた。

（ああ、焦らされて嬲られているみたい）

「平気よ。ママとの絆は簡単にゆらぐものじゃないって、この二日間で充分にわかったでしょう？　佑二くんがどんなことをしたって、ママは見捨てたりしないし、軽蔑したりもしない。ね、そうよねお姉さん」

彩香が花穂子に同意を求めた。妹の瞳に宿る妖しい光に花穂子は気づくが、違うとも言えず、うなずきを返す。

「え、ええ。彩香が突拍子もない行動に出るから戸惑っただけですわ。佑二さん、どうぞ、遠慮をなさらず……」

自ら交合を求める台詞に、花穂子の語尾は弱々しくかき消える。母親でありながら、息子を誘う行為には、恥ずかしさが拭えなかった。

「お姉さん、そんな言い方ではだめよ。もっと男を奮い立たせる物言いがあるでしょう」

彩香が微笑み、花穂子に耳打ちをした。文言を聞いて、花穂子の紅潮した肌がさらに色づいた。

「そんな……わたしには、言えないわっ」

花穂子はかぶりを振った。

「息子に勇気と自信を与えるのは、ママの役目でしょ。大澤の家に連れてこられたせいで、佑二くんはずいぶんと臆病な性格になっちゃったんだもの。この機会に、豪胆な男性に成長してもらわないと」

妹は痛いところを突いてくる。佑二が過度に我を抑え込むようになった責任の一端は、母親の務めを果たせなかった自分にもあるだろう。反論が出来なかった。

（辱めの台詞を言わせようと巧みに誘導して……先ほどの意味深な目つきはこういうことだったの）

「ほら、お姉さん、佑二くんが待っているわよ。ね、佑二くんだって、ママのおねだりが聞きたいわよね」

「はい。ママ、言って欲しいな」

好奇心を刺激されたのだろう、佑二も妹に同意する。膣の入り口に硬くなった先端をあてがい、円を描いていた。甘痒いような快美が走り、花穂子の背筋が引き攣る。

（逃れられない）

挿入を待ち望んで、蜜穴はジンジンと疼きを強くする。佑二の猛々しさを知ってしまった身体は、辛抱が利かなかった。花穂子は大きくため息をついてから、口を開いた。

「佑二さん、わたくしを好きに犯してくださいまし。奥までもママでもなく、目下の奴隷女と思し召して、ご自由に扱って」

妹から教えられた文言を、花穂子は震え声で唱えた。我が身を貶める浅ましい台詞だった。花穂子の肌に恥辱の汗がにじみ出す。

「ママが、僕の奴隷なの？」

佑二が驚きを滲ませて尋ねる。

「はい。縄で哀れに縛られた、佑二さん専用の牝奴隷です。お好きな時に、この身体で愉しんで構いませんのよ」

「えらいわ、お姉さん。よく言い切りました」

妹が花穂子の腰に手を回し、女の花弁を左右にぱっくりと拡げた。しっとりと濡れた秘肉を、室内の空気が撫でる。未亡人は羞恥の喘ぎを放った。

「ああっ、彩香っ、よして」

「トロトロになってる感触が、わたしの指にもはっきり伝わってくるわ。佑二くん、このはしたなく濡らした牝を、存分に可愛がってあげて」

妹が甘い口調で誘うと、佑二は熟れた尻肉を強く摑んだ。

「ママが僕の専用の牝……」

肉茎が熱く潤んだ女穴にズムッと突き刺さる。

「はうんっ」

花穂子は鼻にかかった嬌声を漏らした。

猛った肉棒が、膣ヒダを擦って突き進んでくる。佑二の腰が花穂子のヒップに当たるまでの間に、花穂子の整った相貌は艶めかしく崩れた。

(ああんっ、この体位は、佑二さんの逞しさが迫ってくる)

尻を掲げたポーズは、男性器の雄々しさをダイレクトに味わえた。膣穴を容赦なく拡げられ、硬く引き締まった感触で身体の内を埋め尽くされると、目が眩むようだった。

「ふふ、ママが奴隷に堕ちた効果があったみたいね。お姉さんの顔、マゾっぽくとろけているもの。息子のオチン×ンがステキでたまらないのでしょ?」

妹が花穂子の頰を撫でて、眼を細めていた。花穂子はイヤイヤとかぶりを振った。

「ああっ、訊かないで」

佑二が腰を繰り始めた。背後から聞こえる、ズチュッズチュッという淫らな交わりの音色が恥ずかしかった。間近では妹に乱れ顔を観察されている。花穂子は羞恥と快感の渦から逃れたいというように、緊縛肢体を忙しなくゆすり立てた。

「でも、さすがに佑二くんの元気ぶりも収まってきたでしょ。昨日の夜からやりっ放しだもの」

(そうは思えない。むしろ最初よりも……)

縄掛けと花穂子の恭順の姿勢が、佑二を雄々しくもり立てていた。何度も注ぎ込んだとは思えない充実ぶりで、子宮に圧迫を加えてくる。さらに抜き差しに角度を付けることで、花穂子の性感帯を的確に責めてきた。

(佑二さんは、わたしの感じる場所を、すっかり覚えてしまっている)

女の反応を引き出す腰遣いに、義母は縛られた身体を喘がせた。直腸側の膣粘膜を強く引っかかれながら奥を小突かれると、丸いヒップは戦慄きを派手にする。

「ママ、ここもさわって欲しい?」

「あんっ、佑二さん、そんな場所はっ」

佑二の指がふれたのは尻穴だった。排泄の穴を弄られる嫌悪感は、容易には消せない。指先が肛穴に潜り込んだ瞬間、花穂子は悲鳴を発した。

「ね？　佑二さん、お止めになって。指が汚れますわ」

「ふふ、佑二くん、お姉さんのお尻の穴に興味津々なんだ。お姉さんの身体ってどこも魅力的ですものね」

彩香が切れ長の瞳を薄くして、微笑む。花穂子の乳房を掴み、揉み立ててきた。縄で括り出されているため、指刺激がいつも以上に染みる。

（二人に責め立てられている）

妹と息子が、同時に女体を追い立ててくる。倒錯と被虐の酔いが、花穂子の官能を一段と燃え上がらせた。妹の手のなかで乳頭がピンと勃ち、ペニスを呑んだ蜜肉はうねりを強める。

「ママ、もっといやらしくお尻を振ってよ」

佑二が尻肌を叩いた。腹這いになった牝の裸身が、ビクンと震えた。

「あ、あううっ」

花穂子はマゾっぽく声を漏らし、懸命に双丘を振り立てた。淫らな仕草で肉感的なヒップをゆらめかす。

「おっぱいがこんなに張っちゃって。お姉さん、気持ちいいんでしょ」

彩香が耳の近くで囁く。声に昂揚が感じられた。母乳を絞るような手つきで、乳房を根元の方から揉んできた。

「ねえママ、こんなこと聞くべきじゃないのかも知れないけど、旦那さま……お父さんと僕のコレ、どっちがママの好み？」

佑二が尋ねてくる。そして己の精強さを誇るように、猛った肉塊で母をズンと貫いた。なめらかな女の背肌がクンと反る。

「ああ、そんな質問……」

父への対抗心とジェラシーを感じさせる、佑二の問いかけだった。ヒップを叩く行為、そして裸身を緊縛してバック姦で犯すやり方からも、それを強く感じた。

「正直に仰いなさいな。佑二くんはお姉さんの一番になりたいのよ。佑二くんに、自信をつけてあげなさい」

結合部に彩香が細指を這わせてくる。太い肉棒を呑んで引き攣る花弁を撫でつけ、愛液をすくい取っては陰核を指先で弾く。妹の指遣いに煽られ、花穂子の抵抗心は呆気なく潰えた。

「ゆ、佑二さんは、征一さんよりも立派で逞しいですわ。比べものにならないくらい。ママは佑二さんのモノの方がずっと好きです……あ、あああんっ」

「うれしいよママ」

母の告白に、佑二は歓喜の抽送で応えた。白い尻肌を腰で打ち据え、膣穴を深々と抉り込む。肛口に差し入れた指は深く埋めた。排泄の穴を指でまさぐられる切ない心地が肉棒抽送と合わさり、経験したことのない官能を生み出す。

「ああっ、佑二さん、我慢できませんわ。花穂子は、はしたなく哭いてしまいます」

花穂子は紅唇を戦慄かせ、よがり泣きを喉から絞り出した。長い黒髪をざわめかして括れたウエストを捩った。

「いいの？　ママ、イッてもよろしい？」

黒髪を乱して、絶頂の許可を佑二に求める。

「いいんだよ。ママは僕の奴隷だもの。いっぱいイッて僕にイヤらしい声を聞かせて」

尻たぶを叩いていた手が、手首を戒めている麻縄を摑み、グッと女体を引きつけて結合を深くした。ペニスで女壺を圧し、同時に肛穴の指が深々と潜り込む。

（お腹のなかが張り裂けそう）

二穴の充塞に、花穂子は細首をゆらして切なく啜り泣いた。

「いい声を出すのよ、お姉さん」

妹の指がはしたなく屹立した女の肉芽を摘む。包皮を剝きだし、過敏な内側を捏ね回した。

「あ、あうっ、だめっ、そんなにされたら……ああんっ」

未亡人は泣き啜った。縛られた腕を手綱にして、佑二が母の裸体を操る。腸管愛撫のおぞましさと、肉の悦楽が混じり合って緊縛の裸身を驚喜させた。脂汗が滲み、柔肌に麻縄が食い込む。

「あううっ、イクッ、花穂子、イキますッ」

真っ赤な炎が、肢体を包み込む。妹の上で、姉は派手な牝泣きを奏でた。

「ママ、可愛いよ。僕はずっとママを離さない」

佑二は抽送をゆるめない。収縮を起こす蜜穴を激しく擦ってくる。理性の吹き飛ぶような刺激の奔流が、女体を責め苛む。

花穂子は麻縄に汗を吸わせ、ムチムチとした白い肌を痙攣させた。浅ましくよがり泣きをこぼしながら、快感を与えてくれるペニスを夢中になって締め付けた。

3

エラの張った肉茎が体液を撹拌して、膣肉を捏ね回す。

「あっ、ああっ、あううっ」

アクメを後押しする佑二の腰遣いに、緊縛裸身は痙攣を続けた。

(佑二さんに、いいようにされている)

遙かに年上だというのに、喉を絞って悦びの声を上げ、息子の男性器に屈した。情けなさ、退廃感を噛み締めながら、花穂子は延々と噴き上がる至福に酔い痴れた。

「イクのはいいけれど、ちゃんと搾り取ってあげないとだめでしょう」

彩香が涎の垂れた花穂子の紅唇を、指で拭う。花穂子は美貌を震わせながら、羞恥の赤をたちこめさせた。

「佑二くん、ずいぶん女の扱いが上達した感じね。それともママのオマ×コに慣れたのかしら」

(きっと両方……)

初体験の時、挿入すると即射精したことが嘘のようだった。吐精までの時間も徐々に長くなり、花穂子の味わう抽送快美は大きくなっていく一方だった。

（身体に力が入らない）

著しい絶頂感に肉体は苛まれ、呼吸することさえ苦しかった。

「佑二さん、少しだけ、休ませて下さい」

花穂子は、背後の佑二に向かって懇願した。佑二が母の尻穴に刺していた指を抜き、ペニスを引き戻した。

「仕方がないわね。佑二くん、お姉さんに休憩をさせてあげて。その代わりに、わたしが……あ、あんっ。ずいぶんと性急ね。下着を脱がせもせずに、突っ込んでくるなんて」

花穂子の体内から勃起が引き抜かれるのと同時に、彩香の相貌が歪み、艶っぽく喘ぎを放った。そのまま妹の身体は前後にゆれ始める。

（まさか——）

花穂子は首を捩って後ろを見た。佑二が腰を遣っているのが視界の端に映る。花穂子の尻たぶに佑二の腹が当たるが、ペニスは刺さってこない。自分を貫いているのでなければ、相手はもう一人しかいなかった。

「佑二さん、なにをっ」

「いいのよ。佑二くんがイク時だけ、お姉さんのなかに戻せばいいんですもの。それまでお姉さんは休んでいればいいから」

「そ、そんな、いけないわ」

異様な状況に、花穂子は狼狽の声を漏らした。

(止めなければ。母親と叔母を同時に抱くなんてこと、佑二さんにとってもよくない)

彩香の両手が下から伸び、花穂子の汗ばんだ顔を挟み込んだ。

「お姉さんには迷惑を掛けたでしょう。わたしにも協力させて。わたしの余計な一言から始まったんですもの。佑二くんやお姉さんには悪いことをしたと思っているし、反省をしているの」

妹が真剣な眼差しと口調で告げる。

(でも女二人を同時に相手をするなんて、常識から外れているわ)

姉と甥を助けようという妹の思いはありがたいが、間違っているという思いは拭えない。花穂子がなおも言い返そうとすると、彩香が唇を近づけ、花穂子の唇にキスをした。

(——姉妹で、口づけを)

驚きで一瞬、花穂子の思考が止まる。

「落ち着いてお姉さん。わたしだって佑二くんを守りたいのは同じよ。真剣なの。お姉さんが、大好きな息子を取られて、嫉妬をしてしまうのはわかるけれど」

「嫉妬とか、そういうことじゃないの。だってこんなのよくないことでしょう。本来は愛し合った男女がする行為なのよ。それにあなた、避妊は」

佑二が避妊具をつけている様子はなかった。精液のこびりついたペニスが、妹の体内にねじ込まれているはずだった。

「だってゴムをつけると感度が落ちるでしょう。お手伝いなんだから、なるべく佑二くんに悦んでもらえる状態にしないと。お姉さんと違って中出しのミルクも溜まってないから、佑二くんはオマ×コの締まりと、ヒダの感触をじっくり味わえるでしょう。そうよね、佑二くん?」

「はい。彩香さんのなか、ママと感じが違うから……ああっ、締まり具合もヒダの吸い付く感覚も、ママとは別物です」

佑二が気持ちよさそうに声を返す。抽送が速まっているのだろう、妹の肢体のゆれが大きくなっていた。

(彩香の乳首も硬くなっている)

姉妹の乳房と乳房が擦れ合っていた。姉の尖った乳頭に、充血した妹の乳頭が当たってくる。息づかいは徐々に艶めかしさを帯び、表情も切なくとろけていくのが、はっきりと見て取れた。

(佑二さんに貫かれて、彩香も感じている)

義理の息子と実の妹が交わっていた。だが麻縄で縛られた花穂子は、相姦の交わりを止める手立てがない。動揺を抱えたまま、喘ぎを吐き出す妹の表情を眺めるしかなかった。

「ナマってやっぱり違うわね。引っ掛かる感じがはっきりわかるもの。あっ、こら、強く擦っちゃだめでしょ」

「ママと感じる場所は一緒なんですね。やっぱり姉妹なんだ」

二人のやりとりを聞き、花穂子は胸が締め付けられる。

(佑二さんはわたしと彩香の身体を比べながら、抱いてらしてる)

「彩香、やっぱりこんな形で佑二さんと身体の関係を結ぶのは、良くないわ」

無駄とわかっていても、言わずにはいられなかった。爛れた性愛に耽ることで、十代の未熟な心がこのまま大きく横に逸れてしまいそうな脅えを感じる。我が子の成長に悪影響を与えることは、母親として最も受け入れ難かった。

「わたしだって正しいなんて思ってないわ。でも、わたしが二人の背を押したんですもの。無責任な傍観者でいたら、わたしはきっと自分を許せない。同じ罪を背負いたいの」

妹が潤んだ瞳で告げ、花穂子の口にキスをしてきた。頭を押さえられ、花穂子は避けることが出来ない。

(また口づけを……)

擦りつくやわらかな唇と甘い吐息を感じながら、花穂子は惑いの目で妹の顔を見る。妹が眉根をきゅっと寄せて、花穂子の唇を解放した。

「んっ、お姉さん、佑二くんのすごいわ。頭の芯まで飛んじゃう感じだもの。どうしよう。わたしまで呆気なく負けちゃいそう。お手伝いなのに」

妹の手は花穂子の二の腕を摑んだ。快感に抗うように指に力がこもる。

「うう、彩香さんのなか、僕を食い締めてくるっ」

背後で佑二も恍惚の呻きを放っていた。佑二の腰が勢いよく花穂子の尻を圧す。

(彩香、佑二さんに激しく貫かれているのね)

妹の身体が徐々に痙攣していくのを、上にのった花穂子も感じた。戦慄く口元から吐き出される息が、花穂子の首筋を撫でる。

「もっと自分の息子を信じてあげて。こんなことで佑二くんの決心はゆらいだりしないわよ」

「決心？」

「ママを離さないって言ったでしょ。佑二くんの本命は、お姉さんなの」

疑問の顔をする姉に、彩香は焦れったそうに告げた。そして細顎をクンと持ち上げた。

「まだ十代の男の子に、二十六歳の女が簡単に……んっ」

妹は花穂子を悩ましい目つきで見上げ、二の腕を握った指を震わせる。

「だめ、お姉さんっ、あ、ああんッ……イクッ」

朱唇は絶頂の声を奏で、肢体がピンと引き攣った。瞳は焦点を失い、口は半開きになる。妹は一度も見たことのない弛緩の表情を作っていた。

(嫉妬ではないと、さっきは言ったけれど)

自分の心は誤魔化せない。妹が快楽に酔った声を漏らす度に、花穂子の身体はヒリヒリと疼いた。

妹のエクスタシーの発作はなかなか収まらない。朱色に色づいた肌は汗でヌメ光り、胸元は大きく波打っていた。悩ましい恍惚の痴態に、見ている花穂子も身体が熱くなる。

「あん……ん、お姉さんのアクメ顔だけを見て、わたしはそのままってのも、おかしいものね。これでおあいこでしょ」

絶え絶えの呼気を吐き出し、妹が囁く。

(なんと言えばいいの。実の妹の極まった姿を見ることになるなんて)

返事を躊躇っていると、突然挿入感が花穂子を襲った。佑二の指が丸いヒップを摑み、剛棒を最奥までねじ込んできた。

「あふんっ。そ、そんなっ」

「出す時は、ママのなかでしないといけないから」

狼狽する花穂子に、さらなる衝撃が降り注ぐ。硬い逸物が膣内で震えたかと思うと、すぐさま射精が始まった。

「あっ、ひっ、熱いのが出てるっ」

熟れた豊腰をビクンビクンと震わせ、花穂子は身悶えした。

「うう、ママっ、気持ちいいよ」

佑二が吠え、陰茎を繰り込んでくる。切っ先が膣底を捏ねくり、子宮口を弾いた。樹液の奔流と、抜き差しが女を一気にオルガスムスへと追いやった。身体の芯が真っ赤に染まる。

「またわたしっ……イ、イクっ」

花穂子は絶頂を叫んだ。叔母の膣内で快感を貪った肉茎が、義母の体内に子種を注ぎ込んでいた。倒錯の交わりに、女の口からは切なく嗚咽がこぼれる。

(彩香のなかで愉しんで、わたしのなかに注ぎ込んでいる。許されない行為なのに、わたしの身体は悦んでしまう)

膣奥に当たる粘液を感じる度に、膣内に甘い痺れが生じ、意識はぼうっと白んだ。もっと呑ませて欲しいと求めるように、腰つきが勝手にゆれた。

「どう、お姉さん。佑二くんの瑞々しいミルクの味は？　おいしい？」

姉の痴態を妹の双眸が覗き込んでいた。恍惚に浸った未亡人は、一瞬うなずきそうになる。花穂子は妹の視線から逃れるように、顔を横にした。

「彩香、こんなことを続けていてはいけないわ」

「でも気持ちいいでしょ？　息子の精液を浴びてイクのって」

彩香が右の耳に息を吹きかけ、耳の縁を舐めてきた。

「ねえ、ママ、もっと締めてよ」

佑二が女体の上に覆い被さってきた。汗で濡れた背肌を舐め、黒髪を避けてうなじにキスをし、そして左の耳たぶを甘噛みしてきた。

「ん、そ、そんなにいっぺんに……吸わないでっ」

下から彩香が、上から佑二が耳に愛撫をしてくる。緊縛の裸身は大きく戦慄いた。

「お姉さん、惚けてないでちゃんと搾り取ってあげないと。目的を忘れてはだめよ。お姉さんの身体は、佑二くんの精液の吐き出し口なんだから」

妹が耳穴に舌先を差し入れ、舐めながら囁いた。黒髪を一層震わせて、花穂子は喘いだ。

「だ、だって、力が入らないの……」

じっとりとしたオルガスムスの弛緩が女体を覆っていた。荒淫の疲れがそこに重なり、腕も脚も力が入らない。

「ふふ、お姉さん、だったらいい方法を教えてあげる」

妹がひそひそと耳打ちをした。花穂子の相貌が強張る。

(彩香は、またわたしに恥ずかしい真似を……)

受け入れ難い内容だった。花穂子は嫌がるように首を振るが、妹の手が乳房を摑んで、叱るように乳首を摘んできた。

「だったらお姉さんの体力が戻るまで、わたしたちはずっとこうしてるのかしら」

妹の指が、双乳の先端を捏ねくる。花穂子は「うう」と嘆きをこぼした。

（ああっ、わたしは彩香に言いくるめられてばかり）

縛られた女体に可能なのは、諦めを受け入れることだけだった。花穂子は顔を後ろに回し、頬を真っ赤に染めて口を開いた。

「佑二さん、わたくしのお尻の……穴を弄って下さい。きちんと締め上げますから」

言われた通りの台詞を口にする。不浄の箇所を自ら弄るよう請う恥ずかしさは、ひとしおだった。全身から汗が噴き出した。

「いいの？　ママ。さっきまでは嫌がっている風にも見えたけど」

「お願いしますわ。そちらをさわっていただければ、昨夜のように佑二さんの精を絞って差し上げられますので」

「うん。ママのお尻の穴、やさしくまさぐってあげる」

少年の細指が、窄まりの表面を捏ね回し、そして内に差し入れられる。括約筋がきゅっと収縮し、野太い勃起を食い締めた。

「あ、あううっ」

花穂子から望んだとあって、佑二はズブズブと奥まではめ込んでくる。ペニスの埋め込まれたままの膣穴にまで、挿入の感覚が伝わった。

(ああ、佑二さん、指の出し入れを……お尻の入り口が熱いっ)

佑二は、肉棒抽送のように指を抜き差しし、さらなる官能を与えてきた。排泄感を掻き立てられる妖しい心地に、花穂子は啜り泣いた。

「がんばってお姉さん」

彩香が花穂子を励まし、戦慄く口元にキスをしてきた。近親への嫌悪はあっても、拒むだけの余力がなかった。姉と妹の唇がねっとりと擦れ合った。

(萎えかけだったのに……佑二さん、わたしのなかで無理やりにっ)

圧搾を増した状態で、佑二は腰を振って勃起の出し入れも行ってきた。膣粘膜との摩擦快感を貪って、勃起がみるみる硬さを取り戻していく。花穂子は背を引き攣らせた。相姦の口づけが離れる。

「お姉さん、また佑二くんにやられちゃってるの？」

花穂子は力無く息を吐き、うなずいた。その瞬間スッと勃起が引き抜かれ、妹が下で身をゆする。

「あ、あんっ、こっちに入って……いやだ、もうこんなに硬くなって。んっ」

美貌を歪めて、彩香が喘ぐ。

（義母と叔母を交互に）

佑二は精液のしたたるペニスで母の媚肉を犯し、叔母の蜜穴を抉っていた。背徳感に満ちた交わりに、花穂子は険相を作った。

「彩香さんのクリトリスが勃ってます。ここが感じるんですよね」

「そ、そうよ。はしたなく膨らんで、硬くなっているでしょ……あっ、ああん」

（クリトリスをさわられているのね）

妹はピクンピクンと細顎を持ち上げ、下肢を震わせていた。

「ママにも同じようにしてあげるね」

「はうっ」

花穂子も、喉を晒して呻いた。佑二の指が陰核の皮を剝き、顔を覗かせた小さな突起をくりくりと擦り立てていた。

（妹と同じように嬲られている）

「二人ともクリトリスがピンってなってます。この状態だったら、ぐいぐい弄くる方がいいんですよね」

「え、ええ……そうですわ」

丸い双臀をゆらめかし、花穂子は答えた。強い刺激がたまらなかった。花唇は内側から蜜を溢れさせ、精液混じりの淫液をだらしなく垂れこぼす。それを佑二は指で取り、肉芽に塗り込めて、嬲っていた。

「お姉さん」

妹が囁き、花穂子の口に朱唇を重ねてきた。

「んっ、あやか……んふ」

花穂子の口のなかに舌を差し入れ、まさぐってくる。口を外そうとした瞬間、佑二の勃起が女穴に戻ってきた。

（んっ、佑二さん、お太くなられてる）

一瞬の充塞が理性を奪う。妹を貫いた男性器だと思うと、嵌入の心地はより甘美に感じられた。花穂子はおずおずと妹の舌に、舌を絡めていった。

「ママと彩香さん、キスをしているんだ」

佑二が驚きの声を上げ、抽送を速めた。

「うふっ、んく」

肉刺しに合わせて、花穂子は嗚咽をこぼした。熱を孕んだ膣ヒダを擦られると、相姦への躊躇いはさらに薄れていく。沸き立つ昂揚に後押しされて、控えめな舌遣いは、積極的になっていった。唾液を絡め、汁音をこぼして妹と舌を巻き付け合った。

「ああっ、搾り取られそう」

佑二が声を上げ、花穂子から引き抜いて彩香へと移動する。溜まった唾液を妹はゴクンと呑み下した。花穂子が口を引くと、妹のピンク色の唇は生々しい音色を奏でた。

「だめっ、そんな乱暴に……あっ、ああっ」

姉妹の感覚器を指で嬲りながら、佑二は妹を激しく貫く。

(佑二さん、わたしと彩香の味比べをなさってる)

だが悲嘆に暮れる余裕さえ、少年は与えてくれない。膨張しきった肉茎がまた戻り、熟れた女を抉り込んだ。花穂子は白い肩を震わせ、麻縄を身に食い込ませる。

クリトリスを指で弾き、ペニスを差し替えつつ、佑二は姉妹を責め立てた。花穂子と彩香は、競うように牝のよがり泣きを奏でた。

「あんっ、お姉さん、わたしまた佑二くんに負けちゃいそう。ねえ、このままイッていい？」

「ええ。わたしもすぐに後を追いかけますから」

妹が身をゆすり、ピンと身体を突っ張らせた。

「あ、ううっ、イクッ」

裸身が一際大きく震え、エクスタシーの嬌声を吐きこぼした。血を分けた妹の絶頂姿は、花穂子の身に形容し難い官能を呼び込む。

（こんな爛れた世界に、彷徨い込んでしまうなんて）

「そろそろ僕も出そうだよ。またママのなかに、注ぎ込むからね」

妹のアクメの発作が収まるのを待って、佑二は母の媚肉に肉茎を埋め込んだ。

「んっ……はい。存分に流し込んでくださいまし、あっ、ああんっ」

黒髪をゆらして、花穂子はとどめの肉突きに悶えた。陰核への指刺激を止めて、佑二は当然のように花穂子の肛穴に指を差し入れてきた。

（また両方の穴を……）

アブノーマルな二穴責めに、女の身体には被虐の昂りが湧き上がる。

「お姉さんの感じている時の声って色っぽいのね。近くで聞いていると、わたしまでおかしくなるわ」

アクメに酔った瞳で妹が囁く。姉の乳房を摑み揉み、首筋に舌を這わせてきた。汗を吸った麻縄が、肌にきつく食い込む。

前後からの刺激に、縛られた未亡人は戦慄きを強くした。汗を吸った麻縄が、肌にきつく食い込む。


「ああ、そんな……花穂子イキます……イ、イクぅッ」

凄艶なオルガスムスの声を響かせ、女体は佑二の勃起と指をきりきりと絞り込んだ。真っ赤に焼け爛れた昂揚が、肢体をどっぷりと包み込み、肌を焦がす。

「ママっ、僕の精液、いっぱい呑んでっ」

佑二が唸りをこぼし、精を解き放った。勢いよく湧き出す生殖液が下腹を灼き、摩擦の刺激が豊腰を痙攣させた。

「あっ、あひっ、だめ、わたし、イキっ放しになって……ひ、ひいっ」

「ママのオマ×コ、とろけてる。こんなに熱くなるんだ」

佑二が陶酔の声を漏らし、グッと結合を深めた。指と肉茎で、肛門と膣肉を擦り立てる。余裕のない圧迫刺激が、際限のない官能を女体に呼び込んだ。

(わたしのお腹のなか、熱いミルクでぐちゃぐちゃになっている)

とめどなく噴き上がる恍惚の息吹きに、未亡人の意識は攫われた。

「お姉さん、佑二くんのミルクどう?」

「ああ……お、おいしいわ」

花穂子は啜り泣くように、声を漏らした。精子が吐き出される度に、脂ののった双臀はブルッとゆれた。

「ママ、残り汁を絞って」

佑二が空いている手で、尻たぶを叩いた。花穂子は必死に息み、括約筋に力を込めた。

（お尻の穴を弄くられて、尻肌を叩かれて……）

母の尊厳など微塵も残されていなかった。

「お姉さん、わたしに言うことがあるんじゃないかしら？　おいしいミルクがいただけるのは誰のおかげ？」

「あん、彩香ちゃん、ありがとう」

花穂子は誘導されるままに感謝を口にした。

「うふふ、きっと強い精子がお姉さんの子宮に飛び込んでいるはずよ。佑二くんとわたしの想いがこもっているもの。佑二くん、注ぎ終わったらこっちにおいで。きみもさすがに一休みするでしょ。後始末をしてあげる」

「はい」

佑二は花穂子の体内で精液を出し切ると、姉妹の頭の方へと回ってきた。横に膝をつく。

「オチン×ンをここへ」

そう言って彩香が口を丸く開いた。花穂子は惑いの目で見た。

(彩香、いったいなにを……)

「いいんですか」

佑二は躊躇うように言い、己のペニスを彩香の口元に差し出してきた。彩香が舌を伸ばす。花穂子の眼前で、精液と愛液で濡れ光った逸物に舌を這わせた。

(おくちで後始末を……)

「お姉さん?」

花穂子はしないのかと、彩香が尋ねる。

「い、致します」

佑二の主たる相手は、花穂子だった。自分だけがぼんやりと眺めているわけにもいかず、花穂子はため息と共に朱唇を開いた。

(ああ、なんて匂いなの)

口を近づけると、ツンとした臭気が鼻孔に飛び込んでくる。甘酸っぱい愛蜜の香、したたる汗の匂い、そこに佑二の濃厚な牡液の芳香が混じる。呼吸をするだけで、女体が切なく疼いた。花穂子はおずおずと棹腹に舌を擦りつける。

(なんていやらしい味)

塩気があり、強い酸味があった。花穂子はこびりついた液を舐め取った。妹も下から舌を這いずらせる。絡みつく舌がくすぐったいのか、佑二のペニスはピクピクと震えた。

(彩香の舌と当たっている)

一本の肉棹を同時に舐めている。ふれ合うのが当然だとわかっていても、心は妖しくゆれ動く。

「お二人に、こんなことまでしてもらって」

舌奉仕をする二人の女を見下ろし、佑二が胸を喘がせていた。

(佑二さん、そんなジッと見ないで欲しい)

花穂子は目を伏せた。先端部に移動し、唇を被せて垂れ落ちる滴を吸い取った。

「いいのよ。どんな無茶なことでも、好きな人の頼みなら叶えてあげたい。好きな人の笑顔を見たいから……悦んで欲しいから。それが女よ。佑二くん、忘れないで。あなたにはそれだけの価値があるってことを。そうよねお姉さん」

「え、ええ」

妹に同意を求められ、花穂子は慌てて口を離して返事をする。涎が下唇に垂れた。舌を伸ばして舐め取ろうとする前に、佑二の指が近づき、スッと拭い取る。

「あっ、ありがとうございます」

頬を赤らめ、花穂子は礼を言った。佑二が不安そうな目で、花穂子を見つめていた。

「ママ、嫌だったら止めても」

「嫌だなんて、そんなこと思ってませんわ。ただ、こういうことに慣れていないので……拙くてすいません」

「お姉さんが悪いわね。もっとうれしそうな表情でしゃぶってあげなきゃ。佑二くんだって健康な男の子だもの。中出しばかりじゃなく、おくちで発射してごっくんさせたいのよ。特にお姉さんみたいに上品な女の唇には、たっぷり呑ませたくなるものでしょ」

「そ、そう……ですの？」

花穂子は佑二を見上げた。佑二は困ったように視線を泳がすが、しばらくして小さくうなずいた。

「ほらね。お姉さん、妊娠した後で佑二くんのミルク、いっぱい呑んであげるわよね」

妹の手が双乳を摑み揉む。

「あんっ……ええ。いただきます」

花穂子は亀頭に唇を被せて、強く舐め吸った。舌先で尿道口や裏筋をくすぐれば、勃起は口のなかで過敏に震える。

（赤ちゃんを宿した後も、佑二さんと関係を……）

佑二の女として抱かれ、牝として仕えるのだと思うと、女体は火照った。許されない性愛にのめり込んでいく自分を、押し留められない。

「お姉さん、さっきまでが演技だったのかしら。ピチャピチャと恥ずかしい音を惜しげもなく立てちゃって」

妹が喉を震わせるのが聞こえた。花穂子は相貌を赤らめ、それでも佑二のペニスを一心に吸い立てた。塩気のある精汁を啜り、舌の上で味わって呑み下す。

（ああっ、佑二さん、また硬くなってきた）

肉茎の充血を、女の舌や唇は敏感に感じ取る。舌遣いを褒められたようで、うれしかった。

（手が使えたら、もっと気持ちよくしてさしあげられるのに）

口しか自由にならないもどかしさが女を大胆に変え、湧き上がる奉仕悦が舌遣いを淫らにさせた。佑二によく見えるように、朱唇を大きく開いて舌を広げ、亀頭の裏側を舐め回した。舌で亀頭をくるんだまま、ジュルッと音を立てて、透明な先走り汁を啜り呑む。

彩香も負けじと積極的に舌を遣っていた。垂れ落ちてくる花穂子の唾液を受けとめながら、花穂子の舌に舌を重ねてくる。姉妹は互いの唇と舌、そして唾液を混じり合わせて、少年の男性器をしゃぶり尽くした。

「うう……また、種付けをしてもいいですか？」

佑二が尋ねる。ピンと屹立したペニスに姉妹はうっとりとキスをし、うなずく。

佑二が背後に回り、また花穂子の腰を摑んだ。

「どうしてこんなにも佑二さんはタフなの？」

「ずっとこってりとしたフランス料理じゃ飽きるでしょ。さっぱりとした和食や、中華で味を変えれば、いくらでも食べられるものよ。……んふ、すごい」

まずは妹が挿入を受けた。姉の乳房を摑んだ指に力を込めて、妹は快さそうに喘いだ。

「お姉さんが呆気なくハマった理由が、よくわかるわ。この先も、佑二くんをずっと手放したくないのよね？」

花穂子は柳眉をくねらせ、視線を逸らした。内に秘めた願望を言い当てられたのは、間違いない。

「誤魔化さなくてもいいわよ。お姉さんだってトロットロになってるじゃない。お姉さんの身体は、まだ呑み足りないんでしょ」

彩香は双乳を揉んでいた手を花穂子の腰の方へ伸ばし、股間に潜り込ませてきた。蜜穴に細指を差し入れて、掻き混ぜる。

「ん、よして、彩香っ」

花穂子は黒髪をゆらし、眉間に皺を寄せた。妹が指をスッと抜き取る。花穂子はホッと息を吐くが、妹の指はその上にある排泄の小穴を狙ってきた。

「お姉さんの妊娠期間中は、ここを使って佑二くんを慰めてあげるのよ」

妹は膣口から垂れる精子と愛液を指ですくって、尻穴に塗り込めてきた。

「ああ、そんなっ」

「いいんですか？　そこまでしてもらえるなんて……」

佑二が花穂子に、打ち込んでくる。緊縛裸身は、汗でヌメッた肌を戦慄かせた。

（佑二さんのモノは、どうしてこんなにも素晴らしいの）

硬いペニスが膣肉を捏ねてくる。花穂子はビクンビクンと、縛られた身体を震わせた。

「わたしたち、あと何回犯されるのかしらね」

妖しい期待感を滲ませて妹が囁いた。花穂子には返事をする余裕もない。雄々しい抽送が、バックから襲ってくる。

（わたし、どうなってしまうの）

場所の記憶も、時間の感覚も失われ、圧倒的な愉悦だけが脳裏を占める。尖った乳首を妹の乳房に擦り合わせ、美母はむせび泣いた。少年にひれ伏した女に許されるのは、牝のよがり声を奏で、双臀を打ち振ることだけだった。

第五章　女の秘密はすべてママが教えてくれた

1

朝の稽古が終わる時間を見計らって、花穂子は裏庭へと出た。手には門下生に使ってもらうための白いタオルを、重ね持っていた。

（いやだわ。足がおぼつかない）

腰に力が入らず、脚がふらついた。思い当たる原因は一つしかない。花穂子は美貌を赤らめた。

外が白み始める頃まで、佑二に抱かれ続けた。激しい性悦の果てに花穂子は二度失神し、佑二の荒々しい抽送を受けては覚醒を促された。

（彩香がいてこれですもの。あの子がいなかったら、立って歩くこともできなかったかもしれない。……彩香は車の事故など、起こしてはいないでしょうね？）

明け方に帰った妹も、ぐったりとしていた。無事を確認するために、後で電話をしてみようと思いながら、花穂子は練習の見えやすい位置へと移動する。

（今朝はお義父さまが、直々にご指導をなさっているのね）

二十人ほどの門人たちの前に立ち、木刀を鮮やかに振って見せる義父の様は、壮健そのものだった。

義父は花穂子の姿を目にとめると、すぐさま手を止めて門人たちの間を突っ切ってきた。

「お義父さま、お疲れさまです」

「花穂子さんは身重なんだ。そんなことをせんでいい」

花穂子の声に被せるようにして、征造が告げる。

「でも、毎日続けてきたことですから」

花穂子は控えめな声で言い、そっと視線を外した。義父の気遣いが心苦しかった。

（嘘の妊娠報告で、お義父さまを騙して……。それに、夫以外の男性の虜にもなっている。不実な嫁であることは言い訳できない）

髪は丁寧にアップにセットをし、メイクを念入りに施して、佑二との荒淫の気配は消してある筈だった。しかしさわやかな朝日の元、義父と面と向かうと心はドキドキと落ち着かなかった。

「今日の法要も、途中で気分が悪くなったりしたら、勝手に席を外して構わんからな。決して無理はせんように。花穂子さん一人の身体じゃない」

「はい。ありがとうございます」

花穂子は既に、五つ紋付きの黒の喪服に身を包んでいた。

今日は夫の二七日の法要が行われる予定だった。大澤の家では七日毎の法要を簡略したりせず、僧侶に読経を頼んでいた。

(あっ、佑二さん)

袴姿の佑二が、花穂子の視界の隅に映った。木刀を手に、離れの脇から裏庭へと出てくる。

(さすがに今朝はお寝坊をなさったのね)

年上の女二人を相手に奮闘をした。いくら若くとも、一時間や二時間の短い睡眠で足りるはずがない。

起床が遅れ、門下生たちが裏庭を使う時間と重なったため、佑二は離れの陰でこっそりと練習を済ませたのだろう。誰にも気づかれぬようそろそろとした足取りで、離れの玄関へと向かっていた。

「家のことも、花穂子さんはもっと人任せにせんとな。そもそも掃除や洗濯を、花穂子さんがする必要はない。あれは使用人の仕事じゃ」

「はい、お義父さま――」

花穂子の受け答えの声が途中で止まる。佑二が同じ年代の門下生に見つかり、呼び止められていた。

「おい。棒っこ持って、なにやってんだ」

「こいつ、腰に差してるの真剣だぜ」

数人が佑二を取り囲む。ハラハラとしながら、花穂子は成り行きを見つめた。花穂子の様子に気づいて、義父も背後を振り返った。

「あやつ、あんな格好を……」

佑二の袴姿を初めて見るのだろう、義父は怪訝そうにつぶやきを漏らす。

少年たちに着物の袖を摑まれて、佑二は無理やり裏庭の中央へと引っ張られていった。そこには据え斬り用の青竹が置いてあった。

「ほら斬ってみろよ」

「その日本刀は飾りじゃねーんだろ」

少年たちが佑二の肩や背をつっつき、せっつく。佑二は困ったように俯いていた。

（嫌がらせだわ。割って入って、彼らを止めた方が……）

竹を斬るには熟練の技術が必要なのだと、花穂子も知っている。花穂子が少年たちに歩み寄ろうとすると、征造が手を出して花穂子を制した。

「いい。わしが諫める。今朝は護国神社での奉納演武の練習中でな。しかし下らん真似を。うちの小僧どもは修練が足りん」

義父が吐き捨てるように言った時、佑二が手に持っていた木刀を地面に置いた。少年たちがニヤニヤと笑いながら距離を取る。佑二は垂直に立てられた一本の青竹の前に立つと、片足をわずかに前に出した。歩み寄ろうとしていた義父が足を止めた。

（お義父さま？）

早く止めて欲しいと、花穂子は義父に声を掛けようとする。その刹那、パァンと乾いた音色が中庭に響いた。

（え、今佑二さんが斬った？）

花穂子は慌てて視線を戻した。佑二が鞘に剣を戻す姿と、目を剝いた少年たちが目に映った。

「折助風情が、真横に斬りおった。しかもあの太刀筋は征一の……」

義父がつぶやきを残し、佑二の側に近づいていく。花穂子も後を追った。

「あ、あの、すいません」

佑二は祖父に気づくと、身を縮こまらせた。

「おい、手を広げて見せい」

祖父に言われ、佑二が手の平を差し出す。義父は広げられた両手を一瞥すると、質問を続けた。

「なぜ袈裟斬りにせず、横で斬った？」

「最後に旦那さまを見た時は、横に斬ってらしたので」

「その日本刀は征一からか？」

佑二がおどおどとうなずいた。

「よしお前、わしを斬ってみせい」

義父が佑二に命じる。場の空気がサッと冷えるのを感じた。義父は冗談や軽口を飛ばす人物ではない。数歩離れてやりとりを見守っていた花穂子は、呆然と義父の横顔を見た。

「あ、あの……」

佑二は戸惑いの相を作って、声を震わせる。助けを求めるように左右に目をやるが、流派の長たる義父に意見できる門人はいない。緊迫の眼差しをただ返すだけだった。

「どうした？　さっさと抜いて斬り殺せ。わしを母親の仇だと思えばよかろう。斬らねば、わしがお前の母を酷たらしく撫で切りにするぞ」

征造が佑二に迫る。佑二は緊張に耐えかねたのか、面を伏した。無言の時間が続く。

（お義父さま、無茶ですわ）

花穂子が、義父に向かって口を開きかけた時だった。佑二がうなだれていた顔を上げる。腰をスッと沈めた。

（え？　佑二さんのお身体がゆらいで）

花穂子の目に、佑二の全身がぼんやりとかすんだように見えた。

同時に、ザッと地面を擦る音が聞こえた。征造が右足を大きく引いて、佑二に向かって半身の姿勢を取っていた。一方佑二は、その場を一歩も動いていない。

「お前……」

義父は、今初めて佑二がそこにいることに気づいたかのように、目を凝らして眼前の少年を見ていた。そしてむうっと唸りをこぼす。

「お前はいつでも斬れるのか？」

「そ、そうあろうと努めております」

心構えの質問だろうか、花穂子にその意味するところはわからない。だが佑二の返事が、大澤流の教えに適っていたことはその後のやりとりでわかった。

「お前の持っている刀は——」

征造は一旦言葉を切ると、言い直した。

「佑二、その刀は先祖伝来の業物じゃぞ。刀の泣くような扱いはするな。明日から、稽古に参加しなさい。——今朝の鍛錬はこれで終わる」

祖父は言い捨てると、きびすを返した。屋敷へと戻っていく。

「あ、あの、今なにが……」

花穂子は真横にいた年輩の師範代に尋ねた。

「宗家はあの子が抜いたら、当然躱すおつもりだったのでしょう。でもあの子は居合の動作に入る寸前、明らかな気魄……いや殺気を飛ばした。宗家は反応し、あの子が抜く前に動いてしまった。宗家が、後の先を取られたということです」

師範代の説明を聞き、花穂子もようやく合点がいく。

(お義父さまは才能を惜しんだのだわ……)

義父は、〝お前〟ではなく〝佑二〟と初めて名を呼んだ。秀でた剣の才があった夫、その血を引いた子だと認めたのだ。

(佑二さんは?)

花穂子は見回した。離れとは反対の方向へ歩いて行く後ろ姿が見えた。花穂子はタオルを側にいた門人に手渡して、佑二を追いかけた。酒蔵の前で呼び止める。

「佑二さんっ」

「奥さま」

佑二がハッとした表情で振り返った。

「あ、逆の方向に来ちゃって。自分の部屋に戻らないといけないのに」

自分の足がどこに向かっているか自覚もなかったのだろう、佑二はきょろきょろと周囲を見回した。

「佑二さん、上手に出来ましたね。よかった」

花穂子が告げると、佑二は頬を緩めた。

「僕、ふだん通りにできました」

佑二はかがやいた瞳を母に向ける。相貌は上気していた。剣技を無事に披露できた安堵、人前に立ち脚光を浴びた興奮、そして祖父に認めてもらえたという喜び、昂った感情が花穂子にも見て取れた。

(佑二さんのこんな笑顔、初めて)

愛おしさが溢れる。すぐさま抱き締めたくなる欲求を抑えて、花穂子は佑二の手を引いて酒蔵のなかへ入った。

「練習を続けてきて良かったですね」

酒蔵のなかは小さな採光の窓があるだけで薄暗い。人目に付かない場所で、花穂子は息子の身体を、存分に抱いた。佑二も母の喪服姿に手を回してくる。

「大旦那さまは、僕も明日から一緒に稽古をしていいと仰ってましたよね?」

自分の耳で聞いたことが信じられないのか、佑二が念を押すように尋ねてくる。

「ええ。安心なさって。わたくしもはっきりと聞きました」

花穂子の返事に、佑二がほっと息を吐く。

「佑二さんは、あの人の血を継いだんですもの。才能があるんですわ」

「才能?　よく……わかりません」

佑二は困惑を滲ませて言う。

「でも生半可な気持ちでは、毎日の練習は勤まりませんでしょう。努力を怠らないことも、才能だと思いますわ」

「僕が続けてこられたのは……うれしかった瞬間、悲しかった出来事、振り抜く一瞬はすべてを忘れられるから」

花穂子は少年の言葉に、胸を締め付けられる。大澤の家に住むようになってから、うれしい経験より、つらい経験をしたことの方が遙かに多いだろう。

（悲しみや寂しさを打ち消すために、佑二さんは剣に打ち込んでらしたんだわ）

佑二が花穂子の唇に口を重ねてきた。花穂子は相姦のキスを受け入れ、朱唇を擦りつけた。

（あっ、強張っている）

下腹の辺りに、ごつごつとした感触が当たっていた。花穂子は口づけを交わしながら、互いの身体の間に手を差し入れて、少年の局部にあてがった。

（剣を振った興奮が、こちらにも及んで……）

硬くなった陰茎が指を押し返す。まさぐる母の手を感じて、佑二が身体をもぞつかせた。

「コレを……鎮めて差し上げませんとなりませんね」

花穂子は唇を引いて囁いた。佑二は吸い付くような眼差しを母に注いで、首肯する。

「誰かがやって来るかもしれませんわ。おしゃぶりで我慢してくださいますか」

袴の上から佑二の分身を握りしめて、花穂子は尋ねた。雄々しく猛った逸物に、胸の内で嘆息する。

(こんなにも昂っている。昨夜あれほど、わたしと彩香をいじめ抜いたのに)

佑二は帯の上から、花穂子のお腹を撫でてきた。

「イク時はここでいいの?」

「はい。それまでわたくしのおくちで……」

未亡人は恥ずかしそうに囁き、息子の足元に黒の着物姿を沈めた。

2

花穂子は酒蔵の床に膝をつき、少年の腰に手を伸ばす。

「お祖父さま、佑二さんの名を初めて口になさりましたね」

「はい、うれしかったです」

会話を交わしながら、袴の腰紐を外して下へと落とした。

勃起は下着の生地を押し上げて、堂々と天を衝いていた。少年の強精ぶりに舌を巻きながら花穂子は佑二の下着に手を掛け、引き下ろした。女を威圧するように反り返った陰茎が現れる。

(浅ましい匂いが残っている。甘酸っぱい牝の発情の香)

花穂子の鼻は、自身と妹の愛液の香を嗅ぎ取った。三人で交わった淫らな夜を思い出し、未亡人の身体も火照った。花穂子は相貌を近づけた。佑二も腰を前に進めてくる。花穂子の鼻梁にペニスが当たった。

「あ、ママの顔に」

佑二が慌てて腰を引く。肉刀の先端が光っていた。興奮の先走り液を少年は分泌し始めていた。

「構いませんわ。もっとお汚しになって」

花穂子は佑二を見上げながら、逞しい男性器に頬ずりをして見せた。興奮液を潤沢に垂らして、昂ってもらいたかった。

(そうでなくては、わたくしがおくちでご奉仕をする意味がない)

ホテルとは違う。大澤の家のなかでは、誰かに気づかれる危険があった。なるべく早く佑二の官能を引き出すのが、今の花穂子の務めだった。

両手で勃起を捧げ持ち、愛しそうに棹裏にキスをした。母の媚びた姿を見て、佑二は胸を喘がせ、トクンと淫液を溢れさせる。同時に花穂子の身体の内からも、ドロッとした液がしたたり落ちてきた。

（あぁっ、ミルクが……先ほど佑二さんを小走りで追いかけたから）

膣奥に溜まっていた佑二の中出しの精子だった。とろみのある液が膣口から漏れる感覚に、花穂子はゾワッと身震いを起こす。粘ついた体液は、そのままヌルヌルと女の股間を濡らし、内ももを不快に伝った。だがその不快感が、牝のスイッチを入れた。

「いつもお太くしてくださるから、わたくしはコレから離れられなくなりそうですわ」

息子に上目遣いの視線を注ぎながら、ピンク色の舌を伸ばして、下から上にゆっくりと舐め上げた。

「あ、ママ……」

極太の男性器が、温かな舌を感じて戦慄く。鼻梁や眉間に、ペニスを擦りつけたまま花穂子は舌を這わせた。先走りの透明液が玉となって垂れてくる。興奮の体液は女の細眉にこびりつき、きめ細かな肌を濡らして光らせた。

(佑二さんの匂いだわ)

朝の練習で汗を掻いている。陰茎からは獣性の匂いがムンと香った。

花穂子は指を茎胴に絡めた。女の手に余る雄々しさに下腹をジンと疼かせながら、指でさすり立て、ぺろりぺろりと舌を擦りつけた。

「ママが、僕のをおいしそうに舐めてる……」

佑二が、母の舌遣いを食い入るように見つめていた。十代の澄んだ眼差しが、女の心を妖しく掻き乱した。

(こんな破廉恥な姿を、息子に見せつけるなんて)

居たたまれない感情と、恥ずかしさが急速に高まる。花穂子は視線を逸らしてから、紅唇を開いた。亀頭を口のなかに迎え入れる。

(なんて立派なの。先端だけでも、おくちのなかがいっぱいになる)

呼吸さえ出来なくなる野太さだった。口腔を埋め尽くす感覚は、そのまま佑二に対しての畏怖と従属に繋がる。花穂子は相貌を前に進め、肉棹を含んでいった。

「んっ」

すぐに先端が喉につかえた。

（半分も咥えていないわ）

少年を満足させるため、花穂子は相貌をゆらして角度を変えながら、さらに硬直を呑み込んでいった。口腔全体を弛緩させ、切っ先の圧迫に逆らわぬように注意しながら、唇を埋めていく。亀頭が口奥に当たると、丸呑みする感覚で喉元の奥まで納めた。

「うう、すっぽり入ってる。ママってフェラチオ上手だったんだね」

佑二が感激の声を漏らしていた。棹の根元部分まで花穂子の紅唇は到達し、陰毛と擦れていた。

「ママ、こっちを見て。ママのエッチなしゃぶり顔を、目に焼き付けたい」

佑二が母に命じる。花穂子は瞳を上にした。愛しい我が子を見つめながら、唇をきゅっと締め付ける。手は垂れた陰嚢に添えて、マッサージを施した。

「ああ……おくちを大きく開けちゃって。上品な美人顔が、こんなにいやらしく変わるんだ」

佑二が、男性器に奉仕する母をマジマジと見つめていた。恥じらいの感情が、未亡人の美貌を色づかせた。

「ママ、今日はお父さんの法事なんだよね。喪服がよく似合ってるよ」

母の出で立ちを褒める息子の台詞に、肌はさらに赤らみ、細かな汗がパッと滲んだ。

(倫理も道徳もない。救いようもなく、淫蕩な女だわ)

故人を偲ぶ日に、その息子の前にひざまずき、ペニスを頬張っていた。人の道に外れた所業だと、花穂子自身思う。罪の意識から逃れるように、美母は相貌を前後にゆらし、唇を往復させた。嘔吐きそうになりながらも、口内粘膜で棹腹を摩擦し、舌で棹裏を舐め擦った。

「あっ、ああっ、ママの口が吸い付いてる。ママのフェラ、すごいっ」

佑二が背を反らすように身体を突っ張らせて、悶え泣いていた。口のなかで、勃起はさらに充血を増していく。

(佑二さん、わたしの口遣いに感じてくれている)

背徳感に苛まれる女心を癒すのは、息子の快感の喘ぎだった。情けなく悶える少年の可愛らしい声を、もっと引き出してやりたくなる。いやらしくしゃぶり抜いて、もっと気持ちよくしてやりたくなる。

花穂子は佑二の太ももを両手で摑み、口全体で肉棹を扱いた。歯先を唇でくるみ、茎胴をじわりじわりと絞り込んで性感を高めた。

「ああ、ママ、それいいっ」

佑二の腰がヒクつくのを感じた。舌の上にカウパー氏腺液が垂れこぼれて、花穂子の唾液と混じり合った。

(わたしの、わたしだけの佑二さん……ああ、おいしいっ)

若い男性の息吹きを口いっぱいに感じ、女体の官能も上昇する。舌や口内粘膜と、佑二の逸物がぴっちり擦れる感覚が、快くてたまらなかった。花穂子は唾液の汁音と、粘膜の摩擦音を響かせて、赤い唇をすべらせた。

「口だけで扱くなんてテクニック、彩香さんだってしてなかったのに」

佑二がため息を吐き、花穂子の頭に手を置いた。まとめ髪から垂れたほつれ毛を指で掻き上げる。

(彩香にもコレをしゃぶらせたのですか?)

妹への妬心が、花穂子をより積極的にした。吸引を強くし、尿道内の液を吸い出しながら、抽送をした。唾液と先走り液が口内に溜まるのを待って、空気を口のなかに多めに含んだ。ジュルジュルという汁音を派手に奏でながら、唇を素早く前後にすべらせた。熱のこもった母の口唇奉仕に、佑二の勃起はピクンピクンと跳ねた。

(妹には負けられない)

「ママの着物に垂れてるよ」

佑二が大きなため息をついて言う。花穂子の唇からこぼれた涎が糸を引いて、喪服の襟元を汚した。

(どうしたらいいの。涎よりも、いっぱい垂れてる)

だらしなくしたたるのは涎だけではなかった。秘肉から溢れた愛液が、ポタポタと下に落ちていた。

(フェラチオだけで、こんなにも濡れてしまうなんて)

花穂子は己の左手を、そっと自分の膝の間に差し入れた。裾を掻き分け、腰巻きの内に指を忍び込ませる。

「んっ」

濡れそぼった秘肉に到達し、花穂子の肩が震えた。数時間前に年上の姉妹を交互に貫き、哭かせた牡のふてぶてしさを女の穴はよく覚えている。蜜肉は佑二を求めて、熱く滾っていた。

(こんな欲しがりな女になってしまって……)

滴る発情液と精液を指で引き伸ばしながら、花穂子は花芯をまさぐった。唇に感じる逞しさが秘肉にまで届いて、淫液の分泌を促す。

「ママ、オナニーをしているの？」

母の不自然な手の動きに、佑二はすぐに気づいた。花穂子は頬を羞恥で紅潮させた。

「ママ、腰を遣っていい？」

佑二がかすれた声で尋ねる。情けない母の自慰姿に、少年は興奮していた。カウパー氏腺液が、トロトロと漏れて女の口に流れ込んでくる。

花穂子は深く咥えたまま、目でうなずきを返した。佑二の手がまとめ髪を両手で押さえた。前後に相貌をゆらしながら、腰を振ってきた。

「ん、んぐっ」

花穂子の喉元から呻きがこぼれる。膨れ上がった勃起が咽頭を擦り、嘔吐きそうになる。つぶらな瞳には涙が滲み、額には汗が浮かび上がった。

「ママ、苦しいの？」

佑二がすぐさま抽送を止めた。花穂子は目を閉じて、こみ上げる吐き気が過ぎ去るのを待った。佑二がペニスを引き抜こうとする。花穂子は口内に溜まった唾液をゴクリと呑み下し、唇を前に這わせて追いかけた。

(遠慮せずにママのおくちを犯して。ママは佑二さんのためだったら、もっとはしたない淫売にだってなれますわ)

口腔深く勃起を納めて、濡れた眼差しで継続を訴える。

「いいの？　ママ、続けるよ」

佑二の手に再び力がこもり、母の頭を固定した。溜めを作って母の唇をズブッと突き差す。肉茎は母の口を前後に蹂躙した。涎をだらだらと滴り落としながら、花穂子は唇と喉を弛緩させ、出し入れをひたすら受け止めた。

「ああっ、ママの口のなか温かくて、ぴっちり吸い付いてヌルヌルで……最高だよ」

酒蔵のなかに、少年の荒い息づかいが響いた。

(おくちにいただくことが、こんなにもすてきなことだったなんて)

呼吸をせき止められ、酸欠に陥った頭のなかは、余計な思考が消え、硬い感触と長大さへの陶酔のみが占める。鼻を鳴らし、喉からはくぐもった嗚咽を放って、舌を積極的に絡みつかせていった。

「んッ、んぐ」

唇で締め付け、摩擦刺激を増すために花穂子は自らも相貌を打ち振った。

「うう……ママ、おいしい？」

佑二が歓喜で息を喘がせながら尋ねる。花穂子は相貌を縦にゆすってうなずいた。嫌悪も不快も感じない。朱唇を犯す牡の猛々しさが恍惚となって、女体を包み込んでいた。

（このまま、イッてしまいそうだわ）

口腔性交は、男に仕える牝の悦びを多大にもたらすことを、未亡人は初めて知る。佑二と目を合わせたまま、花穂子は股間に置いた指で、芽ぐんだクリトリスをしつこく弄くった。尖った感覚器から快美の波がジンジンと広がる。

（だめ、イッてしまう。自分を押し留められない。しゃぶりながら、気を遣るなんて浅ましいこと……）

破廉恥で過剰な醜態を、我が子の前で晒すことになる。いけないと思っても、指は止まってくれない。張り出したヒップは、かかとの上でくなくなとゆれ動いた。

「ママ、僕、出そうだよ」

ビクビクと勃起が震えていた。吐精の前兆だった。

（このままミルクを呑みたい）

酸素の薄くなった苦しさのなか、灼けるような樹液を喉に流し込まれる場面を想像して、女体は燃え立つ。別の指を膣口にまさぐり入れた。潤んだ女穴を指先で掻き混ぜる。沸騰するような熱気が豊腰の内で高まり、花穂子は指をさらに深く沈めた。その瞬間、溜まった熱が一気に弾ける。

「ん、んぐうッ」

喪服の肢体を震わせ、花穂子はくるめく絶頂に酔った。甘い波が全身を洗い、丸い腰つきは卑猥にゆれる。懸命に鼻から空気を取り込みつつ、頬張ったペニスをひたすら吸った。

「う、うう……もうだめっ」

佑二が腰を引いた。涎にまみれたペニスが紅唇から抜き取られ、ビクンビクンと大きく跳ねゆれる。

(惚けている場合ではないわ。佑二さんが待っている)

花穂子は指を股間から引き戻して、立ち上がった。佑二に背を向けて、喪服の裾と一緒に長襦袢と腰巻きを捲り上げた。白い脚と丸い双臀が露わになる。すぐさま佑二が背後から覆い被さってきた。

「ママ、すごい濡れ方だね」

佑二が指を足の間にまさぐり入れながら、告げる。

「あ、あんっ」

花穂子は酒蔵の扉に手をついて身を支えた。

「僕の指にヒダが吸い付いて、すごく熱くなってる。さっき僕のを咥えて、絶頂したの？」

「は、はい。イッてしまいました」

母は昂揚に色づいた美貌を羞恥に歪ませ、長い睫毛を震わせた。佑二は邪魔にならぬよう着物の裾を帯の間に差し込むと、むっちりとしたヒップに灼けたペニスを擦りつけてきた。

「ママ、突っ込んでいい？」

尋ねる息子の声に、花穂子は細首をゆらした。その刹那、ズンと差し入れられた。乱暴で荒々しい挿入だった。だがそれが今の花穂子には、途方もなく快い。

「んうっ、佑二さん、ママの奥まで届いています」

汗が頬を伝い、顎先には口唇奉仕で垂れた唾液が流れ落ちていった。涎塗れの口元を拭う余裕さえ与えてもらえず、激しい抽送が女を襲った。

「ママの身体、お線香の匂いがするね」

佑二が首筋の匂いを嗅いでいた。

「も、喪服ですから」

振り返って告げる。息子の唇が重なってくる。花穂子は口を開けて、舌を欲しがった。佑二が舌を差し入れてくる。ピチャピチャと音を立てて、母と息子は舌を巻き付け合った。抜き差しを浴びながら行う濃厚なキスは、女の意識をドロドロととかす。

(どうしたらいいの。佑二さんのキスも硬いモノも、気持ちよくてたまらないっ)

反り返った勃起が、膣壁の上側を絶妙に擦っていた。アクメしたばかりの女肉はうねりを強めて、佑二の勃起に絡みつく。

(ああ、もうイッてしまいそう……)

「花穂子さんはどこへ言ったのかしら。もうすぐ住職がお見えになるのに」

苛立ちを含んだ姑の声が突然聞こえ、花穂子はハッと身構えた。

(お義母さまが、酒蔵の前を通りかかった？　でも、このままやり過ごせばなにも問題は……)

その時、佑二の指が肛穴を抉り込んだ。

「んうっ」

花穂子の息んだ音色は、予想外に大きく響いた。

「そこに誰かいるの？」

姑が酒蔵の入り口へ近づいてくる気配がした。草履の足音が徐々に明瞭になっていく。

(佑二さんと繋がっている姿を見られてしまうっ)

相姦の現場を目撃される訳にはいかない。花穂子は着物の袖で濡れた口元を拭うと、深呼吸をした。

「お、お義母さま、わたくしはここに」

花穂子は扉を半分開いて、外へと顔を覗かせた。身体をなるべく斜めにして、背後の佑二の姿が、姑の視界に入らないようにする。

「花穂子さん、そんなところに」

「お酒を切らしていたのを思い出しまして、取りに」

(おかしな声を出してはいけない)

花穂子は薄く開いた紅唇から短く息を吐いて、張り詰めた昂揚と熱気を身体の外へ逃す。

（ああ、佑二さん、止めては下さらないのっ）

佑二の打ち込みは依然続いていた。腰が当たって丸い尻肉が波打つ。花穂子は身体が不自然にゆれないように、扉を強く摑んだ。

「仏間に飾るお花は、どうなっているのかしら。いつものお花屋さんに注文したのでしょ？」

「先ほど届いて、わたくしが仏間の方へ運んでおきました」

「あら、相変わらず出来た嫁だこと」

姑が機嫌良さそうに笑う。懐妊を聞いてから、姑は舅以上に花穂子を持ち上げてくるようになった。花穂子は苦笑混じりの笑みを作るが、それも佑二の責めで悩ましく歪む。

「ママ、すごく絡みついてるよ。ママは感じちゃいけない時の方が、燃えるんだって彩香さんが言ってたけど、その通りなんだね」

佑二が頭の後ろで囁き、腸管の指を奥へと進めてくる。なかをゆっくりとまさぐっていた。肛口がヒクつき、佑二の指を絞り込む。

（お尻の穴をそんなに搔き混ぜないでっ）

姑の眼前での玩弄に、花穂子の全身の血が沸き返る。

「花穂子さん、次の検診はいつ？」

「一ヶ月以内には。また妹が付き添ってくれるそうなので、あの子と相談を致しまして……んっ」

佑二は容赦なく腰を遣い、花穂子を追い詰めてくる。ペニスが太くなっていた。佑二も吐精が近いことがわかる。

（お義母さまの前で、種付けをなさるおつもりなの）

背徳の思いが、性官能の上昇を呼び込む。

「早く赤ちゃんをこの手に抱いてみたいわ。間もなく住職がお見えになりますからね。台所仕事はお手伝いさんに任せていいから。さっさといらっしゃい」

姑が背を向け、酒蔵から離れていく。

「はい、お義母さま。すぐに、イキますから、んっ」

佑二の腰遣いが速くなる。安堵の息を吐く余裕もなかった。引き締まった肉茎の摩擦と肛穴刺激が女体を苛み、同時に無上の悦楽をもたらして理性を蝕んでいく。

「ママッ」

佑二が背後で小さく声を上げ、野太い勃起を最奥まで嵌入した。ドクンと震える。花穂子は己の唇をきつく嚙み締めた。

(ミルクが溢れているっ、あ、ああっ、イ、イクッ――)

精が膣内にまき散らされ、女裂は歓喜のうねりを起こす。熱を孕んだ熟腰から、甘い絶頂の至福が噴き上がった。

「う、うぐっ」

唇を嚙んでいても、色めいた嗚咽が喉からこぼれた。佑二は律動に合わせて腰を繰り込んで膣ヒダを擦り、尻穴に嵌った指を出し入れしてきた。どこまでも官能を押し上げようとする佑二の嬲り方に、美母の肢体はビクンビクンと派手に痙攣をした。

「あっ、ああっ、佑二さん、ご容赦を」

「ママ、どこが気持ちいいの?」

昂った少年は、母に淫語を言わせようとする。精液を染み込ませながら、硬さを保った勃起で、収縮する膣肉を捏ね回す。

震える手でなんとか酒蔵の扉を閉じて、花穂子は佑二の求める言葉を吐いた。

「花穂子の、オ、オマ×コです、ああんっ」

一度も口にしたことのない恥ずかしい言葉が、女の官能に一層の火をくべた。

勃起の蠢きに合わせて、紅唇は牝泣きを奏でた。

「ママはやさしくされるのと、乱暴に激しくされるのと、どっちがいいの？」

振り返った花穂子の瞳に、少年の精悍な相貌が映る。

(逆らえない。わたしは佑二さんの虜になっている)

若い少年の性に染められた女だった。

「ら、乱暴にっ……佑二さんに、もっとめちゃくちゃにして欲しい」

少年への従属を美母は全身で示す。精液を吐き出す勃起を食い締め、少年の精汁を懸命に搾り取った。

「佑二さん、ママの口を押さえて。はしたない声が、お祖母さまに届いてしまう」

佑二が紅唇を押さえ、指を口内に差し込んできた。花穂子はフェラチオを施すように、息子の指を一心に舐めしゃぶった。

「僕、ママの肌の匂いを嗅ぐだけで、むらむらするんだ。ママが妊娠した後も……僕がむらむらしたらこの唇で、ザーメンを呑んでくれる？」

「呑みますわ。一滴残さずに……このわたしの唇に毎日流し込んで下さい」

息子の指に舌を巻き付けながら、花穂子は飲精を誓った。

母ではなく女だった。逞しい男に惹かれ、身も心も存分に支配して欲しいと願う牝だった。淫欲に堕ちきった女体は、薄暗い酒蔵のなかでしっとりと啜り泣いた。

エピローグ

初秋の休日、佑二はホテルのプールにいた。残暑が厳しいせいか、高額の利用料にもかかわらず、客は多かった。

佑二は一泳ぎしてから、隣り合ったサンルームに移動した。

「お帰りなさい、佑二くん」

デッキチェアに寝そべっていた彩香が、サングラスを外して佑二を見る。彩香は身体にぴったりとした白のストレッチ素材のワンピース水着だった。股ぐらはシャープにカットされ、胸元の大きな穴が双乳を大胆に覗かせる、セクシーなデザインだった。

（一見、競泳水着っぽく見えるけど、背中も胸も結構丸開きで、股間も布地が食い込んじゃってるし……）

彩香の魅力的な水着姿を眺めるだけで、佑二の胸はドキドキする。

「佑二くん楽しんでる？　海もいいけれど、ホテルのプールもなかなかいいでしょう」

「は、はい」

テストの成績が良かったため、彩香がご褒美としてプールに連れてきてくれた。

佑二はバスタオルで髪を拭きながら、デッキチェアの隣にあるソファーに座った。

「彩香さん、ママは？」

彩香の隣で読書をしていた花穂子の姿がなかった。彩香がガラス窓の向こうを指差す。大きなガラス窓からは、プールの情景が丸見えだった。

（あっ、ママ）

プール縁を歩く母の姿が佑二の目に入った。両手にグラスを持っている。

「すごいわね。相変わらず男の目を集めちゃって」

花穂子は彩香以上に大胆な、ピンクのビキニ水着だった。小さなトップスブラは、母の豊満な双乳をまったく隠せず、胸の丸みが横や下からはみ出していた。アンダーショーツは、紐のような黒Tバックとヒップハングの重ね着で、男なら誰でも視線を向けてしまう扇情的なものだった。

「ママ、人に見られるのがいやだから、今日は泳がないって言ってたのに……」

佑二は焦ったようにつぶやいた。案の定、男性客たちが身動きを止めて、母のビキニ姿を食い入るような目でジッと追いかけていた。

「飲み物を買いに行ったのよ。泳いで疲れて帰ってくる息子のために」

彩香がデッキチェアから降りて、佑二の隣に座った。

（あんな格好で外に出たら、男のいやらしい目を集めちゃうのは当然なのに）

きっと嫌がる花穂子を、彩香が言葉巧みにそそのかしたのだろう。卑猥なデザインのビキニも、彩香に説得されて着ることを了承した。

「あっ」

大学生くらいの若い男性が、母の側に駆け寄るのが見え、佑二は狼狽の声を漏らした。

「あら、ナンパね。うちのホテルで遊んでるってことは、どこかのお金持ちの子息かしら」

男は笑顔で母に話しかけていた。男の背は高く、筋肉もしっかりついていた。

母は驚いたような顔をしながら、受け答えをしていた。ジリジリとした気持ちで、わる。


佑二は母の口説かれる姿を眺める。

「嫉妬するでしょ？　この反応で丸わかりよね。焼き餅で硬くさせちゃって」

彩香が耳の側で囁き、佑二の股間に手を伸ばしてきた。水着の上から陰茎をさわる。

「あんっ。ちょっと、見られますよ」

「誰も来ないから平気よ」

そう言って彩香は耳の縁を舐めてきた。佑二は裸身をヒクつかせた。サンルームは最上階のスイートルームの客だけが使える専用の部屋で、他の客は入って来ない。

「でも、こっちからは外がはっきり見えるから……ドキドキして」

佑二は震え声を漏らす。彩香が手を水着のなかに忍び込ませ、男性器を外へと引き出した。細指で撫でさすり、勃起をみるみるそそり立たせる。

偏光ガラスのため、プールの側からはサンルームのなかを覗き込めない仕組みになっていた。だが客がサンルームの方を向くと、露出した下半身を見られている感じがして、どうにも落ち着かない。

「うふふ、ママは自分のモノだって言って、怒ってるみたい」

充血した肉茎が股間でピンと反り返ると、彩香は口元を緩めた。

「ローションを持ってきているけれど、使って欲しい？」

妖しい瞳で問いかける彩香に、佑二はコクンと首をゆすった。彩香が横のテーブルに置いたバッグから、ローションの容器を取り出す。透明な液がトロリトロリと手の平に垂らされ、佑二の陰茎に塗りつけられた。佑二の口からは快感の喘ぎが漏れた。

「うう……あっ、ママ、囲まれている」

男の友人だろうか、さらに若い男性二人が母の行く手を遮るように近づき、満面の笑みで会話に加わっていた。

「お姉さん、もじもじしているわね。水着が変な場所に当たっているのかしら。ヒップハングの下のTバック、もの凄い食い込みだから、お姉さん、歩くだけでクイクイ擦れてきちゃって大変だって言ってたわ」

母は男たちの脇をなんとか通り抜けようとするが、三人の男は身体で壁を作っていた。母は困った顔を作り、太ももをなよやかに擦り合わせ、その場から動けずにいた。

「うふふ、ママを助けに行きたくても、これじゃあね」

勃起を甘くシコシコと擦りながら、彩香が妖しく微笑む。佑二は相貌を恥ずかしげに歪め、指愛撫の快感に腰を引き攣らせた。

「あの子たち、妊婦さんをナンパしてるってわかってるのかしら。お腹が膨らんでいないから、気づいてないのでしょうけど」

（そう。ママのお腹のなかには、僕の子がいるのに……ママは僕のモノなのに）

佑二の子種で、花穂子は無事に懐妊を果たした。三ヶ月を迎え、そろそろお腹も膨らみ始める頃だろう。

大澤流の門人会議でも、次の後継は花穂子のお腹にいる子と正式に決まった。男児ならば宗家を継ぎ、女児であれば相応しい男性を娶ることになる。

「妊娠をしたせいで、ただでさえ大きなおっぱいが、さらにボリュームを増したから、男がふらふら吸い寄せられちゃうのよね。佑二くん、お姉さんを孕ませても、ああいう場面を見ると不安になっちゃう？」

佑二はうなずく。

（母と子なら、なんの問題もないのかも知れないけれど）

三十四歳との年の差、名家出身の高貴な血筋と寄る辺のない身、男女の恋として考えた時、その障害は大きい。

「きみのオチン×ンは、今すぐお姉さんを犯したいって言っているわね」

彩香の指でヌルヌルとマッサージをされ、ペニスはカウパー氏腺液を潤沢に噴きこぼしていた。ローション液と混ざって、淫らな汁音が明るい日の差し込む室内に響く。

「わたしのおっぱいもずいぶん大きくなったのよ。パイズリしてあげましょうか？」

彩香が甘い口調で囁く。佑二は首肯した。彩香がソファーから立ち上がり、佑二の足元にひざまずいた。胸の膨らみを突き立った陰茎の上に被せてくる。ワンピース水着は、ちょうど乳房の下辺りにくりぬかれた穴があった。そこにペニスの先端を差し入れると、双乳の谷間に肉棹はすっぽりくるまれることになる。

「あ、ああっ」

ローション液で濡れた勃起が、なめらかな胸肌と擦れて、胸肉の間に埋まっていく。やわらかな肉圧で包み込まれる極上の心地に、佑二は快楽の喘ぎをこぼした。

「あっつい。佑二くん、ギンギンになっているんだもの」

彩香が下から艶やかな視線を向け、吐息をこぼした。ローションのボトルに手を伸ばし、胸元にローション液を滴らせた。胸の谷間が吸った粘液の冷たさを、ペニスは感じて、ピクンと戦慄く。

「うふふ、うれしそうに震わせちゃって。佑二くんのオチン×ンに、わたしのおっぱいがレイプされているみたい」

彩香が自身の膨らみを摑んで、身をゆすった。ゆっさゆっさと双乳が縦に跳ね、胸の谷間から亀頭が覗き出て、また白い胸肉のなかに隠れる。ヌチャヌチャという摩擦の音色が淫靡だった。

「どう？　妊婦のパイズリは。わたしまで妊娠させちゃったのは、佑二くんにとって誤算だったでしょうけど」

花穂子とほぼ同時に、彩香も受胎をした。彩香のお腹にも佑二の子が宿っている。佑二は彩香の顎に指を添えると、上を向かせた。赤い唇にキスをする。

「んっ、ゆ、佑二く……んふ」

佑二は彩香の口を強く吸った。唾液を溜めては流し込み、呑ませた。

「どうしたの、急に激しいキスをしてきて……」

頰をほんのりと赤らめて、彩香がつぶやく。佑二は彩香の乳房に手を伸ばし、乳首を指で探り当て、弾き上げた。

「あ、だめっ、コリコリしないで。パイズリできないでしょ」

ローションは乳房全体に滴っていた。ヌメッた性感が快いのだろう。いつもより過敏に柔肌を震わせて彩香が反応する。

「実は僕、彩香さんが妊娠したらいいなって思いながらやってました。赤ちゃんが出来れば、彩香さんともずっと一緒にいられると思って」

「え？」

乳房をゆする動きが止まった。

「だから彩香さんが、僕の子を宿したって聞いた時、うれしかったです。これで大好きな彩香さんと、固い絆ができたって。ママと彩香さん、二人に側にいて欲しい。そう願うのは我が儘ですか？」

「わ、我が儘かどうか、わたしに訊くことじゃ……」

紅潮した美貌は、困惑したように漏らす。

その時、サンルームのドアが開いた。ビキニ姿の花穂子が入ってくる。

「バニラシェイクとライムカクテルを買ってきたけれど……なにをしているの、彩香」

「お姉さん、そこでナンパされていたでしょう。お姉さんが若い男の子に愛想笑いを振りまくものだから、佑二くんが嫉妬しちゃって大変だったのよ。仕方なくわたしが宥めてあげていたの」

彩香が振り返って答える。グラスをテーブルに置いて、花穂子は口ごもった。

「あ、あれは、突然話しかけられて仕方なく……」

男たちに迫られた余韻のせいか、ビキニの肢体は汗できらめいていた。彩香が身を起こし、突き刺さっていたペニスを、胸の谷間からヌルンと引き抜いた。

「佑二くん、今すぐお姉さんを抱きたいって。自分の女だって確認したいらしいの。いいわよね」

彩香が姉の手を摑んで引っ張る。花穂子が彩香の隣にひざまずくと、その手に佑二の勃起をさわらせた。

「あん、こんなになって」

ローションで濡れた男性器を、花穂子が潤んだ瞳で見つめ、下から上にさすった。

「佑二くん、お腹の子にさわるといけないから、お姉さんの後ろの穴でしたいって言うんだけど」

妹の言葉を聞き、花穂子が驚いた顔で佑二を見上げた。

「後ろで、ですか？」

（そんなこと言ってないのに……）

彩香がこっそりと佑二に向かってウインクをする。佑二はあえて否定せずに、成り行きを見守った。

「今度佑二くん、段位の試験を受けるでしょ。お姉さんのバージンをもらえたら、うまくいきそうな気がするって言うのよ」

「そうでしたわね」

花穂子がしみじみとした眼差しで、息子を見つめた。

朝晩の居合の稽古に加えてもらうようになって二ヶ月が経つ。祖父から直接の指導も受けるようになった。離れでの暮らしも止めるよう言われ、来週からは花穂子の隣の部屋で寝起きをすることに決まっていた。

「今は佑二くんが、お祖父さまの本命なんでしょ。お姉さんのお腹のなかの子よりも期待をしているみたい。試験を受けろって言ったのもお祖父さまでしょ」

「はい。周囲を黙らせるためには、必要なことだと仰ってました。血統の弱みを、実力で消せと」

「がんばって下さいね。でも、佑二さんのお心の方を優先に。大澤の家を継ぐことが負担でしたら……あっ」

佑二は手を伸ばし、ビキニの乳房を摑んだ。手に余る豊乳を揉み込み、喘ぐ花穂子の口元にキスをした。花穂子は佑二の勃起を握り込み、せわしく擦ってきた。腰つきを悩ましく振って、息子の口を吸い返してくる。

「ママとしたい。いい？」

口を引いて佑二が囁くと、昂揚に染まった美貌は恥ずかしさをたちこめさせて小さくうなずく。花穂子は身体の向きを変え、ソファーの前のテーブルに腹這いになった。

「この姿勢でよろしいでしょうか」

「彩香さんも、ママの横に」

佑二はひざまずく彩香に命じた。彩香はすぐになにか言い返そうとするが、その前に佑二は彩香の紅唇を口づけで塞いだ。舌を絡ませていくと、彩香の眉間に浮かんだ険がとけていく。

「困った子。女の扱いがこんなに上達するなんて」

キスの後で彩香はそうつぶやくと、立ち上がってワンピース水着を脱いだ。なにも身につけていない白い裸身を晒して、ビキニ姿の姉の真横に、腹這いの姿勢を取った。

佑二は母のヒップハングのショーツを引き下ろした。細いバック紐を食い込ませた、むっちりとした双臀が現れ出る。

「二人ともお尻を開いて」

佑二の言葉に、姉妹は両手を背後に回して、尻たぶを自ら割り開く。佑二はローションボトルを取り、母のTバックの細紐を横にずらして尻穴に塗りつけ、叔母の尻穴に擦り込んだ。白いヒップが刺激に悶えて、ぷるんぷるんとゆれ動く。

（二人とも、オマ×コまでじっとり濡れてきた）

女陰のはしたないきらめきが、佑二の目を楽しませる。

プールでは水を跳ねさせて、若い男女が楽しそうに遊んでいた。佑二はその光景を眺めながら、年上の女二人の可愛らしい排泄の小口を、じっくりと揉みほぐした。

「ねえ佑二くん、わたしもお姉さんと一緒よ。家柄を大事にすることと、武術の神髄を極めることとは別でしょうし、意に染まぬことまでは受け入れなくてもいいと思うわ。佑二くんが当主になりたいのだったら、なりなさい」

「はい」

意思を尊重してくれる二人だが、一門の未来を佑二が担うことを願っていることもわかっている。

「僕が、お二人をしあわせにしますから」

女たちが少年を振り返った。うれしそうに笑みを作り、うなずく。

「ママは美人だから仕方ないけれど、他の男に誘われたら、すぐにきっぱり断ってね」

佑二は平手打ちを、母の尻たぶに落とした。パチンと小気味良い音が鳴り響いた。

「は、はい。ごめんなさい、佑二さん」

母はTバックを穿いた大きなヒップを、媚びるようにゆらして応えた。スパンキングが前戯だった。蜜穴は一層潤んで淫らにヌメ光る。

「二人とも僕の女なんだからね。恋人で、妻で……ずっと一緒にいるんだ」

「わたしはそれでいいけど、お姉さんはいいの？」

「わたくしだって、とっくにあなたの想いには気づいてましたよ。賢いあなたが避妊もせずに、佑二さんを受け入れるなんて。それに……あなたが佑二さんを見る目は、恋に落ちた乙女の瞳でしたもの」

姉の指摘に、妹の相貌がカアッと赤色に染まる。その反応に花穂子はフフと笑って、口づけをした。彩香は動揺の嗚咽を漏らしながら、姉の口に己の唇を擦りつけていく。艶美な相姦のキスを見つめながら、佑二は母の窄まりにペニスを押し当てていった。

「ゆっくり入れるから、ママ、きつかったら言ってね」

急速に負荷を掛けず、ジリジリと埋め込んでいった。尻肉を掴んだ花穂子の指が震えていた。ローションで濡れた窄まりが、亀頭に圧されて口を開いていく。一番狭いとば口をくぐり抜けるまで、たっぷりと時間を掛けて括約筋を伸ばしていった。

「んっ、んう」

不安の喉声を、花穂子が漏らす。彩香が唇を引いた。

「お姉さん、息を吐きなさい。緩めないとつらいわよ……あんっ」

佑二は彩香の尻穴にも人差し指と中指の二本指を突き刺し、同じ速度で埋めていった。姉妹の色っぽい泣き声がサンルームに奏でられる。

「あんっ、佑二さんの太いのが、わたしのお尻に入ってくるっ」

「いや、指を回転させないで。拡がっちゃう」

ズルッと亀頭が嵌り、ペニスと指が同時に姉妹の尻穴を穿った。

「ああっ、やっぱり締め付けが段違いだね」

佑二は歓喜の声を漏らした。母の処女地を奪った達成感が、少年の胸に喜びを生む。最初はゆるやかに抜き差しし、徐々に腸管を肉棒摩擦に慣らしていく。

「あん、ねえ、ママのお尻の穴、気持ちいいですか？」

最初は苦しそうに喘いでいた花穂子だったが、小刻みな抽送を受け、次第に艶を帯びたものに変わっていった。佑二は途中で花穂子のなかから引き抜き、隣の彩香に移った。肉棒を根深く埋め込み、きつい結合感を愉しんだ。

「うう、お尻の穴まで味比べされちゃって。ここまでくると逆に、敗北感が快いわね」

妹の言に、花穂子も恥ずかしそうにうなずいた。

「最高だよ。ママと彩香さんのお尻」

双臀を交換しつつ、少年は年上の女二人を追い込んでいった。女たちはテーブルにしがみつき、牝っぽく泣き啜って悩ましくヒップを振り立てた。

「うれしい。ああ、イクッ……ママ、お尻の穴でイッちゃいますわ」

「わたしも……こんなに早く気持ちよくなるなんて、おかしいわっ、ああっ、お尻が灼けちゃう」

母と叔母のこぼす絶頂の声が、孤独だった少年を華やかに包み込む。女たちの腹が膨らみ、春には家族が二人増えるだろう。佑二は幸福を噛み締め、精を放った。

ふたり暮らし【義母と甘えん坊な僕】

第一章　母子水入らず【狭いマンションで】

1

午後九時になろうとしていた。ヒールの音を立てて浅倉藍子は夜道を急ぐ。

（今夜はわたしが夕食当番だったのに。陽一、待っているわよね）

自宅マンションが見えて、藍子は大きく深呼吸をした。駅から徒歩二十分、五階建てのマンションの最上階の部屋で、学生の息子と二人で暮らしていた。

「まったく、この階段がしんどい」

古いマンションで、エレベーターがついていなかった。藍子は長く続く階段を睨みながら、コートを脱いで脇に抱えた。そして大きく息を吸うと、テンポ良く駆け上がった。五階分の階段を昇り終える頃には、額に汗が浮かび、息が上がる。

「ふう、ただいま。遅くなってごめんね」

藍子は最上階の自宅にたどり着き、玄関ドアを開けた。室内は魚を焼く香ばしい匂いがたちこめていた。

「あら、いい匂い」

玄関を開けるとすぐにキッチンがあった。そこにエプロンを着けた息子の陽一が立っていた。

「お帰りなさい。残業で遅くなるって留守電を聞いたから、夕食作ったよ。今、秋刀魚を焼き始めたところ」

「わたしの当番の日なのに、ごめんなさい」

「別に気にしなくていいよ」

「そうはいかないでしょう。ここに越してきた時に、家事を分担して二人でがんばるって決めたんだから。週末の陽一の当番は、わたしが代わりにするわ」

藍子はハイヒールを脱いで上がり、陽一が持つフライパンをのぞき込んだ。ささがきのにんじんとゴボウが見えた。

「きんぴらごぼう?」

「うん。初めて作ってみた。ママの味付けを真似てみたけど、どうかな」

陽一が菜箸できんぴらごぼうを摘まんで、藍子の口元に差し出した。

「陽一、前に作ったことなかったかしら」

藍子は口を開けてぱくっと食べた。噛むと甘辛い味が舌の上に広がる。

「ないよ。いつも僕が食事当番の時、きんぴらごぼうとか、肉団子とか大学芋なんてのはスーパーの総菜コーナーで買っちゃうから」

「じゃ、そういうのも今度、作り方を教えてあげないとね。このきんぴらおいしいわ。いい感じよ。一味を振って、白ごまをかけたら完璧だわ。ごはんは？」

「さっき炊きあがった。味噌汁は大根の葉と、豆腐でいいかな」

ガスコンロには火を掛けた鍋、まな板の上には刻んだ大根の葉と、豆腐のパックが既に用意してあった。

「じゃあお味噌汁は、ママがぱっぱっと作っちゃうわね。陽くんはお勉強を続けてください。もうすぐ定期テストなんでしょう」

キッチンの隣の居室にちらと目をやって藍子は告げる。部屋の真ん中に置かれたこたつの上に、開きっぱなしのノートと教科書が見えた。

「それにしてもすごい汗だねママ。走ってきたの？」

陽一が笑って、母の頬に右手を添えた。シャツの左袖を伸ばして藍子の顔の汗をやさしく拭き取る。

「あ、あなたがお腹をすかせているかと思って。陽くん、いつもわたしが帰ってくるまで待つじゃないの」

母が幼い子に行うような行為に、藍子は気恥ずかしさを覚え、息子の手をそっと押し返した。ポケットからハンカチを取り出して、それで赤面する表情を隠した。

「一緒に食べた方がおいしいじゃない。じゃ向こうで勉強してるから、後はよろしく」

陽一がエプロンを外して、藍子に手渡した。それを受け取って、藍子は腰に巻く。

（近頃、大人びてきて困るわ。昔は宿題をしなさい、お手伝いをしなさいって叱らないとなにもしなかったのに）

このマンションに越して来てから、息子の雰囲気が変わったように思う。藍子を気遣い、支えてくれようとしているのがわかる。不平不満の類いも口にすることが一切なくなった。テレビやゲームの類いを遠ざけ、勉強に励む時間も大幅に増えた。

（子供だと思っていたけれど……そうね。もう二人で暮らすようになって一年経ったのね）

藍子はウェーブの掛かった髪を掻き上げて、吐息を漏らした。一年前、陽一を抱えて不安いっぱいだった。急な転居で藍子の勤め先も決まっておらず、受験を間近に控えていた陽一も、志望校選びを一からやり直した。

（明日がどうなるかわからない気分だったけれど……今はこうして二人で穏やかに暮らしていけている。夫から距離を置くという選択はよかったのよね）

パチパチと爆ぜる音がグリルから聞こえた。藍子はグリルを開けて秋刀魚をひっくり返してから、手早く味噌汁を作った。材料が用意されているので、手間は掛からない。魚が焼き上がるのを待つまでに、着替えようと寝室に移動する。スーツの上着を脱ぎ、タイトスカートのホックを外して、足元に落とした。黒のパンティストッキングに手を掛けた時、背後で物音がした。陽一が寝室の入り口に立って、真新しいデジタルカメラを構えていた。

「陽くん、それ買ったの？」

自分に向けられるレンズを見ながら尋ねる。カメラから顔を離して、息子がうなずいた。

「うん。駅前の電気店に寄ったら、セールで安かったから衝動買いしちゃった」

「携帯電話にすればよかったのに。今日みたいにママの帰宅が遅くなる時も、簡単にあなたにメールで連絡できるでしょう」

「でも携帯は維持費が掛かるし」

「それくらいママが出すわよ。あなたのアルバイト代から捻出しろなんて言わないわ」

藍子は前かがみになって、パンティストッキングを脱ぎ降ろす。

陽一は近くのパン工場で、早朝のアルバイトをしていた。午前四時に起きて、学校に行く前の三時間、働いている。そのアルバイトの給料から月に三万円、藍子に生活費として渡し、残りは自分の小遣いにしていた。

「いいよ。必要だって感じたら買うから。今はなくても平気」

陽一は喋りながら、位置を変えてデジタルカメラで三十六歳の肢体を撮り続ける。

「いつまでやっているの。やめなさいね。人の着替え姿を試し撮りなんて」

丸めたパンティストッキングを足先から引き抜いて、藍子は軽く睨みつけた。臀丘に食い込んだショーツを、指先で引っ張って直す。その仕草にも息子はレンズを向けてきた。

「機能を覚えなきゃいけないんだ。色々モードがあるんだよ」

「他で練習しなさい。さ、夕ご飯にしましょう」

藍子はぴったりとしたストレッチ生地のパンツを穿き、ブラウスの上から白のセーターをすっぽり着て、息子を居間へと押しやった。

こたつの上を片付けて食事を並べ、向かい合っての夕食が始まる。

「そうそう。明日もママ、遅くなるからね。歓迎会なの」

「上司が変わったんだっけ」

「ええ。親会社の偉い人の息子さんらしくて、態度がちょっとね」

藍子はカフェチェーンの本社総務部で働いていた。大手飲料メーカーが親会社で、社長や役員には親会社出身の人間が少なくない。新しい上司も、親会社からの出向で、しかも創業者の親族だった。

「お酒、あまり飲まないようにね」

「はい、気をつけます」

飲酒は、母子にとってデリケートな話題だった。息子の注意に藍子が殊勝にうなずいた時、バタンという音が振動と共に聞こえた。

「お隣さん、帰ってきたみたいね」

マンションの壁は薄く、隣の生活音が漏れ聞こえる。

隣に住むのは近くの大学に通う男子大学生だった。若い男の声とはしゃぐような女性の高い声が響いた。

「彼女連れみたいだね」

「……あなたは彼女作らないの？」

「うーん」

陽一はピンと来ないように首をひねる。親の贔屓目でなく、陽一はかっこいいと思う。整った面立ちで、すらりと背は高い。急な引っ越しというハンデがあっても、見事に公立の難関校に合格し、入学後も優秀な成績を維持していた。

「気に入った娘がいたら、付き合ってみればいいのに」

母親が口を出すことではない事柄だと思いつつも、藍子は告げた。陽一はアルバイトや勉強には熱心だが、休日や放課後に友人たちと遊ぶことを一切しない。

（お友だちがいないわけじゃないでしょうに。わたしに気兼ねして、遠慮をしているみたい）

「バレンタインデーにチョコだっていくつももらっていたわよね。昔、ママと結婚するって言ったの覚えてる？　のんびり構えていると、ずっとママのお世話をして終わるわよ」

「そんなこと言ったっけ」

「あら忘れちゃったの？　小学校に入る前よ。テレビにウェディングドレスの花嫁さんが映ったら、急にわたしを振り返って、〝ママは僕のお嫁さんになるんだからね、忘れないでね〟って予約をされたのよ」

　母の説明に、陽一は照れたような笑みを浮かべた。

「休みの日には、スーパーのまとめ買いにだって付き合ってくれるでしょ。陽くんだって、カラオケやボウリングなんかで、お友だちと遊んだ方が楽しいんじゃないかなって心配なんだけど」

「別に無理してるわけじゃないよ——」

『あん、いやん』

　会話を邪魔するように、また隣から若い女性の声が響いた。

『だめだってタカシ、そんなに揉まないでよう』

『やっけえな。エロいおっぱいしやがって』

『うふふ、ばかー』

楽しげにいちゃつく声が続けて聞こえ、藍子は箸を止めて相貌を赤らめた。家族団らんの最中、テレビで突然ベッドシーンが流れたような気まずさが湧き上がる。

「と、隣の大学生、タカシって名前なんだね」

息子の顔も少し赤らんでいた。茶碗のご飯をがつがつと掻き込む。

「早めに引っ越ししなきゃね」

家賃の安さは魅力的だが、エレベーターはついておらず駅からも遠い。母子二人で暮らすには間取りも手狭だった。狭いキッチンと居室の他には母子で寝室に使っている部屋があるだけで、藍子にも陽一にも専用の個室はなかった。

「僕にまともな働き口があればいいんだけど」

「働き口って、アルバイトを増やそうとか考えてるんじゃないでしょうね。勉強に差し支えが出るから、これ以上はだめよ」

「うん――」

『あんッ。タカシ、すごいようッ』

女性の悩ましい声が、先ほどよりも鮮明に響いた。

『そらっ、おらっ』

『ああん、イク、イクぅ』

（これって……）

藍子は息を呑んだ。壁一枚を隔てて、性交の真っ最中だった。

「す、すごいね。盛り上がってるみたい」

陽一も食事の手を止めて、かすれ声を発した。

「ご、ごめんなさいね」

「なんでママが謝るの」

「だって、この部屋に決めたのはわたしだし」

申し訳なさそうに漏らす藍子を見て、陽一が視線をやわらげる。

「僕はこの狭い部屋、けっこう好きだよ。階段だって運動になっていいじゃない。ママだって、引っ越してから贅肉落ちたよね。ダイエット効果ばっちりでしょ」

「し、失礼ね。もともとわたしは贅肉なんて付いていませんけど」

「え？　この辺今でもむちむちじゃない」

陽一がこたつのなかから手を伸ばし、藍子の足先をくすぐってきた。

「あんっ、こら、やめて」

藍子はこたつから足を引き抜こうとした。だが陽一が藍子の足首を掴む。足裏をさわっていた指がふくらはぎを撫で、膝の裏から太ももにかけて、くすぐるようにマッサージしてきた。

「ほら、ママの太もも、たぷたぷしてるけど」

「たぷたぷなんかしてません。引き締まっていますっ、きゃっ」

陽一がこたつのなかに、下肢を引きずり込んできた。藍子の上体が後ろにパタンと倒れる。

「この辺なんて、つまめるよね」

内もものやわらかな箇所を、ストレッチパンツの上から鷲掴みにして陽一が笑う。そして内ももから鼠蹊部の、過敏な箇所をくすぐってきた。

「そんなところ、さわらないのっ」

藍子は足をばたつかせるが、男子の力には敵わなかった。こたつの脚にしがみつき、テーブルをガタガタとゆらして、藍子は悶えた。

「ねえママはくすぐりに弱いんだから。ひゃっん、まいった。まいったから。ストップッ」

懸命に降参の悲鳴を絞り出して、ようやく息子の攻撃がやんだ。

「ごちそうさま。ママも早く食べちゃいなよ」

陽一が食べ終わった食器を重ねて、澄ました顔でキッチンへと歩いて行く。

「母親を凌辱するなんて、ひどい子だわ」

藍子は寝転がったまま肩を喘がせて、目尻に滲んだ涙を指で拭った。

「ひどい息子だね」

「ママは子育てを間違っちゃったわ」

「そっか。どこで間違っちゃったんだろうね？」

陽一は軽口を返しながら、自分の食器を洗い始めた。

(我が子に気を使わせちゃって)

藍子が、親として務めを果たしているのかと不安になると、息子は冗談じみた行為でフォローをしてくれる。家計を助けるためのアルバイトも自分から始めた。

一人息子が、非の打ち所のない良い子に育ってくれたことに、天を仰いで感謝をしたくなる。

(このまま陽くんと二人で、平和に暮らしていけたら……)

「明日はちゃんと先に夕食済ませてね。ママを待たなくていいから」

藍子は息子の後ろ姿に声を掛けた。

「わかった」

陽一が応える。そう言いながら、食べずに待っていることが過去に何度もあった。

(歓迎会の席で、あまり食べないようにしなきゃ)

藍子はだらしなく寝そべった姿勢のまま、しばらく息子の後ろ姿を見つめた。美貌には自然と笑みが滲んだ。

2

陽一は母の帰りを待っていた。キッチンには夕食が準備してあった。母の好物の牡蠣の入ったシチューにした。前日母に釘をさされたものの、やはり一人で食べる気にはならなかった。

こたつの上に置かれたノートパソコンには、昨夜撮影したばかりのデジタルカメラの映像が流れていた。それを眺めながら、陽一は露出した自分の陰茎を握り締めていた。

(ママのお尻……)

母が背を向けて、スカートを脱いでいた。ファスナーを下げても、ゆたかに張り出した腰つきにスカートが引っかかって、なかなか降りていかない。

（おっきなヒップ）

スカートがぐぐり抜けて、ようやくむっちりとしたヒップが現れ出る。カメラはズームした。

「ママ……」

陽一は声に出して呻いた。左手は横に置いてあった黒のパンティストッキングを掴んだ。昨日一日穿いていた、母の使用済みのパンティストッキングだった。洗濯当番だった陽一が朝抜き取った。鼻に押しつける。

（いやらしい匂い）

母の匂いは消えていない。脂っぽい汗の香とほのかな香水の匂い、母の甘い体臭が混じり合って、鼻孔をくすぐった。右手は我慢できずに動き出し、カチカチになった長棒を扱いた。既に先走りの興奮液が、先端から漏れ出ていた。ぬめった液がこぼれて指を濡らす。

『陽くん、それ買ったの？』

画面のなかの母が、振り返って尋ねる。

（そうだよ。ママを撮るために買ったんだ）

陽一は昨夜と違う返事を胸でつぶやいた。

母は光沢のある黒のパンティストッキングを腰から引きおろす。白のパンティを穿いたヒップが露わになると、デジタルカメラはそこを舐めるように撮った。張り詰めた量感と丸み、悩ましいラインを描く下半身を見ているだけで、陽一の息はハアハアと乱れた。

「ママ……ママッ」

陽一は小声で連呼しながら、手淫を加速させた。

『いつまでやっているの。やめなさいね。人の着替え姿を試し撮りなんて』

母のたしなめる声がパソコンのスピーカーから流れる。叱る台詞さえ、やさしい子守歌のように聞こえた。

母の指が、尻肉に食い込んだパンティの布を引っ張って直す。射精感がこみ上げた。陽一は左手に持ったストッキングを鼻に押しつけ、匂いを思い切り吸い込んだ。ツルツルとしたなめらかなパンティストッキングの質感を感じながら、痛いほどペニスを握り込み、根元から先端へと指を滑らせる。

「っく」

ふわりと昂揚が背筋を駆け上がった。陽一は腰を突っ張らせた。パンティストッキングを離して、こたつの上のティッシュボックスから素早く数枚摑んで、亀頭の上に被せた。間を置かずにドクンドクンと熱い樹液が噴き上がった。

「ママ……いっぱい出る、うう」

陽一は息を喘がせて、つぶやいた。白のセーターを着た母を、快感にとろけた目で見つめる。胸のゆたかな膨らみはセーター越しでも一目瞭然だった。

陽一がデジタルカメラを構えていたせいで、母は昨夜、ブラウスを脱がなかった。ブラジャー姿を撮影できなかったことを惜しいと思う。

(また今度撮ればいい)

陽一はさらにティッシュを取って、ペニスに被せた。

(三回目なのに、こんなに……)

白濁液は、ティッシュで吸い取れないほど漏れ出てくる。昨夜の動画を見ながら三度目の射精だった。母を汚しているという暗い愉悦が、興奮と射精量を高めていた。

(ひどい息子だ……自分の母親をおかずにして。汚れた下着まで使ってまともじゃない)

欲情するのは母だけだった。クラスメートの女子や、友人の母を見ても特に性衝動は湧き上がってこない。

母の藍子は美人だと思う。スタイルも抜群だった。胸やヒップはボリュームがあり、ウエストはきゅっと括れている。

母はぴったりとしたパンツやスカートを穿くことが多かった。キッチンに立つ母の後ろ姿を眺めているだけで、陽一の陰茎は硬く張り詰め、こっそりとこたつのなかで勃起を握りしめてしまう。

「ねえ、陽くん」

母は料理をしながら、時折こたつにいる陽一を振り返って話しかけてきた。その時、ウェーブの掛かったふわりとした髪がゆれるのが好きだった。

冗談を思いついた時に、長い睫毛の下で瞳をくるんとかがやかせるのが好きだった。

ふっくらとした唇から漏れる、楽しげな笑い声が好きだった。

(ママに、こんな息子だってわかったら軽蔑されるよな)

動画を見つめて思う。着替えのシーンを撮影されても、藍子は身体の向きを少し変えるだけで、隠そうとはしなかった。試し撮りの動画が、息子の自慰の材料にされているなどと母は露ほども思っていないだろう。

（最低だ……）

陽一は陰茎を下着のなかに戻すと、ジーンズのファスナーを引き上げた。

汚れたティッシュは、匂いが漏れないようビニール袋に入れてきつく口を縛り、明日の朝出すためにまとめてあるゴミ袋の底に、隠すように捨てる。

（それにしてもママ遅いな）

時計を見る。午後十一時を過ぎていた。飲み会があってもいつもなら十時前に帰ってくる。それ以上に遅くなるなら電話で連絡してくるはずだった。

陽一はパソコンの電源を落とすと、壁に掛けてあるジャンパーを着た。駅まで迎えに行ってみるつもりだった。

マンションの一階まで降りた時に、一台の車がマンションの前で止まるのが見えた。社名表示灯がついていた。タクシーだった。陽一はタクシーに向かって近づく。

「ほら無事についたよ。なにもしないって言っただろ」

後部座席からスーツ姿の男が出てくる。一緒に降りた女性を抱きかかえるようにして支えていた。

（ママッ……）

着ているコートや体つきで、すぐに母の藍子とわかった。

「は、離してください」

「ぐでんぐでんに酔ってて、自分一人じゃ立てないだろ。ほら部屋まで連れて行ってあげるから、お礼に部屋でコーヒー一杯だけ飲ませてよ」

「家には息子がいますから」

「この時間だから、ちびっ子はもう寝てるだろ。それに俺は息子が横にいても別に気にしないから。さ、行こう。部屋はどこ？」

「こ、困りますわ」

タクシーの横で、二人が言い合っていた。深夜とあって声がよく通る。

「ふふ、コーヒーだけだって言っただろ。親切な上司をここで追い返したら大変なことになるぞ」

欲望が滲んで見える男の口ぶりに、陽一の頭がカッと灼けついた。

「お母さんっ」

陽一は駆け寄ると、男の手から母の身体を奪い取った。男が驚いた顔で、突然現れた陽一を見る。

「え？　え、息子さん？」

「初めまして。母の会社の方ですね。今夜は母を送り届けていただき、ありがとうございました」

母の身体をぎゅっと抱いたまま、陽一は男に会釈をした。

「こんな大きい子だったのかよ。浅倉さん若いから、子供っていっても小学生くらいかと……」

そこで男はハッとした相になり、発車寸前のタクシーのウインドウをバンバンと叩いた。タクシーのドアが再び開いた。

「で、ではこんな時間だから、わたしは失礼するよ」

陽一の方を見ることもせず、男はタクシーにそそくさと乗り込んだ。

母は足元がおぼつかない状態だった。陽一は肩を貸して、五階の部屋まで母を連れ帰った。

「ごめんね。無理に飲まされて」

赤く染まった顔で、母がつぶやく。身体からはアルコール特有の甘ったるい匂いがした。

「災難だったね。すぐに休むでしょ。ふとん敷くね」

「寝る前にシャワーを浴びるわ」

「平気なの？」

浴室で倒れるのではと陽一は心配そうに見る。

「べたべたさわられて不快だから」

そう言って母はふらふらとした足取りで浴室に向かった。だめとは言えなかった。陽一は新しいタオルを取りに戻ると、脱衣室へ運んだ。

「ママ、バスタオル、ここに置いておくよ」

「ありがとう」

磨りガラスの向こうから、母が返事をする。陽一は母の脱いだ上着とスカートを拾い上げた。その横にはバッグもあった。

「スーツとバッグ、向こうに戻しておくからね」

シャワーの音で聞こえないのか、母の返事はない。バッグを持ち上げようとして、ちょこんと飛び出た封筒に気づいた。バッグの口が開いていた。ふと気になって陽一は封筒を見る。差出人は父方の祖母だった。

（おばあちゃん？）

父方の祖母が母と連絡を取っていたことを、陽一は知らなかった。

音を立てないよう、手紙を取り出して開く。流し読みをした。祖母の達筆な字で、祖父母の元で暮らしている父、鷹夫のようすが書き綴ってあった。

陽一の目は末尾の一文で止まった。

『血の繋がりのない義理の息子の面倒を一人で見るのも、さぞご負担でしょう。以前から言っているように、陽一をうちで面倒見ても構いませんよ。藍子さんにとっては他の女の生んだ子です。藍子さんが望むのであれば、すぐに引き取りにうかがいますから』

(義理の息子? 誰が?)

陽一は手紙から顔を上げた。磨りガラスの向こうへとゆっくり目を移す。

(ママと僕は血が繋がってない?)

シャワーの音が聞こえた。それは陽一の身体のなかから、大事なものを押し流す水の音に聞こえた。

3

祖母からの手紙を手にしたまま、陽一は立ち尽くしていた。

「マ、ママ、この手紙の内容って――」

思い切って浴室に問い掛けた。だが途中で口元が強張る。

(他の女の生んだ子ってことは、僕は父さんとは血が繋がってるけど、ママと僕は他人?)

これまで暮らしてきた母子の日々を否定するような事実を、受け入れたくなかった。

(……あ、あれ?)

磨りガラスの向こうの異変に、陽一はようやく気づいた。人の動いている気配はなく、一定の湯量のシャワーがタイルに当たる音のみが聞こえる。

「ママ?」

陽一は磨りガラスのドアを開けた。母は洗い場に座り込み、背を湯船の縁にもたれかからせていた。首はがっくりと前に折れ、足に出しっ放しのシャワーの湯が当たっていた。陽一は浴室に入った。母の肩を掴む。

「ママ、だいじょうぶ?」

「う、う……ん」

酒精の巡った赤い美貌が、眠たそうに声を漏らした。

(お酒のせいで、寝入っちゃったのか)

父が泥酔する姿は何度も見た。それと似た母のようすに、陽一はホッと息を漏らした。シャワーを止めてからバスタオルを持ち込み、母の裸身をくるみこんだ。抱え上げる。

（ママってこんなに軽かったんだ）

三十六歳の身体の軽さに驚きながら、寝室へと運び込んだ。いったん畳の床に母を寝かせて、布団を敷く。

（濡れた肌を拭かなきゃ）

滴の垂れる女体を、布団の上へと移動させながら陽一は思う。

その前に自分の湿っているシャツを脱いだ。シャワーの湯が掛かり、下に着ていたTシャツもぐっしょりと濡れていた。陽一はTシャツも脱いで、上半身裸になった。

「ママ、濡れたままだと風邪引くから拭くね」

声を掛けて、乾いたタオルで母の手足の滴を拭いた。酒とシャワーで血行がよくなり、色白の肌は鮮やかな桜色に染まっていた。

（手紙のこと、聞きたかったのに）

祖母からの手紙を盗み見た混乱は、未だおさまっていない。藍子が実の母であることを、疑ったことがなかった。

(友だちの母親より、若いとは思っていたけど)

三十六歳の藍子は、自分を十九歳の時に生んだことになる。保護者の参加する授業参観や文化祭、運動会で藍子の若さは際立っていた。

(卒業してすぐに出産なんて、ママらしくないよな)

十代で妊娠出産するような思慮の乏しさは、藍子らしくない。

陽一は母の頬にさわった。化粧は落としてあった。陽一は、笑うとやさしげに垂れる目尻に指先でふれ、水滴を拭った。すべすべとした肌は温かい。スースーと小さな寝息を立てていた。

(僕以外の男の子に、笑顔を向けないでって思ったな)

『お前んちのママ、きれいだな』

友だちが遊びに来れば、決まってそう言った。小学校の低学年の頃はまだ良かった。きれい、美人、女優みたい、母への褒め言葉は単純にうれしかった。しかし小学校の高学年になるにつれて、素直に喜べなくなった。

『浅倉のお母さん、すげえ色っぽい』

形容が変化し、母を違った目で見られる事への嫌悪や不快感が生じるようになった。

(僕と遊ぶんじゃなくて、ママが目当てで家に来るやつだっていたし。僕だけのママなのに)

母の通った鼻筋にさわり、ふっくらとした唇にふれる。春の日なたのような母の笑みを、独り占めしたかった。

男性教師は、家庭訪問や保護者面談で藍子を見ると目つきが妖しくなり、挙動不審になった。一緒に買い物に行けば、通りすがりに男がじろじろと眺めているのがわかる。

そして今夜、母は男の上司に狙われていた。

(あんなやつに、このおっぱいを揉ませて)

車外へと引っ張り出される母の姿が、脳裏に残っている。上司は、母の脇に手を入れて身体を支えていた。その指先は、すくい上げるように胸の膨らみを摑んでいた。

「ママ、バスタオルを取るよ。この下も拭かなきゃ」

陽一は小声で告げてから、蛍光灯の紐を引いた。一番小さなオレンジ色の光だけにする。裸体に巻き付けたバスタオルに手を掛けた。薄暗くなったことで、大胆になれた。

バスタオルをはだけると、乳房がぷるんと、弾けるように露わになった。丸い膨らみはゆたかに盛り上がり、乳頭はピンと尖って上を向いていた。腰の方もタオルを外す。当然、パンティを穿いていない。漆黒の翳りが足の付け根に見えた。腰つきは悩ましく張り出し、ウエストはきゅっと括れている。

（ママの裸……）

共に暮らしていても、剝き出しの裸身をじっくり見る機会などない。一緒に入浴をする習慣は、小学校二年生で卒業した。陽一の陰茎に血が凝集し、息遣いが早くなる。上半身裸になっているが、寒さは感じなかった。

「拭くね」

陽一は囁き、乳房の丸みにタオルを押し当てた。

（やわらかい）

ぷるんとした触感が指に伝わる。我慢できずにタオル越しに、乳房を軽く摑んだ。丸みに指が沈み込む。こらえきれずに指先を遣った。ふるふると肉丘がゆれた。母の寝息に変化はない。陽一はタオルを外した。直接指でさわる。

（あったかい。これがママの）

すべらかな肌とソフトな弾力は、少年の欲望を鷲掴みにする。快い手触りが勃起をさらに硬くさせた。興奮の先走り液がたらたらと漏れて、下着を濡らした。

「エロいおっぱいして」

隣の大学生と同じ台詞が、自然と喉からこぼれた。欲望の滲んだ台詞を口にしたことで、熱い衝動が明確になる。胸肉を摑んだ陽一の指に、力がこもった。指を開いて摑み直し、また肉丘を絞り込む。とろけるような揉み心地だった。陽一の口から、ハアハアと乱れた息が漏れた。

(母親だからって僕は我慢していたのに、あんな男に揉ませて)

見知らぬ男に母の乳房を揉みしだかれたと思うと、脳がカッと焦げ付く。嫉妬心がさらなる充血を促し、著しい膨張を引き起こした。

ずっと恋心を抱いていた。実の母を性的な目で見る自分をおかしいのだと思っていた。一日穿いた母のパンティの匂いを、こっそり嗅いだこともあった。タイトスカートに包まれた丸いヒップを見て、欲情する自分を異常だと思っていた。同級生や年若いアイドルでなく、母を思い浮かべて自慰をする自分を、許されない存在と思っていた。

「んっ」

母が呻きを発した。陽一は慌てて手を引いた。息を殺して、陽一は横になった母を見つめた。長い睫毛のまぶたは、落ちたままだった。

(危ない。強く揉みすぎた)

ジーンズの前が突っ張って苦しかった。陽一は左手でファスナーをジーッと引き下げた。下着の生地を押し上げて、勃起が外へと飛び出てくる。

(そ、そうだ。デジカメ——)

買ったばかりのデジタルカメラの存在を陽一は思い出す。隣の居室に取りに行き、レンズを母の裸身に向けた。

シャッターを切る。カシャッと音が鳴った。静かな室内に、シャッター音は驚くほど大きく響いた。

(だめだ。ママに気づかれる)

撮影したばかりの画像を確認してみる。オレンジ色の常夜灯だけでは光量が足らず、液晶画面には真っ暗な画が映っているだけだった。

(明かりをつけるか、フラッシュをたかないと)

だが突然照明をつけたりフラッシュの光を浴びせれば、朦朧としている母の意識を呼び覚ますことになるかもしれない。

(動画にしたら？　光量が足らなくて一緒か)

試しに陽一は、動画の録画ボタンを押してみる。その時、母の右手が動いて、陽一の左手首を摑んだ。陽一は息を呑んだ。

「寒い――」

母が手を引っ張った。仰向けになった母の裸身の上に、上半身裸の陽一の身体は引き込まれた。デジタルカメラが手からこぼれ落ちる。

「ふふ、陽ちゃんっ」

藍子の手が陽一の背に回り、抱き締められる。陽一はビクビクとしながら、次の母の行動を待った。だが静かな寝息しか聞こえてこない。

(寝ぼけただけ……)

陽一は止めていた呼吸を再開した。息を吸うと熟柿の香りに混じって、母の甘い体臭がした。

(密着して、おっぱいが当たってる)

陽一の顎は、母の肩に当たっていた。やわらかな髪が鼻先をくすぐり、ボリュームある乳房は、陽一の胸板に直接擦りついていた。

(小さい頃、こんな風に何度も抱き締めてもらったのに)

吸いつくような柔肌、ふんわりとした女体の心地は、安らぎと共に十代の欲望を喚起する。

（離れなきゃ）

母の腕をほどき、身を起こして布団を掛けてやればいい。そうすれば何事もなかったように明日の朝を迎えられる。だが三十六歳の温かな肉体は、少年に最善の方法を取らせてくれない。

（ああ……くそっ）

香水と母の体臭が混じって、たまらなく良い匂いがする。陽一はウェーブのかかった髪を撫でた。髪のなかに鼻を埋めると、酒の席で染み込んだのだろう、ほのかにタバコの香がした。

「ママ、僕が駆けつけなかったらどうしたのさ」

陽一は耳元で告げた。怒気の滲んだ声に反応したのか、母の腕がぎゅっと抱きつくように動いた。

「あの上司の男、名前はなめかわ……滑川だっけ？　僕が寝ていたら、あの男をこの部屋に連れ込んでいたよね。僕とママだけの大切な空間に」

陽一は顔を上げて、母の顔をのぞき込んだ。常夜灯に照らされる美貌は目を閉じ、口元も薄く開かれていた。上唇を人差し指で撫でた。

(無理矢理、酔わされたんだってわかってる……だけど)

仕事には酒のつきあいも必要なのだろう。すべては自分の学費のため、二人の生活費のためとわかっている。

(ママだって好きで、酒の席に出ているわけじゃない)

陽一は母の肩を摑んだ。自分より肩幅はなく、ほっそりとしていた。

母を守りたくとも、学生にはその力がない。それが歯がゆくもどかしい。自分が働き、母を養ってやりたかった。

(きゃしゃで、力を入れると壊れてしまいそう)

「あなたが、助けてくれるって信じてたもの」

母が小さくつぶやいた。先ほどの陽一の声に寝ぼけたまま反応したのだろう、相変わらず目は閉じたままだった。

(僕を頼りにしてくれていたんだ)

陽一の胸に熱い感情がこみ上げ、体温が高くなる。陽一は自分の口を、藍子の唇にそっと重ねていった。

(ママとキス……)

ファーストキスだった。軽くふれ合わせたまま、母の唇を感じる。

（ほんとは、ずっと家のなかに閉じ込めておきたい）

「結婚の約束、覚えてるよ」

口を引き上げて、陽一は囁いた。

夕食時に母から言われた時は誤魔化したものの、プロポーズをした日のことは、はっきりと覚えていた。テレビに映った白の花嫁衣装、ウェディングドレスをまとった女性は美しかった。だが母が同じ衣装を着ればより可憐で艶やかだろうと、幼い頭で思った。

「ママは、〝よろしくお願いします〟って言ってくれたよね」

陽一にしあわせそうな笑みを向けて、母は結婚の申し込みを受け入れてくれた。幼い息子との他愛のない約束のつもりだったのだろう。

陽一は右手を下にやった。下着の前をずり降ろして、ペニスを外に出した。痛いほど陰茎は充血し、先走り液が溢れていた。母の股間にとろっと滴が垂れ落ちていく。

（ごめん。いい子ぶっても、所詮こんなひどい息子なんだ）

「約束は約束だよ。この身体を僕は予約したんだ。いつか僕のモノにするって」

陽一は母の太ももに手をやり、膝を立たせて足を開かせる。母の肉体は抵抗しない。両足は左右に広がった。

（……いや違う。僕はママの息子じゃないんだ）

今夜知った血縁ではないという事実、その衝撃が愛情をねじれさせ、許されない欲望を肥大させる。少年の右手は、己のペニスを握った。

「ママが正気に戻った時、いっぱい謝るから」

祖母の手紙の内容を、はっきり確かめたわけではない。自分の勘違いの可能性もある。だが大きな間違いを犯すかもしれないと思っても、止まれなかった。

「いいよね？」

耳に口を近づけて、陽一は震え声で尋ねた。

「ん……」

母がか細く呻いた。昂った少年の耳には、母が許しを与えてくれたように聞こえた。

（場所は……）

こっそり見たことのあるアダルトビデオの映像を思い出しながら、母の股間にペニスを近づけた。先端が母の身体に当たる。切っ先を上下左右に動かして、入り口を探した。

「あっ、入って」

先端が、やわらかな粘膜の間にヌルッと嵌まり込むの感じた。仰向けになっている母の肢体が、背筋をピクッと反らした。

(ママのなかに入ってる)

角度が悪いのか、それ以上奥に入っていく感じがしない。陽一は棹のなかほどを握り、意識を集中しながら狭穴への挿入角度を調節した。亀頭は、先走り液でねばねばと滴っている。入り口で先端を蠢かしていると、引き攣る感覚は薄れていった。試しに腰を沈めてみる。勃起はスムーズに呑み込まれていった。

(ああ、これだっ)

温かな嵌入感、甘い引っかかりととろける包み込みが、少年の腰に経験したことのない快感を生じさせる。

「あ、ううっ」

陽一の口からは、愉悦の呻きがこぼれた。根元まで嵌まっていた。

(気持ちいい)

正常位で繋がっていた。結合の感動は雄々しい膨張を引き起こし、射精感を誘う。腰に力を入れて、陽一はこみ上げる放出欲を堪えた。

「あん、んふ」

挿入を感じているのか、母が肩をゆすって腰を捩る。薄く開いた口から、吐息が漏れた。陽一は母の肩を両手で摑んで引きつけた。肉茎がさらに埋没し、被さった少年の腰が、無警戒な母の足を容赦なく開かせた。突き進んだ亀頭が、母の奥をコツンと小突く。

「あ、ああんっ」

首を仰け反らせて、紅唇が嬌声を奏でた。母の指先が陽一の背を引っ掻く。

(ママ、こういう声を出すんだ)

一度も聞いたことのない艶めかしい音色だった。

(僕のモノを感じてくれてる)

息子に貫かれて、母の肉体が反応をしていた。陽一は吸い寄せられるように、酒の匂いのする口を吸った。キスをしながら出し入れを行う。膣内にヌメッた液が溢れていた。抽送はなめらかになり、粘膜の擦れる快美も上昇していく。陽一の腰遣いはそれに合わせて速くなった。

「ん、んふ」

母が切なげに喉で呻く。太ももが陽一の腰に当たり、充血した陰茎に温かなヒダ肉がきゅっきゅっと絡みつく。興奮の液が尿道を通って、母のなかに漏れ出た。

(カウパー氏腺液のなかにも精子が混じっているって、保健体育で習ったのに)

陽一の胸に罪悪感がこみ上げる。だが腰振りの動作が止められなかった。母と交じり合う至福は、罪の意識を遙かに越える。

髪をゆらして、母が首を横に倒した。キスの口が外れた。

「よ、陽ちゃん」

オレンジ色の常夜灯が、悩ましく歪んだ母の美貌を映し出していた。薄く開いた瞳は涙で濡れ、陽一を見ていた。

(ママ、目が覚めた?)

胸がヒリヒリとする。陽一は身を起こした。背中に回されていた母の手が、布団の上に落ちる。母を見下ろしながら、また腰を遣った。

(まだぼんやりしてる)

息子の顔を見ても、母は慌てたようすを見せない。このセックスが現実だと認識していなかった。陽一はぐっと男性器を沈めこんだ。眉間に皺を寄せて、母のまぶたが落ちる。

「あっ、あああんッ」

色っぽい声が、寝室に大きく響いた。母の両手はシーツを掴んでいた。

「声が隣に聞こえちゃうよ」

陽一は母の口元を右手で塞いだ。そのまま抜き差しを行う。

（ママを無理矢理、犯しているみたい）

男である以上、征服欲は否定できない。劣情にまかせて鋭く突き立てると、乳房が縦にゆれ、腰が悶えるように左右に蠢く。滲み出た汗で、双乳や下腹はヌラヌラとかがやいていた。

（ママ、きれいだ……ああ、だめだ。抜かなきゃ）

灼けつく射精感が、すぐそこまで迫っていた。

「ん、むふん」

鼻から甘えるような息を漏らし、母が紅唇を広げて陽一の指を舐めていた。唇で指を咥え、ちろちろと舌を伸ばして、絡ませる。陽一は母の口のなかに指を差し込んだ。人差し指と中指、二本の指を母は吸ってくる。温かでやわらかな粘膜の感触は、くすぐったくも快かった。舐め愛撫の感覚は肉棒抽送の快楽と混じって、少年を追い詰める。陽一は唸りをこぼした。

（で、でるッ）

腰を引こうとする。だが母の足が阻むように陽一の腰に巻きついていた。

「だめだっ」

陽一は絶頂感を耐えながら、呻いた。母の手が陽一の太ももをさわる。抜かないでと、訴えているように思えた。

「あっ、ああっ、ママッ」

肉体が限界に達し、ふわりと浮遊感が腰に生じる。次の瞬間、尿道を精液が駆け上がり、視界が黄色に染まった。噴き出た生殖液が母の膣内に吐き出される。母の太ももが、陽一の腰をぎゅっと締め付けていた。口に含んだ指を舐め回し、鼻にかかった嗚咽を漏らしていた。

（ママのなかに射精してる）

後悔に苛まれながらも、陽一は身の震えるような悦楽に身を任せる。興奮が大きかっただけに、放出悦は著しい。尿道を精液が通る度に腰が戦慄き、それを感じて母も腰をビクンビクンとゆする。

「ママ……」

母の濡れた瞳が、陽一を見上げていた。陽一は指を引き抜いた。唾液で濡れた指が、オレンジ色に光る。

「これは夢？　陽ちゃんとしているなんて」

母がかすれた声でつぶやいた。まだ意識がぼんやりしているのがわかる。汗の浮かんだ美貌に、緊張は浮かんでおらず、両足は陽一の腰に絡んだままだった。

「そうだよ。夢だよ」

陽一は母の手を摑んで、上体を引き起こした。あぐらをかき、膝の上に女体を抱えあげた。

「ゆめ……」

母が陽一の首に腕を回し、しがみついてきた。母の重みと温もりがうれしかった。陽一は母の腰に手を回して自分の側に引き寄せた。ボリュームある乳房が陽一の胸に、やわらかに当たる。

(すごい。奥まで入ってる)

向かい合っての座位は、正常位よりも挿入が深い。膣奥に先端が当たっていた。

陽一はしばらく身動きせず、母と抱き合う心地を嚙み締めた。母は目を閉じて陽一の肩に頬を押し当てていた。また眠りに落ちたのかもしれない。室内の冷えた空気が、母子の濡れた背肌を撫でていく。

「夢だったよ。ずっとこうなりたいって望んでたんだ」

陽一は反動をつけて、膝上の女体をゆすった。精液の注がれた膣のなかを、ペニスが抜き差しされる。

「あ、ん、ふっ」

母が喘ぐ。少年の陰茎は、吐精をしても萎えることなく硬度を保っていた。亀頭のエラが膣粘膜を擦り、先端が子宮口を叩く。母の色っぽい吐息が、陽一の首筋に当たっていた。

「ママ、好きなんだ」

陽一は母の細顎を手で摑み、自分の方に向かせた。キスをする。母の鼻息が口元をくすぐった。

(ママと血が繫がっていないなんて、もっとショックのはずなのに)

藍子が実母でないという寂しさは、時間を置いて生じるのかもしれない。今は喪失感よりも、血縁の禁忌を避けて藍子に愛情をぶつけられるという悦びの方が大きかった。

陽一は口を開けて、舌を差し出した。

「あん、陽ちゃん……」

母も口元をゆるめて応じてくれる。陽一は母の紅唇のなかに舌を潜り込ませた。溢れた唾液が、酒精の甘い芳香が漂うなか、母の舌がヌルヌルと擦り付いてくる。溢れた唾液が、陽一の口にまで流れ込んできた。

（ディープキスしてる）

母の唾液を陽一はコクンと呑んだ。濃厚な口づけが、官能を加速する。陽一は母の尻肉を掴んで、大胆にゆさぶった。三十六歳の裸身は、縦に大きくゆれた。乳房を弾ませ、跨いだ太ももで陽一の腰を締め付けてくる。膣穴はきゅっと絞りを強め、陰茎に絡みつく。熱い塊が陰嚢の裏までせり上がっていた。

「なかいい？　安全？」

陽一は舌を引いて、尋ねた。

「え、ええ。だいじょうぶ……」

返事は期待していなかった。だが母は、少年の安堵する言葉を返してくれる。

「ママ出していいの？　いいよね？」

「ええ。なかにちょうだい。あンッ」

母は淫夢と思っているに違いない。誘導するような陽一の声に合わせた台詞を発して、陽一の首にひしとしがみついてきた。すがりつく仕草が、母への愛しさを募らせた。

「ママ……出すよッ」

絶頂感がやってくる。母の口にキスをしながら陽一は叫んだ。

「あんっ」

母が自ら腰をゆらして、摩擦を強めた。母の淫らな腰遣いが最後の後押しとなった。
(イクッ)
陽一は臀丘をぎゅっと摑んで、劣情を解き放った。腰の痺れる快感が迸った。

母が腕に力を込めて、密着を深める。喉で官能的な音色をこぼし、乳房を押しつけてきた。

「んっ、あんッ、出てるッ」

射精を悦ぶように丸いヒップはヒクヒクと蠢き、粘膜は収縮を強めてペニスに絡んでいた。射精感の鋭さが増す。

(さっきオナニーで、三回射精しといてよかった)

母の体内に注ぎ込む至福を味わいながら、陽一は思う。

腕に抱いた肉体を、白濁液まみれにすることを夢想して何度も何度も手淫した。たっぷり溜まった状態であったなら、きっと朝まで母を離さず、欲望に任せて貫き続けていたことだろう。

「ママ、ごめんね」

陽一は謝り、また母の口を吸った。血の繋がりがないとしても、母として慕ってきた大切な時間を、自分がだめにしてしまったことは間違いなかった。

「陽ちゃん」

母が鼻から甘えるような息を漏らして、口を吸い返してくる。尖った乳首が胸に当たる。この幸福がずっと続けばいいのにと願いながら、陽一は母のやわらかな肉体を抱き締め、残りの精液を膣腔へと流し込んだ。


藍子が目覚めた時、横に敷かれた布団のなかに陽一の姿はなかった。

(わたし、寝る前に陽一の朝食を作ったかしら)

早起きして早朝アルバイトへ出かける陽一のために、おにぎりやサンドイッチなどの簡単な軽食を用意してから眠りにつく習慣だった。だが昨晩の記憶がはっきりしない。

(そうだ。昨日は会社の飲み会に出て――)

男性上司の歓迎会だった。しきりに飲酒を勧められ、断りきれずに杯を重ねることになった。

（無理に酔わされて……おかげでへんな夢を見た）

昨夜の夢は、思い出すのがはばかられるような内容だった。

アルコールが残っているのか、頭痛がする。身体も気怠かった。藍子は布団から手を出して、こめかみを押さえた。隙間からひんやりとした空気が布団のなかに入り込み、藍子はゾクッと身を震わせる。

（わたし裸だわ。なぜ裸で寝ているの）

パジャマも下着もつけていなかった。徐々に藍子の意識が覚醒してくる。パッと身を起こした。恐怖感が走る。

藍子は息子の姿を探すように、室内を見回した。枕元に紙片が置いてあるのに気づいた。

『ママ、おはよう。アルバイト行くね。昨夜はごめん』

（ごめん？）

謝罪の意味を理解するのに、時間はかからなかった。股間の感覚でわかる。久しぶりに性交をし、野太いモノを受け入れた余韻が身体に残っていた。

「わ、わたし、陽くんと」

右手を己の股間にやる。秘部を撫でた。ヌルリという手触りがした。手を戻して確認する。藍子は息を詰めて、しっとり濡れた指先を見つめた。

第二章　夜のおねだり【甘えん坊の息子】

1

午前七時過ぎに、息子はアルバイトから戻ってきた。

「ただいま。パン、もらってきたよ」

「……お、お帰りなさい。ありがとう」

普段と変わらない息子のようすに、咄嗟に問いただしの台詞が出なかった。藍子はいつも通りの朝を演じてしまう。

(昨夜のことを聞かねばならないのに)

寝室で制服に着替える息子をちらちらと見ながら、藍子はベーコンエッグとサラダ、ヨーグルトを掛けたフルーツ、そして陽一が持ち帰った焼きたてのクロワッサンを、食卓代わりのこたつの上に並べた。

制服姿になった陽一が、こたつに座った。

藍子は既に身支度を済ませて、スカートスーツに着替えている。エプロンを外して向かいに腰を下ろした。母子の朝食が始まる。

「今朝のベーコン、やけに黒いね」

「ごめんなさい。焦がしちゃって」

「カリカリのが好きだから、だいじょうぶだよ」

（ベーコンエッグを焦がした理由、陽一だってわかっているでしょう?）

藍子は手に持っていたクロワッサンを皿に置いて、息子をじっと見た。うやむやにはできない。母子で交わりを持つなど、異常だった。

（躊躇っていないで、はっきりさせなければ）

「わたしと陽一……したのよね?」

藍子は切り出した。その話題を予期していたように、陽一がピタッと食事の手を止めて、居住まいを正した。

「うん。我慢できなかった。ごめんなさい」

息子が藍子に向かって頭を下げた。

（やっぱり。夢ではなかった）

母の紅唇からため息が漏れる。己の身体が鉛のように重くなっていくのを感じた。

「どうして？」

藍子は困惑の相で息子を見つめた。聡明な息子だった。相姦の罪深さが、理解できぬはずがない。

「ずっと好きだったんだ。ママのこと」

真っ直ぐな視線を返して、陽一が告げた。予期せぬ告白に、藍子は瞳を見開く。

「ま、待って。わたしたち親子なのよ」

「ほんとうに親子なの？　昨日、おばあちゃんからの手紙を見ちゃったんだ」

「おばあさま？　あっ、バッグの――」

こっそりやりとりしていた姑からの手紙を、バッグに入れていた。息子には見せるつもりのないものだった。

（陽一が知ってしまった）

藍子は細眉をたわめて、眉間に皺を浮かべた。

「母親に抱く感情じゃないって、ずっと自制していた。でも〝血の繋がりのない息子〟なら、仕方ないんじゃないかって、手紙を読んで思ったよ。世間的には許されないことだってわかってるけど、昨夜は抑えられなかった」

陽一はそこで黙り込んだ。藍子もしばらく無言になった。

（いつか話さねばならないことだった。でもこんなタイミングでやってくるなんて）

隠していた過去を話す時が来ていた。藍子は口を開いた。

「おばあさまの手紙の通りよ。陽一を生んだのは、パパの前の奥さま、清美さんなの。あなたが一歳の時に、車の事故で亡くなられたわ」

陽一の実母清美は、夫鷹夫が運転する車に乗っていた時の追突事故で亡くなった。原因は夫の居眠り運転だった。

「パパは軽傷で済んだのだけど、清美さんは打ち所が悪くて。……ショックよね。ほんとうのお母さまがもうこの世にいないなんて、急に知らされて」

「一歳か。僕は車に乗ってなかったんだ」

「ええ。あなたはおじいさま、おばあさまのところでお留守番だった」

「その後父さんは、ママと再婚したってこと？」

藍子は首肯すると、立ち上がって押し入れを開けた。

「わたしが籍を入れたのは、あなたが四つになる前よ。わたしにほんとうの母親のように懐いてくれていたから、パパやおじいさまおばあさまと話し合って、あなたが義務教育を終える頃に清美さんのことは話すと決めたの。でも中学校を卒業する前に、わたしと陽一、二人で家を出ちゃったでしょ。だから伝えるタイミングを失ってしまって……」

衣装ケースのなかにアルバムがしまってあった。それを取り出して陽一の元へ持って行く。

「清美さんの写真よ」

息子の隣に正座して、アルバムを広げて見せた。まだ赤ん坊だった陽一を抱く清美の姿、ベッドで眠る陽一と、それをのぞき込む清美と夫、しあわせな家族の場面がそこにあった。

「これがお母さん……」

陽一は初めて見る母の写真に、じっと視線を注ぐ。

「ええ。きれいな方でしょ。陽一と似ているわね」

切れ長の二重の瞳、通った鼻筋、細面の美貌は凜々しい雰囲気が漂っている。

「今まで黙っていてごめんなさい。お母さまのお墓参りだって、したかったわよね」

　どんな風に説明しようか、陽一と家族になった時から考えていた。上手にできただろうかと、藍子は不安の相で息子の反応を待つ。陽一がゆっくりと面を上げ、藍子を見た。

「今度、お母さんのお墓に連れて行ってくれる？」

　陽一が手を伸ばして、膝上に置いていた藍子の左手に被せた。藍子はその上に自身の右手を重ねた。

「ええ。もちろんよ。……わたしは確かに義理の母親だけれど、あなたのことはわたしの生んだ息子と思って接してきたつもりよ」

「わかってる。だから僕だってママへの気持ちは表に出さないって決めてた。でも……。好きって言われて、ママいやだった？　迷惑？」

「いやとか、そういうことじゃなくて……。義理であっても母親と息子なの。それはどうしても変えられない事実なのよ」

　陽一の手に力がこもった。母の指の股に指を差し入れ、絡めてくる。じっとりとした熱を感じた。

「これからママに好きになってもらえるよう努力する。ふさわしい男になるよう、がんばるから。僕がママのこと、どれだけ大切に思っているかママに届くように」

「充分、届いているわ。アルバイトをしたり、家事の手伝いをしてくれたり……」

「僕にはママしか見えないんだ」

あまりにストレートな求愛だった。陽一が身を寄せてくる。手をほどこうとするが、陽一は強く握って離さない。

（本気なんだわ。だから、避妊をせずにわたしのなかで）

スーツに着替える前に、シャワーを浴びた。身体を洗っている最中に、陽一の残した体液が、股間からトロリと垂れてきた。粘った液は透明化していたが、青臭い匂いはそのままだった。

（量も多かった……）

藍子は正座した足の踵を、もじもじと動かす。精液の香を思い出しただけで、股の付け根が妖しく疼いた。

「昨日、何回したの？」

藍子は視線をそらして問い掛けた。

「二回、出した」

（あれは二回分の）

少年の活発な精子をたっぷりと注がれた事実は、三十六歳の女に脅えを生む。藍子は美貌を険しくして陽一を見た。もし息子の子を宿したりしていれば、取り返しがつかない。

「どうしてなかで出したの。結果を考えなかったの？」

諭すように訴えた。

「ママ、安全だったんでしょ」

「受胎をしにくい期間のはずだけど……なぜそれをあなたが知っているの？」

息子が自分の生理周期を把握しているのかと、藍子は顔色を変えた。強く腕を引いて、握られた手を振り払った。

「ち、違うよ。別に毎日ママを観察してたわけじゃないから、気持ち悪いとか思わないで。昨日ママが自分で教えてくれたんだよ。中出しはまずいと思って抜こうとしたらママが離してくれなくて。平気なのかって聞いたら、なかに出しても安全だって」

「そ、そんなこと……わたしが酔っていたからって、うそを言わないの」

藍子は声を上ずらせた。

「ママ、覚えてないんだ。ちょっと待って」

陽一がアルバムを横に置き、鞄に手を伸ばした。取り出したのは、一昨日買ったばかりのデジタルカメラだった。背面のスイッチを操作して、藍子に手渡した。

ザーッという音が流れた。

「映像は真っ黒なんだけど、音声だけは録れてた」

陽一の言う通り液晶画面は、暗闇しか映っていない。途中から、女の喘ぎ声らしきものが聞こえ始めた。

(わたしの声?)

藍子はデジタルカメラを持ち上げて、耳を近づけた。

『なかいい?　安全?』

『え、ええ。だいじょうぶ……』

問い掛ける陽一と、艶めかしい息遣いで答える自分の声がはっきり聞こえた。

「……う、うそよ」

藍子はつぶやいた。狼狽と恥ずかしさで顔が赤らんでいく。

『ママ出していいの?　いいよね?』

『ええ。なかにちょうだい。あンッ』

(ちょうだいって……息子を相手になんてことを言っているの。中出しをせがむなんて)

夫相手にも、そんな直截的な台詞を発したことはなかった。

「わ、わかったわ。これ止めてちょうだい」

みだりがましい己の声を聞いていられず、藍子はデジタルカメラを息子の胸に押しつけた。

(裸になって、陽一の上に跨がって……あれは現実だった)

夢と思っていた情景と喘ぎ声が結びついて、生々しい交わりの画が脳裏に描かれた。

『んっ、あんッ、出てるッ』

陽一が停止の操作をする直前、藍子の奏でる歓喜の音色が居室に響いた。

(なかに出されて、悦んでいる)

いたたまれない気持ちになり、藍子は俯いた。

息子の顔を見ることができない。湧き上がる羞恥と共に、下腹がじっとりとした熱を孕んでいく。三十六歳の肉体は、股の付け根に残る挿入感を忘れていない。

藍子はタイトスカートに包まれたヒップを秘めやかにゆらめかした。愛液の分泌を抑えるように、足の踵を秘唇にあてがった。

「もしかして、わたしからあなたを誘ったんじゃなくて？」

消え入るような声で、藍子は尋ねた。録音された甘い声音を聞くと、相姦を望んだのは自分の方からに思えた。夫と離れて暮らすようになってから、性交渉は途絶えている。己の肉体が、満たされていない自覚もあった。

「ち、違うよ。ママの意識が朦朧としてたから、僕が無理に。ママはなにも悪くないよ」

息子が慌てたように否定した。

「陽くん、やさしいからわたしを庇っているのじゃないの？」

藍子はうかがうように息子を見た。過度の飲酒のせいで、昨夜の記憶はおぼろげだった。帰宅した時間も定かではない。

「ほんとに僕から迫ったんだ。ママを送ってきた上司の態度に腹が立ってさ。酔わせてしまえばどうにでもなるって感じで、この部屋にまで強引に入り込もうとしてた。自分の母親が軽く見られているのが悔しくて、ママを他の男に渡したくないって思ったんだ」

「そうだったの。陽くんに迷惑を掛けちゃったのね」

上司の滑川がタクシーで送ってくれたことは、なんとなく覚えていた。

「ごめんなさい。あなたにも注意されたのにひどく酔っ払ってしまって……。帰りますって言っても、もう一杯飲まないとだめだって言ってなかなか帰らせてくれないのよ。周囲の人も助けてくれないし、そうこうしている内にどんどん酔いが回って、目の前がぐらぐらして。いい年をした女だから、少しくらい無茶してもだいじょうぶだって思っているんでしょうね。どうせ泣き寝入りするって」

「そ、そんなの――」

陽一が母の肩を摑んだ。母子は見つめ合う。

「ママのことは僕が守るから。僕にとっては一番大事な人なんだ」

息子が真剣な相で告げる。一心な眼差しに、藍子の方がひるんでしまいそうだった。

「陽一、落ち着いて」

陽一が藍子の顎に右手を添えた。藍子は陽一の胸に手をあてがって、押しとどめようとした。だが陽一は上から被せるようにして口を近づけてくる。

「あっ、だめ――ん、ふ」

制止の声は息子の唇によって消された。藍子は反射的にまぶたを落としてしまう。

(息子とキスなんて……でも昨日はキス以上のことを)

今更と思う感情が、抵抗を諦めさせる。藍子は目を閉じたまま、陽一が離れるのを待った。

陽一の舌先が、藍子の唇を舐めてくる。藍子は口元をきつく閉じて、口内への侵入だけは拒んだ。しばらくして陽一が口を引いた。母を吸いつくような目で見つめる。

(自分からキスをしたくせに、泣きそうな顔して)

まばたきを繰り返す瞳は、潤んでいた。謝罪と後悔の感情が透けて見える。

「ママ、ごめん――」

「もうこんな時間よ。遅刻をしちゃうわ。後は帰ってから話し合いましょう」

息子の言を遮り、藍子は壁に掛かった時計へと目を移した。

「あ、うん」

陽一が頬に添えていた手を引く。代わりに藍子は、息子の頬に手を重ねた。やわらかに包み込んだ。

「世間では受け入れられない感情を抱くのは、いけないことなの。今したようなことも、もうやっちゃだめよ。わかってくれるわよね」

藍子は静かに告げた。息子がうなずいて、肩を落とした。

「うん、しない。……僕だってママを困らせたいわけじゃないから」

「これまで通り母親と息子。わきまえて過ごしていきましょう」

藍子はやさしい微笑みを浮かべて、息子の頭をよしよしと撫でた。

2

日付の変わった深夜。隣の布団から、陽一が起き上がる気配があった。暗闇のなか、襖を開けて寝室から出て行く。

(あの子、また眠れないんだわ)

藍子は耳を澄ます。廊下を歩いて、浴室へ入るのが聞こえた。最近の陽一は、寝付けない夜に、シャワーを浴びに行くことが何度もあった。

(原因は、わたしなのでしょうね)

学業とアルバイト、そして家事の手伝い、陽一は毎日忙しく動いている。以前は布団に入れば、すぐに眠りに落ちていた。

(あの晩、泥酔して帰ってきたりさえしなければ)

二週間前の失態を、藍子は悔いる。正気であれば、陽一と相姦関係に陥ることもなかった。バッグのなかの手紙を見られずに済み、自分が義理の母と知ることもなかっただろう。

(陽一の成績だって、大きく落ちてしまった)

先週行われた期末テストの結果も、おもわしくなかった。これまで学年で十番以内に入っていたのが、五十番台まで一気に下がった。

(今からでも、じっくり話し合いをするべきなのかもしれない)

結局、帰宅してからの話し合いは行わなかった。藍子も陽一も、あの夜のセックスはなかったかのように振る舞っている。以前と同じ、母と息子の役割を演じることで、平穏を維持していた。

(このままじゃだめよね。ただでさえ陽一は睡眠時間が少ないのに)

息子がいつか倒れるのではという危惧がある。成績の下降を気にして、以前より勉強の時間を増やしていた。その分、睡眠の時間を減らして、目の下にくまをつくっている。

浴室のドアの開く音がした。陽一が寝室に戻ってくる。

「うう、さむっ」

つぶやきが聞こえた。寝室のカーテン越しに、わずかな月明かりが入っていた。息子の影が、隣の布団へと近づき、潜り込もうとしていた。

「陽一、眠れないの？」

藍子はパジャマ姿の上体を起こして、声を掛けた。隣の布団に向かって手を伸ばす。

「あ、ごめん。うるさかった？」

息子の手首に、指が当たる。氷のような冷たさだった。藍子は驚き、手の甲や指にさわる。どこも冷え切ってひんやりとしていた。

「あなた、水のシャワーを浴びていたの？　真冬になにを考えているの」

藍子は息子の腕を摑んで引っ張り、温かな自分の布団のなかへと引き入れた。スウェットを着た身体は、ブルブルと震えを起こしていた。藍子は息子の背から抱きつき、両腕を胸に回して、己の体温で包み込んだ。

「お湯がでなかった？　給湯器、故障でもしたの？」

「ううん。あの、平気だから」

「平気じゃないでしょ。こんなに震えて。無茶しちゃだめじゃない。水垢離のつもり？」

藍子は手を動かして、スウェット生地の上から肌を摩擦する。お腹の方へと動いた指先に、強張った感触がコンと当たった。

（これって）

女の右手はそこをこわごわとさわった。

「──あっ」

正体に気づいて、紅唇から声が漏れる。スウェットパンツを突っ張らせて突き上がっているのは、陽一の陰茎だった。

「そ、それが理由だよ。ママを襲っちゃいそうだから」

母の腕のなかで陽一が言いづらそうに告げた。冷たいシャワーを浴びて、劣情を鎮めていたのだとわかった。

「そ、そう。ともかく冷水を浴びるなんて止めなさいね。風邪を引くわ」

藍子が局部から手を引こうとすると、陽一が母の手首を掴んだ。藍子はハッとする。

「ママ、好きなんだ」

前を向いたまま、陽一が母の右手を握り締めて告げる。祈るような声だと藍子は思う。冷たい手が母の手を誘った。

「よしなさい、陽一」

藍子はか細い声で叱責した。女の手は股間の上に再び置かれた。息子は返事をしない。ただ勃起の上に母の手を押しつけ続ける。

(母親に、性器をさわらせるなんて)

息子の身体を抱いたまま、藍子は嘆息をこぼした。時間がゆっくりと流れていく。

藍子は根負けして、握り込んでいた指を開いた。男性器の先端を手の平に感じた。母の指の蠢きを感じて、陽一が喘ぐように息を漏らした。

「あなたの気持ちはわかっているわ――」

でも、という語は喉を通らなかった。陽一もいけない行動とわかっているだろう。だからこそ、冷たいシャワーで欲望を鎮めようとしていた。藍子は切っ先を握り込んだ。曲げた指が太さを感じる。

(硬い)

スウェットの生地越しに、温もりを感じる。冷え切った身体のなかで、そこだけは熱を保っていた。自分の鼓動が速まっていくのがわかる。

「陽くん、自分でしないの？」

暗がりのなか尋ねた。

（こういうことは聞くべきではないのに）

理性が警鐘を鳴らす。布団のなかで身を寄せ合っていた。距離の近さは、過ちを繰り返す危険を高める。不穏当な会話は避け、すぐに息子を布団のなかから追い出すべきだった。

「だって親子だからだめってママが」

「そうは言ったけれど、自分でする行為を禁じた意味じゃなくて」

「いいの？　ママをおかずにして」

息子が首を回して藍子を振り返る。吐息が母の口元に当たり、ドクンと手のなかでペニスが打ち震えた。藍子は生々しい感触に驚き、指を離した。

「おかずって……」

会話が止まる。性的な内容を喋るのは抵抗がある。

息子が身体の向きを変えた。藍子と向き合う。息子の瞳が、月明かりを反射して淡く光っていた。息遣いが近づいてくる。肩を掴まれた。

「だめよ。シャワーで、火照った身体を冷やしてきたんじゃないの？」

「うん」

息子は返事をしてそのまま唇を被せてきた。口と口がやわらかに擦れ合う。藍子は息を止めて、目を閉じた。

（またキスを）

避けようとしていた禁忌の関係に、また陥ろうとしていた。勃起が下腹に押し当たる。冷えていた息子の身体が、いつの間にかじっとりとした温もりを放っていた。

（長いキス……）

酸欠で苦しくなる。胸を叩いて合図をしようとした刹那、息子が口を引いた。

「さっきまで萎れてたよ。でもママが抱き締めてきたから。ママの匂い、あたたかな肌、やわらかな弾力……側にいるだけで充血がおさまらないのに、ママの匂いがこもった布団のなかに入ったら、どうにもできない」

（わたしが不用意だったの？）

息子の興奮を誘った原因は自分にあるとわかり、藍子は速い呼吸で酸素を取り込みながら、困惑の目で息子を見た。また息子の口が近づいてくる。母の唇をついばむようにキスした。

「や、やめなさい。こういうことはもうしないって――」

女の手の甲を鉄の棒が打った。藍子の指はそれをさわって確かめる。

「な、なんで表に出しちゃうの」

藍子は悲鳴を漏らした。陽一がスウェットパンツを降ろしていた。女の指に直接、剝き出しの陰茎が当たっていた。

「ママ、好きになってごめんなさい」

陽一が絞り出すように告げる。胸がぎゅっと締め付けられた。

（人を好きになるのは、悪いことではないのに）

なぜ自分は、息子にこんな台詞を言わせているのだろうと藍子は思う。

（やっぱりきちんと話し合うのだった）

「あなたはいつも、わたしを思い浮かべてしてたの？」

「そういうのって、やっぱり気分悪い？　気色悪いよね」

動揺と落胆の滲んだ声だった。同情心が疼く。

「違うわ。責めているんじゃないのよ。女性は他にもいっぱいいるのだから、わたしに拘らなくとも、と」

（もてるんだから、わたしなんか好きになることないのに）

義理の母であり、年も大きく離れている。恋心を抱いても、誰にも祝福されない茨の道だった。だが陽一は当然、そんなこともわかっているのだろう。

（わたししか見えないというこの前の言葉は、誇張ではないのね）

愛の告白が、再び女の胸に迫る。

（一生懸命で、一途で……）

藍子はペニスの先端を指で包み込んだ。高熱が指腹を通して伝わってくる。

「え？」

性器をさわる母に、陽一が驚きの声を漏らした。

（苦しそうなほど、張り詰めてる。ずっとオナニーをしていないのよね）

帰宅をしたときに、室内に生臭い独特の香が漂っていることがある。そんなときの陽一は、やけに丁寧に洗面所で手を洗い、藍子に接する態度がどこかよそよそしい。ああ、処理をしたのだなと、わかった。

（確かにこの二週間、そういう雰囲気はぱったりと消えていた）

恋愛感情を抱くなと藍子に言われて、陽一は自慰まで禁止されたと勘違いしていた。

「ママ、いいの？」

「世間ではだめでも、ここにはわたしと陽くんしかいないから」

指先でくるんだ亀頭部分を撫でながら、藍子は告げた。

(なにを言っているのわたしは……)

布団のなか、藍子は右手をさらに差し伸べた。亀頭の括れを擦り、棹腹へとすべり降りていく。胸に生じる惑いを置いてきぼりにして、女の細指は少年の勃起にしっかりと絡みついた。

(エラが張って……ああ、大きいわ)

二週間前の夜は、過度のアルコールに浸かっていた。意識のはっきりした状態で、息子の充血した男性器にふれるのは初めてだった。

(昔は、もっとかわいらしかったのに)

小学校の低学年までは、一緒に入浴もしていた。包皮を被っていた頃を思い出しながら、藍子は棹腹に巻き付けた指を上下に動かした。せり出した傘の部分に、指が引っかかる。自分の知らない硬さ、自分の知らない偉容ぶりにふれて、藍子の手は強張った。

(十代の子はこんなに引き締まって、カチカチになるものなの。夫とは……鷹夫

さんとはまったく違う)

焦燥と緊張が湧き上がった。この張り詰めた劣情が、己に向けられているのだと思うと、成長ぶりを喜ぶ余裕は失われる。

(先走りの液がいっぱい。あれから禁欲していたんですものね)

陽一の申告通りなら、二週間分の欲望が溜めこまれていることになる。先端は粘液まみれだった。そっと撫でているだけで、新たな液がヌルヌルと滴ってきた。

「……こんな状態じゃ寝られないわよね」

吐息混じりのつぶやきが自然と漏れた。藍子は握り締めたモノを擦りながら、息子をうかがうように見る。

「気持ちいい？」

「う、うん。ママ」

息子が首をゆらした。呼気は乱れ、声が震えていた。興奮は丸わかりだった。

「ママがしてあげるから、早く済ませてしまいましょう。我慢してはだめよ」

息子に性的な奉仕を行うという良心の呵責が、せき立てる台詞を口にさせた。

細指をさらに絞り込み、摩擦の速度を上げた。硬い手応えと同時に、カウパー氏腺液がトロッと溢れ出て、女の指を温かに濡らした。

（息づいている）

「ママ、僕もう……」

息子が甘えるように漏らす。

「ええ。いつでもいいからね」

藍子はやさしい口調で応じた。薄闇に浮かぶ愉悦の表情は、あどけなささえ感じる。

（叱られて泣き出す前みたい。きりりとした顔立ちが、だいなしだわ）

涙目になって睫毛をゆらし、開いた口元から何度もため息をこぼす。息子から受けるようになった大人びた雰囲気は、すっかり剝がれ落ちていた。藍子は反対の手で、息子の胸を撫でさすった。スウェットの上からでも、胸が大きく喘いでいるのがわかる。

（さっきまで冷たかったのに、汗ばんでいる）

「あ、あう。だ、だめっ」

陽一が切羽詰まった呻きを放った。手のなかの陰茎が切っ先を大きくゆらし、藍子の顔に当たっていた陽一の息が消えた。腰をぎゅっと強張らせる。

（コレで終わり？）

射精の前兆を感じ取った女の内に、物寂しい感情がふっとよぎった。細指は摩擦を止めた。

「……え？　あ？　ママ」

急に止まった指刺激に、陽一が息んでいた口を開いてぱくぱくとさせる。惑いの目を母に向けた。

「あ……力加減は、このくらい？」

藍子はハッと我に返って、誤魔化しの質問をした。

「うん。ママの手、やわらかであったかいよ」

「早く出しなさいね。睡眠時間がなくなるわ。四時にはアルバイトに行かないといけないのだもの」

陽一はパン工場のアルバイトがある。午前四時前には起床をしなければならない。

藍子は棹の根元から先端へと、カウパー氏腺液を塗りたくるように右手をすべらせた。エラの括れた箇所で、きゅっと指の輪で締め付ける。絶頂寸前のペニスが苦しげに戦慄いた。

「あっ、ああう、ママ」

息子の口が切なさ、もどかしさを含んだ音色を奏でる。母の二の腕を摑んで、腰を悶えさせた。藍子は摩擦を行いながら、意識的に握力を弱める。扱く速さも先ほどよりもゆるやかにした。

「どうしたの？　出ないの？」

紅唇を息子の顔に近づけ、煽るように囁いた。強めにシコシコと擦り立て、陽一が呼吸を止めるのを感じた瞬間、指をゆるめる。

「もうちょっと……あっ、あんッ」

上ずった悲鳴が、暗い寝室に響いた。熱っぽく吐き出された息が、母の首筋に当たった。間際まで迫った射精感と、少年の肉体がせめぎ合っていた。

（焦らすような真似をして……）

女の本能が、手のなかの逞しさを惜しんでいた。息子が興奮の粘液を滴らせるように、藍子の秘部も温かな蜜液を分泌していた。横向きになった肢体は、太ももをそっと擦り合わせて、疼きを紛らわせる。

（陽くんに影響されて、わたしまでおかしくなっている）

人である以上、性的欲求は当然ある。たとえ息子であっても、剝き出しの欲望と向き合っていれば、三十六歳の熟れた肉体が平静でいられるはずがない。体温が上昇し、汗が腋や、額に滲んだ。

(ピクピク痙攣を起こしている)

右手のなかのペニスが、指を弾く勢いで跳ねていた。熱を孕んで膨張も増していた。先走りの液がとめどなく垂れ落ちて、指とペニスの間でヌチュヌチュと音を奏でる。藍子は緩急をつけて、なおも嬲るように指を遣った。

「ママ、イッちゃう」

陽一が藍子の首筋に頭を押しつけ、二の腕にぎゅっとしがみついてきた。保護欲が湧き上がる。藍子は胸を撫でていた左手を陽一の背に回して、さすってやった。もう加減はしなかった。グイグイと棹腹を扱き立てた。

「ママ、いいの？　出していい？」

かわいらしい声を発して、陽一が母の口元に首を伸ばしてきた。カーテンの隙間から入る月明かりで、潤んだ瞳がかがやいていた。

(キスを求めている)

母の二の腕を摑んだ指は、何度も握り込んできた。

「いいわよ。思い切り出しなさい」

息子の昂りが伝わり、藍子も湿った息を漏らした。パンティの股布には、愛液がじっとりと染み込んでいた。

「手伝ってあげるのは今夜だけ。わかっているわよね」

藍子は念を押してから、口元を差し出して応じてやった。

(最後なんですもの。キスくらいいいわよね)

既に何度も口づけを交わしていた。もう一度くらいと胸で言い訳を唱えながら、母の紅唇が息子の口に重なる。陽一が鼻息を荒くして吸ってきた。その刹那、女の手のなかで、派手な律動が起こった。

「んふっ」

陽一が唸りをこぼす。ペニスの先端から、熱い樹液が噴き出てきた。

(いっぱい溢れ出ている)

指に垂れてくる粘液の量の多さに、藍子は感嘆する。まぶたを落とさずに、息子の絶頂顔を見つめた。眉間に作られた皺、ゆれる睫毛、鼻孔を膨らませて呼気を漏らす歪んだ表情は、母性愛をくすぐった。

指の隙間から粘った液がこぼれ落ちる。藍子は陽一の背中に回した左手も股間に潜らせて、垂れる体液を受け止めた。それでも漏出には追いつかない。パジャマの袖を伸ばして、生地で陰茎の先端をくるみ込んだ。

「ママ……」

息子が囁き、舌を伸ばしてきた。藍子のゆるんだ口元に、舌先がヌルリと潜り込んでくる。

(舌まで……どこで覚えたの、こんなキス)

戸惑いながらも、藍子も息子の舌遣いに合わせておずおずと舌を差し出した。

「んふっ」

唾液が混じり合い、口元から湿った音色がこぼれた。

(相手は息子なのに)

舌を絡ませながら思う。たった一人の我が子と思っていた。恋愛の目線で陽一を見たことはない。

(だのに、ディープキスまでして)

陽一と同様、藍子の鼻から漏れる吐息も忙しなくなる。射精まで導いた興奮が、理性を侵食していた。

母の布団のなかで親子は、恋人同士のようにキスを交わす。下ではパジャマ生地で包みながら、茎胴をさすってやる。ゆるゆると擦る女の指に合わせて、途切れず熱い精が吐き出されていた。ザーメン液を吸ったパジャマの生地が、ずっしりと重くなっていった。

3

陽一が舌を抜き取って、母をぽうっとした眼差しで見た。

「ママ、ありがとう」

感謝の言葉を吐く唇は、唾液でしっとり濡れ光っていた。

(わたしのつばが……やり過ぎよね)

手で擦るだけでなく、射精の瞬間濃厚な口づけまで行った。自慰の介助で弁解するには過剰だった。

「楽になったでしょう。次からは自分で済ませなさいね」

自省の想いが、息子を突き放す台詞を口にさせる。

「……これで終わり？」

陽一の声は、残念そうなトーンだった。

「ええ、最初で最後。こんな行為を続けてはならないわ」

藍子は陽一のペニスをゆっくりとさすりながら、諭す。快感と落胆、両方だろう、息子の表情が切なさを帯びた。

（そんな顔をしてもだめよ。こういう愚かな真似は一度きり。母親と息子ですもの）

ずるずると流されてはいけないと思う。夫の元を離れた今、陽一の保護者は自分一人だった。

（わたしには責任がある）

射精の律動が止まるのを待って、藍子は指を離した。上掛けの布団をまくって、身を起こした。照明のスイッチ紐を引っ張って、常夜灯をつける。

（ああ、すごい匂い……）

ザーメン液の染み込んだパジャマの袖口から、栗の花に似た牡の性臭が立ち昇る。藍子はパジャマの上着と肌着をひとまとめに脱いで、上半身裸になった。

（手首や手の甲までべっとり）

精液の滴る袖を内側にして畳み、濡れていない箇所で自分の手にこびりつく汚れをぬぐった。粘つく湿り気と匂いは、完全には消えない。

（わたしのアソコもひどいわ。ショーツを穿き替えなきゃ）

股間の潤み具合が著しい。陽一はすっきりしたかもしれないが、藍子の内に劣情のもやもやは溜まったままだった。愛液が染みて、パジャマズボンにまで湿り気が移っている気がする。

「これで寝られるでしょう。ママは手を洗ってくるから、あなたは自分の布団に戻りなさいね」

藍子は髪を掻き上げて横を見る。布団のなかの息子が母を見上げていた。藍子は汚れていない肌着を手に持ち、陽一の男性器を包み込んだ。陰茎は反り返った角度のまま、屹立を維持していた。

(あんなにたくさん出したのに)

衰えない硬さを指先に感じながら、付け根の方から先端にかけてやさしく擦って、残滓の後始末をする。拭き取った後は、陽一が降ろした下着とパジャマを元に戻そうとした。その時、陽一が藍子の胸元に手を伸ばしてきた。

「ママ……」

剝き出しの乳房にさわる。

「こら、いたずらしないの」

息子の悪戯を避けようと、藍子は身を捩った。ブラジャーはつけていない。豊満な膨らみがゆれた。

「おっぱい、ちょっとだけ。最後なんでしょ。お願い」

陽一が上体を起こして、藍子の胸に飛びついてきた。

「あ、よしなさい」

藍子は悲鳴をこぼした。陽一が右の乳房を含んで、吸いついていた。左の乳房は指ですくうように掴んで揉み込む。

「離れなさい。こんなことをしていたら、眠る時間がなくなっちゃうわよ」

陽一は返事をしない。目を閉じて、母の乳房を一心に吸い立てていた。

(夢中になって……)

頭を叩いて叱ろうとしたが、懸命なようすを見ると躊躇いが生じる。藍子は仕方なく、陽一の頭を手で支え持った。

(赤ちゃんみたい。まるで授乳ね)

「わたし、清美さんに顔向けできないわ」

藍子は喘ぎまじりにこぼした。乳房を揉まれ、乳頭を唇で刺激されれば快感が生じる。膝を崩して座る半裸の肢体は、もどかしくゆれ動いた。

「お母さんには、お墓参りに行った時にいっぱい謝るから」

一瞬口を離して、陽一が答えた。今度の休みに、生みの母である清美の墓参りに行く約束になっていた。

「許してもらえるかしら。成績だって下がっちゃったのに」

「が、がんばるよ」

母のつぶやきに、陽一が吸うのを止めて、じっと上を見る。

「陽くんががんばっているのは、わたしだって知っているけれど……」

藍子は左手で息子の乱れた前髪をすいた。

「いっそ別れて暮らす？」

ぽつりとつぶやいた。陽一が自分への恋心を抑えられないのなら、今夜のようにまた間違いを犯してしまう恐れがあった。

「そんなのいやだっ」

陽一がすぐさま言い返し、母の胸の谷間に顔を埋めてきた。

(そうね。せっかく二人で、安穏と暮らせるようになったのに)

乳房の膨らみに顔をすりつける息子を、藍子はよしよしと撫でた。

夫の鷹夫が酒に酔って暴れるようになったのは、陽一が中学校に入った頃だった。夫の実家は製薬会社の創業家の親族で、鷹夫も営業部長として働いていた。

元々得意先との接待で酒席の多い役職の上、縁故の昇進と思われたくなくてワーカホリックと言えるほど働き、そのストレスからか自宅での酒量も増していった。

(弱音を吐ける場が家族の前だけなのだと同情したせいで、この子には迷惑を掛けてしまった)

酔うとこぼす愚痴が、家族への暴言となり、それに反発して陽一が注意をすると、鷹夫は手を上げるようになった。

「ごめんね。二人で暮らすって決めたんだものね」

藍子は陽一をぎゅっと抱き締めた。

酒を呑んでいない時の夫は、真面目でやさしい普段の姿と変わりない。正気に戻れば、乱暴な言葉遣いや態度を詫びて、頭を下げてくる。

(だけど病院へ行って治療をして欲しいと言っても、聞き入れてくれなかった)

アルコール依存が原因とわかっていても、大切な息子への暴力は絶対に許せなかった。藍子は幼い頃に両親を亡くし、親戚の元で育った。実家に帰るという選択肢はなかった。鷹夫に甘い舅たちの支援も得られず、陽一と二人、夫の元を離れるという解決法以外、見いだせなかった。

「ママ、だいじょうぶ。僕がママを守るから」

陽一が母を仰ぎ見て力強く告げた。藍子の頬に手を添えると、首を伸ばして紅唇にキスをした。避ける間もなかった。

(幼かった陽くんが、わたしを守りたいって)

いきなりの口づけへの注意を忘れて、藍子は一瞬呆けた。息子の成長を感じて、熱い感情が湧き上がる。

陽一はまた母の豊乳を摑み、乳首を吸い始めた。藍子は息子の頭を抱えて、愛撫に身を任せた。丸い膨らみがゆれ、ちゅっちゅっと吸引する音が寝室に響く。

(仕方がないわよね。一回じゃ、足りなかったのだもの)

息子の股間では、出しっ放しの肉柱が反り返っていた。

「困った子」

藍子は囁き、右手を息子の腰に差し伸ばした。透明マニキュアの塗られた指先が、屹立にふれた。なにをするか息子は悟って、母が手を使いやすいように、下半身を伸ばして股間を上向きにする。

「まだこんなに硬くして……」

勃起を握った藍子の口から、感嘆の声が漏れた。吐精したばかりだというのに、陰茎は膨張を維持したままだった。

(陽くん、こんなに逞しかったのね)

常夜灯に照らされる男性器を見て、藍子は改めて思う。仰向けの姿勢だと、勃起の大きさ、形がよくわかる。

(鷹夫さんとは、サイズも硬さも比べものにならない。……また夫と比較して。よくないことだわ)

藍子は授乳の姿勢で乳房を吸わせながら、右手はキュッキュッと強弱を付けて擦った。開いた傘の下側を指先で撫でる。括れを刺激すると、息子は快さそうに腰を震わせた。すぐに粘った液が先端から漏れて、女の指に垂れてくる。

「んふっ」

「気持ちいい？　ママのおっぱいおいしいの」

母性愛と淫らな気分が混じって、女体を火照らせる。人差し指で、尿道口をくりくりと弄くった。責めを悦ぶようにペニスがピクつき、陽一が喉で呻く。

「ずっと控えるなんて、逆に身体にさわるでしょ。それとも溜めておいて、またママを襲うつもりだったの？」

陽一が乳を吸ったまま、首を横にゆらした。

「違うって言うの？　この前は、ママのなかでたっぷり出しちゃったくせに」

息子に抱かれた翌朝、シャワー中に精が膣腔から降りてきてポタポタと滴った時の感覚を思い出しながら、藍子は容赦なく指を上下に擦り立てた。

（安全な日だったのは幸いだった。受胎期だったら、この生活が壊れていたかもしれない）

根元部分で指を括り、噴き出た精液混じりの粘液を引きのばして、潤滑を増した。陽一が顎を反らして、摑んだ乳房に指を食い込ませる。乳頭を痛いほど吸ってきた。

「もう……生理周期がずれることだってあるのよ。避妊の大切さを知らないわけじゃないでしょうに」

母のため息交じりの苦言に、陽一は困ったように母を上目遣いで見る。そして歯を立てて、乳首を甘嚙みしてきた。色めいた嗚咽が漏れそうになり、藍子は唇を閉じた。

（陽くん、追及されたくないんだわ。やっぱり確信的に……）

頭の良い息子が、酔っ払った母を無計画に妊娠させるとは思えなかった。洗濯かごを見れば、生理用ショーツに穿き替えたタイミングはわかる。陽一は否定したが、藍子の危険日も見抜いているに決まっていた。

（生理周期や受胎の可能性、全部わかっていて、それでもなおわたしのなかに注ぎ込んだのかもしれない。わたしのお腹に、赤ちゃんを宿そうと……）

確率は低くとも、精を流し込めば可能性はゼロではない。陽一が自分を孕ませるつもりで抱いたのかもしれないと思うと、藍子の意識は赤く染まり体温が上昇する。

（そんな罪深い真似、許されないのに）

動揺をぶつけるように、藍子の右手はペニスを乱暴に扱いた。

「あっあっ、あんっ、ママまた僕ッ」

陽一が乳房を吐き出して、少女のような悶え声を放つ。投げ出された両足の爪先が、折れ曲がっていた。

「ねえ、さっきみたいなキスは誰に教えてもらったの？」

陽一は藍子だけと言うが、ならば舌を絡ませるようなキスをどこで覚えてきたのかと探るように尋ねた。

（陽一に彼女がいるのだったら、その方がいいのだし）

「こ、この前ママに」

陽一の言に、母の美貌がぱあっと鮮やかに色づいた。

「う、うそおっしゃい」

「ほんとだよ。ママ以外の人とキスをしたことがないもの。ママから舌をヌルヌルと絡ませてきてくれたから、ああ、大人のキスはこんな風にするんだって。唾液だって、僕に呑ませてくれたよ」

「だ、だえき？」

「うん。ママの甘くておいしかった」

陽一が両手で豊乳を摑んだまま、潤んだ目で藍子を見つめる。

（酔った時に、わたしが陽一にあんないやらしいキスを教え込んだ……陽くんはファーストキスだったのに、つばまで呑ませちゃったの？）

母の動転に気づかず、陽一は左の乳房に顔を移動させた。乳頭を含んで舌で擦り、強く吸引してくる。藍子は喘いだ。ピンと勃起した右の乳頭が、ゆれ動く。

（はしたなく尖って……問題はこうしてしっかり身体が反応をしていること。二週間前に陽くんに抱かれていた時だって、ちっともいやでなかった）

唾液で乳輪までヌメ光る右の乳頭を見て、藍子は思う。

酒に酔って夢と勘違いしていたとはいえ、相手は息子と認識していた。しかし嫌悪は湧かず、快楽にあっさりと呑み込まれた。たとえ夢であっても、相姦を拒むのが母親としての正しい姿だと思う。

（わたしにも、陽一を求める願望が？　ああ、どんどん母親の顔を失っていってる）

「早く出しなさい。もう午前二時過ぎよ」

壁の時計を藍子はちらと見て、叱るように告げた。己の心の奥底をのぞき込むのが怖かった。さっさと息子の欲望を処理して、余計なことを考えないようにするのが一番だった。

「出ちゃうよ。ねえママ、出てくるモノ、呑んでくれる？」

陽一が左の乳房から口を離して、訴えた。

「出てくるモノ？　ここから？」

きゅっとペニスを握って藍子は尋ねた。脅える瞳で母を見ながら、陽一がうなずいた。

「な……」

母は一瞬、言葉を失った。

（精子をわたしに呑めっていうことよね。ドロドロのミルク色をしたアレを）

息子の台詞の意味を、頭のなかでかみ砕いてみても驚愕は消えない。粘ついた大量の液を、手の平で受け止めたばかりだった。匂いと感触の記憶は生々しい。

「アレは呑むものじゃないでしょ。なんでなの？」

「変態でごめんなさい。でもママに呑んでもらえたら、それを思い出にしてもっとがんばれると思うから」

陽一自身、要求のおかしさを自覚しているらしく、消え入るような声だった。

「だ、だけど」

陽一のすがりつくような表情と懇願は、藍子の胸に迫る。だめときっぱり断れなかった。

「これが最後なんでしょ。お願い、ママ」

情感のこもった息子の声音が、追い打ちをかける。歪んだ眉と汗の滲んだ眉間に浮かぶ皺を見つめて、藍子は嘆息した。

(セックスをして、ディープキスをして……そこにもうちょっと罪が足されるだけ)

母のもろさ、女のもろさだった。一度許されない位置まで入り込んでしまったことで、心がゆらいでしまう。

「わかったわ。ママが呑んであげるから、さっさとミルクを出しなさい」

藍子は小声で了承した。陽一が口の端を持ち上げて、大きくうなずく。

「ママ、ありがとう。いっぱい出すからッ」

（ああっ、うれしそうな顔をして。いっぱい出さなくてもいいのよ……）

藍子は、素早く陰茎を扱き立てた。瞳をキラキラとさせ、しあわせそうに相をほころばせる息子を見ると、これで良かったのだと思えてくる。勃起も悦びを表すように、膨張を高めていた。

（もうすぐだわ）

オレンジ色の薄暗い照明の下で、指扱きの湿った音色と息子のこもった息遣いが奏でられた。

「うう……ママ、出るッ、出るよッ」

充血した逸物に、前兆の震えが起こり、息子が吠えるように告げた。

「は、はい」

藍子は返事をして前かがみになると、股間の上に美貌を被せていった。女の指のなかで、ペニスが伸び上がるように戦慄く。躊躇う暇はなかった。紅唇を開いて、先端を含んだ。その瞬間、生殖液がびゅっと噴き上がった。

（射精が始まった）

溢れ出た樹液が、喉に当たる。

「ううっ、あううっ」

仰向けになった陽一は、両足の膝を曲げて喘いでいた。ペニスがビクンビクンと脈動し、灼けつく液体が藍子の口内に次々と流れ込む。藍子は快感を持続させるために、棹腹から根元にかけてをシコシコと甘く擦った。

(夫の出したものだって舐めたことさえないのに……ほんとうに呑むの？)

とろみが口のなかに広がり、舌は塩気のある生殖液の味を感じる。初めて味わう牡の精だった。

(おくちのなかが、いっぱいになる)

飲精を逡巡している間にも放出が続き、口腔内の余裕がなくなっていく。唇の隙間からこぼさぬように、藍子は亀頭を咥え直した。わずかに空気が入り、鼻に抜ける。空気にふれたことで独特の香が鼻腔に広がった。

(精液の匂いがたちこめて……)

藍子は身震いをし、たまらずゴクッと喉を鳴らした。温かな液が食道を流れ落ちていく。

(陽くんのミルクをごっくんした)

息子の精液を呑み啜っているという背徳感が、官能の痺れとなって背筋を駆け上がった。体中の血液が沸き返って、汗が滲み出る。藍子はパジャマズボンを穿いた腰つきを、もどかしくゆすった。

「ママ、うれしいよ」

陽一が上体を起こしていた。照明のスイッチ紐を引く。パッと明かりがつき、まぶしさで藍子は目を細めた。

(陽一が見ている)

息子の手が、顔を隠す髪を掻き上げた。勃起を頬張る咥え顔、そして呑み下すようすを息子がじっと観察していた。羞恥がこみ上げ、藍子はまぶたを落とした。美貌は紅潮する。

「写真、撮っていい?」

「ふ、むふん」

藍子は勃起を咥えたまま、だめよと言うように鼻梁から吐息を漏らし、頭をゆすった。だが、しばらくするとシャッターの音が寝室に鳴り響いた。

(ああ、こんな姿まで写されてる)

ペニスを頬張っているだけなく、上半身裸だった。重たげに垂れ下がった乳房、唾液で濡れた乳頭のようすも陽一はファインダーに捉えているに違いなかった。

尖ったままの先端が、ジンジンと疼いた。藍子は口内の精液を喉を鳴らして呑み下した。

（濃くて喉に引っかかる）

生殖液が食道を通る度、体温が上昇し、淫らな気分が高まっていく。むっちりとした臀丘がうねるように動いた。

「ママ、ありがとう」

陽一が藍子の頭に手を置いて、やさしく撫でてきた。

（いい子いい子されている）

倒錯の状況に、藍子は目を閉じたままむふんと鼻を鳴らす。羞恥を伴った昂揚は収まらず、発汗は加速した。背中も腋の下も、じっとりと湿って汗の滴が流れ落ちる。

（どうにかなっちゃいそう）

藍子は頭を撫でる息子の指を感じながら、ペニスの根元を擦り、こぼれ出る精液を啜り呑んだ。陽一の射精が収まるまで、永遠に続くのではと思うほど長く感じた。

（終わった……）

舌先をそよがせても、尿道口から漏れ出る精液を感じない。藍子はまぶたを開けて、ゆっくりと紅唇を引き上げた。口内に残った己の唾液と陽一の精をコクッと呑み下し、吐息をついてから、マニキュアの塗られた指先で口元をぬぐった。

「ママに呑んでもらったこと、ずっと忘れないから」

身を起こした母を、息子の感激の台詞と表情が迎える。

「汗すごいね」

陽一が自分の着ていたスウェットを脱いだ。引き締まった裸身から、うっすらと湯気が上がる。陽一は脱いだスウェットを、藍子の顔や首筋に押し当て、汗をぬぐってきた。

(汗だくになるまで熱中してしまった……)

我が子に汗をふいてもらう状況が恥ずかしい。母の頬が赤らむ。

「あなただってびっしょりよ。ママはいいから、自分の汗をふいて。風邪を引くから――」

陽一が、母の顎先に指を添えてきた。虚を衝かれて藍子は口を閉じる。息子の瞳のなかに、とろんとした眼差しの女が映っていた。

精液を呑んだことで、母としてあるべき姿を、また少し失ってしまったことに藍子は気づく。陽一が母の相を上向きにし、唇を重ねてきた。

（またキス……抵抗できない）

飲精の興奮がさめやらない。身体が痺れたようになっていた。

「ママ、愛してる」

ふっくらとした朱唇を吸い、手は母の豊乳を摑んで揉み上げる。

「ようく……んっ」

（〝愛してる〟なんて。だめ……心がとろける）

陽一の舌が口に差し込まれ、藍子も舌を伸ばして応じた。息子は舌を遣いながら双乳をゆさゆさとゆらして、胸肉を揉みほぐす。指の股には勃起した乳頭を挟んできた。

「んっ、ふむんッ」

陽一の積極的な舌遣いと胸へのいやらしい指愛撫に、藍子は喉で喘ぎ肩を震わせた。寝室に漂う甘やかなムードが、女体の官能を高めていた。

（陽くんのミルクを呑んだばかりなのに）

陽一は藍子の歯列を舐め、歯茎を舌先で擦ってくる。口のなかを舐め回される感覚だった。やがて陽一は温かな唾液までも、流し入れてきた。

（つばまで……）

酔った夜に、自分も陽一に同じことをしたと聞かされた。藍子は送り込まれた唾液をコクンと嚥下した。言い得ぬ陶酔が立ち昇り、鼻孔から悩ましく息を漏らす。

母の口内をたっぷりと舌でまさぐり、陽一が舌を抜いた。離れていく陽一の唇と、藍子の紅唇の間に粘つく唾液の糸が細く伸びて、切れた。母と息子は、しばらく見つめ合った。

（これ以上、迫られたら……）

少年の肉体は、二度の射精でも完全に欲望を発散していないだろう。押し倒されて強引に求められたら、拒みきれるか怪しかった。

「ママ――」

藍子は息子の言を遮るように口元に手を伸ばし、下唇に垂れていた涎を指でぬぐい取った。

「陽くん、これで寝られるわよね」

もう終わりだと宣告して、息子の視線を誘導するように壁の時計へと目を転じた。午前二時半になろうとしていた。

「……うんママ。楽になったよ。ゆっくり寝る時間はないみたいだけど」

陽一が間を置いてうなずく。藍子は息子が脱いだスウェットを手に取った。

「濡れているわね。新しいのを出して着なさい。……パン工場のアルバイトを辞めてもいいのよ。お金の心配はしなくてもいいいんだから。進学費用くらい、ママがまかなってみせるわ」

いきなり陽一が、母の腕を摑んだ。引き寄せて、抱き締める。

「だ、だめ……我慢して」

藍子は抗いの声を漏らした。

「大学に行くより、もっと収入を得たい。僕が働いて、ママを養ってあげたい」

少年の贅肉のない肉体が、三十六歳の女体をきつく抱く。胸板に当たった乳房がやわらかに形を変えていた。いつの間にか母の背を越し、体重も上になっていた。逞しさと直に接すると、息子に男を感じてしまう。紅唇からはため息がこぼれた。

「ちゃんと進学をして。成績だって申し分ないのだから。彼女も作りなさい。わたし以外に目を向けて」

愛情はうれしいが、息子は自分のために将来を棒に振ってても構わないと考えている節がある。一途な危うさが怖かった。母の背に回された陽一の手に力がこもる。

「ママさえいればいいんだ。狭くて壁の薄い部屋に住んでいても、こうしてずっとママの側にいられたら、それだけで僕は……」

(なんでそんな台詞を吐くの)

甘い感情が湧き上がり、抑え込んでいた淫欲と交じり合って、女の理性を崩す。藍子は息子の肩に頬を擦りつけ、左手を陽一の首に回した。

「あなたの気持ちには応えてあげられないわ」

右手を下に伸ばして、手探りで息子の陰茎にふれた。陽一が身をビクッとさせる。充分な硬さを有した男性器は、雄々しく衝き上がっていた。

「辛抱できなくなったら、今夜みたいにまたママが手伝ってあげる。ね、それで我慢をして」

陽一が藍子を見つめる。二人は引かれ合うように唇を近づけた。母と息子は、禁断のキスを交わした。唇を重ねたまま、女の手は牡の徴である陰茎を、思いを込めて擦った。

第三章　お風呂でママを口説く方法

1

こたつの向かいにいる陽一が、ペンを置いて伸びをした。

「宿題、終わったの?」

藍子は尋ねた。

夕食後のひとときだった。陽一は勉強に励み、藍子は家事をしたり、社内試験や簿記の勉強をすることが多い。

「終わったよ。予習も済んだ」

陽一が母を見る。藍子は髪をアップにまとめて、白のセーターを着ていた。陽一は長袖のジャージに、藍子の縫った半纏を着ていた。

「ねえ陽くん、日曜日のお墓参りの約束なんだけど……実はお休み、出勤になっちゃったの」

藍子は自分の作業を止めて切り出した。

「そっか。じゃあ一人で行ってくるよ」

「でも場所がわからないでしょう」

「地図を描いてくれれば平気だよ。子供じゃないからだいじょうぶ」

「子供でしょ。十代なんだから」

藍子は心配げにつぶやく。

「いつまでも子供扱いだね」

陽一が苦笑をすると、こたつから出た。藍子の側へと回り込んでくる。

「な、なに？」

陽一は正座をする藍子の背後に座り、背中から覆い被さるように身を寄せてきた。

「その格好寒くないかなって。僕はママの半纏があるからいいけど。くっついていた方があったかいよ」

手が脇から前に回され、胸元をさわってきた。白のセーターの上から、丸い膨らみを摑んだ。スカートに包まれたヒップは、開いた足で挟み込む。

「ちょっ、ちょっとよしなさい。別に寒くないから」

藍子は手に持っていたペンを落として、息子の手を胸から剝がそうとする。だが陽一は摑んだ指を離さず、豊乳を揉み込んできた。過剰なスキンシップが目的だとわかり、藍子は身を捩って抗った。

「ママはなにをしているの。会社の仕事？」

右の耳元で陽一が訊く。呼気が耳の縁を撫でた。くすぐったさで色っぽい声がこぼれそうになるのを、藍子は下唇を嚙んで我慢する。

「家計簿よ。揉まないで」

息を吐きながら、藍子は訴えた。陽一の指遣いは容赦なかった。胸肉に指を食い込ませて、こねくってくる。

「ノーブラおっぱい、やわらかいね」

ボリュームのある丸みが、息子の手で形を変える。帰宅して着替えた時に、ブラジャーを外していた。セーターの下は薄手の長袖とスリップだけだった。生々しい指刺激は女体にしっかり伝わり、甘やかな官能を立ち昇らせる。

「そうだ。僕、時給が上がったんだよ。今月は多めに家計に入れるね」

「自分のお小遣いにしていいから。この前も言ったけれど、アルバイトを無理に続けなくていいのよ。ママのお給料で充分やりくり出来るんだから。ママは勉強に集中して欲しいわ……あんっ」

息子の指が、乳房の先端をつまんでくる。過敏な箇所を弄られれば、さすがに平静を保てない。女体は前かがみになって喘いだ。

「んっ、いたずらはもうよしなさい」

「勉強に集中するために、ママが手伝ってくれるんでしょう？」

陽一の股間が、藍子の腰の裏に当たっていた。ジャージの生地はやわらかい。ゴツゴツとした感触が伝わってきた。

（やっぱりそういうこと。陽くん、我慢できなくなったのね。あれから三日、またわたしに処理をして欲しいと）

指で扱き、陽一の射精を介助してやったのが火曜日だった。こうして金曜日の夜になるまで陽一はキスやスキンシップを仕掛けてくることもなく、藍子もあえてその話題にふれなかった。母も息子も、変化した距離感を探っているような状態だった。

（陽くんの熱情とあの場の空気に流されてしまったから。……でも陽くんを責め

るのは間違いよね。この状態は、わたしに責任がある）

「ええ。約束をしたわね」

藍子は小声で認める。布団のなかで密着して性的サービスを施したことで、藍子自身理性的な判断を失ったのだと思う。唾液を呑ませるキスをして、息子の濃い生殖液を啜り呑むという行き過ぎた行為を、翌朝になって悔やんでも後の祭りだった。すべて自分で選択した行動、それゆえの今の状況だった。

「ママはなんでノーブラなの。僕へのアピール？」

息子の指が凝った乳首を引っ張り、揉み潰す。藍子の身体から力が抜け、形の良い眉はきゅっと歪んだ。

（陽くん、遠慮なくさわってきてる）

「アピールって……そんな真似するわけがないでしょう。今夜はお風呂にすぐ入るつもりだったから。汗もいっぱいかいたし」

「昼間は気温、高かったものね」

「もう、さっきまでおとなしく宿題をしていたのに、急に豹変して」

「ママが僕を子供扱いするからだよ。僕は十代でママにしたら子供かもしれないけど、ママを孕ませることだって出来るんだよ」

陽一が耳元で囁くように告げる。どぎつい台詞に、美貌は強張ると同時に赤色へと上気した。

(返答に困ることを言って)

〝孕ませる〟という語は決して誇張ではない。陽一は既に、藍子の体内で精を放っていた。受胎期であれば、息子の子種で身ごもる可能性は充分に考えられた。

陽一が腰を前に進ませ、密着を深めた。衝き上がる勃起の硬さが、女体に迫る。

(ゴリゴリ押しつけてきて……いけない。潤んできた)

三日前、陰茎を手で握って口に含んだ。その記憶はこの三日間、脳裏から消えてくれなかった。濃い精の匂いと味、そして猛々しさは、性愛から遠のいていた三十六歳の肉体には、新鮮で強烈だった。腰の奥でくすぶったようになっていた種火が、火勢を強めようとしていた。

「わたしにどうして欲しいの。この前みたいに指でしてあげればいいの?」

「ママの困った顔」

「え?」

藍子は首を回した。肩越しの息子の相は、愉しげに微笑んでいた。

「内心慌てながら平静を装うドギマギとした顔、僕が好きって言った時の照れた顔、僕の硬くなった勃起を感じて恥じらう顔、ママのどんな表情も好きだな」

「な、なにを言っているの……あんっ」

陽一が藍子の耳にキスをした。藍子はキスを避けるように前を向く。生温かな感触と、湿ったヌメリ気がうなじを這った。髪を束ねているため、襟足が露わになっていた。藍子は首をすくめて、非難の声を放った。

「汚いでしょ。舐めるなんてよしなさい」

「髪を上げている時のママのうなじも好き。ママの汗の味がするね」

藍子の叱責に構わず、ピチャピチャと音を立てて舌が繰り返し擦れた。唾液で濡れたほつれ毛が、柔肌に貼りついていく。

「あん……ね、キスマーク、付けないで」

仕事がある。赤い痕を残さないで欲しいと訴えてから、そういう配慮を求めることが、陽一の愛撫を受け入れるサインになっていると気づいた。

「うん、わかってる」

案の定、陽一の責めが大胆さを増す。首筋を舐め愛撫しながら、右手を乳房から外して、下へとすべらせた。こたつの内へと潜り込ませ、藍子の穿くスカートの生地を摑んでたくし上げ始めた。

「そ、そこはよしなさいっ。やり過ぎよっ」

藍子は上ずった声を発して、自分もこたつ布団のなかに手を入れて、息子の手首を摑んだ。

「今夜は、一緒にお風呂に入ろうよ」

陽一は意に介さない。スカートを太ももの位置まで引き上げ、正座した脚の間に指を差し込もうとしてくる。藍子は両足に力を込めて侵入を阻んだ。

「いくつになったと思っているの。一人で入りなさい。……これ以上は、ママ本気で怒るわよ」

藍子にしては珍しく語気を強めた。振り返って聞き分けのない息子を睨みつけた。さすがに焦りが生じる。セーターの内側では身体が火照り、どっと汗ばんだ。

「さっきは子供扱いだったのに。僕、ママの怒った顔も好きだよ。普段はふんわりしているのに、凜々しくて気高いお姫さまみたいになって。強い眼差しで睨まれるとゾクゾクする」

陽一は藍子の耳へと責めを戻す。耳たぶを囓って舐め転がし、耳の縁を舌先で舐め上げた。藍子は首をすくめて、背筋を震わせた。その間も、じりじりと陽一の手が潜ってくる。

「お願い。陽くん、そこは絶対にだめ。指で気持ちよくしてあげるからもう止めて」

股間の奥、女の秘められた箇所だけは死守しようと、藍子は陽一におもねる。

「フェラチオもしてくれるの？」

「フェ……そ、それは」

どう答えようか迷う間に太ももがこじ開けられ、沈み込んだ指がついにそこに到達した。

「いやあっ、あんっ……陽くんっ、そこはだめなのにッ」

紅唇は悲鳴をこぼした。ゆれる藍子の腰つきを、陽一の太ももが押さえつけ、秘唇を下着の生地越しに撫でてきた。

(アソコをさわられている)

下着越しであっても、息子に秘部をまさぐられるという恥辱の状況に、柔肌はカアッと燃え立つ。女体は狂おしく身を捩り、ガタガタとこたつがゆれた。クリトリスに指先が当たる度に、甘い電流が走った。

「温かいね。ママ、湿ってるよ」

くにくにと指先を蠢かしながら、陽一が囁いた。指が女の中心を探るように動いていた。

（濡れているのを知られた）

こたつの熱に狼狽と羞恥が足されて、藍子の頭のなかは沸騰したようになる。母の発情を知った息子の指は勢いづき、ショーツの布地ごと指を柔肉に突き刺してきた。

「どんどん滲み出てくるよ。ママだって僕と同じだね。溜まっているんでしょ」

拡げるように指先を左右に蠢かせながら、陽一が耳の縁を甘噛みした。

「そ、そういうことを言うのはよしなさい。……フェラチオをしてあげる。上手に出来るかわからないけれどママがんばるから、弄らないで。ね？　あっ、んッ」

藍子は唇を閉じて、艶めかしい声がこぼれるのを耐えた。それでも喉から漏れる切ない呻きまでは抑えられなかった。粘膜から生じる快美を、女体は無視できない。

「同じだってわかってうれしいんだ。相手が僕でもママが濡れてくれるんだって知って、今僕がどれだけしあわせかわかる？　片思いより、両思いの方がいい」

陽一が熱っぽく息を吐いて、藍子の耳の下にキスをした。強く吸う。

（あぁっ、キスマークを付けないでって言ったのに）

陽一の気持ちはわからなくもない。だが息子に身体をなぶられ、官能を押し上げられる今の状況を受け入れるほど、藍子は割り切れてはいない。股間の指がスッと横へ移動するのを感じた。ショーツの股布をずらして、内に潜ろうとしていた。

「あっ、なかはだめっ、あんッ」

藍子は慌てて息子の手首を握り込んで、下肢をゆすった。それが刺激となったのか腰に当たる勃起が、ビクッビクッと戦慄きを起こした。生々しいペニスを感じただけで、ジーンと腰の奥が痺れた。脚から力が抜け、息子の指が直接女肉にあたった。

「あふんッ、許して、陽くん……あんッ」

粘膜にさわられた瞬間、アクメに似た陶酔感が女体を貫いた。丸い腰つきが震える。

「壁が薄いから、ママ気をつけて」

陽一の指摘に、藍子は右手を口元に戻して、指を噛んだ。陽一の責めを阻むよりも、自身の恥ずかしい牝声を抑える方を藍子は選ぶ。隣人の話し声さえ聞こえるマンションだった。

（弄ばれている）

陽一の人差し指が、膣口をさぐっていた。徐々になかへと入ってくる。

「ああ、ママの体臭だ。今日は暑かったから、腋汗もかいたんでしょ」

陽一がセーターの腋に鼻先を近づけ、匂いを嗅いでいた。

「あんっ。変な場所に鼻を押しつけないで」

藍子は脇を引き締め、指を噛みながら切なく吐息を抜く。一日働いて、汗をかいている。制汗剤を使っていても異臭はするに違いない。藍子の顔は昂りと羞恥で朱に染まり、瞳には涙さえ浮かんだ。

「僕、ママの匂い大好き」

「あぁっ、お願い陽くん、そんなにママをいじめないで……だめっ」

腋の匂いを嗅がれながら、女穴を指で弄くられる。感じる箇所を探して、指が中心を這い回っていた。その指に膣奥から分泌された愛液が絡み、膣ヒダが蠕動を起こす。左の乳房は指で絞り出され、乳頭がぷっくりと屹立して、セーターに隆起を作った。

（恥ずかしいことばかりして……ああ、身体が勝手に反応してしまう）

つらいのは口では嫌がっても潤いを増していく蜜肉の様相を、息子に知られることだった。指が蠢く度、股の付け根からクチュッと湿った音が漏れている気がした。

精液を呑んだ夜からのムラムラとした劣情が、発散先を求めていた。パーソナルスペースのない住環境で、陽一と暮らしている。藍子に肉欲を解消する機会はなかった。

「ママ、好きだよ」

息子は母の耳元で、愛の台詞をとどめのように告げた。その一言で女体は歯止めを失う。ジュンと溢れ、とろけてしまう。

(正面切って〝好き〟なんて言われたら、女なら誰だっておかしくなる。ああ、感じてはいけないのに)

母の体面を失いつつある状況に胸を締め付けられながらも、指刺激は女体を恍惚へと押し上げる。藍子は人差し指の第二関節をキリキリと嚙んで、よがり声を必死にかみ殺した。

陽一の左手が乳房から離れ、藍子の左手を摑んだ。背中へと引っ張られる。ジャージ越しの硬い感触に気づき、藍子はハッとした。

「ママ」

陽一の促しに、藍子は小さくうなずいた。ジャージの上からそこを撫でた。

（陽くんの……）

「こっち向いてママ」

藍子は振り返った。陽一が母の紅唇に口を重ねてくる。藍子は噛んでいた指を吐き出し、キスを受け入れた。唇を吸われ、舌が潜り込んでくる。下ではジャージが引き下ろされ、女の指に灼けつく感触が当たった。剝き出しの勃起だった。だだをこねる幼児に玩具を与えるようだと思いながら、藍子はしがみつくように息子の陰茎に指を巻き付けた。

「んふんッ」

艶めかしい音色を居室に響かせ、藍子はより首を回してキスを深くし、息子の舌にしゃぶりついた。

（陽くんもいっぱい濡れている）

雄々しい肉柱は先走り液が滴り、ヌメヌメとした手触りだった。女の細指は粘液を引きのばして肉棹を擦った。

藍子の股間では陽一が、指を二本に増やしてなかをまさぐってくる。二本の指腹で膣の上側をねっとりと擦られると、高い鼻梁から荒い息が漏れた。

（だめ、イッちゃう）

目の前が赤く染まっていく。藍子は肩をゆらし、握った剛直を細指で絞り込んだ。

「これ以上しないで。ママ、変になっちゃうから」

藍子は口を引いて訴えた。乳房をきつく揉まれた。乳頭だけでなく胸肉全体がジンジンとした。息子が喘ぐ紅唇めがけて、とろっと唾液を流し入れてきた。こぼさぬよう藍子は顎を差し出して受け止める。

（親子なのに……わたしは母親なのに）

啜り泣くように鼻を鳴らして、温かな唾液を呑み下した。女芯への愛撫を悦び、丸い腰つきが小刻みにゆれる。絶頂感がすぐそこまできていた。

「一緒にお風呂に入ってくれる？」

陽一が濡れた唇で尋ねる。今更、強がることも出来なかった。膣穴に入った指がさらに奥へと侵入した。それを感じながら、女は負けを認めるようにまばたきでうなずいた。

「洗いっこする？」

「し、します」

「じゃ指切り代わりに、ママの感じる姿を見せて」

差し込まれた二本の指が、内奥で円を描いた。膣壁を圧して擦る。藍子の汗ばんだ太ももは息子の手をキュッと挟み込む。セーターの胸元を大きく喘がせた。

「いやらしい声が出ちゃう。近所迷惑になるわ。陽くん、助けて」

藍子は必死に首を捩じってキスをせがんだ。だが陽一は藍子を見つめたまま、指刺激を強くする。

「ママのエッチな声、聞かせて」

やさしい声だった。だが藍子の耳には支配者からの命令のように聞こえた。抵抗心を失った身は、こみ上げる快美に身を委ねるしかない。

「ああッ、陽くん……イ、イクうッ」

居室に艶麗な牝の声が響き渡った。美母は羞恥を抱えて、息子の腕のなかで性の悦楽へと達した。膣に留まった陽一の指が、収縮する膣肉をやわらかに掻き混ぜる。藍子は顎を持ち上げて、喉を引き攣らせた。

「あ、ああんっ……またッ」

三十六歳の肉体に、快楽の波が連続で押し寄せる。オルガスムスの痙攣はしばらく止まらなかった。

2

母子は湯煙のたちこめる浴室にいた。二人とも裸身だった。

「これでいいんでしょ」

藍子はソープをなすりつけた胸を、洗い椅子に座る陽一の肩胛骨に押しつけた。ぷるんと豊かな膨らみが弾む。

「うん。ママのおっぱいやわらかいね」

スポンジを使わずに背中を流して欲しいと、陽一は言ってきた。息子の指で絶頂へと押し上げられた引け目、負い目のようなものを感じた藍子は、断り切れなかった。

（ふつうの母親は、決して息子にこんなことをしないのに……陽くんの思惑通りになっているのよね）

藍子は息子の肩を摑み、膝をつかってしゃがんだ裸身をゆっくりと上下させる。ウェーブの掛かった髪は、邪魔にならないようクリップで留めてあった。

夫の鷹夫の元を離れて暮らすようになってから、藍子が唯一の保護者だった。陽一が健やかに育つよう、できる限りの努力をしてきたつもりが、他人には決して口外できない風俗嬢の真似事をする状況になっている。

「ひどい息子ね。ママをソープ嬢にするなんて」

どこで間違ってしまったのだろうかと、藍子は柳眉をたわめて吐息をこぼした。

「へえ、風俗のお仕事のこと、ママも知ってるんだ」

藍子は陽一の肩越しに、洗い場の正面の鏡を見た。鏡に映る息子と目が合う。

「三十六年間生きているのよ。少しはそういった知識だって入ってくるでしょう」

藍子は双乳をぐっと押しつけながら答えた。泡立ったソープの潤滑で、なめらかに女の肌はすべった。乳頭はソフトな摩擦に反応して、既に硬く尖っていた。息子にも屹立の感触は伝わっていると思うと、恥ずかしさがこみ上げる。

(刺激で充血するのは当たり前なのよ。興奮を催しているわけじゃないんですから)

陽一への言い訳を胸で唱えながら、藍子は左右の膝をぴっちり閉じた。こたつのなかで弄くられた花芯に、不穏な熱が残っていた。内ももを擦り合わせて圧迫し、疼きを誤魔化す。

（濡れているのはいたずらされてから時間が経ってないせい。それだけよ）

秘部の湿潤は決してこの性奉仕が原因ではないと、藍子は己に言い聞かせる。

「ママ、いやいややっているのなら無理しなくていいんだよ。僕がママの身体を洗ってあげるから。洗いっこする約束なんだし」

気遣うように言い、白い歯をのぞかせる息子の笑みが小憎らしい。

「けっこうです」

藍子は息子の後頭部を平手で軽く叩いた。

「遠慮しなくていいのになあ」

陽一が語尾を伸ばして、愉しげに告げる。

（人の気も知らないで。どうせよからぬ真似をするのでしょう。わたしの方からサービスを施す方が、冷静さを保てる分ましよ）

母の裸身を前にして、息子が素直に洗うだけで済ませるとは思えない。こたつのなかでしたように、性的ないたずらをするに決まっていた。そして官能が高まれば隙が生まれ、陽一はそこに乗じてくるだろう。

（ずるずる流されてはいけない。最後の一線だけは絶対に守らなければ。セック

スをすれば、息子の子を宿す可能性だってあるんですもの）

「どうしたの、いかめしい顔して。実は父さんにも、こういうことしてあげたとか？」

「す、するわけないでしょ。こんな破廉恥なこと」

藍子は上ずり声で否定し、また息子の頭をぺしっと叩いた。

「てっ。僕だけ？」

「当然でしょう。あなただけよ」

「僕だけか……うれしいな」

息子は独り言のようにつぶやくと、目を細めて満面の笑みを作った。鏡越しに、藍子の顔をニコニコと見てくる。

（ああ、もう。そんなしあわせいっぱいの表情をされたら）

女の胸にジンと熱いものがこみ上げた。どんな時であっても息子の悦びを積極的に受け入れてしまうのは、母親の弱みだった。

藍子は脇から前へと手を回し、密着を深めた。指先で息子の胸板を撫でる。乳首を人差し指で弾くと、陽一はくすぐったそうに喉を震わせた。横にゆれる息子の裸身を押さえつけて、やわらかに乳房を擦りつけた。二の腕や腹部、柔肌をぴったりあてがって、体全体で陽一を包み込みマッサージした。

（こんなに膨らませて……）

藍子は鏡を見つめて瞳を潤ませた。洗い椅子に座る陽一は足を開いている。股間で堂々と反り返る男性器が丸見えだった。

「ね、ママ、下も」

「ええ」

息子の促しよりも先に、藍子の右手は下へとすべり降りていた。少年の薄い陰毛を掻き分け、棹の根元に指を巻き付けた。

「ああっ、ママ」

陽一が喘ぎ、浴室の照明を反射してかがやくペニスが、切っ先をゆらす。

（火傷しそうに滾っている）

輪を作った人差し指と親指が届かない。そして棹の表面から発せられる灼けつくような体熱が、指を通して女体に流れ込む。藍子の紅唇から畏怖のため息が漏れた。

（硬くて逞しくて……ついこの間まで自分で髪も洗えない子供だったのに）

弓なりに沿って指を引き上げ、亀頭の括れに指を引っかける。左手も下にやり、陰嚢を手の平で包み込んだ。

「ココよりも頭を洗って欲しいんじゃないの？　昔はシャンプーが目に入って痛いから洗ってって、ママに頼んできたくせに」

「それって小学校に入る前でしょ。あんッ」

藍子は陰嚢を揉みほぐしながら、上下に肉棹を扱き立てた。息子が背筋をピンとさせ、悶え泣く。強弱を付け、根元と先端で握力を強めた。指示をされずとも、女の指は快感を引き出す指遣いで息子の性感を高めていく。

「うそおっしゃい。小学校に入ってからもそうだったでしょ。今日の給食がおいしかったとか、運動会の練習中にお友だちとケンカしたとか、シャンプーをしてあげながらあなたから色々聞いたの忘れてないわよ」

「……ああ、ママ、指遣い上手だね」

陽一が胸を波打たせる。突然の褒め言葉に、藍子は口をつぐんでペニスを擦り立てた。

（わたし、上手なのかしら）

男性器を慰める細指の動きが、正面の鏡にはっきりと映っていた。ソープの泡がなめらかさを生み、右手の指は付け根から亀頭までをスムーズに扱いていた。

左手はソフトに陰嚢を揉みほぐす。

(ほんとうね。いやらしい手つきをしている。わたしがこんなはしたない女だったなんて)

己の淫らな行為を目にすると藍子の呼気は速まり、頬は赤らむ。贅肉の一切ない肢体に後ろから抱きつくのは、肉感的な三十六歳の裸身だった。若い男を欲求不満の女が弄んでいるようにも見える。

「あっ、ああっ、ママ」

睾丸を転がすように指先で弄ぶと、陽一は一層大きく息を吐く。

「出そうなの。このまま出す？　それともおくちで？」

ビクンビクンと陰茎が痙攣する。吐精の前兆だった。

「うん。ママに呑んで欲しい」

元々フェラチオをする約束だった。藍子は股間から手を引いて、身を離した。

「じゃ、おくちでするわね」

前へと回り、壁のフックからシャワーのノズルを取って、いったん自身と息子の身体についたソープの泡を流した。股間にも手をやり、暴発させぬよう男性器をやさしく指先で洗った。

（ちゃんとしてあげられるのかしら）

今にも弾けそうに肥大したそそり立ちに、悩ましい視線を注ぎながら藍子は思う。

火曜の夜、射精直前に咥えた時は、亀頭部分を含んだだけで口のなかがいっぱいになった。陽一が快感を得られるだけ、呑み込んであげられるか不安を抱く。

藍子はシャワーのノズルを壁のフックに戻した。身体が冷えないように、お湯は出しっ放しにして、陽一の足元に湯が掛かるようにする。

「フェラチオをするわね。下手でも許してね」

藍子は陽一の足の間に裸身を入れ、股間に紅唇を近づけた。

「あの、せっかくだからパイズリしてもらっていい？」

陽一がおずおずと訊いてくる。藍子は疑問の目で、息子の顔を仰ぎ見た。

「ぱ、ぱいずり？」

「おっぱいで挟むやり方だけど……ママだって知ってるよね」

「ええ、わかるけれど」

三十六歳の女が知らないと白を切るのも、愚かしい。藍子はため息を一つつくと、身を低くした。

胸を突き出すようにして、乳房の谷間に息子の剛直を重ねた。長棹を肉丘で挟み込み、膨らみの横を両手で押さえてぎゅっと中央に寄せた。

「これでいいのよね」

「うん、いい感じ。あったかでやわらかい」

(陽一の言いなりになって。迷うそぶりくらい見せた方が良かったのかも)

藍子は上をちらちらとうかがいながら、身を縦にゆすった。硬い陰茎が胸肉の間で擦れる。

「陽くん、気持ちいい?」

長大なペニスは胸の谷間の上に完全に埋まり、先端のみを覗かせていた。乳房に扱かれて、尿道口からトロトロと透明液が滲み出ていた。湯の滴と先走り液が混じって潤滑液となり、乳房の間からきゅっきゅっと音が鳴る。

「うん。視覚効果って言うのかな。ママが僕の前にひざまずいて、おっぱいをせっせとゆらす姿がたまらない。僕の恋人になってくれたんだなって実感する」

「こ、恋人だなんて人聞きの悪いこと言わないで。これはあなたがやれって言うから仕方なく……」

いたたまらなさと恥ずかしさで、藍子は美貌を紅潮させた。

「ママ、首筋まで真っ赤だよ。照れた時のママって、十代の女の子よりかわいいよね」

陽一が手を伸ばして藍子の前髪をどける。額に滲む汗を拭い、そして口を寄せて額の中央にちゅっとキスをした。

「ママ、僕のために色々としてくれてありがとう。好きだよ」

恋人と接するような仕草と直球の感謝の台詞に、女の胸がふわっと昂揚する。

(ああ、陽くんはこんな風にわたしの理性を崩してくるから困る。母親でいさせて欲しいのに)

「こ、これ以上はしませんからね。おっぱいで挟むくらいは今日だけ許してあげるけれど、越えてはいけない一線は絶対に守りますからね」

セックスだけは受け入れるつもりはないと告げることで、藍子はゆらぐ意識を懸命につなぎ止めた。

(しっかりしないと。キスもフェラチオも、本来はよくないことなのだから)

性交を拒絶していても、第三者から見れば家庭内相姦に耽る罪深い母でしかない。藍子は口元を引き締めて、険しい相を作った。

「わかってるよ。僕がママのいやがることをすると思う?」

陽一の両手が母の胸元に伸びた。乳頭をつまむ。

「ちょっとよしなさい。言ったそばから、あんッ」

指が乳首を躙った。甘美な電流が走り、女は背筋をきゅっと反らした。豊乳が大きくゆれる。

「ママのふわふわおっぱい……小学校の時、運動会の保護者参加の二人三脚に僕とママ、出たよね。ぴちぴちのTシャツにショートパンツで、走るとママのおっぱいがものすごくゆれてさ。男の先生も友だちのパパも、みんなこのおっぱいを見てた」

「そ、そんな話、今持ち出さなくても……」

「嫉妬していたんだと思う。ママを他の男にいやらしい目で見られるのがいやで、このおっぱいも、腕も足もお尻も僕のモノだって」

陽一が屈んで顔を被せてきた。顔を背ける前に、息子の口が母の紅唇に重なり、強く吸う。前から両手で乳房を摑み、揉み込みながら口を開けて舌をねじ込んできた。

（またこんなキス）

思いのこもった愛撫と、口づけだった。女の口元はゆるみ、息子の舌を受け入れた。

「ママの身体は僕のモノなんだ」

陽一は独占欲そのものの台詞を囁き、差し込んだ舌で藍子の舌をヌルリと巻き取った。指先で乳首を弾き、勃起を扱くように豊乳をゆすり立てる。

「ん、んふん」

高い鼻梁から艶めいた鼻声を漏らし、藍子も上体を反らして胸を上下に動かす。膨らみを左右から掴んで、肉丘でみっちりと包み込んだ。

「ママのエロおっぱい、最高だよ」

陽一は舌を強く擦りつけながら囁き、唾液を送り込んできた。濃密なキスに藍子も引きずられる。狭間でペニスを扱きながら、息子の舌に己の舌を擦りつけた。絡み合う舌で唾液が泡立つ。喉の方へと流れてくる二人分の体液を、藍子は呑み込んだ。

(陽くんのオチン×ン、脈打ってる)

陰茎がビクビクと震えるのを乳房に感じる。海綿体は爆ぜそうに膨張し、同調するように女の乳首もカチカチに充血していた。息子の指で揉みしだかれて、双乳がジンジンと火照る。

（垂れてしまう）

藍子の股の付け根も、またじっとりと潤みを増していた。内ももに愛蜜の滴が流れていくのを感じた時、陽一が口を引いた。ピンク色の舌が藍子の口内から抜き取られ、離れていった。

「気持ちいいよ。このまま出していい？」

「このまま？」

「うん」

息子も洗い椅子から尻を浮かせて、腰をゆすってきた。胸の谷間で、ペニスがクンと鎌首を持ち上げる。藍子は横から乳房をぎゅっと中央に寄せ、圧迫を強めた。

（呑んであげるつもりだったのに）

藍子は左右の乳房を激しくゆすりながら、胸に突き刺さった男性器を見つめた。カウパー氏腺液を滲ませる膨張しきった勃起を見ていると、口のなかに唾液が溢れた。藍子はコクッと生唾を呑み込む。飲精をするものと思い込んでいただけに、咥えさせてもらえないのは予想外だった。

（わたし、残念に感じてるの？）

相手が息子のためか、陽一の勃起を含むシーンを思い浮かべても、嫌悪感は湧かない。それどころか、息の詰まるようなペニスを口いっぱいに頬張る体験をしてみたかったとさえ思う。

(なにを考えているの。フェラチオをしたがる母親なんて、冗談にもならない)

藍子は願望を否定するように、小さくかぶりを振った。

「ママ、そろそろ」

息子が吐精を告げた。胸を揉んでいた陽一の手が離れ、身体の横で握り込む。射精感が間際まで迫っているのがわかった。藍子はうなずきを返し、ボリュームあるバストで大胆に摩擦を加えた。陽一が腰を震わせ、洗い椅子に座ったままペニスを衝き上げる。乳房を削るように棹腹がすべり、肌の擦れ合う音色が浴室内に反響した。胸元は汗と湯の滴と先走り液で、卑猥に濡れ光った。

(おっぱいをレイプされているみたい)

硬い衝撃が女体に伝わる。双乳の間で陰茎は火傷しそうに熱を放散していた。酔った夜に息子に抱かれた熱気と、胸の谷間の灼けつく感触が重なり合う。

(アソコがトロトロになっている)

子宮が火照り、膣肉が挿入を待ち望むかのように収縮を起こしていた。秘唇はだらしなく愛液を滲ませ、洗い場のタイルの上にポタッポタッと滴が垂れていく。

「ママ、行くよ。ああっ、ママッ、おっぱいに出すからね」

陽一は眉間に皺を作ってハアハアと息を吐き、左右の足をゆらす。快感は痛みにまで変わっているのかもしれない。陽一の表情は苦しげだった。

「ええ、出しなさい」

「出るッ、ああっ、ママッ」

叫びが狭い浴室内に響き渡った。射精が始まり、熱いしぶきが女の喉に当たった。藍子は顎を引いてペニスを確認する。胸の狭間で陰茎は痙攣を起こし、亀頭の先端から白い液体が勢いよく噴き上がっていた。

「あ、あんッ」

俯いたことで角度が変わり、女の美貌に直接、精が降りかかってきた。勃起を胸に挟んだ状態では避けようがなく、藍子の頬や鼻に次々と飛沫が当たり滴となって付着した。

(この匂い)

灼けつく生殖液の熱を感じながら、顔一杯にたちこめる濃厚な性臭を吸いこむと、裸身はゾクゾクと震え、意識が白んだ。

「あううっ、ママ」

息子がよがり泣きを奏でる。藍子は手を休めずに乳房をゆすり、快楽を押し上げた。若さを誇るように白濁液が次々に溢れて、女の顔に降り注ぐ。粘ついた液が頬から顎へと流れ、ぼたっぼたっと垂れていった。

(下へこぼれていく。もったいない)

藍子は首を前に倒し、吸い寄せられるように紅唇を近づけた。陰茎の先端を含み、口で樹液を受け止める。舌に精液の味が広がり、爛れるような昂揚はさらに高まった。唇をすぼめて、できる限り咥える。紅唇の隙間から白い樹液が垂れた。

(呑まなきゃ)

朦朧とした頭で藍子は思い、粘ついた液を嚥下した。ゼリーの塊のような喉越しに、鳥肌が立つ。

(どうしてこんなにおいしいの)

「んぐっ、んむん」

藍子は歓喜するように鼻を鳴らし、次々に吐き出される息子のザーメン液を舌で味わい、乳房でひときわ棹腹を擦った。律動は衰えず、新たな樹液がびゅっと喉を打つ。頬や鼻梁、口元、胸の谷間に付いた白濁液が、むせ返るような青臭い匂いを発していた。牡の香を嗅ぎながら、藍子は息子の精液をうっとりと呑み啜った。

3

発作がおさまってきた頃、藍子は亀頭を咥える唇はそのままに、胸の谷間から茎胴を離した。上半身が自由に使える状態になる。藍子は陽一の膝の上に手を置き、美貌を一気に沈め込んだ。

「むふん」

鼻に掛かった呼気を漏らし、洗い場にひざまずいた母は、息子の陰茎を根元まで頬張った。

(喉につかえる)

切っ先が口奥に当たり、嘔吐感がこみ上げる。それを無視してさらに紅唇を下へと進めた。濡れた陰毛が鼻先をくすぐった。

(すごい。息が詰まりそう)

野太いペニスが口腔いっぱいに入っていた。含んだ勃起の硬さ、喉の詰まる長さと太さ、舌に広がる新鮮な精の味、すべてが交じり合って恍惚感を生む。

「ああ、ママ、きれいにしてくれているの？」

快さそうに告げる息子の声は、左耳の方から聞こえた。視線を横にする。陽一は頭を低くして、母の咥え顔をのぞき込んでいた。藍子は目を閉じることで羞恥の情から逃れた。

(自分からむしゃぶりついて。わたし、なにをしているの)

己の行為の恥ずかしさに今更気づいても、衝動は止められなかった。棹の付け根に右手の指を添え、勃起の根元部分を丹念に唇で摩擦した。尿道に残っていた精がトロリと溢れ出る。藍子はコクンと喉を鳴らした。

(だめだわ。おいしいって思ってしまう。なんて母親)

胸で嘆きながら、左手は陰嚢へとあてがい、やわらかに揉みほぐした。紅唇を上下にすべらせ、ちゅぱ、じゅると湿った音色を口元からこぼして残液を絞り出す。

相貌には白い滴がついたままだった。濃い栗の花の香が漂うなか、藍子は一心にしゃぶり続けた。頭を振り立てる反動で、まとめ髪のクリップがピンッと外れて、浴室のタイルの上へと転がった。ざわりと髪が落ちる。

「ママのおしゃぶり顔、色っぽいね。カメラを風呂場に持ち込むんだった」

陽一が母の髪を掻き上げ、熱っぽく囁く。藍子は美貌を上気させた。額には汗が滲み、口は性感帯になったようにジンジンとした。

（このままフェラチオを続けたら……）

ペニスは依然、硬いままだった。口唇奉仕を続ければ、また吐精をしてくれる予感がある。

――でも、と藍子は思う。

（そんな真似をしたら、陽くんはますますわたしを自分の女のように扱うようになる）

連続射精へと追い込むような淫蕩な母に堕ちるほど、理性は逸しきれていない。残り少ない体面を保つためにも、ここで止まるべきだった。藍子はわずかな逡巡の後、名残惜しさを押し隠して唇を静かに引き上げた。

「お掃除フェラしてくれたの？」

「え、ええ。ごちそうさま」

濡れた朱唇で告げ、藍子は洗い椅子に座る息子を見上げた。

（ごちそうさまって言うのも変よね）

陽一の手が藍子の頬にふれた。

「ママの目元、潤んでるよ。おいしかった？」

「あ、あなたが呑んで欲しいって言ったから」

おいしいと素直に言えるわけもなく、藍子はかみ合わない返事をして視線を落とす。

（濃いミルクに酔ったのかも）

こってりとした精を啜り呑む行為、そして喉まで頬張る口唇奉仕には、女の色欲を誘う陶酔があった。花芯のジクジクとした疼きは、飲精前より著しい。ペニスに直接口を付けたことで、逞しさへの渇望が一段増した気がする。

（わたしの身体が……欲しがっている）

目の前には、藍子の唾液で濡れ光る男性器があった。決して求めてはならない我が子の肉体だった。

「ママの顔、ザーメンまみれだね。こんな風にどろどろにぶっかけてみたかったんだ」

陽一が藍子の頬に付いた精液を、指で引きのばす。

「最初からこうしたかったの？」

問いかけの眼差しを、藍子は陽一に向けた。

「うん。したかった」

陽一が付着した白濁液を指ですくい取り、口元に差し出してきた。イヤと言えなかった。藍子は紅唇を開いて息子の指を含んだ。舌で舐め取り、コクンと呑み下した。

(喉と舌が息子の精液の味を、覚えてしまった)

もはや精を嚥下することに躊躇いはない。陽一は滴る樹液を、何度も母の口へと運んできた。藍子は精子のこびりついた指を、ぴちゃぴちゃとしゃぶり続けた。

(あ、この引っ掻き傷は)

途中で藍子は、息子の手の甲の薄い赤い線に気づいた。陽一の手を摑んで傷跡を見つめる。こたつで陽一の悪戯を止めようとした時、爪を立てたことを藍子は思い出す。

「ママがやったのね。ごめんね。痛い?」

藍子は眉をたわめて息子を見た。

「ううん。僕も最初は、ちょっといたずらするくらいのつもりだったんだけど……ママが色っぽくて、途中で止まらなくなった。僕の腕のなかでママが感じてくれてるって思うと、とんでもなく興奮してさ」

(さっきも聞いたわ。そんなにうれしかったのね)

よほど感激したのだろう。母の発情を陽一は瞳をかがやかせて語る。

「ね、ママ、指で弄られて気持ちよかった?」

「そ、それは……内緒よ」

恥じらいを滲ませた母の返答に陽一は笑みを浮かべると、藍子の腕を摑んだ。引っ張り上げてその場に立たせると、自分の側へと抱き寄せる。藍子は足を開いて洗い椅子に座る陽一の膝を跨ぎ、向かい合って座る形になった。

「ちょっと、降ろしなさい」

反り返ったペニスが恥丘に当たっていた。藍子は二人の身体の間をのぞき込む。そそり立つ陰茎に、藍子の漆黒の翳りが濡れて絡みついていた。

(陽くんのが当たって擦れてる)

互いの性器が近くにあるというだけで不安が生まれる。この体勢なら、陽一が女体をひょいと抱え上げれば、たやすく挿入できてしまうだろう。

「いっぱい出してすっきりしたんじゃないの。もう湯船に入りましょう。身体だって冷えるわ」

「暑くてこんなに汗を掻いているのに？」

陽一が豊乳を摑んで揉み上げる。膨らみがゆれ、谷間に向かって汗が流れ落ちた。陽一の言う通り、藍子も陽一も肌が紅潮し、汗粒がびっしょり浮かんでいた。

「ママのおっぱいのサイズってEだっけ？　F？」

「知らないわ。サイズなんてわたしに聞かなくても、わかっているのでしょう。どうせ洗濯をする前に、ママの下着の匂いを嗅いだりしているのじゃないの」

洗濯当番は交代で行っていた。これだけ自分への愛情を露わにする陽一が、下着の類いに一切興味を持たないとは思えなかった。

「うん。ママのパンティ、何度か自慰に使った」

陽一はあっさりと藍子の推察を認めた。

(やっぱりわたしの汚れた下着でオナニーを)

息子が乳房を絞る指に力をこめた。甘い快感が走る。

「こもったママの匂いを嗅ぐと、それだけで痛いほど勃起してさ。いけないって思っても止められなかった。ごめんね、ママ」

息子が囁き、硬くしこった乳首を指で引っ張る。先ほども腋の香を、陽一は嗅いできた。母の体臭が息子の欲情をそそるというのは事実なのだろう。恥ずかしさと共に、妖しい情感が立ち昇る。

「今後は自制なさいね。無断でわたしの使用済みの下着を……使うなんて」

「うん。これからはママの身体で射精する」

「そ、そういうことじゃなくて」

髪をゆらし、藍子は声を上ずらせた。引き締まった硬さが恥丘を押してくる。

(もう射精前に戻っている。いえそれ以上かも)

いましがたの放出では、吐き出し足りないのが伝わってくる。女体はゾクッと戦慄いた。

「ママのおっぱい、精液まみれだね。トップ九十八のHカップだったよね」

「やっぱりママのバストのサイズ、知っているんじゃないの」

藍子は睨みつける真似をした。陽一はやわらかな笑みで藍子の視線をかわし、一層双乳をねちっこく揉み立ててきた。

(おっぱいにミルクを塗りたくって)

パイズリ射精で迸った体液が、左右の乳房に飛び散っていた。陽一が指を遣うことで、粘度の高い液が膨らみ全体に引きのばされていく。全身を息子の精液漬けにされていくような背徳感と倒錯感は、焔となって藍子の意識を炙る。

(このままじゃまた……)

藍子は前に身体を倒して、陽一の首に手を回した。ぴったりとくっつくことで陽一に胸愛撫のスペースを与えない。

「ママから抱きついてきてくれるなんて」

陽一の手が乳房から外れ、藍子の腰に回った。藍子はほっと息を吐き、息子の肩に頬を擦りつけた。母子の身動きは止まり、バスルームに聞こえるのは出しっ放しのシャワーの音だけとなった。

(裸のまま抱き合って……離れなきゃ)

だが引き締まった肉体に包まれる心地は、女の本能に安堵と依存心を生む。

(背も高くなって筋肉もついて……陽くんも立派な大人なのよね)

十代でも膂力は女の力をやすやすと上回り、好きに藍子の身体を操ることが出来た。体内に精を注ぐことで、孕ませることも可能だった。

「どうしたのママ」

息子の手が幼子をあやすように、藍子の背肌を撫でてきた。藍子はちらっと息子の横顔を見る。母を間近で見つめるのはやさしい眼差しだった。

「陽くんはいつからわたしのことを、好きになったの?」

ぎゅっとしがみついたまま、藍子は問い掛けた。

「はっきり意識したのは、中学生になってからかな。母親を性の対象にするなんて友だちにも相談できないし、僕がおかしいんだって思って、ママ以外の女性に目を向けようと努力したけど全然だめで……ねえ、この部屋に引っ越ししてきた日、ママ、覚えてる？」

「覚えているわ。夏の季節はとうに過ぎていたのに、真夏みたいな暑い日だった」

藍子は記憶を蘇らせながら相づちを打った。

陽一と二人、必要最低限の荷物だけを持って、夫と暮らしていた家を早朝に出た。電車を乗り継ぎ、自宅から遠く離れた転居先のこのマンションにたどり着いた時には、日差しは高く昇り、カーテンもエアコンもなかった室内はサウナのようにむしむしとしていた。

「あらかじめ送ってあった段ボールの荷物を、二人で汗だくになって整理したでしょ。ママはタンクトップと、黒のレギンス姿になってさ。食器棚に食器を入れている時、お尻を突き出した格好になって、タンクトップの隙間からおっぱいの膨らみがちらちら見えた。側に寄ると汗と香水の混じったいい匂いがして、おっきなヒップとか太ももがむちむちして――」

話しながら、息子の手に力がこもった。括れた藍子のウエストを自分の側に引き寄せる。脚が大きく開かれ、勃起の上に女の股間がのった。恥丘が圧され、クリトリスに棹腹がクッと擦れた。

「ん……二人暮らしだもの。わたしを守らなきゃいけないっていう責任感が、おかしな方向に働いたのよ」

今にも挿入をされるのではと、美貌に不安を滲ませながら藍子は告げる。

「守らなきゃって思ったよ。そしてママを僕のものにしたいって思った。お尻を突き出した格好のママのヒップを摑んで、顔を埋めたかった」

陽一が藍子の耳たぶを噛んだ。呼気が耳穴をくすぐり、藍子は髪をざわめかせて身を震わせた。母子の思い出の情景が、爛れた赤色へと変わっていくのを藍子は感じる。

「顔を埋めるなんて……へ、ヘンタイよ。あんっ、お尻揉まないで」

息子の手が下にすべって、尻肉を鷲摑みしていた。

「変態でごめんね」

陽一がきつくヒップを摑んだまま、膝上の女体をゆする。故意に陰茎を擦りつけていた。膨れあがった肉柱に濡れた粘膜が擦りつき、愛液が滴る。ヌルヌルとした感触は、甘い官能を湧き上がらせ、女の腰をヒクつかせた。

（ああ、だめ、潤んでしまう）

膣肉が収縮を起こし、内奥から蜜液がドッと溢れる。身体の芯が、雄渾な男根を求めていた。息子に抱かれた一夜、夢のなかで味わった愉悦を三十六歳の肉体は忘れていない。

（あっ、指が）

陽一の手が臀裂を広げ、その内側へと指先をにじり寄らせていた。排泄の窄まりを狙っていると気づき、藍子は息子を睨みつけた。

「そこは絶対にダメッ」

「弄っちゃだめなの？」

陽一が母の顔をのぞき込んで尋ねた。

「当たり前でしょう。だめです。そんな場所をさわるなら、ママ本気で怒るから」

汚れた器官を弄くられる嫌悪感は、大きい。藍子は表情を引き攣らせて、はねつけた。

「ふふ、ママは叱り顔もチャーミングだね。わかった。指でさわったりしないよ。その代わりこっちならいいよね」

息子の指がその下へと潜り込んだ。会陰を通ってふれてきたのは、濡れそぼった女性器だった。

「あっ、そっちも、だめっ、んッ――」

藍子の抗議は、口づけで封じられた。

(あなたのミルクを呑んだばかりなのに)

藍子は口をきつく閉じて、ディープキスを避けた。そもそも目元や鼻、頬や顎に陽一のザーメン液の残滓がこびりついたままだった。精子の香が残っている状況でのキスに藍子は戸惑う。

息子の指が花芯をぐいっと開いて、潤んだ粘膜を剝き出しにする。差し込まれたペニスが女裂に沿って当たったった。

(ああ、オチン×ンが挟まってる)

結合可能な角度ではない。亀頭のエラがクリトリスを弾き、膣口を擦った。豊満なヒップは刺激に抗しきれず、息子の腿の上でぷるんぷるんとゆれた。拡げられた花弁と過敏な粘膜が反り返る勃起に吸いつき、吐き出された愛液でヌルリヌルリとすべる。

「ん、んむん、むふん」

藍子は背筋をくねらせ、陽一の背に爪を立てた。ペニスを押し当てながら、息子の指が隙間から潜り込むように膣穴を探り当て、入り口をくすぐってくる。身体から力が抜けた。

(精子のついた指でさわるなんて)

藍子の身体を撫でた時の精液が、陽一の指に残っているはずだった。もし妊娠したらという恐怖、相姦の禁忌と背徳が指刺激を妖しく彩る。藍子の喉元からは嗚咽がこぼれた。充血で肥大したクリトリスには、棹の根元がコツコツと当たっていた。

(またイッてしまいそう。……堕ちてはいけない)

絶頂感が近い。目の前が赤く色づいて、柔肌からは汗が流れ落ちた。下腹が熱を帯び、波が盛り上がった。息子の前でこれ以上、恥をさらしたくはない。藍子は懸命に首を振って唇を外した。

「お願い。うがいをさせて。でないとキスが出来ないわ。フェラチオをしたばかりの唇なのよ」

「気にしなくていいのに」

「わたしがイヤなの。ママの顔も胸もあなたのミルクでべとべとだもの。一度シャワーで身体を洗い流させて。ね、陽くん」

息子の嬲りから逃れるための方便だったが、精液のこびりついた肌にふれられることに抵抗を感じているのは事実だった。どうせ抱き締められてキスを受けるなら、汚れのない身体、きれいな口の方がいい。

「わかった。シャワーを使って」

陽一が女体に回していた手をほどいた。解放された藍子は、息子の膝から降りて立ち上がった。息子に背を向けてシャワーのノズルを手に取ると、口をゆすぎ、顔と裸身に湯を掛けて、汗と体液を洗い流した。

(わたし、こんなにイキやすい体質じゃないのに……キスだけでもぐっと感じてしまう。相手が陽くんだから？)

背後に座る陽一が、いきなり藍子の股の間に腕を差し込んできた。

「な、なに？」

藍子は首を回して後ろを見た。陽一が母を見上げて微笑む。

「今度は腕を洗ってもらっていい？　腕は股を使ってきれいにするんだよ」

水平に持ち上げた右腕が、藍子の股間に密着していた。左手は女の腰を摑んで、右腕はそのまま前に進めてくる。

「ちょっと……ね、やめて。腕を抜いてちょうだい。あっ、ああッ」

女芯への摩擦に、裸身は前かがみになり、喘いだ。陰唇も陰核も、刺激に過敏になっている。藍子の右手はシャワーヘッドを握り締め、左手は陽一の手首を摑んだ。

「今夜のママは僕のためのソープ嬢なんだから。ほら、ママも腰を動かして」

陽一が母のヒップを後ろから押しながら、さらに腕を持ち上げ、圧迫を加えてきた。

（母親をいたぶって。わたしをなんだと思っているの）

母ではなく、情欲をぶつける女へと陽一の扱いが変化しているのを、ひしひしと感じた。責めから逃れようと藍子は臀丘を振り、前へよたよたと進んだ。だが陽一は手首を上に返し、かんぬきをかける。陽一はそのまま腕を前後して、女唇を擦り立てた。

「あ、ああんッ、許して」

細頸を持ち上げて、紅唇はよがり泣いた。

「ママのアソコ、温かくてヌルヌルだね」

尖った肉芽は包皮から顔をのぞかせ、陽一の腕にねっとりと擦れていく。腰が甘く痺れ、太ももはぷるぷると震えた。正面を向いた藍子は、鏡のなかで悶え泣く女と目が合う。

（なんて姿。乱れて、とろけて、色に呑まれてる……）

濡れた髪が頬から首筋に貼りつき、瞳は今にも涙がこぼれ落ちそうに潤んで光っていた。唾液で濡れた口元は、舌をのぞかせて戦慄く。紅潮した裸身は汗を噴き出し、特に乳房は赤い乳頭を尖らせてギラギラとかがやいていた。藍子は、正面の鏡に映る濃艶そのものの己の姿から目をそらした。

（ああ、だめ、イクッ）

羞恥が最高潮に達した瞬間、肉悦が噴き上がる。豊腰は痙攣し、背筋はきゅっと反った。シャワーのノズルを落とし、息子の手を両手で摑んだ。甘く泡立つ至福に全身を襲われ、膝が崩れる。だが股間に差し込まれた息子の右腕が、尻を落とすことを許さない。

「ママ、気持ちいいの？」

蠢く尻に合わせて、腕は小刻みに動き続ける。藍子はかぶりを振った。持続する絶頂感に、紅唇は湿った音色を奏でた。髪はざわめき、豊乳は波打ってゆれる。

(またわたしは、息子の前で……)

オルガスムスの震えと、母の荒い息遣いが弱まった頃、息子が右腕を抜いた。耐えきれずに気を遣ったことの、悔いと堕落感が女体を包む。陽一が藍子の腰を摑んで、自分の方へ向かせた。

「今度は左腕も。ママ、自分でやってみて」

屈託のない笑みが、母に告げた。

「……ひどい子」

藍子は言われるままに、足の間に通された左手を持ち、己の股に押し当てた。アクメをしたことで理性が減退し、捨て鉢な感情が心を占める。

(ママを本気で、陽くん専用のソープ嬢に……)

胸に生じる諦めと悲嘆を嚙み締めながら、ふらつく足で前に進み、手首から肘、二の腕までを股間と内ももで擦った。濡れた陰毛が息子の腕に擦りついていた。情けなさがこみ上げ、藍子は鼻を啜る。

(息子のおもちゃにされているのに)

しかしクリトリスを中心にした粘膜摩擦の快感は、やわらかに染みる。芽ぐんだ陰核を押し潰すように、むっちり張ったヒップを前後にゆらした。

(だめ、気持ちいい)

息子が頬をゆるめて母の卑猥な仕草を見ていた。湧き上がる恥ずかしさが愉悦ととけあい、女を酔わせる。

陽一が突然、スッと腕を引いた。手の平が女芯の位置に移動し、指が秘部をまさぐった。

「あっ、なにを」

愛液を滴らせる膣口は、息子の指先をヌルッと呑み込んだ。

「指はこのなかで洗うんだよ。最初は小指から、一本ずつ」

「う、うそでしょ……んっ」

陽一が差し込んだ小指で、なかをゆっくり搔き混ぜ引き抜く。ぶるっと豊腰が戦慄いた。膣内を擦られる感覚は、クリトリスとは快感の種類が異なる。藍子は息子の肩に両手を置き、喘いだ。

(順番に……)

次は薬指だった。ヌプリと突き刺す音が肉体に甘く響く。陰唇や陰核、女性器の表面ばかりを責められていた。女体はずっと挿入を待っている状態だった。うれしさを表すように、愛液が潤沢に分泌され、息子の手を濡らしていた。

「ママ、いっぱい垂れてるね。ほんとはママが僕の手を持って指を差し込むんだよ」

「ご、ごめんなさい」

藍子は謝ることしか出来ない。内奥への刺激を悦ぶ膣ヒダは、もっともっとと蠕動を起こす。中指が差し込まれ、一番深い位置まで入り込む。女の喉から唸りがこぼれた。指は徐々に太くなり、女体の震えも大きくなる。膝は曲がり、足が震えた。腰砕けにくずおれそうになるのを、陽一の右手が尻肉を摑んで支え、ついでのように臀丘を揉み込む。

「ね、もう抜いて。陽くん」

藍子は哀願して己の股間に手をやった。息子の手を摑む。

「指の洗い方、わかった？」

藍子はコクコクとうなずく。快楽の波が、うねりを強めていた。意識は甘く泡立ち、気を抜くと浅ましい声を発しそうになる。

陽一が母の顔を見つめたまま、中指を抜いた。ほっと気を抜いた刹那、鋭い挿入感が女穴へと舞い戻った。

「いやっ、だめ、ああっ」

人差し指と中指が同時に挿入されていた。藍子の髪がざわめき、豊乳が跳ねゆれた。

「ママのエロ顔、いやらしいね」

二本指が膣洞を抉り込む。藍子は内股になり、息子の左手を締め付けた。陽一は責めを止めない。女肉の隙間を貫き、乱暴に掻き混ぜる指刺激で責め立てる。裸体は華やぎ、昇り詰めた。

「ああ、いやあ、またわたし――陽くん、ママ、イッちゃう」

浴室内に、牝のよがり泣きが艶麗に木霊した。オルガスムスに達した裸身は、ピンと突っ張った。そして前に倒れそうになり、息子の肩にしがみつく。

「ああん、イクッ、イッてるの」

悶え泣いても、荒々しく指が出し入れされ続けた。グチョヌチョという湿った音を響かせ、指腹が膣壁を押し、擦った。容赦のない指遣いに、悦楽が延々と噴き上がる。

「ああん、おかしくなっちゃう」

藍子は湿って崩れた喘ぎ声を発し、陽一の肩に爪を立てた。身体の内に満ちた歓喜が溢れ、決壊した。

「ママ、潮を噴いているよ」

息子が驚きの声を漏らした。膣口から飛沫が迸っていた。前かがみの裸身は、むちむちとしたヒップを痙攣させる。粘膜を指で押され、温かな液がとめどなく流れ落ちる。藍子は泣き啜った。視界のなかで煌々とした朱が乱舞した。


風呂から上がった母子は、寝室へと移動した。

「ママ、色っぽいよ。こういう下着も持っていたんだね。むっちむちのボディによく似合うよ」

藍子は湯上がりの肌に、レースで装飾された黒のブラジャーと黒のショーツをつけていた。

「パーティーの衣装の時に必要だったから」

ドレスを着用する時に身につける下着で、デコルテの露出ができるようにブラジャーのカップは乳房の下半分しかない。ブラジャーとセットのショーツは、パンティラインが表に出ないようバック部分が紐になっていた。フロント部分はレースで恥毛がうっすら透けて見える。

脚を包むのは光沢のある黒ストッキングで、太もも丈のセパレート、それを黒のガーターベルトで吊っていた。

敷かれた布団の上に立つ母に、Tシャツ姿の陽一がカメラを向けてシャッターを切る。藍子はレンズを避けようと身を斜めにした。手で隠すことはできなかった。革製の手錠を手首に嵌められ、両腕は背中に回された状態だった。

「こんな手錠なんて、いつ買ったの」

藍子は嘆息する。肌が傷つかないよう、手首に巻き付けるリングの部分が革のベルトになっていた。腕を動かすと、左右の革を繋ぐ金属の鎖の音が鳴り響く。

「だってママ、生活費以外のアルバイト代は、好きに使っていいって」

陽一が角度を変え、足元や横から手錠を掛けられた母のセクシーな下着姿を、何枚も写真を撮っていた。

(確かに言ったけれど。この手錠、最初からわたしに使うつもりで用意したのよね)

息子が自分を責めるための準備をしていたと知り、藍子は美貌を曇らせる。今夜のことは、最初から計画を練っていたのだろうかと、カメラを持つ息子を憂いの瞳で見つめた。母子の安らぎの場であるはずの寝室に、今までにない不穏な気配と緊張感が漂っていた。

「ママ、悪者に捕らわれたお姫さまみたい」

陽一がぽつりとつぶやき、カメラを降ろした。

「だったら悪者はあなたでしょう。これからママをどうするつもりなの？」

藍子は潜めた声で尋ねた。

陽一はTシャツだけを身につけ、パンツを穿いていない。股間でそそり立つペニスは、既に透明な液を先端から滲ませていた。

（一回しか出していないんですもの。物足りないのよね。わたしはもうくたくたなのに）

浴室で藍子は連続で絶頂し、潮まで噴いた。失神寸前になり、意識の朦朧とする藍子の身体を、陽一は抱きかかえて丹念に洗ってくれた。髪も洗い、湯上がりに藍子の濡れた肌を拭き、髪もくしですいて乾かしてもらった。

（かいがいしく世話をしてもらったおかげで、陽くんの要求を拒めない空気になってしまったんだわ）

陽一の望み通りの扇情的な下着を身につけ、手錠を掛けられる時も抵抗をしなかった。疲労で身体に力は入らず、頭のなかは靄が掛かったようだった。自分の判断力が衰えているのがわかる。

「明日は土曜日なのに、休日出勤なんでしょ。働き者のママを、癒やしてあげようと思って」

陽一が光沢ストッキングの脚を撫でたかと思うと、藍子の腰を摑んで布団の上へ押し倒した。

「え？　きゃっ」

腕を拘束されていては、一切の抵抗が出来ない。仰向けになったグラマラスな女体は、生娘のように肌を震わせる。

「そもそも手錠なんてなぜ使うの？　ママは犯罪者じゃないわ」

「だってすぐママ、爪を立てるんだもの。お風呂場でも僕の肩や背中を引っ掻いたでしょ。身体がミミズ腫ればかりになっちゃうよ。体育の着替えの時、友だちになんて言えばいいのさ。自分はキスマークを付けるなって言ったくせに」

陽一がTシャツを脱いだ。肩には赤い傷が残っていた。

「そ、それは……ごめんなさい」

藍子は眉をたわめて謝った。ストッキングの脚が無造作に開かれる。裸になった陽一がその間に入ってきた。

「ね、わかっているわよね。セックスはだめよ……」

内ももや股間に硬い感触が当たっていた。藍子は脅えでおののく。ペニスから先走り液が垂れて、女の肌やショーツを濡らした。

「うん。ママが泣くようなことはしないよ。ああ、九十八センチのエロおっぱい」

覆い被さってきた陽一の手が、豊乳を揉み立てる。レースで縁取られたカップの上端を少しめくるだけで、乳頭が顔を出す。乳房を両手で掴んだまま右胸に顔を寄せ、先端をぺろっとなめた。ジーンと痺れが走り、藍子は息を呑んだ。繰り返しのアクメで肉体はゆるんだままだった。分泌された愛液が、黒のショーツに滲むのを感じた。

「ママ、お墓参りに行けないほど、仕事忙しいの?」

母の乳を吸いながら陽一が尋ねた。屹立した乳頭を甘噛みする。

「新店舗が開店するのだけど、スタッフが足りなくて。応援に行かないといけないの」

藍子は身を捩りながら答えた。枕の上に髪が乱れて広がる。

「応援? じゃママが制服着て接客するの? ママのお店って、けっこうミニスカートだよね。あのユニフォーム着るんだ」

陽一が面を上げた。本社のオフィス勤務のため、藍子は普段スーツで働いている。

「着ないわ。カフェアルバイトの主力は若い女性だから、デザインが若い娘受けになるのは仕方ないのよ。それに短いって言っても膝丈よ。三十路の女が脚を出しても誰もうれしくないでしょ」

女性用の制服はネクタイに七分袖のシャツ、そしてショートエプロンに膝の覗く丈のタイトスカートだった。

「だってママ、いつも長いスカートかパンツのスーツだし。昔、お店に出ていた時は、ママの制服姿を見られなかったから。ほんとに着ないの？」

陽一が母の相をのぞき込む。

藍子は経理事務で採用されたが、就職したばかりの頃、実店舗での研修があった。勤務地が遠かったため、陽一が店にようすを見に来ることはなかった。

「人手が欲しいのはバックヤードでしょうから、ユニフォームを着るとしても白のキッチン用ユニフォームよ。サンドイッチやパスタを作ったり、食器を洗ったり——」

藍子の喋りが止まる。勃起の先端が、ショーツの股布に擦り付いていた。

（わざと押し当てているの？）

藍子の意識は、股間に押しつけられる陰茎へと吸い寄せられた。

「ママが魅力的で、抑えられないんだ。働く姿も、家事をする姿も、全部好き。やさしくて色っぽくて良い匂いがしてスタイル良くて……上司の男が襲おうとしたのだってわかる」

陽一は左のブラカップも押し下げて、顔を覗かせた赤い蕾を吸う。同時に腰を振ってペニスを布地越しに突き刺してきた。

（やっぱり故意だわ……わたしのなかに入りたいってアピールしてる）

硬い勃起が、母を貫きたがっていた。藍子は反射的に腰をゆすった。ペニスと藍子の柔肉が擦れ合う。膣口への圧迫は、女の脳裏に生々しい嵌入シーンを想像させ、下腹は待ち望むように子宮を火照らせた。

「ママ、今夜、何回イッたの」

陽一は交互に乳首を吸いながら藍子に尋ねる。

「あん、覚えているのは七回くらい」

藍子はか細い声で答えた。身体を洗ってもらっている時も胸を揉まれ、クリトリスや女壺を弄られた。小さな絶頂の波を含めれば、正確な回数はわからない。

「濡れているのわかるよ。ママも満足していないんでしょ」

陽一の手が下がり、股間をまさぐってきた。ショーツの股布の上からクリトリスを探り当て、くにくにと揉んでくる。藍子は美貌を振り乱した。

「ママのここ、ピンって硬くなってるね」

陽一の囁きに美貌を赤らめながら、藍子はようやく息子の狙いに勘づいた。

(わたしから欲しがるように仕向けているんだわ)

潤んだ瞳を胸元の息子に向ける。

「絶対に、セックスは……しないわ。してはいけないの」

そうなるまいと己に暗示を掛けるように、藍子は繰り返し唱えた。

「わかってる。ママが大事だから、無理矢理なんてしないよ。この垂れてるの拭いてあげるね。高そうな下着に染みが付くから」

陽一がやさしげな笑みを母に返して、腰の方へと下がっていった。藍子の膝を立て、左右の脚を大きく開いてくる。

手錠を掛けられていた。藍子に抵抗の術はない。こみ上げる恥ずかしさを、噛み締めるしか無かった。ショーツの濡れた股布が横にどけられ、生温かな感触が這った。陽一の舌だった。

「ああ、舐めないで。拭くってこんな方法で……あんッ」

非難の台詞は、甘ったるくかすれた。浴室での昂揚は去っていない。肉体はとろけたまま、脚を閉じるだけの力も入らず、下着姿の母は喘ぎをこぼして舐め愛撫を甘受する。表面を舐め上げると、舌はヌルリと潜り込んできた。

「あうぅっ」

勃起とも異なる甘痒い挿入感にビクンと尻を浮かせ、女体は首を反らした。その目に、すすけた天井が映る。

(安らいで眠ることのできる唯一の場所だったのに……)

藍子は嗚咽を放つ。酔った夫が暴れることもない、ビクビクと脅えて暮らす必要のない大切な場で、我が子からクンニリングスを受けていた。母子の穏やかな日常が、遠くへと去って行くのを、手首に食い込むなめらかな皮革が実感させる。

「いっぱい溢れて、ティッシュじゃ追いつかないよ。声、気をつけてね。ママのよがり声って大きいから」

陽一が舌を抜いて煽るように囁き、また舌をまさぐり入れた。今度は深い位置まで差し込んでくる。藍子はいやいやと首を横に振り立てた。

「許して、陽くん。ママまた……だめになるわッ」

　愛液で潤った膣穴から、湿った音が漏れていた。藍子はストッキングの脚で、陽一の肩を挟んだ。指がクリトリスをつまんで擦る。藍子は「ひっ」と喉を引き攣らせた。舌が膣粘膜を押し広げるように、舐め回す。愉悦の波が盛り上がった。

「あうう、いやあ、イ、イクッ――」

　牝泣きを発した藍子は、途中で息子の注意を思い出し、懸命に口元を閉じた。声を発せられない分、エクスタシーの波が内にこもる。パンティに包まれたヒップを高く浮き上がらせて、女体はヒクッヒクッと痙攣した。

（……これで八度目）

　藍子は脾腹を波打たせる。衰えた思考能力で把握出来るのは、自分が恥をさらした回数だけだった。肌からは湯気が立ち上り、ブラジャーとショーツ、ストッキングは滲んだ汗を吸ってじっとり湿っていく。

「こっちも舐めてあげるね」

　陽一が母の脚を抱え上げた。膝が折れて、畳まれた両足がM字を描く。藍子の股間はぱっくりと上向きに晒された。

「陽くん、なにを」

陽一は細い紐になったパンティのバックラインをひょいとずらすと、相貌を臀丘の狭間に近づけた。息子の舌が這ったのは排泄の穴だった。窄まりに口を被せ、表面を舐めてくる。

「そ、そこはダメって……ああッ、汚いわ」

「きれいだよ。僕がママの身体を洗ってあげたんだもの。ママにもっと感じて欲しいんだ。どんなに乱れても、僕がママを好きな気持ちは変わらないから」

陽一が囁き、唾液をたっぷりと肛穴にまぶしてくる。皺を伸ばすような舌遣いには、躊躇いがなかった。

「手コキをしてくれたり、フェラチオだってしてくれたでしょ。僕がイッた分、ママにも愉しんでもらわないと。僕だけ気持ちよくなるなんて申し訳ないもの。ママと同じでいたい」

「いいの陽くん、ママはいらないから、ね」

陽一が窄まりに舌を突き刺してきた。藍子は泣き叫ぶ。関門をくぐり抜けて、舌が内に潜り込んできた。

「いやっ、いやあッ」

藍子は髪を振り乱して身を捩った。腰の下で、鎖の擦れ合う音が鳴った。

「許して、陽くんッ、お願い」

泣き啜っても陽一は許してくれない。黒ストッキングを穿いた藍子の太ももの裏を押さえつけ、ほぐすように入り口で出し入れを繰り返した。藍子は不快感で呻く。

(身体のなかを、舐められてる)

汗で濡れ光った太ももはピクピクとし、ストッキングの爪先を内に折れ曲がらせた。

やがて陽一は、相貌をぴっちりと埋めてきた。深々と差し込まれた舌は、腸内をヌルリヌルリと擦る。それに加えて指でクリトリスをさわり、揉み潰してきた。

「ひッ、ひいッ」

汗にまみれた美貌は、真っ赤に染まる。

(いっそ、無理矢理嵌めてくれればいいのに)

泣き叫びたいような忌避感のなか、藍子はふっと思う。不浄の穴を舐め回されるより、相姦の交わりの方がまだましに感じられた。陽一の指が膣口に差し込まれた。女は喉を持ち上げ、乳房を大きくゆらした。

「そんな、両方だなんて……ああんッ」

舌と指が薄い粘膜越しに擦れ合っていた。寒気に似た震えが生じ、藍子は身をゆする。手錠の鎖が擦れて、金属の音が寝室に響いた。シーツの上に髪が舞い広がり、肌からは汗が滴って、布団を濡らした。

（ああ、どうして、感じちゃうの）

おぞましさを呑み込むように、底の方から狂おしい波が盛り上がってくる。繰り返しの愛撫とエクスタシーを味わったことで、脳に快楽の信号を伝える身体の回路が、繋がりっぱなしになっているのかもしれない。狭い寝室にはむわっとした熱気と、甘酸っぱい牝の香が広がっていく。

「いやッ、陽くん、ママをこれ以上、情けない女にしないで」

ヌプヌプと出し入れされる舌の動き、女穴を抉る指の蠢きが、哀願をよがり泣きに変えた。経験したことのない舌愛撫と興奮が、肉体を過敏にする。

（噴き上がってくる）

膣同様、排泄の穴も性感帯だった。唾液をまぶされて丹念に擦られれば、もどかしさを伴った快さが生じる。頭のなかが沸騰するようだった。下腹はドロドロに滾り、女穴からは愛液がとめどなく溢れ出て、息子の手を濡らした。

「イクッ、ママまたッ、あああ、イクうッ」

嫌悪と官能がとけあって、三十六歳の肉体は責めに屈した。女の目尻から涙滴が一筋こぼれる。道徳心も理性も抵抗心も意識から消え、女体を支配するのはくるめく快楽だけだった。

第四章　息子の「女」にされて

1

藍子は階段を上がった。カフェの新店は二階席のある店舗だった。男性客が二人、窓際の席で携帯電話を弄っていた。

午後十時が閉店の時間で、既に午後九時を過ぎていた。日曜の夜とあって、客はまばらだった。

藍子はテーブルの片付け残しや汚れをチェックし、乱れた椅子を直す。

(やっぱりミニスカートは慣れないわね。むちむちした脚だって、陽くんにも言われちゃったし)

他の女性スタッフに合わせて、藍子もストッキングは穿いていなかった。普段はパンツスーツか、スカートなら必ずストッキングを着用するため、膝上のタイトスカートを穿いて、素足を晒す機会などまったくない。加えて若い女性を想定したデザインの制服を、三十路の女が着ることへの気恥ずかしさがあった。

(ショートエプロンの付いたかわいらしいユニフォームだけど、三十六歳の女にはどうかしら)

ネクタイ付きの七分袖のシャツは、ぴちぴちで胸の辺りが突っ張っている。腰には短めの白のエプロン、黒のスカートはタイトでヒップに貼りつき、身体のラインが露わになるデザインだった。

男性客がちらちらと視線を向けてくるのに気づいて、藍子はスカートの裾を下に引っ張った。ヒップが大きいせいか、動き回るとタイトスカートが徐々にずり上がってくる。店内作業をしながら、こまめにスカートを直すわけにもいかず、ある程度は仕方がないと諦めるしかなかった。

(だから短いスカートは苦手なのよ。人様にお見せするようなものじゃないのに……)

藍子が店内を見回すふりをすると、二人の男性客はさっと視線を外して、携帯電話の画面に目を落とした。藍子は砂糖やミルクの置かれたセルフコーナーへと移動し、身を隠した。

(見知らぬ人に見せるくらいなら、陽くんの前でも着てあげればよかった。バックヤードで働く予定だって嘘をついたこと、陽くんが知ったら腹を立てるでしょうね)

コーナーを整理しながら藍子は嘆息した。

藍子が制服を着るかもしれないと知った時、息子は爛々と瞳をかがやかせた。藍子に制服姿を見せて欲しいと要求することは確実で、そこから余計なプレイに発展するのは目に見えていた。

(それでも正直に言うべきだったわね。嘘をついちゃだめって、あの子に教育をしてきた立場なのだから)

咄嗟に偽ってしまったことを藍子は悔いる。

(陽くんだって悪いのよ。放っておくと、どんどんエスカレートしていくんですもの。最後はわたしのお尻まで舐めて……)

一昨日の夜、藍子が二度目の潮を噴いても陽一は愛撫を止めず、最後は意識を失うまで責めを受け続けた。翌朝起きた時は、セクシーな黒下着の衣装のまま、裸の陽一に一つの布団のなかで抱き締められていた。排泄の穴まで開発された恥ずかしさで、藍子はまともに息子の顔を見られなかった。

（指でさわられるだけでも、イヤなのに。好きな人に恥ずかしい匂いを知られたり、舌でまさぐられる女の抵抗感がわからないのかしら――）

そう考えてから、藍子はハッとする。

（〝好きな人〟ってなんなの。違うでしょう。陽一は息子よ。好きとか嫌いとか、そういう存在じゃないわ）

動揺した藍子の手が、使用済みのミルクポーションを弾く。客が捨て忘れたのだろう、小さな容器は転がって、中に残っていたミルクがコーナーのテーブルにこぼれた。広がっていく白い液体に、藍子の目は引きつけられた。

（……ミルク、昨日は呑ませてもらえなかった）

激しく迫ってきた金曜日とは一転、昨夜の陽一は藍子に一切手をふれようとしなかった。

食事の支度の最中や居室での団らんの時、息子がちょっかいを掛けてくるのではと、藍子は身構えていた。入浴中はなんども脱衣室の方を振り返り、布団を並べた寝室でもいつ自分の側に手を伸ばしてくるのかと、ドキドキと待っていた。

（なのにキスはおろか、身体にさわることもしないんですもの。金曜日は一回し

か射精してないのよ。陽くんだって溜まっているはずでしょう）

藍子はこぼれたミルクを布巾で拭き取りながら、自分への接し方を日々変えてくる息子の真意を推し量る。

母子相姦を避けようと、努力していたことを忘れてはいない。だが欲望発散を手伝うと約束してしまった以上、以前と同じ心持ちで過ごすのは無理だった。息子への単純に割り切れない感情が、藍子の内に惑いを生む。

（フェラチオをしろって言うのなら、してあげるのに……一時間でも二時間でも。わたしに飽きたのかしら――）

そこで布巾を持った藍子の手がはたと止まる。

（こんな風に考えること自体が、おかしいでしょう。おしゃぶりを一時間でも二時間でもって……陽一は恋人じゃないのよ。すっかり翻弄されて）

接客をしながら、ドリンクを作りながら、フロアを掃除しながら、気づくと仕事中も陽一のことを思っていた。

紅唇はもう一度大きなため息を漏らし、余計な思考から逃れるように、窓へと視線を向けた。外は真っ暗だった。

（あの子、もうマンションに帰っているわよね。お墓参りは無事に済んだかし

ら)

藍子が出勤した後、一人で墓参りに出かけると言っていた。実母清美の墓前までたどり着けたのか、それも気掛かりだった。

(やっぱり携帯電話をわたしが買ってあげないといけないわね。あの子、アルバイトのお給料は、別のことに使うって言っていたから)

いつでも連絡を取れるよう、自分が陽一に携帯電話を買い与えようと決意しながら、藍子は息子の言葉を脳裏に蘇らせる。

『バイト代が入ったら手錠だけじゃなくて、もっと色々買ってママの身体で試してみるね——』

母の後穴をたっぷり舐め回した後で、陽一は愉しそうに囁いた。

(色々ってなんなのかしら……わたしの身体に飽きたんじゃないのなら、またかわいがってくれるつもりなのよね)

思考はループする。藍子の頭から、陽一のやさしげな笑みが消えてくれない。『好き』と言われて、贅肉のない裸身にきつく抱き締められた。隆々とした男性器を肌に感じながら、愛撫を受けた。男の温もりと引き締まった硬さを、女体は忘れられずにいた。

（一緒に暮らす息子を相手に、ここまで心を奪われてしまうなんて）

愚かだと思う。恋煩いとしか言いようのない状態だった。

（セックスは無理でも、口唇愛撫くらいなら……わたしから申し出ても、陽くんはきっと断らないわよね）

性処理を手伝う約束だった。約束を守るという大義名分が藍子にはある。

（そうよ。浅ましい母親だって思われるかもしれないけれど……いっぱい搾り取ってあげれば、陽くんだって悦んでくれるはず）

藍子は布巾を握り締めて、今夜陽一にフェラチオ奉仕を施す決断をした。息子の股間に顔を埋める己の姿を思っただけで、身体が熱くなり股間の潤みが増した。金曜の夜の、口腔を埋め尽くされる感覚は、まだ喉元に生々しく残っていた。ゴクリと生唾を飲む。

（いけない。また湿ってきた……パンティー、穿き替えなきゃ）

秘処は一昨日からずっと濡れっ放しだった。分泌が止まらず、昼にはトイレでショーツを交換した。繰り返し絶頂したとはいえ、指や舌の愛撫ではズンと打ち付ける猛々しさが得られない。一度交わり、その逞しさと身の消し飛ぶような抽送を知ってしまった三十六歳の肉体は、若い牡を求めるように愛液を滲ませる。

（自分の身体じゃないみたい。こんなことになるのなら、いっそ陽くんに抱いてもらうのだった）

危うい考えさえ抱きながら、女の目はフロアの奥に向けられる。細い通路の先にトイレがあった。

（もう一回だけ……身体のむずむずをしずめないと、仕事にならないもの）

昼に下着を替えた時、藍子はトイレの個室でこっそりと自慰をした。その破廉恥な行為を思い出しただけで、頬が赤らみ、背中の辺りに汗が滲む。今まで仕事中にオナニーをしようなどと考えたことすらなかった。初めての経験だった。

藍子の足がトイレに向かう。客は少ない。清掃チェックのふりをして、個室に入れば問題ないはずだった。女性用トイレのドアに手を掛けようとした時、後ろから肩を叩かれた。藍子はビクッとその場で飛び上がった。

「浅倉さん」

「は、はいっ」

藍子は振り返った。学校の制服を着た陽一が立っていた。

「よ、ようくんっ」

驚きの顔を作る間もなく、陽一が藍子を抱き締めてきた。母の顎に手を添えて、上向きにすると、当たり前のように口を吸ってきた。唇の擦れる感触、男の硬い腕、一気に藍子の身体から力が抜け、背筋には電流がビリビリと流れた。

「むふん」

目を閉じた女は、甘えるように鼻を鳴らした。

口づけの時間は定かではない。とろけた意識が現実へと舞い戻った瞬間、藍子は我に返って陽一の胸を強く押した。すぐさま店内に視線を転じて、母子の口づけが目撃されていないかを確認する。観葉植物とついたてのあるテーブルのせいでここは死角となっていた。見える範囲に人影はない。

(よかった)

藍子はホッと胸を撫で下ろすと、息子の手を摑んで女子トイレのなかに入った。新店だけあって、床や洗面台はかがやきを放っている。藍子は二つある個室をのぞき、他に誰もいないことを確かめてから、陽一と向き合った。

「なにを考えているの。いきなりキスなんて。ママは仕事中なのよ。誰かに見られでもしたら」

藍子は潜めた声で詰問した。

「ママが、キスをして欲しそうな顔をしていたから」

「そ、そんなわけ――」

陽一が藍子の頬を手の平で包み込んだ。

「瞳を潤ませて、甘ったるい声で僕の名を呼んだでしょう」

陽一が母の顔をのぞき込む。邪魔にならないよう髪は後ろで束ねている。顔を横に背けても、動揺する表情は隠せない。

「陽くん、離れなさい」

母の言葉とは逆に、陽一が身を寄せてくる。後ずさった藍子の尻が、洗面台の縁にぶつかった。逃げ道を失った母の腰を、陽一の腕が抱く。

「ママがいるとは思わなかったから、驚いた。ママ、表には出ないって言ってたよね。この制服は着ないって」

陽一が視線を落として藍子の出で立ちを眺める。手はスカートの上から、臀丘を撫でてきた。

「そ、それは」

「ママ、なんでパンストを穿いてないの？」

藍子が口籠もる隙に、陽一がスカートの左右の裾をたくし上げ、太ももにさわってきた。藍子は下肢を捩った。

「だって、他の子が誰も穿いてないから」

「パンティストッキングだと、ママだけ浮いちゃう？　アルバイトは女子大生でしょう。三十路のママも、素足になって学生に対抗するんだ」

「社員もいるわよ。みな二十代だけど」

藍子が小声で言い返すと、陽一がやわらかに笑んだ。

「一階で働く店員さんを見たけど、このミニスカ衣装、ママが一番似合ってるよ」

また陽一が母の紅唇を奪ってくる。陽一の褒め言葉に頬を赤らめながら、藍子は目を伏せて、口づけを受け入れた。

(……どうして昨日はキスをしてくれなかったの？)

長い睫毛を震わせながら、藍子も手を陽一の腰に回した。

陽一の手が前に来て、女の脚の間に差し込んでくる。太ももを閉じようとするが、遅かった。ショーツの股間にふれ、甘く擦ってくる。藍子は呻いた。

(場所も、もうわかってる)

クリトリスを下着の生地の上からこねられ、甘い快感が走った。ショーツは愛液でじっとり湿り、粘膜も熱く火照っている。藍子は豊腰をもどかしそうにゆすった。

(大きくなっている)

藍子の下腹に、陽一の局部が当たっていた。張り詰めて硬くなっているそこに藍子は手を被せて、そっと撫でつけた。男性器にふれたことで、身体の奥でくすぶっていた火が、火勢を強めた。

「ね、ママ、パンティぐっしょりだけどお漏らししたの?」

陽一が口を引いて尋ねた。藍子の美貌が真っ赤に染まった。

(濡れているのを知られた)

陽一のことを考えていて湿ったとは、言えなかった。藍子は黙って首を横に振り、俯いた。息子の指が、ショーツの股布を横にずらした。

「あっ、陽くん、だめッ」

焦りの声を発しても、陽一は意に介さない。指が直接、粘膜に当たった。クリトリスの包皮を剝き、過敏な感覚器を揉み込んできた。ストッキングを穿いていない足が、がくがくと震える。

「このミニスカ制服の格好、僕に見せたくなかったんでしょう。ママ、嘘をついたんだね」

やさしい囁きで母を責め、藍子の耳の下から、顎へと陽一が唇を這わせた。女は喉元を晒して、シャツの胸元を大きく波打たせた。息子の舌が、汗ばんだ肌の上を這っていた。

「ご、ごめんなさい。恥ずかしくてつい」

藍子は謝りながら首を傾けて、愛撫する陽一の口に、口元を差し出した。陽一は母の唇をすぐに吸ってきた。藍子は口を開け、舌を伸ばした。陽一も口を開けて応じる。

(こんなキスをするのは、あなただけなのよ)

藍子はまさぐり入れた舌を積極的に蠢かした。キスに思いを込め、陽一の舌にヌルヌルと擦りつけた。

(ビクンビクンしている)

手の平のなかで勃起が息づいていた。脈動に誘われるように、藍子は制服ズボンのファスナーを下げた。開いた隙間に指を入れ、下着を降ろし肉茎を直接摑んだ。表に出す。

(仕事場の手洗い所で……自分から引き出して)

胸で悲嘆をこぼしながらも、細指はしっかりと我が子の逸物を握り込んだ。摑みきれない大きさが、女の情欲をそそる。辛抱できずに、藍子は指で勃起を扱き立てた。

「んふっ、ん」

陽一の指がクリトリスから離れ、膣口に浅く突き刺さる。鼻孔から漏れる女の息が乱れた。陽一は潤み具合を確かめるように、入り口を掻き混ぜる。もっと差し込んで欲しいと請うように、藍子は尻をゆらめかした。

(これ以上は、いけない。止まれなくなる)

ゆらぐ意識のなか、藍子は懸命に左手で陽一の胸を叩いた。男女の口が離れる。

「……陽くん、お墓参りはどうなったの?」

「ママが描いてくれた地図のおかげで、ちゃんとたどり着いたよ。このお店の場所の方が迷った。ママが詳しい場所を教えてくれなかったから」

陽一の左手はシャツの上から、胸の膨らみを摑んだ。豊乳を揉みしだく。強い指遣いが、女体に響いた。

「だ、だって来るとは思わなかったから。……ママが働く姿を確認したのだから、もういいでしょう。帰りなさい。お家に戻ったら、なんでも陽くんの望むようにしてあげるから」

股間では陽一の指が、女穴をまさぐり続けていた。藍子の哀願の声は甘ったるい。

「なんでも？」

「え、ええ。お墓参りの約束も破ってしまったし。……陽くん、怒ってる？」

（……恋人の機嫌を取るような台詞）

元々一緒に墓参りに行く予定だった。実母清美の存在を隠していた負い目もある。

女の手は握りを強め、ペニスに圧迫の刺激を加えた。先走りの液が漏れて、細指を濡らした。

（陽くんも、濡れている）

藍子の秘園も愛蜜をたらたらと垂らし、息子の指に滴る。母子の興奮が、粘ついた液に現れていた。

「引っ越しの日、僕ら二人、助け合って暮らしていこうって決めたでしょう。だからママに嘘をつかれるのは悲しいな」

息子の言葉が、母の胸をシクッとさせる。美貌は細眉をたわませた。

陽一が女穴から指を抜き取った。手を引き上げて濡れ光った指先を、母の口元に差し出した。

（わたしの……）

逡巡は一瞬だった。藍子はピンク色の舌を伸ばしてぺろっと舐め、そして口に含んだ。

（牝の味だわ）

酸味のある味を舌に感じて、劣情が一段と高まる。陽一の人差し指と中指を、舌できれいにしながら、藍子は息子の男根を両手で包み込んだ。指をしゃぶる母を、陽一が吸いつく眼差しで眺める。

「ママは、家に帰るまで我慢出来るの？」

母の気持ちを見透かしたように、陽一が静かに尋ねた。手のなかには充血しきった勃起があった。藍子が望みさえすれば、その雄々しさはすぐに手に入る。

（うずうずする身体を、コレで突き刺してもらったら……）

挿入を想像しただけで、下腹がキュンと疼いた。藍子は潤んだ瞳で息子を見つめた。指を吐き出す。紅唇が震えた。

「今ママを抱くことで、ママが嘘をついたことのお詫びになる？」

母親としての倫理を失い、ついに藍子は息子に誘いの言葉を吐いた。頬が紅潮し、足元が震えた。

2

藍子はペニスから指を離した。

(自分から息子を求めてしまった)

陽一が返事をする前に、藍子は洗面台の方を向いた。相姦の罪の重さが、女の胸をひりつかせる。

息子の手が藍子の肩を抱いた。背に立つ陽一と鏡越しに目が合う。

「ママが僕の女になってくれるのなら、一生、ママを離さないよ」

美母を真っ直ぐに見つめて、陽一が告げた。真剣な相、真剣な眼差しだった。

(なんて台詞。プロポーズじゃないの)

二度目の性行為が持つ意味を、陽一もわかっていた。母子は、後戻りのできない分かれ道へと足を踏み出すことになる。

(陽くんは、後悔しないの？　ママはずっと年上で、おばさんなのに)

藍子のヒップに、ペニスが押しつけられていた。スカート越しに感じる逞しさと、迷いのない熱情が、残りわずかな女の躊躇いを奪い去る。

「ね、もし人が来たら、ドアを押さえるよ」

説得をされるための質問だった。藍子は両手をスカートのなかに入れると、薄いピンク色のショーツを太ももの途中まで降ろした。

(トロトロになっている)

股布に漏れた愛液が、糸を引くのを感じた。陽一の求愛の台詞で、昂りがさらに増していた。指で嬲られた女唇が、ジクジクと熱い。藍子は黒のタイトスカートの裾をつまむと、一気にショートエプロンごとまくり上げた。むっちり張った剝き出しの臀丘が現れる。

(勤務時間中、トイレで下半身丸出しになって)

客や同僚にこんな場面を見られれば、騒動となるのは確実だった。

「ママ、お尻をこっちに向けて」

「は、はい」

藍子は、鼻梁から悩ましく息を抜くと、上体を洗面台の側に倒して、背後の陽一に向けてきゅっと腰を突き出した。室内の空気が股間を抜けて、濡れた粘膜をひんやりとさせる。

(お願い。誰も来ないで)

藍子が祈りを胸でつぶやく間に、陽一が制服のポケットからデジタルカメラを取り出した。ヒップを差し出す母の痴態に、陽一がカメラレンズを向ける。

「な、なんで撮るの？　急いだ方が」

撮影よりも早くして欲しいと、藍子は振り返って訴えた。

「記念撮影だよ。ママとの大切な記憶を残したいから。ね、ママ、アソコを開いて見せて」

陽一はさらに羞恥のポーズを要求する。焦燥が女を従順にした。藍子は両手を尻の方へ回して、股の付け根に指を忍び寄らせる。秘裂の左右に指先を添えると、さらに前屈みになってクイッと女性自身を開いた。

(ここまで浅ましい姿をさらして)

指先にヌメッた湿潤を感じる。恥ずかしさがより劣情を高めていた。

「ピンク色が光ってる。すごいよママ。見ているだけでガチガチになる」

息子の上ずった声に続いて、シャッター音がトイレのなかに響いた。シャッターが切られる度に頭がぽうっと茹だり、蜜肉は新たな愛液をこぼして濡れ光った。

「陽くん、早く。誰か来たら……」

危うい橋を渡っている緊張感が、鼓動を速める。藍子は指を引き、陰唇を開き切った。母親の体面、女としての慎みを失って、濡れた瞳を背後に注いで息子を誘う。陽一がカメラをポケットにしまった。

「ママ、行くよ」

息子の腰が母の丸い臀丘に近づき、切っ先が粘膜にあてがわれた。

（あぁっ、入ってくる）

この瞬間の高揚と歓喜は、女にしかわからない。藍子は手を前に戻して、洗面台に置いた。期待感で指が震える。

（こんなことになるのなら、早くピルを用意するのだった。……一番危ない時期ではないはずだけれど）

膣口に亀頭が埋まった。再び避妊具なしのペニスが、母の体内に差し込まれようとしていた。藍子は妊娠の脅えを抱くが、ずりゅりと勃起が入り込んだ瞬間、それはどこかへと消し飛んでしまう。

「あぁ、んくッ」

目のくらむ快感が、背筋を駆け上がった。牝の声を響かせるわけにはいかない。

藍子は必死に下唇を嚙んだ。結合感の甘い奔流が四肢に広がり、腰が震える。

（イッちゃった……挿入だけで。あぁっ、コレよ……コレが欲しかった。ようやく味わうことが出来た）

三週間ぶりの逞しい男根だった。酒に酔って息子に抱かれた夜の、快感の海を漂った記憶と現実が重なり合う。

「ママ、繫がったよ。二回目だけど……ようやくママと一つになれたね」

陽一が情感のこもった声で告げると、最奥までグッとねじ込み、快さそうに息を吐いた。絶頂の波を搔き乱され、藍子は背を反らせた。

（どうしてこんなに痺れるの。よりによって息子のペニスが、一番わたし好みの形、大きさだなんて……）

身体の相性は、抜群だった。藍子は目を閉じて、喉で唸りをこぼす。

（今度こそ、言い訳の出来ない近親相姦……）

一度だけなら、過ちで済ますことも出来た。だが今は自らの判断で、息子を受け入れている。藍子は薄くまぶたを開け、鏡に映る陽一をちらっと見た。

息子の整った容貌には、当然夫鷹夫の面影がある。藍子の脳裏に鷹夫の姿が思い浮かんだ。

（わたし、父親と息子、両方と身体を重ねたんだわ）

血の繋がりのある父子を咥え込み、二人の欲望を受け止めたのだと思うと、言い得ぬ背徳感がこみ上げた。

（鷹夫さん、舅や姑がこのことを知ったら……）

藍子は洗面台を摑む己の左手を見た。薬指には、誠実と貞節の証である金色のリングが嵌まっている。

「ゴムを着けてないよ。いいのママ？」

陽一の指が、むっちり張り詰めた母の臀丘を撫でる。

「だ、だいじょうぶよ。でも出す時は、外に出してね。それと、なるべく早く済ませて」

心のゆれを押し隠して藍子は答えた。陽一が尻肉を摑んで、軽く腰を振ってきた。

「あ、ひっ」

隙間を埋める抽送感に、ブルッと女体が戦慄いた。

「ママのなかがうれしそうに吸いついてくるの、感じるよ」

「だ、だって……んうっ」

抜き差しが始まった。台詞は崩れ、よがり泣きに変わる。長竿が蜜穴のなかを大きなストロークで出入りする。亀頭のエラが膣肉を弾く感覚を、はっきりと感じた。藍子は会話を諦め、口元を引き結んだ。

（オチン×ンがわたしのなかを擦ってる。母親なのに……陽くんの保護者なのにナマでセックスしちゃってる）

自分から息子を誘い、避妊の手立ても講じず、トイレという異様な場でペニスを咥え込んでいた。女体に取りつく罪悪感は、キスやフェラチオの比ではない。女の嚙み縛った紅唇からは、嗚咽が漏れた。

（陽くんの、気持ちよすぎる）

負の感情が、立ち昇る喜悦を際立たせた。いつも以上に、乱れてしまう確信がある。藍子は洗面台の縁を摑み、指に力を込めた。

（店内にはお客さまがいた。いやらしい声だけは、抑えなければ）

陽一が吐精を迎えるまで、ひたすら若く昂った肉棒に突き犯されることになる。人としての理性を失い、牝へと変わっていく淫らな性質を出来る限り抑え、正気を保たねばならなかった。

「ママの身体、最高だね。みっちり肉が詰まってるのに、トロトロにとろけて絡り込んでくる。


みついてくるよ」

陽一が悦楽の声を漏らし、尻たぶに指を食い込ませてきた。反動を付けて、繰り込んでくる。

（よかった。陽くん、悦んでくれている）

加速する抽送と、女体の具合を褒める息子の台詞は、藍子の心に歓喜を生んだ。白いヒップは、息子を少しでも満足させようと左右にゆれ動いた。

「んッ、んうッ、く」

肉刺しに合わせて、女の喉は艶めかしく呻きを奏でる。はしたない牝声がこぼれそうで、藍子は口を開けることが出来ない。

「このおっきなお尻に短いスカートがぴったり貼りついて、ママの後ろ姿たまらなかった。男性客にじろじろ見られたでしょう」

返答を聞くためか、陽一が抽送をゆるめた。藍子はうなずいて、噛み締めた顎の力を抜く。

「仕方がないでしょう。支給のユニフォームに、ちょうどママに合うサイズがなかったのだもの」

脂下がった視線を感じたことは、一度や二度ではなかった。階段を上がる時に、下から覗き込まれたことすらあった。

「剥き出しの太もも、僕にだってなかなか見せてくれないのに、他の男にサービスするなんて、やっぱり腹立つ」

陽一が思いの丈をぶつけるように、荒々しいバック姦を再開した。膣奥に切っ先が当たり、子宮にまで衝撃が響く。

「ああんっ、激しいわッ」

喘ぎをこぼした藍子は、慌てて口を右手で覆った。

(陽くん、嫉妬をしている。わたしなんて、三十六歳のおばさんなのに)

快感と共に生じるのは、女として愛情を向けられるうれしさだった。

「男を悦ばせるイヤらしいお尻して。でもこのママの魅力的なヒップは、僕のモノだから」

独占欲を丸出しにして、陽一は勃起を母の女肉に深々と埋め込み、同時に尻肌を平手で叩いてきた。パチンという鮮烈な音色が、トイレ内に響いた。

「いやん、叩かないでッ」

男に尻を打たれるのは初めての経験だった。藍子は振り返って、惑いの瞳を我が子に注いだ。

「こんなおっきなお尻のママが悪い。そうでしょう」

陽一が折檻するように、腰を臀丘にぶつけてきた。平手打ちの代わりに、息子の腰が藍子の尻肌を叩き、パンパンと交合の音が鳴る。

(オチン×ンまで焼きもちやいて、怒ってる)

さらに膨張を増した勃起が、母をぶっすりと貫き、膣ヒダを擦って引き出された。みじんもゆるまない若い陰茎の雄渾さ、硬いエラの反りが三十六歳の肉体にはたまらない。

「ご、ごめんなさい陽くん」

逞しさに年上の女は畏怖し、ひれ伏すしかなかった。陽一が差し込みやすいように、上体を反らし臀丘を上向きにした。

「でも、そんなに何度もママのお尻が大きい大きい言わないで。ママだって気にしているのよ」

「気にしていたんだ。こんなにエロくて、むしゃぶりつきたくなる身体なのに」

言葉を証明するように、陽一の肉刺しが鋭くなる。息子の腰が当たって、女の臀丘がゆっさゆっさとゆらされた。

(それで褒めているつもりなの)

女の肌には汗が浮かび、首筋は桜色に染まる。悋気の充血で膨らんだ陰茎の太さと長さが、息詰まる摩擦感を女体に刻んだ。

「ママ、ちゃんと感じてくれてる？」

「ええ、すごいわ……陽くん、すてきよ」

女の口からこぼれるのは、偽りのない実感だった。陽一との交わりは、身体の中心に長大な杭を打ち込まれる感覚だった。意識を根こそぎ奪われる圧倒感が、熟れた女体に恍惚をもたらす。

「父さんより？」

陽一がさらに問い掛ける。藍子はハッとして前を見た。鏡に映る陽一は、射貫くような視線で母を見ていた。

(パパと……鷹夫さんと比べさせるなんて業の深いこと、してはだめよ)

妻として、母として、最も答えづらい内容だった。藍子は潤んだ眼差しで容赦を請う。離れて暮らしているが、籍は入れたままだった。法的にも社会的にも、藍子の伴侶は鷹夫だった。

「ほら、答えて」

陽一は追及を止めない。ぬかるんだ媚肉を容赦なく貫き、美母に迫った。嫉妬の対象が具体性を持ったことで、陽一の本気が藍子にもひしひしと伝わってくる。

(父親からわたしを奪い取ろうと)

「……ママをこんな情けない女に変えるのは、陽くんだけよ」

息子の求める解答ではないとわかっている。だがそれが藍子の精一杯だった。この場にいない夫を、悪し様に言うような愚かな女にまで堕ちることは出来ない。

「じゃあ、もっと情けない姿を僕に見せて」

陽一は問い詰めを終える代わりに、抜き差しを激しくした。一回一回ズンと根元まで嵌め込み、尻肉をゆさぶる。女の背筋はくねり、昂揚の汗が染み出て濡れたシャツを背肌に貼りつかせた。

「だめよ、そんなにされたらイクッ、イクわッ」

下腹が熱を帯び、甘い波が噴き上がる。藍子は嬌声を消すために己の指を咥えた。

「イケッ、ママッ」

陽一が責めなじるような腰遣いで藍子を穿つ。勃起を押し込まれる度に、肢体がゆれた。充塞の恍惚に臀丘はヒクつき、膣粘膜は肉茎に絡みついた。

(イ、イクッ――)

オルガスムスのうねりが美母を呑み込んだ。藍子は指を噛んで、牝泣きを懸命に押し殺した。

「ふ、ぐう、んぐ」

それでも口の隙間から、艶めかしい喘ぎがこぼれた。汗に濡れた女体は性の至福に華やぎ、白いヒップをヒクッヒクッと震わせる。

(深くて……重い。陽くんが一番よ)

陶酔は引かず、意識を包む甘いうねりが長く滞留する。

「ママのアクメ顔、いやらしいね」

陽一が鏡越しに、藍子の恍惚の相をじっくり眺めていた。抽送を止めて、オルガスムスの戦慄きがおさまるのを待っていてくれる。

「……ご、ごめんなさい。わたしばかり」

藍子はかすれ声で謝った。夫との性愛は単調で義務的だった記憶しかない。色に呑まれて我を失うような場面は、一度もなかった。

「いいんだよ。ママがイク度に、ママの心に近づいている気がするから」

陽一が前傾していた母の上体を引き起こして、両腕で抱き締めた。立位に近い姿勢になり、ペニスの角度が変わる。

（ああっ、縦に突き刺さってる。おへそのところまで届いてる感じ）

膣奥に当たる先端は、経験したことのない位置まで入っていた。藍子は交わりを少しでも浅くしようと、つま先立ちになる。

「もっともっとママに近づきたい」

陽一が汗で貼りついたほつれ毛ごと、うなじを舐めてきた。さらに手が脇から前に回り、首元のネクタイをゆるませる。指がシャツのボタンを外した。前が開かれるとベージュ色のブラジャーに包まれた豊乳が、シャツの生地をぱんっと押し開いて現れ出た。

「ね、脱がさないで。人が来たら言い訳ができないわ」

藍子は息子の手の甲を摑んだ。陽一がブラジャーの上から乳房を揉み、腰を使ってくる。立位のため大きく抽送は出来ない。ぐりぐりと奥を小突くようにペニスが衝き上がっていた。藍子は眉間に皺を浮かべて、細首を強張らせた。

（あっ、また——）

性官能は、高い位置で留まったままだった。ゆり返しのエクスタシーがまた噴き上がる。

「イクッ」

短く絶頂を告げて、女体はブルッと戦慄いた。陽一の手を摑む指から、力が抜ける。藍子の手が落ちると、陽一はブラカップをぐいっと引き下げた。ゆたかな乳房が前に突き出るようにこぼれ出る。陽一の指が、やわらかな膨らみをすくい上げ、乳首をつまんでくる。

「……そんな風に引っ張ったら、ブラが傷んじゃうのに」

藍子は絶え絶えの息を吐きながら、か細い声で訴えた。

「僕が後でセクシーなのいっぱい買ってあげるね」

陽一が頬をゆるめて告げると、胸肉をこねくってくる。

(買ってあげるって……これじゃどっちが保護者かわからない)

鏡のなかでは、ボリュームある双乳が陽一の手で卑猥に形を変えられていた。過敏な先端を刺激されてゆすり立てられれば、愉悦は甘く生じる。膨らみの作る深い谷間には、昂揚の汗が浮かんで濡れ光っていた。

(大人の女が、学生に嬲られている)

藍子はユニフォームのシャツをはだけて乳房を丸出しにし、タイトスカートと白いエプロンもまくり返って黒い恥毛を覗かせている。一方、背後から抱く陽一は学校の制服姿だった。性愛を結ぶには大きく年のかけ離れた二人の倒錯の情景に、藍子は紅唇から艶めかしく息を漏らす。

「ママのおっぱい、摑みきれないほどボリュームあるのに、あんまり垂れてないね。ピンク色の乳首は可憐でかわいいし」

「わたしは子供を産んでいないから」

「じゃあママを孕ませれば、乳首が膨らんで乳輪も大きくなるんだね」

「ど、どういう意味？」

藍子は首を回して、陽一の横顔を見た。息子の願望が透けて見える台詞だった。

陽一はなにも言わずに、乳房から手を離した。藍子は腰遣いに押されるように、前へと倒れ込んだ。洗面台のテーブル部分に腹ばいになる。人造大理石の冷たい感触が乳房に当たった。

出し入れのしやすい角度に変わり、剛直が愛蜜にまみれた粘膜を抉るように突き刺さる。子宮に圧迫が掛かればジーンと痺れが走り、足元が震えた。

(どんどん良くなっていく)

次のアクメの予兆を藍子が抱き始めた頃、陽一がピタッと腰遣いを止めた。

「ママ、お尻の穴、丸見えだね」

「あんっ、いやっ」

陽一の指が尻たぶを開いていた。藍子は悲鳴をこぼした。

「ママのオマ×コ、今、きゅって締まったよ」

「いじめないで。まだなの？　早く出して」

官能にぼうっとかすれた頭は、息子が故意に吐精を遅らせていることにようやく勘づいた。今のからかいもそうだろう。巧みに気を逸らし、抽送をゆるめることで放出欲を耐えていた。

「我慢しなくていいのよ。早くママに射精して」

「ママのなかに出していいの？　外じゃなくて」

「そ、それは……」

（やっぱりわたしを妊娠させたいのね。自分の女とするために）

今までの息子の言動が、それを物語っていた。藍子は面を上げ、陽一を見つめた。陽一は母の臀丘を摑んで、逞しさを誇示するように最奥までねじ込んできた。女は顎を持ち上げて哭いた。

「ああんっ、深いわッ」

藍子は、睫毛を小刻みに震わせて双眸を細めた。

「ママのなかでイキたい。ママのなかに出していいよね」

深い位置から、陽一が小突き上げる。硬さと太さが女肉を埋め尽くし、こねくっていた。下腹を蹂躙される感覚だった。歓喜と至福の入り混じったよがり泣きがこぼれる。

（このままなかにたっぷり出してもらったらきっと……）

恍惚に浸かった女体に、許されない願望が湧き上がる。酩酊した夜にも、陽一の精を浴びた。三十六歳の女は、今以上の快美があることを本能でわかっている。

（いつまでも仕事場のトイレにこもっているわけにはいかないから。誰かに見られたら終わりだもの）

都合のいい言い訳と自覚しながら、藍子は鏡のなかの息子を見て告げた。

「……だ、出しなさい」

母から膣内射精の許しが得られたことで、陽一の抽送が変わった。尻肉を鷲掴みにして、乱暴に出し入れを繰り返す。快感を貪る腰遣いだった。

藍子も自ら腰を振り立て、剛棒の摩擦と衝撃を、積極的に味わう。膣内射精を受け入れたことで、かえって心置きなく性交に耽ることが出来た。

（ああ、このオチン×ン、大好きッ）

相手が陽一だと快楽の大きさが違う。女の本当の悦びを与えてくれるのは、今まさに媚肉を貫いている息子の肉茎だった。ストッキングなしの太ももに、愛液が垂れていく。抜き差しの度に響く汁音が恥ずかしい。

「ママはバックからやられる時、お尻を振るんだね」

「意地悪なこと言わないで。あなたのためにがんばっているんだから」

自分は仕方なくしているのだと言い張り、臀丘を息子に向かって押しつけた。もっともっとと女体は責めを請う。

「いくよママ、このままぶちまけるね」

陽一が母の括れた腰を摑み、放出を宣言した。藍子は冷たい洗面台に頬を擦りつけてうなずき、両手で洗面台にしがみついた。荒々しい嵌入でゆれる肢体を抑える。

(勤務中にトイレのなかで、息子に抱かれて膣内射精を……。陽一の子を、この身に宿すなんてあってはならないのに)

「うう、ママ、出るッ」

陽一が腰を大きく打ち付け、吐精が始まった。

(ああ、これだわッ)

煩悶は、肉刺しの衝撃が覆い尽くす。深く貫き、膣内に牡の精が浴びせかけられた瞬間、官能が甘く弾けた。

「陽くんのミルクがお腹に……イクッ、陽くん、ママ、イクわッ」

勃起が律動し、生殖液を吐き出していた。流し込まれる大量の中出し液を感じて、意識は桃色に染まり、汗ばんだ臀丘はぷるぷると小刻みに震えた。

「ママのオマ×コ、どうしてこんなに気持ちいいんだろ。とろけるよ」

陽一が射出に合わせて、グッグッと押し込んでくる。子宮を小突き回される感覚だった。

「もうだめ。ママ、またイクからッ、許して」

むっちりとした太ももがゆれ、膝から力が抜ける。

藍子が訴えても、陽一は女の腰をがっちり支え持ち、射精の発作に合わせた繰り込みを止めない。

「ああッ、イ、イクうッ」

きらびやかな絶頂の波がまた藍子を包み込む。達するごとに波は高くなり、うねりも大きくなる。這った姿勢で、女体は痙攣を起こした。

「ママ、静かにね。こんな場面で人が来たら、大変なことになるよ」

陽一の手が、叱るように尻肌を叩いた。藍子は「あんッ」と哭いた。

(また息子にお尻をぶたれた)

恥辱と倒錯が、連続アクメの陶酔を甘美に彩る。

「はい。ごめんなさい」

藍子は急いで口のなかに自身の指を押し込み、よがり声を押し殺した。

陽一の放出は容易に終わらない。ドクンドクンという脈動を感じる度、気の遠くなる恍惚が背筋を駆け上がった。

(おかしくなりそう)

人がいつ来るかもわからない状況で浴びる息子の精子は、麻薬のようだった。

「ママのオマ×コ、精液が欲しいって吸いついてくるね」

陽一が藍子の背に覆い被さってきた。咥えた指を噛み、細首をゆらして藍子はうなずいた。下腹は滾り、結合部は灼けつくように熱い。樹液を浴びた膣肉が、うれしげに収縮を起こしていた。

(わたしの身体が、陽くんのザーメンミルクを悦んでいる)

藍子は媚びるように、むっちり張った臀丘を打ち振った。

「お化粧、崩れちゃったね」

陽一が頬に付いた毛を取り、目尻に滲んだ汗を拭う。汗と涙でマスカラがとけていた。束ねてある髪もほつれ、垂れた何本かが濡れた頬や額に貼りついていた。

「今日ね、お母さんに好きな人が出来たって報告した」

陽一が耳元で囁いた。

（お墓参りで清美さんに……）

「年上だけど、美人で僕のわがままをなんでも聞いてくれて、やさしい人なんだって伝えたよ。……ママ、愛してる。一生大事にするから」

藍子の耳に、息子の声は子守歌のように、甘くやさしく響いた。

（愛してるなんて言葉を、母親に贈ってはいけないのに）

我が子に翻弄されている。心を奪われている。気持ちは偽れない。悦楽の反応にも息子への思いは現れていた。そして膣内射精は身も心も捧げた証だった。

「目元がとろんとして肌は桜色になってステキだよ。ママ」

息子を見る自身の瞳は、うっとりとろけているのだろう。藍子は陽一に向かって顎を浮かせた。

「陽くん、おくち吸って」

紅唇を差し出し、キスをねだった。陽一が微笑んで、唇を重ねてくる。母子は口を開けて、舌をヌルヌルと巻き付け合った。陽一の手が胸元に差し入れられ、垂れた乳房を絞ってくる。高い鼻梁は吐息を漏らして、息子の口を強く吸い返した。

(わたしも……わたしも陽くんが好きよ)

好きと言い返す代わりに、藍子は腰に力を込めてペニスを締め上げ、欲望液を精一杯搾り取った。

3

母子のこもった息遣いが、シャンデリアで照らされた室内に木霊する。広いベッドの上で、藍子は陽一に正常位で抱かれていた。

二人がいるのは、ラブホテルの一室だった。カフェでのトイレセックスから二時間も経っていない。

「ママ、あとちょっとで出そう」

陽一が切迫の感じられる声で告げた。上から、陽一の汗が滴り落ちてくる。

「ええ」

藍子は肘までの長さの手袋を嵌めた手を息子の背に回して、ぎゅっと力を込めた。陽一のしなるような腰遣いで、やわらかなベッドがたわんだ。抜き差しに合わせて、白の光沢ストッキングを穿いた藍子の脚が、宙でゆれた。

陽一は裸、藍子は上下お揃いの白のブラジャーと、Tバックショーツを身につけていた。精緻なレースで彩られたシルク素材の高級品で、白のガーターベルトとリボン付きのセパレートストッキング、そして肘まであるシルクサテンの手袋までつけている。Tバックショーツの股布を横にずらされ、藍子はエレガントな下着姿で挿入を受けていた。

すべてホテルに入る前に、陽一が金を出してランジェリーショップで買った物だった。

「なかに出すからね、ママ」

出していいか訊くのではなく、もはや膣内射精の宣言に変わっていた。藍子も拒否をしない。頭上の陽一に向かってうなずいた。

「来て、陽くん」

「ママ、こういう時の台詞はね――」

陽一が藍子の耳に口を近づけて、囁いた。台詞を聞いて、美貌は戸惑いの色を浮かべる。

「……よ、陽くん、ママのオマ×コにたっぷり射精して」

それでも美母は、躊躇いがちに今教えられたばかりの吐精を請う言葉を告げた。女性器を意味する四文字の卑語を口にするのは、生まれて初めてだった。恥ずかしさで、首筋まで真っ赤に染まる。息子はそんな母を愛しげな目で見つめ、褒めるように頭を撫でると、フィニッシュに向けて素早く繰り込んできた。

(言いなりになって……母親の威厳なんてもうない)

たとえ女が年上でも、貫き、犯すのは男の側だった。ベッド内で陽一が藍子をリードするのは、男女の性の当然の帰結なのかもしれない。

(そうね。この状態が心地よいのは事実だもの)

男に甘えられる現実を藍子は受け入れ、ますます陽一の裸身にしがみついた。

「陽くん、ママ、またイッちゃうわ。早く。お願い、ママと一緒に。ね?」

共に昇り詰めようと、藍子はこみ上げる絶頂感に抗い、息子の吐精を待つ。母の求めに陽一がうなずきを返し、フィニッシュに向けて抽送を激しくした。

「うん。出るよッ、ママッ」

陽一が母の裸身の上で唸った。女体はその瞬間、限界を迎える。

「ごめんなさい、ママイクわッ、陽くんッ」

太もも丈のストッキングに包まれた両足を、ピーンと突っ張らせて藍子は悶えた。手袋をした女の指は、陽一の背肌を引っ掻くように爪を立て、豊満な乳房を男の胸板に押しつける。ホテルに入って髪はほどいた。枕の上に広がる流麗な髪が、よがり哭きに合わせてざわめきゆれる。

「あぁッ、ママッ」

わずかに遅れて、陽一の放出が始まった。女の股の付け根に腰をぴっちりと押しつけ、こもった息を吐く。その息遣いに合わせて、深く埋まった勃起が内奥で律動していた。

（ああ、やっぱり中出しセックスの方が、桁違いに気持ちいい）

カフェのトイレで注がれた精液が残っている膣内に、新たな精子が注がれていく。藍子は喉を晒して泣き声を放った。熱い樹液が当たる度に、全身の痺れる忘我の喜悦が迸った。潤んだ瞳にシャンデリアのきらびやかな光が映る。

（こんな気持ちいいものを覚えてしまったら、陽くん以外では満足できなくなる）

「陽くん、ようくん……」

藍子は息子の名を甘えるように何度も口にし、ストッキングの太ももで、息子の腰を挟み込んだ。手袋の手は息子の尻にやり、しっかりと自分の側に引きつける。

(ミルクを欲しいってせがんでいるのと同じ)

羞恥がこみ上げた。それを消すように、藍子は密着を深めた状態から顎を持ち上げて、キスを請う。

「ママ……」

陽一が上から口を被せ、鼻孔から荒く息を漏らして舌を差し入れてくる。藍子も舌を伸ばして応じた。ディープキスに耽りながら、母の奥まで精子を届かせようというように、陽一は腰を突き入れてくる。

(ああ、これ好きッ)

射精を浴びながら、子宮に圧迫が加わる。藍子は喉で呻きを放った。幅のある枕の上で、髪が跳ねゆれる。衝撃で意識は甘くゆさぶられ、視界は薄れた。下肢がゆるんで、温かな液が溢れ出るのを感じた。

「ママ、また潮を噴いてる」

陽一が口を引いて囁いた。藍子はぼうっと呆けた目で息子を見上げた。

(……しお?)

いつの間にか陽一は上体を起こしていた。時間の感覚が飛んでいた。

「わたし、粗相をしちゃった？」

藍子はかすれ声で問い掛けた。快感のあまり、数分間失神に近い状態に陥ったことに気づく。

「急いでバスタオルを挟んだからだいじょうぶだよ」

藍子の尻の下に、ごわごわとした感触があった。陽一が手を伸ばし、紅の引かれた母の唇に人差し指でふれる。

（陽くんのゆび……）

ランジェリーショップで下着を買い、路地裏のラブホテルに入るまで、陽一はずっと藍子の手を握ったままだった。その手が、ひんやり冷たかったことを藍子は思い出す。

（わたしの下着ではなくて、自分の手袋を買えばいいのに）

藍子はピンク色の舌をちろっと伸ばした。息子の指を舐める。

仕事が終わるのを、陽一は店の外でじっと待っていた。藍子の帰りを待ち、夜気のなかでたたずむ息子の姿を思うと、胸が疼く。

（主人を待つ飼い犬と同じよね。店から出てきたわたしを見た瞬間、目をかがやかせて抱きついてきて）

舌を這わせながら指を吸うと、陽一がくすぐったそうに目元を歪ませた。藍子は息子の顔を見つめて、指をしゃぶり続けた。やがて陽一の指が、女の口のなかに入ってくる。同時に腰が動き、女肉のなかを勃起が擦った。

「んふっ」

藍子の紅唇から呻きが漏れた。精を吐き出したペニスは、母の体内にぶっすりと突き刺さったままだった。陽一が腰をゆすると、硬度を保った肉茎が腫れぼったくなった膣粘膜を甘く擦る。

(おくちとアソコ、両方に挿入されているみたい。……あっ、酔った夜もこんな風に口を塞がれながら、陽くんとセックスをした気がする)

行為に喚起されて、息子との一回目の性交の記憶がふっと甦った。

「ママの舌、イヤらしいね」

陽一がうっとりと息を漏らした。藍子は目尻を下げ、本気の舌遣いを披露した。指先を舌でくすぐり、吸引する。頬の粘膜を擦りつけ、深く呑んで舌腹でくるみ込む。唾液で潤わせ、湿った音を立てた。陽一のペニスにフェラチオ奉仕を施す気分で、藍子は一時も舌遣いを止めずに指を舐め吸った。

(セックスにフェラチオに……わたしが陽一にその快さを教えてしまったのよ

ね)

筆おろしを行い、手扱きとフェラチオの味を陽一の身体に覚え込ませ、今また中出しセックスに及んでいる。無垢だった少年を快楽の虜にしてしまった責任は、自分にあるのかもしれない。

藍子は柳眉をたわめて、我が子を見上げた。陽一が母の紅唇から指を抜いた。

「ごめんね。ママがちゃんとしていれば、あなたはまともな恋愛が出来たのに。こんな年上のおばさんに引っ掛かっちゃうなんて」

ふっくらとした唇を艶やかに光らせ、藍子は申し訳なさそうに漏らした。

「まともな恋愛って?」

陽一が藍子の頭の横に手を置いた。身体をゆらして、女肉を突き刺した。藍子は膝を曲げ、光沢ストッキングを穿いた足を開いて、息子をより深く咥えようとする。

「きちんとした相手のことよ。みんなに祝ってもらえて、堂々と彼女を人前で紹介できるような……あんッ」

若茎は次の射精に備えて、硬さを甦らせていた。いったん抜いて休憩する必要もない十代のタフさは、熟れた女体には魅力的で尊かった。丸い腰つきは我慢出来ずに蠢いた。

「ママさえよければ、学校の友だちの前で紹介してもいいけど。僕の恋人ですって」

「よ、よしなさい」

藍子は声を上ずらせた。陽一なら友人の前で平然と言ってのけるだろう。だが陽一はそれでよくとも、大人である藍子は居たたまれない。

「照れるママもかわいいよ」

赤らむ表情を隠すように、藍子が手袋を嵌めた手を顔の前に持ってくると、陽一がその手を摑んだ。

「照れているんじゃないわ。困っているの。お店でもいきなりキスをして」

陽一が上体を起こしながら、藍子の身体を引き上げた。あぐら座りになり、藍子はその腰に跨がる格好になった。

「お店で同僚になにか言われた?」

藍子はかぶりを振る。トイレでのセックス後、汗をかいて顔を赤くしている藍子の姿を、他の従業員は怪訝そうに見てきたが、気にはならなかった。たまたま応援で駆り出されただけで、ずっと共に働くわけではない。

（結局、わたしも同じ。この子と一緒にいられれば、後のことはどうでもいいのかもしれない）

「僕らの仲がばれて騒動になったら、誰も知らない遠い場所に引っ越そうか。僕、働くからさ。今のパン工場でも、学校を辞めるようなことがあったらフルタイムで雇ってくれるって工場長に言ってもらったんだよ。勉強なら定時制だってあるし、通信で卒業認定試験を受ける方法だってある」

陽一が藍子の耳元で告げる。藍子は息子の二の腕をぎゅっと掴み、美貌を曇らせた。

「駆け落ちみたいなこと言わないで。ちゃんとママが働くから。世の中はそんなに甘くないのよ」

「知ってるよ。だから大学にだってちゃんと行く。僕が考えているのは、ママをしあわせにすることだけ。それ以外はどうでもいいんだ」

「んあんっ」

抱えた女体を陽一がゆすり、肉茎を衝き上げてきた。藍子の返事は甘い嗚咽に変わり、跨がった太ももがゆれる。

（困った子。わたしはあなたのしあわせの方が大事なのよ）

陽一は藍子の耳にキスをし、顎を吸い、自分のモノだと主張するようにキスマークを付ける。美母は豊満な乳房を波打たせて喘いだ。差し込まれた肉棒がヌルヌルと出入りし、亀頭が膣奥を突き、擦る。クリトリスには息子の恥骨が当たっていた。徐々に速くなっていく抜き差し、強くなっていく刺激がたまらなかった。

「ついこの間までキスも知らない童貞だったのに……こんなに上手なのはどうして?」

藍子は細首を戦慄かせて、呻きをこぼした。

「僕、じょうず?」

「ええ。じょうずよ」

口愛撫と繰り込みを同時に行い、女体の反応をうかがいながら、強弱を付けてくる。繊細に責める時もあれば、一気呵成に追い込んでもきた。

「ママの身体、おかしくなっちゃうわ」

なにより若いだけあって頑強だった。生殖液を吐き出しても、挿しっ放しのまま肉茎は連続の吐精へと移る。果たして萎えることがあるのだろうかと、精液の溜まった膣肉を擦られながら、年上の女は恐れさえ抱く。

「年頃になると、エッチな雑誌や映像を見るでしょう。女優さんをママに置き換えて、ママにこうしたら悦んでくれるかな、どういう反応するかなってずっと考えてきた」

「ママの責め方を妄想していたの？」

「そうだよ。頭のなかでママを何百回も抱き締めて、キスして、縛ってレイプして、もっと色々なこともした」

「何百回も……ママ、レイプまでされちゃったの？　陽くんに、いっぱい注がれたんでしょうね」

藍子はため息をつき、おもねるようにキスをした。もう何度目のキスかもわからない。息子の舌に己の舌をヌルヌルと擦りつけて唾液を行き来させ、分け合って呑み下した。陽一の手が藍子の背中でもぞついていた。

「ブラ外す？」

藍子がキスを止めて訊くと、陽一はうなずいた。慣れていないと、簡単には外れない。藍子は白の手袋を嵌めた手を、背中に回した。ホックを外すと、ブラカップがゆるんで量感たっぷりの乳房が重く垂れ下がった。先端では桜色の乳頭が恥ずかしげに尖っていた。その乳頭が、陽一の胸板に当たって擦れる。

「こんなに高いの、買ってくれなくてもいいのに」

脱いだブラジャーを下に置いて、藍子は告げた。

「今日はママに白を着て欲しかったんだ。純白の下着、似合ってるよ」

陽一が微笑んで、藍子の下唇に垂れた涎を指で拭った。

下着を買ってあげると言った約束を陽一は守った。だが母としては、参考書や文房具に、大切なアルバイト代を使って欲しい。

(下着だけじゃない。息子にラブホテル代まで出してもらう母親なんて、わたしだけでしょうね)

ホテルに入ることに反対はしなかった。陽一の制服は、藍子のコートで隠してフロントはやり過ごした。トイレセックスをしたことで逆に肉欲は燃え盛り、藍子自身が自宅に帰るまで待てない状態だった。

(だめな女。息子のコレが、欲しくて欲しくてたまらなかった)

長大な逞しさを味わおうと、藍子が跨がった足に力を入れた時、急に陽一が足を伸ばして、ベッドにぱたんと仰向けになった。息子が横になり、藍子が腰に跨がる女性上位に変わる。

「今度はママが上になるの?」

「うん。ママのおっぱいがゆれるの見たい」

（それでブラを取れって……わたしが上なんて、初めてかも）

夫とはした記憶がない。藍子は手袋を嵌めた手を、陽一の胸に置いた。既に繰り返し絶頂へと達していた。持続する昂りが、自ら尻を振る羞恥を抑える。藍子はそろりと腰を前後にゆらめかした。

「んふんぅ」

艶めかしい吐息が鼻から漏れた。

（この体勢だとお腹の奥に、当たってくる。ああ、陽くんのミルクで、ヌルヌルがすごい）

膣奥に真っ直ぐ突き刺さる角度は、染み渡る陶酔をこみ上げさせた。溜まった体液がなめらかさを生み、野太い勃起の拡張感はそのまま快感へと変わる。胸元の膨らみを跳ねさせて、藍子は粘っこく腰をゆすり立てた。

「エロおっぱい、ゆれまくりだね。乳首はピンって勃起してるし」

陽一が手を伸ばして、母の双乳を下から摑んだ。息子の指は豊乳を摑みきれず、藍子の腰遣いに合わせて、膨らみが手のなかでこぼれるようにゆれ動いた。

興奮で理性が麻痺してても、息子から卑猥な指摘を受ければ、やはり恥ずかしさがこみ上げた。紅唇は悩ましく吐息を漏らす。

（陽くんだって、カチカチに硬くなっているくせに）

藍子は羞恥心を振り払うように、乗馬運動のような腰振りに没頭した。

白の光沢ストッキングに包まれた足で息子の腰を挟み、ヒップを沈めるのに合わせて括約筋に力を込める。キュッと締め上げられた陽一は相を歪め、乳房を弄る手を止めた。

「ああ、絡みついてる。射精する度に、ママのなかって具合良くなるね。重たいおっぱい、おおきなお尻……男の精液を絞り出すためにあるような身体だね」

「それ、褒め言葉じゃないわ」

淫蕩な身体つきだと揶揄されている気がして、藍子は美貌を紅潮させた。少年の精液を吸った膣肉が、うれしげに蠕動を起こしているのが自分でもわかる。

（陽くんにも責任があるのよ。わたしにこんな気持ちいいこと教えるから、イヤらしくなったんじゃないの）

「ね、トイレでママのパンティが濡れていたのはなんで？　エッチなことをする前からぐしょぐしょだったけど」

陽一が思い出したように尋ねてきた。藍子は内心動揺する。どう誤魔化そうかと考えていると、それを制するように陽一が白い歯を見せた。

「わかっていると思うけれど、嘘はなしだよ。嘘は互いの信頼を損なうし、なにより悲しいもの」

(逃げ道を塞がれた……)

藍子はしばらく潤んだ瞳で息子を見つめてから、諦めて口を開いた。

「陽くんのことを考えていてムラムラしていたの」

藍子の告白に、陽一がパッと表情を変化させた。笑みが消え、真剣な眼差しに変わる。

「それって僕とセックスしたかったたってこと?」

「はい」

藍子は認めた。相貌は赤く色づき、呼気は速くなった。

「いっぱい濡れて、いつまでも止まってくれないから、お昼にパンティを穿き替えたわ」

(ああ、オチン×ン、充血を増している)

告白に反応したそそり立ちが、女肉にズブズブと突き刺さる。息子の指は乳房に食い込んだ。屹立した乳首をつままれ、揉まれる。胸愛撫の刺激に煽られて、藍子の腰振りも大きくなった。

「だから上下が違ったんだ。朝はお揃いのベージュ色だったのに、トイレで見た時は薄いピンク色のパンティだった」

「ええ。ママ、ついでにオナニーもしたのよ」

淫らな気分が盛り上がり、恥ずかしい告白の歯止めが利かない。

(母親が一人息子を思ってオナニーに耽るなんて、浅ましさの極致なのに)

言うべきではなかったと後悔をしても遅い。顔から火が出そうだった。

「ママ、仕事中にオナったの？」

驚きで目を見開く陽一に、藍子はコクンとうなずいた。

「我慢が出来なくて、自分の指で慰めたわ。あなたに声を掛けられた時は、もう一度しようと思って、おトイレに向かっていたところだったの」

陽一がガーターベルトの巻かれたウエストを、左右から掴んで下から衝き上げてきた。その乱暴さに少年の激情が垣間見えた。

「ママの秘密を知ってうれしいよ」

「か、勘違いしないで。仕事中に自慰なんて、ママだって初めてなんだから」

藍子も陽一の手に合わせて臀丘を振り立て、猛った勃起を蜜穴で扱き立てた。

(もっと、もっと……)

身体の辛抱が利かない。意識は淫らに染まって快楽を貪ってしまう。肌はオイルを塗ったように濡れ光り、白の光沢ストッキングもしみ込んだ汗できらきらときらめいた。

「あんッ、陽くんのせいで、ママはどんどん淫らな女になっていくわ。陽くんは、わたしを一体どうしたいの？」

よがり泣き同然の崩れた声で藍子は言い、手袋を嵌めた手で陽一の胸をもどかしくさすった。

「ママと結婚したい」

陽一が藍子に視線を注いで端的に告げた。まばたきすらせずに、跨がって繋がる母を見上げる。

女の心が震えた。一ヶ月前なら一笑に付していただろう。だが今はゆるぎのない真剣な想いだとわかっている。

(母親と結婚……息子と夫婦に)

藍子は陽一から目を背けた。正面の壁は鏡張りになっていた。清楚な白で彩られたグラマラスな女体がそこに映っていた。藍子はハッとする。

「だ、だからあなたは純白の下着を選んで、こんな長い手袋まで買ったの？」

白の下着はブライダルインナー、手袋はウェディンググローブを模していたことに藍子は気づいた。

「ママに豪華なウェディングドレスを買ってあげられるほど、お金が貯まってないから」

陽一が恥ずかしそうにつぶやく。藍子の胸は切なく締め付けられ、目元は熱く潤んだ。

（これが陽くんの花嫁衣装だったのね）

藍子の手は陽一の頬を撫でた。額に滲んだ汗を拭き、髪にさわってくしゃっと握る。藍子が相姦を受け入れた日だからこそ、陽一は白を着せたいと思った。息子のけなげさ、一途さが愛おしい。

「ママと年がいくつ離れているかわかっているの？」

藍子は小声で言い、止まっていた腰遣いを再開させた。ゆっくりと、丁寧に、身体に記憶するように我が子の肉茎を味わう。たとえ相姦の関係でなくとも、二人の年齢差は、恋を深める相手としては離れすぎている。

「短いスカートの活動的な格好だって似合うんだもの。ママは若々しくてかわいいよ。おっぱいやこの丸いヒップはいやらしいけど」

陽一の手が藍子の尻たぶを掴んだ。たっぷりとした量感をたたえるように揉み込み、ゆする。さらに指を臀裂の狭間に差し入れ、Tバックショーツの細紐をどけて指を肛穴にまさぐり入れてきた。

（あっ、お尻の穴に……）

瞬間、藍子は眉間に皺を浮かべるものの、括約筋の力を抜き、息子の指を受け入れた。窄まりにヌルリと指が差し込まれる。盛大に溢れ出る愛液と、漏れ出た陽一の精液が潤滑剤だった。

「そんな場所……どうして弄りたいの」

「ママの身体だから。僕の痕跡を全身に残したい」

「言い訳だけはうまいんだから。ようはヘンタイさんなのでしょう」

陽一が白い歯を覗かせてにこっと笑む。藍子は嘆息した。

（さわやかに笑って誤魔化せばいいと思って）

息子は以前からそこに興味を示していた。息子の欲情を誘うなにかが、丸みを帯びたヒップの奥にあるのは間違いない。

「それくらい許してあげるわ。ママは陽くんの童貞だけじゃなく、ファーストキスだってもらっちゃったんですもの。大人なんだから、責任を取らなきゃね」

藍子はそうこぼすと、左の手袋を外した。

「申し訳ないけれど、あと一つだけおねだりしていい？　安くていいから、ママに指輪を買ってくださいね」

そう言って藍子は薬指に嵌まった金色のリングを抜き、ベッドの枕元に置いた。今度は陽一が目を潤ませる番だった。

「ママ……好きだよ」

感動の声音で告げた。下から腰をしならせて、衝き上げてくる。藍子は髪をざわめかして呻いた。

「はい、わたしも。ママに注いで。ミルク、いっぱい呑ませて」

ヒップを沈めながら、精魂を込めて勃起を絞り込んだ。肛穴に刺さった陽一の指も締め上げる。陽一が胸を喘がせ、抽送を速めた。ホテルの一室に、母子の湿った息遣いが続く。

「あんッ、イクうッ、また藍子はイキますッ」

情欲に染まった台詞を発して、汗に濡れた裸身は息子より先にオルガスムスを迎えた。陽一は衝き上げを止めない。雄渾な男性器が、母を責める。膣奥を穿ち、子宮を押し上げる。大きな乳房が跳ねゆれ、紅唇は艶めかしい音色を奏でた。

「ああ、ママッ、出るよッ」

陽一の唸りと共に、勃起がグッと膨らむ。母を孕ませる液が溢れて、さらなる愉悦が迸った。藍子は細顎を持ち上げて豊乳をゆらし、背筋を反らした。

「ああン、いや、イクッ、イキッ放しになるわ」

ラブホテルならば、周囲に気兼ねせず、思い切り声を上げられる。藍子は盛大に牝のよがり泣きを奏でた。

(息子に種付けをされている)

陽一の射精の快楽を高めようと、藍子も懸命にヒップをゆらし、女体を上下動させた。勃起の痙攣、そして精の爆ぜる感覚は、女の腰に痺れる快美を湧き上がらせ、全身に巡って恍惚感を生む。弛緩した肉体の隙を狙うように、肛穴に刺さった指が二本に増えた。

「あ、んぐっ」

拡張感が桁違いに跳ね上がる。藍子は涙目で息子を見下ろし、身を被せていった。

「そんなにいじめないで。ママ、おかしくなっちゃうわ」

「ママ、もう一回言って。僕のこと好き?」

「ええ、好きよ」

濃い樹液が女の内に降り注いでいた。熱い精液で満たされる感覚、硬い肉茎で責め立てられる悦び、肛穴さえ指でマッサージされ、痙攣する女体はとろける。

(全部、陽くんに抱かれるまで知らなかった)

息子に教えてもらった快楽だった。女として生まれた幸福が三十六歳の肉体を包む。

「一人の男性として、あなたに心を奪われました。愛しています。ママを離さないで」

母は愛を訴え、束縛を求める。震える紅唇を息子の口に近づけた。母と子は禁忌を超え、誓いの口づけを交わす。

(わたしの陽くん)

藍子は切なく鼻息をこぼして、自身の涎を息子に呑ませた。陽一が喉を鳴らしていた。白い下着で身を飾った肉体が、歓喜で震える。

射精は容易に終わらない。息子の女へと堕ちた母は、相姦の交わりに酔い痴れた。

4

陽一が照明のスイッチ紐に手を伸ばす。

「じゃ電気消すよ」

「ええ。おやすみなさい」

蛍光灯が消え、寝室に闇夜が訪れた。藍子は目を閉じる。一分ほど経った頃、陽一が藍子の布団に潜り込んできた。

「やっぱり一緒に寝ようよ」

「陽くんがそうしたいなら……んっ」

身を寄せてきた陽一の手が、パジャマの上から藍子の乳房をまさぐり掴んだ。就寝時に、ブラジャーは付けない習慣だった。薄い生地の上から、指の動きが生々しく伝わる。

「おっぱいさわっていい？」

「もうさわっているじゃない」

（ちょっと前だったら陽一をひっぱたいていたのに。……二人で寝られる広いお布団を買わないと）

今までは十五センチほど離して布団を敷いていた。だが今夜はぴったりと寄せて敷き詰めた。

ラブホテルに泊まったのは昨日だった。明け方にホテルを出て早朝の電車で自宅へと帰り、服を着替えてそのまま出勤をした。息子との夫婦生活は、今日が一日目といえる。二人の距離が変わったことで、息子への接し方も生活も変化する。

「ねえ、これからはムラムラしたら、ママを押し倒してもいいの？」

「そ、そういうのは女性の反応を見ながら判断するのが、スマートな男性というものよ」

「なるほど」

陽一が感心したようにつぶやき、藍子の手を摑んだ。引っ張られてたどり着いた先は、陽一の股間の上だった。藍子は小さくため息をつき、やわらかな布地の上から、男性器をさわった。陽一は上下、スウェット姿だった。

(もう硬くなっている)

充血を感じて、三十六歳の女体はときめきを覚える。

「今度の休み、指輪を買いに行こうね」

「ええ」

既婚を示す金色の薬指の指輪は、外したままだった。息子の指がパジャマのボタンを外して、内側に入ってくる。直接、膨らみを揉んできた。

「生活のルールを新しく決めなきゃね」

淫らな昂揚を押し隠して、藍子は穏やかに告げた。

「お風呂はママと一緒がいいな」

今夜も一緒の入浴だった。以前教えられたように、乳房を使って背中を洗いながら脇から回した手で股間に指扱きをしてやると、陽一はとても悦んでくれた。その後前に回ってフェラチオを施し、最後には口で射精を受け止めて嚥下した。

「そ、そうね」

陽一が自らスウェットを降ろした。藍子は下着を下げ、現れ出たそそり立ちに指を絡めた。灼けつく熱気とゆるみのない硬直ぶりは、いつもと変わりなかった。

(お風呂場での口内射精だけじゃ足りなかった？　昨日ホテルで、あれだけしたのに……)

朝まで取り憑かれたように、母子は延々と交わり合った。体位を変えながら、陽一は藍子を犯し続け、そのすべてを膣内射精した。口唇奉仕する機会はほとんど与えられず、射精後の口を使った清拭もろくにさせてもらえなかった。

(一緒にお風呂に入れば、呑ませてもらえるのよね。陽くんは中出しばかりで、なかなかごっくんさせてくれないもの。わたしにミルクの味を覚えさせたのは陽くんなのに)

風呂場で呑んだ陽一の濃い精の味を思い出しながら、藍子は勃起をぎゅっと握った。握り込めない太さと長さ、それだけで女の股の付け根はジンと疼いてしまう。

陽一の手も藍子のパジャマズボンの内側へと潜ってきた。

「色っぽい下着を、ママに着て欲しい時には言ってね。パジャマだとムードがないでしょう。ガーターベルトだとかビスチェだとか、ママだってそういう下着を持っているから。あなたに買ってもらった花嫁衣装もあるし」

陽一から贈られた白のブライダルインナーは、洗って大切に保管してあった。一生忘れられない宝物だった。

「ありがとう。僕だけじゃなくて、ママからの要望は?」

陽一の指が、ショーツの上から藍子の秘処を撫でる。湿り気を帯びていることに、息子は当然気づいたに違いない。

(いつも濡らして待っているんですもの。淫乱なママだって、陽くんに思われて

いるんでしょうね）

　こみ上げる恥ずかしさから意識を反らしながら、藍子は口を開いた。

「ママの要望は……ともかく成績をきちんと維持すること。あなたとこんな風になって学業がガタガタになったなんてことが、ママとしては一番堪えるから――」

　きゃきゃっとはしゃぐ女性の声が、壁の向こうから聞こえた。藍子は喋るの止めて、耳を澄ました。

『アアン、タカシ……もっと、もっと突いて』

『いいぞ、もっとケツ振れよ、この牝ビッチ』

『いやーん、タカシ、やばい、すごいよッ』

　交わりの声が聞こえた。

「隣、エッチしてるね」

　陽一がつぶやく。

「……わ、わたしたちも、する？」

　思わず漏れた己の言葉に、闇のなかで藍子は美貌を紅潮させた。

（成績が大事だって言ったばかりなのに）

「ママ、疲れているかと思って。いいの？」

藍子は返事の代わりに、息子のスウェットを脱がせ始めた。

（陽くん、わたしのために我慢をしていたのね）

確かに睡眠不足で身体は疲れているはずだった。だがじわじわと湧き上がってくる情欲がそれを押し隠す。昨日の激しい性交の余韻が消えず、トロ火で身体を炙られている感じだった。肌の火照りが引かない。

陽一も藍子のパジャマを脱がしてきた。布団のなかで二人の肌が露わになる。

「ねえ、わたしもしている最中は、お隣さんみたいな声を？」

息子の下着を足から抜き取りながら、自分も派手なよがり声を発しているのかと藍子は尋ねた。

「うん、そうかな。ちょっと大きい……いや、同じくらいだよ。〝やばい〟は言わないけれど」

気遣うような言い方で、隣よりもはしたない声を上げているとわかり、藍子は闇のなかでさらに顔を赤らめた。全身がカアッと火照る。

（あれより派手だなんて……わたしを淫らに変えた陽くんが悪いんじゃないの）

藍子は布団の外へ手を伸ばした。パーソナルスペースのない狭い室内、陽一の秘密の道具置き場は把握している。鞄の陰から、革の手錠を摑んだ。そして互いの身体に掛かっている上掛けの布団をまくって、息子の上に覆い被さっていった。

「穏やかな家庭、慎ましやかな暮らしだったのに、欲望を貪り合う同棲生活にしちゃったのは誰のせい？」

裸の胸にキスをした。手は股間にやり、ペニスを摑んで擦った。

「ああん、ママッ」

息子が少女のような声で喘ぐ。乳首にキスをすると小さな突起はピンと硬くなり、若茎もうれしそうに反り返りを強めた。

（小さくてかわいらしい乳首）

左右を均等に舐め吸い、くすぐったさで身を捩る少年を叱るように、きつく勃起を扱き立てた。先走り液がねっとりと垂れて、女の細指を濡らした。頃合いを見計らって、陽一の両手を摑む。革のベルトを手首に巻き付けて、パチンと固定した。

「え？　あ？　ちょっと」

異変に気づいた陽一が、慌てたように声を上げる。自由を奪ったところで、藍子は手を上に伸ばして、照明の紐を引いた。明かりが布団の上を照らす。

「手錠?」

全裸に剝かれ、革手錠を受けた少年が、困惑の表情で藍子を見る。革のベルトを繫ぐ金属鎖の音をカチャカチャと鳴らして、手首をゆらした。

「お借りしましたわ」

藍子は貴婦人然と言い、右の足に引っ掛かっていた脱ぎかけの白のショーツを、スルリと抜き取った。裸になった女体は、陽一の腰の上に馬乗りになる。身を屈めて、陽一の首筋にちゅっとキスをした。

「次の体育はいつなの?」

「あさってだけど、手錠、外してくれないの?」

(あさって……そのくらいならいいわよね。痕も薄れるでしょうし)

「今までの分、お返しですから」

陽一がしたように、この肉体は自分の所有物だと首筋を強く吸った。首の付け根に赤いキスマークを二つ、三つと残し、そのまま息子の胸肌を舐め、歯を立てて甘噛みをする。「あ、あんっ」と息子が泣き声を上げ、身悶えする。ペニスは女の指のなかで過敏に戦慄いた。

「これ、ママのための手錠なのに」

「誰がそんなことを決めたの？」

藍子は身を起こして、ネイルカラーの塗られた爪の先で、亀頭の先端をピンと弾いた。「うっ」と陽一が呻いて、身を縮こまらせる。母を見る目は潤んでいた。

「今夜のママ、女王さまみたい」

「あら、お姫さまから、女王さまに昇格ね」

息子を見下ろして、藍子は艶然と微笑む。

（うるうるした目でわたしを見ちゃって。最近、ずいぶん大人びたと思ったけれど、やっぱりまだ子供なのよね）

おどおどとした小動物のような態度が、女心をくすぐった。藍子は陽一の足元へと身を移動し、股間に美貌を近づけた。逸物を大事そうに捧げ持ち、頬ずりをした。

（でもこっちは硬くて逞しくて……大好き）

女の悦びを教えてくれた、大切な息子の象徴だった。紅唇を近づけ、最初に感謝のキスをする。オーラルセックスにも慣れた。伸ばした舌で先走り液を舐め取り、味を愉しみながら唾液をまぶしていく。

（この年になって、フェラチオが好きになるなんて）

ぺろぺろと舌を這わせ続けると、切っ先から根元までペニスはテラテラに濡れて、艶美にかがやく。藍子はそれを満足そうに眺めた。

（おいしそうに光っている）

若い肉茎は、大人の男性のような色素の沈着がない。一人の女性のみを知る、ピンク色のペニスだった。藍子はふっくらとした紅唇をはしたなく広げて、先端から呑み込んでいく。いったん亀頭だけを含み、舌をそよがせた。

「あっ、あっ、マ、ママッ」

息子の喘ぎ声が心地よかった。尿道口も裏筋も、しつこく舌先で突き、擦る。棹の付け根に指を巻きつけてシコシコと擦り、反対の手は陰嚢を揉みほぐした。ドクンドクンとカウパー氏腺液が漏れて、舌に粘っこく絡んでくる。

（陽くんの蜜が溢れている）

劣情が作用し、塩気のある興奮の液すら甘く感じた。藍子はたまらず鼻梁から悩ましく息を漏らして、紅唇をヌプヌプと沈めた。

「んふんッ」

喉に当たるまで呑み込んだ。陰毛が鼻先に当たる。口腔いっぱいに頬張ると、人の身体とは思えない頑強さ、膨張ぶりが直に感じられた。牡の生命力が詰まっているのがわかる。

(こんなに威風堂々として)

雄々しい分身に、口を埋め尽くされる充実感は格別だった。このままずっとしゃぶっていたいとさえ思ってしまう。

(涎が溢れる)

唾液がどっと分泌され、唇の端から漏れそうだった。藍子はきゅっと紅唇を窄め、頬をくぼませてペニスを絞った。棹全体を唾液で舐め洗うように擦り立てる。布団に寝る陽一が胸を喘がせて、背を反らせた。

(陽くん、気持ちいい?)

息子の反応が、母の発情を誘う。棹の裏に広げた舌を貼りつかせ、深咥えのまま頭を左右に回した。回転の粘膜摩擦に、陽一の腰がビクッビクッと震えた。ペニスが衝き上がって、喉を小突く。

「んぐっ、むぐ」

こみ上げる嘔吐感さえ、快楽だった。肉柱の付け根を握った右手は、徐々に扱く指遣いを速くする。陽一は「あん、あン」とかわいらしい声で哭き、先走りの透明液を女の口のなかに吐き出した。

（トロトロと漏らしっ放しね。ママと一緒）

興奮の液を滴らせるのは藍子も同じだった。股の付け根で花唇が熱を帯びて、愛液をじっとりと滲ませていた。

（フェラチオをすると濡れる母親にしたのは陽くんなのよ……あぁッ、降りてきた）

愛液とは異なるドロンとした塊が、膣のなかをゆっくりと下がってくるのを感じた。昨日の中出し液だった。藍子は漏れを防ぐように、左手を己の股間に差し入れた。膣口からゼリー状の液が滲み出る。指先を動かすと、クチュッという音が漏れ聞こえた。

（いっぱい注ぎ込むから、昼間もミルクが降りてきたのよ。あなたのせいで、最近仕事中にショーツの交換ばかり）

パンティライナーを使っていたものの、漏れを防ぎきれずにトイレのなかでこっそりショーツを穿き替える羽目になった。

滴るザーメン液でシーツを汚さぬよう、藍子は指先を柔ヒダに押し込んだ、その瞬間、腰に甘い電流が走った。

「んッ」

勝手に指が動いた。母の蜜液と息子の牡液の入り混じった液体はなめらかさを生み、ジュクジュクに潤んだ粘膜が刺激を悦ぶ。

（だめよ、陽くんの前でオナニーなんて）

藍子は枕元に視線を注ぎ、快楽に喘ぐ息子の相をうかがうように見た。湧き上がる快感と興奮が、理性を麻痺させる。藍子は女肉を弄り、豊腰をゆらしながら息子のペニスを吸い立てた。

「ねえ、ママ、出そう」

陽一が吐精を予告する。

「むふんッ」

喉の呻きで藍子は応えた。早く射精をしなさいと、首を素速く振り立てた。茎胴に添えた指も、シコシコと擦り立てる。

「ママ、オナッてるの？」

突然、息子の驚きの声が寝室に響いた。陽一が頭を持ち上げて、吸茎する母を見ていた。藍子の左手は、ムチムチの太ももの間に挟まっている。

（そうよ。あなたのオチン×ン、おしゃぶりしながらオナニーをしているの）

淫蕩な姿を、今更隠しおおせるはずもない。藍子は情欲で濡れ光る二重の瞳を息子に返しながら、張り詰めた勃起を追い込む。空気の玉を呑み込むように、喉のさらに奥までペニスを咥えた。棹の根元まですっぽり呑んで、舌と唇を引っかけるようにして一気に吐き出す。ヌメ光ったペニスがビクビクと震えるのを目で確認し、また深く呑み込んだ。音を立てて出し入れするだけで藍子の官能は高まり、甘い嗚咽がこぼれた。

「んふ、んはむ」

股間の左手も止まらない。中指の根元でクリトリスを擦りながら、指先は膣口に差し入れて滾りを慰める。その指には後から後から粘ついた液が滴ってきた。潤滑液にまみれた状態で、秘裂をしつこく擦った。左右の太ももは内に締め付け、クリトリスや女ヒダに圧迫を加える。

「ママのエッチな姿、たまらない……あうう、ママ、出るよ」

淫らな母の吸茎姿が、息子の欲情を高めていた。陽一の喘ぎ声から数秒置いてペニスが脈動し、ドッと樹液がしぶいた。

(陽くんのミルクッ)

粘ついた液が藍子の口奥を打ち、舌に精液の味が広がる。藍子は紅唇と指の摩擦を弱め、ゴクッと喉を鳴らした。

（ああ、だめ、イクッ）

嚥下の喉越しが契機となった。沸き立つ絶頂感が女体にも訪れる。息子に奉仕しながら自慰に耽るという倒錯と背徳が、鮮烈な恍惚をもたらした。藍子は勃起を咥えたまま、ヒクッヒクッと裸身を戦慄かせた。

（濃くって匂いもきつくて……）

樹液が次々と吐き出され、新鮮な精液の香が女の口元から広がった。藍子はうっとりと呑み啜った。十代の若さが、喉に引っ掛かる粘つきに現れていた。髪を掻き上げて、一心に吸い上げる。息子の太ももに乳房を押しつけ、尖った乳頭を擦りつけて甘痒い性感を癒やした。

ゆっくりと射精の発作がおさまっていくのを唇は感じる。

「ママ、よかったよ」

陽一がかすれ声で告げた。藍子はそれでも舌をそよがせ続けた。口を離すのが惜しい。

（コレはわたしだけのモノ）

たっぷりと欲望液を吐き出したにもかかわらず、充血を続けるペニスにほれぼれとする。その頼もしさは、年上の女を惹きつけてやまない。

「ママ、もう出ないよ」

陽一が終わりを促す。藍子は紅唇を引き上げた。

「もう少しだけ。いい？」

美貌を昂揚の汗で濡らした女は、熱っぽく哀願した。そして陽一の足首を掴むと、頭の方に向かって持ち上げた。左右の膝が頭の横にくるまで折りたたむ。

「あっ、こんな格好……恥ずかしいよママ」

でんぐり返しの途中のような姿勢になり、頭と肩と膝が布団について、腰は浮き上がる。藍子の顔の前に陽一のお尻があった。

「いつもと入れ替わりね。お尻の穴まで丸見えよ」

不安定な下半身が倒れないよう、藍子は太ももと胸で陽一の裸身を支えた。ピンク色の窄まりや、陰嚢が露わになり、その向こうには不安そうな陽一の顔と、手錠で括られた両手が見えた。

「ね、ママ、この姿勢はちょっと……」

「心細くて困るでしょう。ママも同じ気持ちだったのよ」

藍子は陽一の足を口元に引っ張り寄せ、右足の踵にちゅっとキスし、爪先を舐めた。

「ママッ、足なんか舐めなくていいから。汚いよ」

「お風呂に入ったばかりじゃない」

親指と人差し指の股に舌先を差し入れ、ねっとりと擦る。足の指がきゅっと折れ曲がり、股間では裏側を見せたペニスが、小さく震えるのが見えた。陽一の顔は困惑したように歪む。その相を眺めながら、順に足指の股を舌で擦った。

「ママは、そんなことしなくていいからッ」

（やっぱり悦んでくれているんじゃない）

やめるよう言いながら、勃起の震えは大きくなっていく。藍子は愛液で濡れた左手を脇から前に回し、陰茎を握った。それだけで陽一のお尻がビクッと戦慄く。親指から口に含んで、一本一本丁寧に舐めしゃぶった。

「あっ、ねえ、だめだよ」

息子の切なげな声は、藍子の耳に心地よく届いた。左の足指も同じように舐めていく間に、女の指のなかで長竿はパンパンに硬く張り、先端から粘った液さえこぼした。その汁を藍子は指ですくい取り、元々付着していた愛液と一緒に勃起に塗り込め、マッサージオイルにした。

「もっと……して欲しいでしょ？」

藍子はペニスをやさしくさすりながら訊いた。唾液で濡れた息子の足を離して、相貌を陽一の臀部に近づけた。陽一が顔を横に振り立てる。

「だ、だめッ、そこは絶対しなくていいから」

次に藍子がどこを責めるのか、陽一はわかっていた。母に翻意させようと声を張り上げる。

「どうして？　フェラチオはさせるくせに」

右手で陽一の尻たぶを摑んで横に広げた。

「だ、だってそこは違うでしょ。一番汚い場所だよ」

恥ずかしいのだろう、息子の顔が赤らんでいた。

「ママが洗ってあげたでしょ。それに陽くんだってママのお尻、舐めてくれたじゃない」

入浴時、陽一の身体を洗った時、後ろの穴もやさしく指で洗ってやったことを藍子は言い、陽一の排泄の小穴に紅唇を被せて、ちゅっとキスをした。陽一が「ああっ」と悲鳴をこぼした。藍子はそのまま唇を離さず、皺を伸ばすように舌を這わせた。同時に握ったペニスを強めに擦ってやる。

「あっ、う、ううッ」

（ヒクヒクしている。かわいい）

舌遣いに反応して、窄まりが緊縮して蠢く。勃起はクックッと上下にゆれ動いた。

（もう、そんな目で見られたら、もっとしてあげたくなるでしょう）

陽一は口元を喘がせて、窄まりに舌を押しつける母を、困ったように見つめていた。濡れ光るつぶらな瞳は、加虐心を煽る。藍子は視線を返しながら、ペロペロと小穴を舐めほぐした。しつこく続けていると、唾液を吸った関門が徐々にゆるんでいくのがわかる。

「なかも、舐めてあげるわね」

「だめッ、美人でやさしいママは、そんなことしなくていいんだからッ」

陽一が下肢をゆらして暴れる。

（美人でやさしいママ……ずっとそんな風にわたしのことを思ってくれていたのね）

焦った時にこそ出る息子の本音が、藍子の胸に甘く染みた。

鼻の穴を膨らませただらしない絶頂顔、大口を開けた下品な音を立ててのフェラチオ、そんな姿を見せても母として尊重してくれる。敬愛し、憧れ、心奪われた存在として自分を見てくれている。そんな息子のために、出来る限りの奉仕をしてあげたかった。

「おとなしくなさい。お仕事中トイレに駆け込んで、股間に手をやってあなたのミルクを拭き取る母親の気持ち、わかる?」

藍子は陽一の尻たぶをぎゅっと握り、きつい口調で告げた。

「え、あ、ごめんなさい」

叱られたと思い、陽一が謝って足をゆすることをやめた。

(おかげでまたオナニーをしちゃうところだったのよ。我慢をするのが大変だったんだから)

トイレで脱いだショーツは、降りてきた中出し液でべっとりと濡れ、ザーメン臭がツンと香っていた。一晩でお腹のなかに、何回射精されたかわからない。年上の自分が奴隷のように這い、息子に尻肉を叩かれながら挿入を受けた昨夜の情景を思い出しただけで、藍子はたまらない気持ちになった。

(汚くたっていいの。オチン×ンだって汚れている方が好きだもの。陽くんの匂いと味が愉しめるから)

昼間のムラムラとした情念をぶつけるように、藍子は首を倒して舌をねじ込んだ。

「ひあんッ」

唾液ですべり、括約筋はピンク色の舌を呑み込んだ。息子は布団の上で、顎を仰け反らせる。藍子は潜り込ませた舌で腸粘膜を押し広げ、内側でヌルヌルと蠢かせた。

(陽くん、感じている。ママがお腹のなかまできれいにしてあげますからね)

舌遣いに感じている証が、収縮反応に現れる。ぎゅっと締め上げてくる括約筋の絞りが、尻穴をしゃぶる女へのご褒美だった。

「ああん、だめだよう。ママぁッ」

幼子のように陽一が悶え泣いていた。整った面立ちは、瞳に涙さえ浮かべていた。手錠を掛けられた手を顔の前でゆすり、鎖の音を奏でる。

藍子はそれを見ながら、唇をぴっちり被せ、埋め込んだ舌を限界まで突き入れた。奥まで差し込むと、ピリッと刺激を感じた。生じるえぐみや匂いを唾液で舐め洗い、深い位置で舌を丹念にそよがせた。

「ママぁ……うう、いや」

紅潮した顔で、陽一は唸りをこぼす。ペニスの先端からは粘っこい汁がひっきりなしに滲み出ていた。藍子は陽一の肌に垂らさぬよう、すくい取っては潤滑液にする。反り返りに合わせて扱き立てつつ、反対の手は陰嚢を揉みほぐした。

(すごい。こんなにはち切れそうになったの、初めてじゃないかしら)

吐精したばかりだというのに、陰茎の充血が尋常ではない。雄渾そのものの手応えは藍子の情欲も高め、さらなる濃厚さで息子を責める糧となる。勃起で女肉を突き刺すように、尖らせた舌をヌルヌルと肛門で抜き差しした。

「やっ、出し入れまでっ……あんッ」

息子の悲鳴に、唾液で潤った腸管と舌の擦れる湿った音色が重なる。それがより恥辱感を生むのだろう、息子は切なげに相を歪め、身を可憐に震わせる。藍子は煽るように舌をズブズブと差し入れ、故意に音を立てた。硬直は握力を強めて乱暴に扱いた。

「ママ、出ちゃうよう」

幼さを感じさせる口調で、陽一は母に快感を訴えてくる。我が子の至福こそ我が身の幸福とする母としては、これ以上の恍惚はない。

(いっぱい……いっぱいしぶかせなさい)

藍子は慈愛の眼差しを返し、滴が下に滴るのも構わず、嬲るように長棒を絞り込んだ。陽一の息遣いが切羽詰まっていく。

「ママ……ああ、イクッ、出るよッ」

ペニスが痙攣を起こしていた。作法は心得ている。藍子は持ち上げていた陽一の下半身をすぐに布団の上に降ろした。手錠の鎖を摑んで、陽一の身体を引き起こして膝立ちの姿勢にすると、ピクつく陰茎に唇を被せた。

「あん、ママッ、イク、イクッ」

その瞬間、放出が始まった。藍子は四つん這いの格好で、射精を受け止める。陽一は手錠を掛けられた両手を藍子の頭の上に置いて、腰を遣ってくる。

「ママ、吞んでッ」

(吞んであげる。ぜんぶママのものよ。存分に突きなさい)

吞ませたい息子の願望と、吞みたい藍子の欲求が一致している。ペニスから決して口を離さず、唇を締め付けて快感を高めてやりながら、濃厚な樹液を搾り取った。左手は陽一の尻を摑み、臀裂の狭間に指を差し入れた。唾液で濡れた肛穴に、舌の代わりに人差し指を挿入して、高まった後穴の性感を維持する。律動に合わせて、腸内をまさぐってやると、息子の呻きは大きくなった。

「あ、ああ、ママッ」

発作に合わせて、陽一は身をしならせて、腰を突き入れてくる。鎖の音と息子の切羽詰まった喘ぎが、藍子を盛り立てる。

(苦しいのに……どうしてこんなにステキなの)

美母は上目遣いで「もっと」と口腔性交を請う。喉奥までペニスが差し込まれると、呼吸をすることも容易ではない。口のなかを凌辱される感覚に、裸身はゾクゾクとする。我慢出来ずに右手を己の股間に差し入れた。クリトリスを擦り、ジクジクとする女穴に差し込む。痺れる官能が豊腰に広がり、白いヒップは悩ましく振りたくられた。秘肉を指で慰めながら、ゴクッゴクッと喉を鳴らす。

(陽くんのミルク、こってりしている)

酸欠と苦悶、肉悦が入り混じるなか、藍子はうっとりと思う。とろとろの舌触り、青臭い風味と喉越し、欲望液を口で受け止め、嚥下することは奉仕悦の頂点だった。

「ママ、気持ちいい?」

陽一が震え声で問い掛ける。這った姿勢で指を己の股間に差し入れ、淫らに尻を振っている。自慰を行っているのは一目瞭然だった。

「んふん」

藍子は艶めかしい呻き声で応えた。息子にオナニーを気づかれても、止められなかった。丸い尻を一層淫らにゆらし、フェラチオ奉仕する女だけの愉しみに耽る。

「そのままイッていいよ」

陽一は勃起を喉元にとどめ、そこから小突いてくる。完全に呼吸を奪うやり方だった。柳眉はくねり、目尻からは涙がこぼれる。

(そんなにされたら……ああ、だめ、イクッ)

被虐感が最高潮に達し、頭のなかはふわっと白み、腰の甘い痺れはうねりを起こした。退廃的なアクメが女体を包む。むっちり張った臀丘を小刻みに痙攣させ、それでも藍子は勃起を懸命に吸い立てた。

(陽くんに抱かれるようになってから、イキやすくなった)

オルガスムしたことを伝えるように、陽一の肛穴に差し込んだ指をさらに埋め込む。

「ママ、イッたんだ。もっと欲しい?」

藍子は鼻を鳴らして返事をした。陽一が腰を引き、今度はゆったりとしたストロークで、口腔を犯す。息苦しさは薄れ、代わりに口を女性器同然に使われているというマゾヒスティックな悦びが、女を押し上げた。下唇からは涎が滴った。

嗚咽をこぼして、藍子は残りの樹液を啜り呑む。

(ミルクの溜まったお腹が温かい。陽くんはママのことが大好きなんですものね。だからこんなにいっぱい呑ませてくれる)

息子の精を摂取する行為には、爛れた興奮がある。喉を通るごとに陽一の愛情、初々しい情念を感じた。そして量が多ければ多いほど、劣情は跳ね上がった。

「あぁっ」

射精が終わり、陽一が大きくため息をこぼして腰を引いた。藍子は後穴から指を抜く。陽一はそのまま布団にペタンと座り、仰向けに倒れ込んだ。

連続での放出は、若い肉体でも負担だったのだろう。陽一は目を閉じ、汗ばんだ胸を喘がせて、余韻に浸っていた。

藍子は口元を手で拭うと、衣装ダンスの前に移動した。

引き出しから下着を一式取り出した。黒のセパレートストッキングを穿き、ガーターベルトを付ける。上半身にはウエストを絞り込む黒のビスチェを着た。黒のハイレグパンティを穿き、手には黒のシルクサテンの手袋を嵌めた。

「ママ……」

母の出で立ちに気づいて、ハアハアという息遣いが止まった。

「こういう衣装の方が、陽くんは元気になるのよね」

藍子は髪を掻き上げ、再び陽一が横になっている布団に歩み寄る。息子の腰を跨いで尻を落とし、手首の手錠を外した。潤んだ目で息子を見つめる。

「ママ、スイッチが入っちゃったみたい」

喉が、唇が燃えるように熱い。舌を伸ばして、濡れ光る紅唇を舐めた。

布団の横に手を伸ばす。息子の道具置き場を探り、ローションのボトルを掴んだ。

「それ、今度ママに使おうと……」

「ママが使ってもいいのよね」

藍子はローションボトルの蓋を取り、達したばかりのペニスにドロドロとした液体を垂らし落とす。そしてシルクサテンの手袋できゅっと陰茎を掴み、引き延ばした。

「あっ、あああッ」

ツルツルの生地の感触とヌルヌルのローションの粘つきで、達したばかりのペニスを擦られ、陽一が高い悲鳴をこぼす。

「陽くん、いいでしょう。もっとおしゃぶりさせて」

藍子は恥じらいながら、口唇奉仕を続けさせて欲しいと懇願した。息子にここまで淫らな要求をした記憶はない。肌は桜色に染まり、汗が腋の下に滲んだ。そして黒のハイレグショーツには、愛蜜がじっとりと滴る。

「ママ、呑み足りないの？」

陽一は藍子の頬に手をあてがう。藍子はうなずいた。

「ええ……陽くんのミルク、もっと呑みたい」

藍子は息子の顔を見つめたまま、手袋の指を蠢かせる。たっぷりのローション液のなかでヌメヌメと扱き、しっかりとした硬さが甦ってきたところで、首を倒して紅唇を近づけた。ほのかに精液臭を感じた。

(この匂いも好き)

新鮮な牡の香を嗅ぎながら、藍子はローションまみれのペニスを含んだ。

(もうこんなに充血している)

締め付けた唇で硬さを確かめ、藍子は鼻梁から感嘆の息を漏らす。貞淑だと思っていた自分を、淫らな牝に変えたペニスだった。吸引を強くすれば、陽一は腰を敏感に震わせてくれる。

（ママはこれの虜なの）

日曜日、勉強する息子の足元で、舐め続けろと言われたら喜々としてフェラチオ奉仕に耽るだろう。朝から晩まで咥えても、きっと飽きないと思う。

口内でローション液と唾液を混ぜ合わせ、ヌルヌルと舌を絡めた。亀頭の反りが舌先に心地よく引っ掛かる。シルクサテンの指は、シコシコと棹の根元を擦った。空いている左手は陰嚢を包んで、やわらかに揉みほぐす。

「ああっ、いいよママ……好きなだけしゃぶって」

陽一が藍子の頭をやさしく撫でる。髪を指ですき、咥え顔を覗き込む。じっと観察される羞恥も、今の藍子には発情のスパイスとなった。

「むふんッ」

息子の許しをもらった美母は、深く呑み込んで、舌で硬直ぶりを味わい、野太さを喉で愉しんだ。

（陽くんのオチン×ン、おいしい）

粘膜を甘く包み、快美をもたらす牝の至福、息子に歓喜の悲鳴を上げさせる高揚感――淫蕩な情欲と母性本能が満たされるのが口唇奉仕だった。

黒下着の衣装をまとった女は、ビスチェの胸元をゆらし、黒のパンティに包まれたヒップをうねらせ、我が子の肉茎を狂おしく吸い立てた。ショーツの股布に垂れた愛液の濡れ染みが、じっとりと広がっていった。

第五章　ママと僕の「新婚生活」

1

三台並ぶ自動改札の横に、陽一が立っているのが見えた。スタジアムジャンパーにジーンズ姿だった。紺スーツ姿の藍子が肘を持ち上げて、小さく手を振ると陽一も気づいて笑顔を作った。

（迎えに来いって意味で、メールをしたわけじゃないのに。携帯電話、買わない方が良かったかしら）

携帯電話のメールでだいたいの帰宅時間を伝えると、陽一はそれに合わせて駅まで来るようになった。生活が便利になる道具を与えたはずが、かえって陽一の手間を増やす結果になっていた。

藍子は黒のエナメルハイヒールを履いた足を速めて、改札を抜けた。陽一の元に近づくと、息子は手を広げて母の腰を抱く。

「こら、抱き締めないで。人が見てるでしょう」

恋人同士のような抱擁に文句を言うと、陽一は顔をぐっと寄せてきた。

「お帰りなさいママ。ただいまのちゅーは？」

「な、なにを言っているの」

冗談だと思い、藍子は息子の胸を押し返した。だが陽一はスーツの身体を離さない。

「ちゅーは？」

陽一は藍子を見つめて囁き、口元を差し出す。藍子はなんとか逃れようとするが、腰に回った息子の手は外れなかった。二人の横を、同じ電車から降りた乗客が通り過ぎていく。

(こんな目立つ場所で)

焦りで身体が火照った。陽一が諦める様子はない。やがて藍子は根負けした。

「ただいま、陽くん」

藍子は紅の引かれたツヤツヤの唇を、息子の口に重ねていった。軽くふれ合わせるだけのつもりだったが、陽一が右手で後頭部を押さえる。陽一の左手は藍子のスカートの尻を撫でた。

(なにを考えているの。人がいっぱいいるのに)

足音やざわざわとした話し声、人の気配が感じられるだけに、こみ上げる羞恥で藍子の頭は沸騰する。陽一の指が尻たぶを摑み、揉み込む。穿いているのは、膝上丈のぴちっとしたタイトミニだった。指遣いを生々しく感じた。

(困った子……)

藍子の手もそっと陽一のジーンズの股間に這わせた。強張りに手の平を被せる。

たっぷり一分間は口づけが続いた。

頭を押さえる陽一の手がゆるんで口が離れると、藍子はすぐに陽一の手を摑んで、足早に駅の構内から外へ出た。周囲のようすを確認する余裕はなかった。何人にキスを目撃されたかもわからない。カツカツとヒールを鳴らして、駅前のロータリーを通り過ぎた。

「ぜ、絶対、バカなカップルだって思われたわ。駅まで迎えに来た時の、お帰りなさいのキスは禁止。ルールに追加します。ちゃんとメモをしておきなさい」

辺りに人気がなくなってから、藍子は陽一を振り返り、文句を言った。

「えっと、首筋へのキスマーク禁止、トイレに入っている時にいきなりドアを開けて観察するの禁止で、天ぷらを揚げている時に突然バックから嵌めるのは禁止、危険日前後五日間の中出し禁止、それに駅でのお帰りなさいのキス禁止、と。どんどんルールが増えていくね」

「あなたの身から出たさびです。ちゃんと覚えましたか」

藍子は陽一の顔を指さした。

「はーい」

陽一がその母の手を摑み、握り直す。藍子の手を引いて、アーケードの商店街を歩き出した。

「カップルなら問題ないでしょう。年の差があってもちゃんと僕とママ、釣り合って見えてるってことだから。ほら、恋人同士みたい」

陽一が一軒のブティックに目を移す。ウインドウにはスーツ姿の大人の女と、ジャンパーにジーンズ姿の若い男の子が反射して映っていた。社会人と学生、藍子の目にはどう見ても、手を繋いだ仲睦まじい母子にしか見えなかった。

（恋人同士はどうしたって無理があるでしょう」

藍子は手をほどき、陽一の右腕に自分の左腕を絡めた。

（……でも、わたしは息子の女になってしまったから）

胸の膨らみに息子の腕をぎゅっと押しつけ、寄り添って家路に向かう。藍子の左手の薬指には、陽一に買ってもらったマリッジリングが嵌まっていた。その金色のかがやきを見つめながら、藍子は口を開いた。

「今夜はずいぶん暖かいわね」

「明日は春の陽気だってさ」

「あなたの春物、買わなきゃね」

「気に入ったのがあったらでいいよ」

「ねえ、毎日迎えに来なくてもいいのよ。あなただって忙しい身なんだから」

息子と禁断の仲になって一ヶ月が経つ。陽一は早朝のパン工場のアルバイトを続けていた。成績は一度落ちかけたものの、藍子と相思相愛の関係になったのが励みになったのか、学年上位に見事返り咲いた。アルバイトを辞めて欲しいのが本音だが、止める理由がない。

「ママが痴漢にでも遭ったらいやだもの」

「過保護な子ね」

商店街を抜け、住宅街の道に入る。歩いて二十分の家路だった。途中街灯が少なく、夜遅いと危うさを感じる場所もある。強がって見せても、心強いのは事実だった。自分を心配してくれる息子の気持ちもうれしい。

「ママは僕の好みに合わせて、ミニスカートだって穿いてくれるんだから、このくらいしなきゃ」

「別に陽くんのためじゃないわ。わたしだって、たまにはこういう格好をしたい時だって……」

陽一が頬をゆるめて藍子を見ていた。照れ隠しの言い訳なのが丸わかりだった。藍子は相を隠すように、バッグを提げた左手で髪にさわり、耳の横から後ろに流す。会社を出た時に、まとめ髪はほどいてあった。

息子の悦ぶ表情が見たくて、藍子は時々膝上十センチ以上のタイトミニを穿くようになった。化粧もナチュラルメイクを心がけ、ネイルカラーも明るい色を選んで、少しでも陽一に釣り合うよう努力している。年齢差を陽一は気にしていないようだが、年上の女の身としてはどうしても拘らざるをえない。

(陽くんにがっかりされたくないもの)

毎日、陽一は藍子を抱いた。入浴も一緒で、一つの布団に枕を並べて寝ていた。目覚めればおはようのキスを交わし、こうして仕事が遅くなった時は、駅まで迎えに来てくれる。新婚夫婦のようだと藍子は思う。

「今夜の夕食は、すき焼きだから」

「すき焼き？　そっか。陽くんのお給料日」

陽一のアルバイトの給与が入る日は、いつもより夕食が豪華になる。

「ママもね、ボーナスが出たのよ。でもおかしいの。いきなり最高査定になっていたのよ」

「へえ、ママ、がんばっているものね」

「滑川部長が今日の帰り際にわたしを呼び出して『これで許してくれ』って。息子さんに伝えてくれればわかるって言われたんだけど、あなたなにか知っているのよね」

滑川は親会社から出向してきた上司であり、歓迎会の席で藍子に無理矢理酒を飲ませた男だった。藍子が不審げな目で息子をじっと見つめると、陽一は諦めたように苦笑を漏らした。

「滑川さんって先輩が一つ上にいてさ。滑川なんて名字、けっこう珍しいからひょっとしてって思って。声を掛けてみたら」

「父親が、わたしの上司の滑川さんだった？」

　陽一がうなずく。

（滑川部長、子供さんがいるとは聞いていたけれど、陽一と同じ学校だったの）

「滑川先輩と気が合って仲良くなって、そしたら休みの日に家に招かれたから一緒にゲームをして遊んだだけだよ。あ、そうだ。小学生の弟さんがいたから一緒にキャッチボールもしたな」

「いつの話？」

「一ヶ月前。お母さんのお墓参りの前日」

（清美さんのお墓参りの前日。そんな前から手を回して……）

　一ヶ月も前に、陽一が滑川の自宅を訪れていたことを藍子は初めて知る。

「滑川部長、僕があの夜、タクシーから降りた時に出会った相手だって気づいて、びっくりした顔してたよ。奥さまもいてさ、みんなでご飯を食べたんだ。奥さま、料理上手だったよ。滑川部長、親会社の偉い人だって言うけど、奥さまが重役の娘なんだって。部長が偉そうにしていられるのは、奥さまのおかげ。以前も部下の女性との浮気が見つかってこってり叱られたらしいよ。今度発覚したら、家を追い出されるんだって」

「そこまで調べたの」

藍子は呆然とつぶやいた。

「部下の女性へのセクハラなんて許されませんよねって僕が言ったら、奥さんはええそうねってうなずいて、部長はやけにビクビクして俯いてたな」

陽一が愉しそうに笑う。藍子はため息をついた。

『僕がママを守るから』と陽一は藍子に言った。手で射精を介助してやった夜だった。その場の勢いで発した適当な台詞ではなく、陽一は本気だったということになる。

（会社の上司まで牽制を……わたしのために）

「部長、一ヶ月前から急におとなしくなったのよ。同僚にわたしより若い事務の女の子がいるのだけど、その娘にちょっかいを出すこともなくなって……不思議に思っていたわ。あなたのせいだったの」

藍子は立ち止まる。腕を組んでいる陽一も足を止めた。

「僕の知らないところで、ママに手出しされたら困るからね。ママは僕の妻なんだから」

（妻……）

咄嗟に藍子は息子に抱きつこうとして、踏みとどまった。公園内の抜け道だった。人気はない。それでも帰宅する会社員や、犬の散歩をする人と出会わぬよう、藍子は陽一の手を引いて茂みのなかに入る。樹木の陰に身を置いた。

「いい大人が、学生に守ってもらうなんて情けないわね。でもありがとう」

夜の暗がりのなかで息子に抱きつき、感謝のキスをした。息子が夫、母が妻、その異様な状況も、当たり前のように感じる自分がいた。

(わたしはあなたの気持ちにどう応えたらいいのかしら)

陽一の手がタイトスカートの尻に回り、ぴちっと張った臀丘を撫でてきた。

「ママ、今、入れてるの?」

口を離して陽一が問い掛ける。

「入れているわよ。あなたがそうしろって命じたんじゃないの」

藍子は一週間前から、肛門にシリコン製の淫具を嵌めて通勤をしていた。淫具は瓶の栓のような形で、簡単に抜けないように括れがある。当初は違和感があり歩き方がぎこちなくなったものの、今はだいぶ慣れた。異物挿入で慣らして、陽一は最後には藍子の後穴でも性交をしたいと望んでいた。

「変態でごめんね」

「いいのよ」

藍子は陽一の股間に手を這わせて、慈しむように撫でた。

(したいのなら断れない。わたしはアナルバージンくらいしか、陽くんにあげられないもの)

母の初めてを欲しいと願う気持ちは、理解できた。ファーストキスや、女の純潔を藍子は陽一に捧げられなかった。陽一のファーストキスや童貞をもらった身としては、どうしても申し訳なさを感じてしまう。

「ねえ、ママの下の毛、剃っていい?」

陽一が甘えるように頼んでくる。

「……いいわよ」

間を置いて藍子はうなずいた。もうすぐ社員旅行の予定だった。浴場で同僚の女性に肌を見られる機会があると思い、藍子は剃毛を断っていた。

(身体を見られたくないなら、お風呂の時間をずらせばいいもの。なんだったら社員旅行を断ってもいいし)

大人の女ならあるべきはずの茂みを剃り落とすことで、陽一は母の身体を自分のものにしたと実感したいのだろう。

「ほかには? 頼りになる旦那さまの願いを、淑やかな妻がなんでもうかがいますわよ」

「今度ママを縛っていい？　麻縄を注文しようと思うんだけど」

「麻縄……まあ、いいわよ」

手錠を使って後ろ手に固定した、レイプっぽいプレイは何度も行っていた。藍子のよがり声が近所迷惑にならないよう、スカーフや絹の手ぬぐいで口枷を嵌めることさえあった。縄掛けを受けることに脅えや躊躇いを感じるが、断固だめと拒むほどではない。

「まだなにかあるの？」

「僕の学校の制服とか、体操着、着てくれる？」

藍子は返答に詰まった。陽一の要望は、徐々に難題になっていく。三十六歳の女としては、学生時代の装いをするのは心理的な抵抗が大きい。

「女子学生の制服をどうやって用意するの。買うの？」

「卒業する先輩に頼めばもらえると思う」

「……なら、いいわよ」

無駄遣いをするのであれば、それを理由にいやと言うつもりだった。藍子は渋々受け入れる。陽一の手が悦びを表すように、丸いヒップを摑んだ。

「ママ、直接、握って」

耳元で陽一が囁いた。股間をやさしく撫でさすっていた藍子の手が止まる。

「直接？　今ここで？」

藍子は驚きの目で息子を見る。人目に付かない茂みの奥とはいえ、公園という公共の場で性器を露出するのはいかにも危うい。

「もう少しでおうちよ。家に帰ったら、好きなだけ……」

藍子はそこでようやく陽一になにかあったのだと勘づいた。藍子を試すように、無理難題を投げかけてくること、そもそも駅でいきなりキスを迫ったのも変だった。

「陽くん、気に掛かることでもあった？」

藍子の問い掛けに、陽一が母の肢体をぎゅっと抱き寄せる。

「僕宛の不在通知の郵便があったでしょ。今日取りに行ったら父さんからの手紙で、お母さん名義の通帳も入ってた」

「お母さん……清美さんの通帳？　そういえばあの人、大切なものを送って寄越すって」

「通帳はお母さんの貯金と事故の時の保険金だって。僕のお金だから、好きに使って欲しいって。大金だけどいいの？」

「そうね。……ありがたくいただきなさい。きっと清美さんもそれを望んでいるわ」

「じゃ、お金は受け取るけど……。ママ、父さんにマンションの住所教えてたんだね。おばあちゃんだけじゃなくて、父さんとも連絡取っていたこと、知らなかった。電話もしているの？」

「え、ええ。でも少し喋っただけよ」

「だったらママは、父さんが実家を出て自宅に戻ったことも知っているんだよね。今は僕ら三人で暮らしていた家に一人で住んでて、よかったら僕らにも家に戻ってこないかって手紙に書いてあった。ママの了承は得られているから、後は僕次第だって」

「了承じゃなくて、陽一の意思を優先するって言ったのよ……」

藍子は言い訳するように告げてから、息子が抱いた不穏な感情を理解した。

「陽くん、嫉妬をしているの？」

嫉妬が今夜の行動を生んだとわかり、美貌に笑みがこぼれた。抱き合った姿勢のまま、女の細指はジーンズのファスナーを引き下ろした。下着をずらし下げ、陰茎を外へと引き出した。

「あなたと血の繋がった父親だもの。無碍には出来ないでしょう。それに陽くんはあの人のこと、あまり聞きたがらないから。内緒にするつもりはなかったのだけれど、あなたを不安にさせちゃったのね。ごめんなさい」

謝罪の言葉と同時に、ひざまずいた。陽一の分身は、既に隆々と反り返っていた。手に提げていたバッグを下に置き、いつものように両手で大事に持ってキスをする。シャワーを浴びる前の、脂っぽい匂いがした。

「あなたが一番よ。こんなママを見ても信じられない？」

上を見ながら藍子は亀頭の裏を舐め上げた。そして紅唇を広げて含む。汗と汚れの混じった特有の味が舌に広がると、花唇がジュンと疼いた。フェラチオが前戯だった。女体はたっぷり潤って、陽一を受け入れる態勢になる。

「ママが父さんのところに戻ったら、僕は一人になるよね。仲良さそうなママと父さんを見ながら、一緒には暮らせないもの」

一日の汚れを舐め洗う母の口唇奉仕を見下ろしながら、陽一がつぶやいた。ペニスを吐き出し、藍子はやさしい眼差しを返した。

「そんな風に考えちゃったの？」

「……ママと僕は血が繋がってないから。おばあちゃんの手紙にも他の女が生んだ子だって書いてあった。恋人じゃなかったらそばにいる理由がないでしょう」

藍子の胸がきゅっと締め付けられた。立ち上がって息子の頭を抱いた。

「そうよね。家族だと思っていたのに、違うなんていきなり知っちゃったんですものね」

藍子と血縁でないと陽一は突然知った。母親だと信じていた女性が他人だと知った時のショックは、想像以上だったのだとようやく気づく。そしてその心の傷が、藍子への性急な求愛の原動力となったかもしれない。

(切れてしまったわたしとの繋がりを求めて……)

藍子は陽一の頭を両手で挟み、目を合わせた。

「不安なのはママだって同じなのよ。わたしのことなんか忘れて、陽くんには若くてお似合いの彼女を見つけて欲しい。まっとうな生き方をするのがいいことなんだって、理性ではわかっているの……だけど」

母の身分を捨て、女として恋心を抱いてしまった。息子のしあわせを願いながら、自分を変わらず愛して欲しいと望む矛盾を、藍子は抱えている。

(わたしだってどこかにいるあなたにふさわしい彼女に焼きもちをやいて、脅え

ているのよ）

陽一はクラスの女子に人気がある。きっと片思いの少女もいるだろう。魅力的な女性が現れれば、陽一が心変わりしてもおかしくはない。

藍子は右手を下に伸ばし、唾液で濡れた勃起を握り、弓なりに沿って扱き立てた。

「ママね、毎晩眠りに落ちる時、なんでもするから捨てないでって、あなたの寝顔に向かって祈りながら眠るのよ」

「ほ、ほんと？」

陽一が驚きの声を上げる。勃起は震えを起こして指のなかからピンと跳ね、ジャンパーの生地に藍子の唾液をこびりつかせた。

（こんな浅ましいこと、言うつもりはなかったのに）

羞恥の告白が、美貌を上気させる。だが秘めるべき恥部まで晒したことで、逆に女の決意が固まった。

「陽くんの赤ちゃん、生んであげましょうか？」

藍子はタイトスカートの内に手を入れ、黒のショーツを脱いだ。膝の位置まで下げる。肛穴に嵌めていた拡張具をスッと抜き取り、スーツのポケットに隠した。

「赤ちゃん……いいのママ？」

陽一がかすれ声で問う。女体はちょうど受精期を迎えていた。それを陽一もわかっている。セックスは毎回膣内射精だったが、妊娠の可能性が最も高い危険日の三日間と前後一日ずつ、その五日間だけは避けてもらっていた。

陽一の子を生むことがいやなわけではない。一番の問題は、収入面での不安だった。藍子という働き手がいなくなれば、陽一は学校を辞めて働くことを選ぶだろう。

「あなたが家事を手伝ってくれて、アルバイトもしてくれたおかげで節約ができたし、貯金も貯まったもの。あなたの大学進学は、奨学金を利用することになると思うけれど」

藍子は陽一に背を向けた。腰を曲げて臀丘を陽一に向かって差し出し、タイトスカートをまくり上げた。三十六歳の肉付きの良い臀丘が、夜の淡い光を浴びてかがやく。脚線美を包むのは、黒の光沢セパレートストッキングだった。いつものようにガーターベルトで吊っている。

「藍子にミルクをください。陽一さん」

息子ではなく、恋人として名を呼んだ。女は両手を秘園にやり、指で花弁を開いて見せる。女口は蜜を垂らして待っていた。

（こんな場所でしゃぶって、中出しセックスまで……）

夫鷹夫との生活では考えられない変貌ぶりだった。陽一が腰を進めてくる。切っ先が膣口に当たった。藍子は手を前に戻して、目の前の樹木に摑まった。陽一がズンと押し入ってくる。

「ああんッ」

愉悦の喘ぎがこぼれた。いつも以上に剛直は硬く引き締まり、根元までみっちりと埋まっていた。

「ママ、父さんには二度と抱かれない？」

「当たり前でしょう。わたしはあなたの妻になったのよ」

嫉妬の充血が女はうれしい。女穴から生じる快楽は、愛されている実感でもあった。

「ありがとう、ママ」

陽一が抜き差しを始めた。藍子は木を摑む指に力を込めて、身を支えた。

「ママ、かっちりした紺スーツだから、会社帰りの美人ＯＬを犯しているみたい」

陽一が藍子の尻肌を愛しげに撫でる。

「ママがスーツの時は、いつも同じこと言って」

ミニスカスーツで帰宅すると、毎回陽一は母の出で立ちに欲情して、玄関で襲ってきた。キスをされ、無理矢理汗ばんだ脇の匂いを嗅がれ、ハイヒールを履いたままスカートをまくり上げられて、バックから嵌められた。藍子がセクシーなガーターベルトを付けて、ミニスカートを穿くのは、帰宅時に陽一に抱いてもらうためかもしれない。

「でも今日は屋外で美人ＯＬをファックしているから、いつもとちょっと違う」

陽一が尻肉を摑んで、抽送を速める。艶めかしい声を辺りに響かせないよう、藍子は歯を嚙み縛った。

（屋外でファック……）

言葉のどぎつさに、劣情が盛り上がる。陽一の腰に尻たぶを打たれ、ストッキングを穿いた太ももがゆれた。愛液の分泌が過剰なためか、ヌチュクチュッと漏れる交わりの音がやけに大きく聞こえた。

（外なのにはしたなく濡れて……ああ、すぐイッちゃいそう）

快感がひたひたとこみ上げる。鼻孔からはひっきりなしに息を漏らして、頭を振った。垂れた髪が抜き差しに合わせて、ざわめく。

「ママ、静かに。ジョギングの人が来たみたい」

陽一が囁き、腰遣いをゆるめた。藍子は面を上げる。樹木の向こうに、蛍光塗料が光って見えた。身につけているジャージの染色だろう、軽やかにゆれて近づいてくる。

「んッ」

いきなり陽一が指を肛穴に埋め込んできた。窄まりには拡張器具をすんなり挿入するために、ローションが塗ってある。指はスルリと入った。

（人が来たのにどうして？）

太さでわかる。埋め込まれたのは親指だった。藍子が陽一を振り返って悪戯をやめるよう訴えようとした時、指と同時にペニスがグッと突き込まれる。

「ひうッ」

情感に満ちた嗚咽がこぼれた。肛穴へのいたずらは何度も受けていた。細身のバイブを腸管に突き刺した状態で、犯されたこともある。両穴責めの妖しくも痺れる快楽を、肉体は知っていた。

（女の身体って業が深い。お尻なんて最初はあれだけイヤだったのに）

勃起と指が蠢く。薄い膜を通してゴリゴリと擦れ合っていた。

「あッ、あううッ」

我慢出来ずに牝声が紅唇から漏れた。藍子は左手を口元に持っていき、指を嚙んだ。抽送が止まり、タッタッタッと足音がすぐ横を通る。今の自分の置かれている状況に鳥肌が立った。ストッキングを穿いた足が震え、ハイヒールが落ち葉を踏んでかさかさと音が鳴る。藍子は息を吞んで、危機が通り過ぎるのを待った。冷や汗が流れ、夜気が濡れた肌を撫でる。

足音はすぐに遠ざかり、藍子は溜め込んでいた息を肺から吐き出した。ふっと気がゆるんだ瞬間だった。陽一が鋭く繰り込んできた。

「ひッ、あああん、イクッ、イクわッ」

指を吐き出し、藍子はよがり泣きを晒してしまう。陽一は波の盛り上がりに合わせて、抽送を速める。オルガスムスの痙攣が女体を襲う。こみ上げる快感が辛苦に変わり始めた頃、陽一は勃起の繰り込みをピタッと止めた。

「あっ……ああッ」

藍子は苦しげな息遣いをこぼして、木の幹にしがみついた。臀丘は汗ばみ、小刻みに震えた。

「だいじょうぶだよ。さっきの人、戻ってこないみたい。……すごい声を出して困ったママだね」

陽一がパチンと叱るように尻肌を叩いた。藍子は「あン」と泣く。

「そんなによかった？」

藍子は髪をゆらしてうなずいた。偽ることは出来ない。陽一の激しいセックスの虜だった。

「すごい締まりだった。ママって、いじめられるの好きだよね」

「自分でもわかっているから、言わないで」

濡れた瞳は振り返って息子を見つめる。

「……でも、わたしがいじめて欲しいって思う相手は、陽くんだけだから」

媚態を露わにする藍子の台詞に、陽一が笑んだ。

「ママ……ほら、ケツ振って」

陽一はペニスを突き込みながら、平手打ちで藍子の臀丘を打った。尻肉を摑む左手の親指は、肛孔に刺さったままだった。その指がズブリと深く埋め込まれる。従順な美母へのご褒美は打擲と、肛穴への深い挿入だった。

「あううっ」

（心も身体もとろけてしまう）

肛門に嵌められた指を絞り込み、膣の締め具合を調節して快感を味わう術も覚えた。括約筋に力を込め、藍子は肉柱を食い締めて、陽一に悦んでもらえるよう淫らにヒップを振り立てる。情欲に染まった嗚咽をこぼし、年上の女は快楽に呑み込まれていく。

「マゾのママも好きだよ」

「マゾだなんて」

藍子は悩ましい目つきで背後の息子を見た。

「僕がママを好きなのは変わりないから。むしろ清楚でお上品なママの本性がマゾだなんて、興奮する」

陽一の抽送が速まった。熟れた肉体を仕留めに掛かる。男の腰と女の尻の跳ね当たる交合の音が、パンパンと夜の公園に響いた。快感に染まって下肢が落ちそうになっても、陽一がそれを許さない。臀丘を摑んで支え、平手打ちの鮮烈な痛みで母を叱咤した。

「もうすぐ流し込んであげるから、がんばって」

「は、はい。ごめんなさい」

膝に力を入れ、藍子は必死に臀丘を掲げた。陽一の突き込みで、胸元では豊乳がゆっさゆっさとブラジャーごと前後にゆれた。

（欲しい。早くとどめを刺してもらいたい）

次の大きな波がそこまできていた。

「お願い。陽一さん、わたしと一緒にイッて」

愛する息子と共に昇り詰めたいと、藍子は懇願し懸命に膣肉を絞り込んだ。勃起と膣ヒダの摩擦感が増す。

「うう、いくよ、ママ」

「はいッ、くださいッ」

互いに呼吸を合わせる。ペニスの膨張を感じた。肛門の指が暴れてなかを押し広げる。藍子は愛しい分身を一心に食い絞った。

「ママッ、出る……藍子ッ」

「陽一さんッ」

母と子ではなく、男と女として互いの名を呼び合い。二人は同時に達した。立ち昇る甘い波が女体を包み、そこに中出し液を浴びる至福感が重なる。

（濃いミルク……流し込まれてるッ）

男性器が膣内で律動を起こし、樹液をドクドクと吐き出していた。受胎期のせいか、いつも以上に快感が迸る。官能の針が振り切れ、大きな波が熟れた肉体を押し流す。

「藍子、孕めッ」

捏ねくるように、ペニスと指が腹部で蠢いた。

「ひっ、ひぃッ」

口元を押さえる余裕もない。倒れないよう木の幹にもたれて、藍子は身を支えた。背筋の戦慄きが止まらない。

「藍子」

陽一が上体を倒し、藍子の背に覆い被さってくる。藍子は振り返った。唇が近づく。

「陽一さんの赤ちゃん、生みますわ」

藍子は震え声で告げて、息子の口を吸う。差し入れられた陽一の舌と絡み合わせた。下では残りの精を注がれる。受胎の可能性が高い時期に、我が子に尻を差し出し、深々と埋め込まれて精子を浴びていた。相姦の禁忌が心を締め付け、同時にドロドロとした愉悦の渦へと女体を引き込む。

（でもこれでいい。こんなにもしあわせだもの）

やがて頭のなかが麻痺して、濁流のような恍惚の世界に女は流されていく。

2

父、浅倉鷹夫に会ったのは、休日の母とのデート中だった。近くのショッピングモールの入り口で、警備員の制服を着て駐車場に入る車を誘導していた。

最初陽一は、製薬会社の部長職に就いていた鷹夫と、誘導棒をせかせかと振る警備員姿が結びつかず、遠目からしばらく観察していた。すると父の方から「陽一っ」と声を掛けてきた。

「ちょっと待っててくれるか。すぐ休憩だから」

そう言い置いて父は仕事に戻った。父は反対の手も振って大きなジェスチャーで入ってくる車を誘導し、指示に従う車や立ち止まってくれた歩行者、自転車に丁寧に頭を下げていた。三分も経たないうちに、交替の警備の男性がやってきた。一言二言、言葉を交わすと、父は陽一の方にやってきた。

「この格好なんで、なかのお店に入ることはできないから、その辺で立ち話になるけどいいかな」

鷹夫がすまなそうに言う。陽一はうなずき、駐車場の端の自動販売機を指さした。

五台の自販機が並んで据えてあり、囲うようにコの字型にベンチが並べてあった。ベンチから少し離して灰皿が置かれ、喫煙コーナーになっていた。家族の運転手役らしき男性たちが灰皿の近くで立ったまま、三人ほど紫煙を燻らせていた。

ベンチには、ショートヘアのサングラスを掛けた女性が一人座っていた。髪は明るいライトブラウンで、薔薇色のミニ丈のドレスが目を引いた。

その向かいのベンチに陽一と鷹夫は腰掛けた。

「この辺に住んでいるって聞いていたから、もしかしたら会えるかもしれないって思って自分で派遣先を希望したんだよ。でも本当に会えるとはな」

鷹夫が笑って、自販機で買った缶コーヒーを陽一に手渡す。制帽を脱ぐと、以前より肌が日焼けしているのがわかった。

「元気そうだな。背も伸びてずいぶん逞しくなった。ママは元気か？」

「うん元気だよ」

陽一は前を見る。向かいに座っているのが藍子だった。

胸元がV字に切れ込んだ袖の無い薔薇色のドレスは、屈めばなかの下着がのぞけそうなほど裾が短い。腰にはスリムベルト、ドレスの上にはライトグレーの薄手のコートを着て前を開き、膝丈の黒革のロングブーツを履いていた。タイトなシルエットのドレスは、胸の谷間がくっきりのぞき見え、双乳の先端の突起もうっすらと浮かび上がっていた。

（父さん、まったくママに気づいてない）

陽一と藍子は、ノーブラデートの最中だった。過剰に露出した派手な格好を知り合いに見られても平気なように、藍子はライトブラウンの髪色のショートボブウイッグを付けて、サングラスを掛けていた。

藍子の方は当然、鷹夫だとわかっている。

トイレに行ったはずの陽一が、夫の鷹夫と一緒に戻ってきた。目元はサングラスで隠れているが、赤い紅の塗られた口元が、かすかに震えているのを見ているだけで、母の動揺と緊張が見て取れた。

「陽一は友だちと一緒じゃないんだな。今日はなにしに？」

「あ、映画を見に」

陽一は鷹夫の方を向き、答える。人気のない映画をわざと選んで、一番奥の席に並んで座った。上映時間のほとんどの間、母は暗がりのなかで陽一の股間に顔を埋めていた。陽一は藍子のノーブラの胸を揉み、足の付け根に手を差し入れてショーツのなかのクリトリスや膣口を弄くった。膣内には無線式のローターを挿入し、コントローラーを使ってオンオフや、強弱を変えて愉しんだ。

陽一は映画が終わるまでに三度母の口のなかに射精し、藍子は三回樹液を呑み干す間に、自分でも把握し切れない回数アクメしたと恥ずかしそうに告白した。

(ママのフェラはイヤらしいから)

藍子の唇は長時間の口唇奉仕で腫れぼったくなり、今もリップグロスを塗ったようにツヤツヤと光っていた。

「映画も見終わったから、これから帰って、家でゆっくりしようと思ってたところ」

陽一は鷹夫に告げた。マンションに戻って、麻縄で藍子を縛ってとことん責めるつもりだった。映画館を出た時の母の濡れた視線や切なげな雰囲気で、さらなる責めを欲していることがわかった。

「父さんこそ、なんで交通整理なんてしているの?」

「前に勤めてた会社、辞めたんだよ。ずっと休職していただろ。会長、社長の親族ってだけで要職に就かせてもらってた上に、休んでいるのにいつまでも給料をもらい続けるなんて悪いからな」

今度は乾いた感じの自嘲の笑みだった。陽一と藍子が家を出て行ってから、自分が病気だと自覚し、自ら病院に赴いて専用の病棟に入院したと、父からの手紙に書いてあった。実力もなく上の地位に就き、仕事のストレスから酒に逃げるようになった父の心の内を、陽一は手紙を読むことで初めて知った。

「友人がこの警備会社の役員をやっていてね。人手不足で困ってるって言うから、次の職が見つかるまでのアルバイトで紹介してもらったんだ。外に出て、身体を動かすのは良いことだって担当の先生も言ってくれたし」

「そう。変わったね父さん」

陽一は感心したように相づちを打つ。会社を背負っているのは自分だと、酔う度に豪語していた以前の鷹夫の姿からは、真面目に警備員のアルバイトの仕事をこなす今の姿は想像がつかない。

「身体の……調子はどう？」

息子の婉曲な訊き方に、父は目を細めた。

「信じられないかもしれないけれど、入院してからは一滴も飲んでないよ。退院した後もカウンセリングを受けて、患者同士でグループ討論をやって、自分の問題はなにか考えるんだ――」

そこで鷹夫は言いよどみ、陽一をじっと見る。

「なに？」

「……前の妻、清美はわたしが原因で命を失ったんだ。わたしは弱い人間だから、そのことを認めたくなかった。間違いはそこから始まったんだと思う。……清美のこと、お前に内緒にしていて済まなかったな」

言葉を選ぶようにゆっくり喋り、鷹夫は最後に頭を下げた。

陽一は鷹夫を見つめた。膝に置いた左手の指には、絆創膏がいくつも巻いてあった。

「……父さん、自炊をしているんだね」

「ああ、これか。難しいな。キャベツの千切りもろくに出来ないものな。お前はずいぶん料理が上手になったそうじゃないか。ママをちゃんと手伝っているんだって」

「うん、ママに習ってだいぶレシピを覚えたよ」

「そうか。ママの手料理が懐かしいな」

藍子の話題になったことで空気が変わり、ふっと悪戯心が陽一の頭をかすめた。ズボンのポケットのなかには、ローターのコントローラーが入っている。母はバイブレーションを起こす淫具を、入れっ放しにしているはずだった。ポケットに手を突っ込み、電源をオンにしてみる。

「ひゃっ」

向かいのベンチから、かわいらしいしゃっくりのような声が聞こえた。母はカツラの髪を繊細にゆらし、困ったようにサングラスで隠した視線を陽一に送る。

「お前は知らないだろ。ママとの出会いはお見合いだったんだよ。清美を喪って間もない頃だったから、再婚をするつもりはなかった。断ろうと思って、わざとお前をお見合いの席に連れて行ったんだ」

「僕を？」

初めて聞く話だった。陽一は父の側に身を寄せる。

「手の掛かりそうな小さい子がいきなり同席してたら、普通じゃないって思うだろ。でもお見合いが始まったら、いきなりお前はママのところにとことこ歩いて近づいて、ぎゅってママの着物の袂を掴んで離さないんだ。仲人さんが離そうとしても無理で、ママは構いませんってにっこり笑ってお前を抱きかかえてね。お見合いの時間が過ぎても、一緒だった。ママはお前に捕まったようなものなんだよ」

「……そうだったんだ」

陽一は目の前の藍子を見た。美しく、やさしい母だった。頭ごなしに叱られたことは一度もない。頼み事を断られた記憶もない。なんでも受け入れてもらい、甘やかされて育ててもらった実感がある。

（ママは、僕が飽きるんじゃないかって不安みたいだけど……）

肉体関係を結んでも、母への愛情が薄れることはなかった。他の女性に惹かれることもなく、ひたすら母だけに夢中だった。陽一はコントローラーを操作して、バイブレーションを強くした。ベンチの上で丸い尻が、もじもじとゆれた。内股になり上半身をもどかしそうにくねらせる。愉悦の気配と、困惑の仕草が愛らしかった。

「ね、前に座っている人、ママに似ていない？」

陽一は、声を潜めて父に問い掛けた。陽一の声が聞こえたのか、母の背筋がビクッと伸びた。鷹夫が藍子をまじまじと見た。母が居心地悪そうに、腰をゆする。緊張感が陽一にも伝わってくる。胸元や首筋に見える白い肌は、混乱と恥じらいの桜色を帯びていた。ドレスの胸元では、乳頭の隆起がはっきり現れていた。

（ママ、乳首が勃っちゃってる。……父さん、わからないのかな。僕はすぐにママだって気づいたのに）

ウイッグを買った日、藍子は陽一を驚かせようと、今日のようにサングラスを掛けた上でウイッグをかぶり、真新しいコートで帰ってきた。駅まで迎えに来た陽一の横を、藍子は他人の振りをして通り過ぎようとしたが、陽一の口からは自然と「お帰り」の声が出た。

（一発で見抜かれたからママ悔しそうだったな。……でも、なんでママだと思ったんだろう）

どうして判別できたのか母にも訊かれたが、陽一にもよくわからなかった。変装をしてメイクも変えると、普段の清楚な雰囲気とは別人で、お忍びの女優やモデルと言われた方がしっくりくる。なんとなくわかった、としか言いようがなかった。

「目立ってて派手な人だな。胸の谷間を見せちゃって、髪も染めているし。でもママはあんなにおっぱい大きくないだろう。若そうだから二十代前半くらいじゃないか」

父が潜めた声で、陽一に告げた。そして興味を失ったように藍子から視線を外して、手に持っていた缶コーヒーを飲み干した。

(何年も一緒だったのに……)

陽一は父を見つめ、藍子を見つめた。

(僕はいつもママのことを考えているから……ママが僕の腕のなかでどういう表情をするか、どんな声を出すか知っているから)

自分のために、胸や足を露出したドレスを着てくれるやさしい女性だった。藍子への愛情は薄れるどころか、日増しに強くなっていく気がする。何度抱いても抱き足りなかった。

昨日は帰宅する時に、マンションの階段で隣の大学生とすれ違った。

「さっき階段のところでなんて言われたの?」

陽一には、大学生がなんと言ったか聞き取れなかった。

「〝おばさん、毎晩、すごいね〟って」

母の顔は真っ赤だった。

「やっぱりママの声、隣の部屋まで聞こえるんだね」

「……今度から猿ぐつわ使って」

困って恥じらう母の顔は、たまらなく色っぽくかわいらしかった。

ズボンの内で、陽一のペニスが充血していく。藍子をもっと泣かせてやりたいと思う。我を忘れて、自分にしがみつかせたかった。「許して」と連呼させ、それでも責め続けて、泣き啜る母を抱き締めながら欲望液を注ぎ込む時、年の差も禁忌の関係も忘れて、自分の女だと実感できた。

「おっと、そろそろ休憩終わりだから行かないと」

「父さん、ママには彼氏がいるの知ってる?」

立ち上がりかけた父が、驚いた顔をして陽一を見た。

「お前、知っていたのか。……ママから聞いたよ。交際をしている男性がいると。でも事情のある関係で、堂々と人前に披露できる間柄ではないって」

(ママ、父さんに隠さず告げてたんだ)

相手が陽一とは言えないまでも、好いた男性の存在を父に伝えてくれたことはうれしかった。

「ママはきれいだから、男が言い寄ってくるのは不思議じゃないだろ。ママも新しく仕事を見つけてお前の面倒を見て、大変で心細かったから頼れる相手が欲しかったんだよ。責めるつもりはない。お前も責めたりしないでくれ」

「わかっているよ」

「わたしには過ぎた女性だと思ってた。事情があって籍を入れられない、表沙汰にもできない相手だというなら、余計に戻ってきて欲しいと思った。家にくれば家賃もいらない。以前のように、お前たちの生活をわたしが支えられる。暮らしを楽にするために、わたしを利用して欲しいってママに告げたよ。父親――夫らしいことをしたいんだって」

(父さん、ママの相手は不倫とか愛人だとかじゃないよ。ママの恋人は僕なんだ)

口元を噛んで甘い嗚咽を耐えながら、藍子はサングラスに隠れた瞳を、陽一に注いでいた。その視線を受け止めながら、陽一は父に告げる。

「ママのことは僕が守るから、安心していいよ」

「そ、そうか」

申し出に対しての拒絶と捉えたのだろう、鷹夫が残念そうにつぶやいて立ち上がった。陽一は父を見た。指に貼られた絆創膏には血が滲んでいた。制服の内に着たシャツは皺が寄り、袖口は黒ずんでいた。

「今、支えがいるのは父さんでしょ。シャツの襟、よれてるよ。料理だけじゃなく掃除洗濯も苦労しているんでしょう。就職先だって決まってないっていうし……家に戻るよ。また一緒に暮らそう」

鷹夫がベンチに座る陽一を、見開いた目で見る。

「……い、いいのか？　またわたしが酔って暴れるかも」

「父さんが、ママに手を上げるようなことは絶対させないよ。背だって僕の方が高いから、父さんを組み伏せてあげる。時間ないんでしょう。また後で話そう。ママに電話番号聞いておくよ」

「あ、ああ。またな陽一」

父がベンチを離れ、駐車場の入り口へと戻っていく。途中二回振り返って、陽一に向かって小さく手を上げた。陽一はコントローラーを操作して、電源をオフにした。

「ママとのデート中に父さんに会うなんてね。聞こえた？」

薔薇色のドレスを着た藍子が、陽一の前に立っていた。

「家に戻るって……いいの？」

藍子はサングラスを外して、潤んだ瞳で陽一を見る。

「助けがいるのは向こうだってわかったから。ママだって、そうしたかったんでしょう。父さんのこと、心配で」

「そうね。あの人は家族だから」

〝夫〟とは言わない。鷹夫はあくまで家族であり、今の夫は陽一だと藍子は告げる。

ドレスの裾から覗く内ももに、透明な滴が垂れているのに陽一は気づいた。傾き掛けた日差しを反射して、きらめく。

「おいで、藍子」

タバコを吸っていた男性たちは去り、自販機周辺には人気はなかった。自販機の影になるよう、陽一はベンチの一番端に移動すると、ズボンのファスナーを引き下げた。なにをするのか藍子は理解し、着ているコートで互いの身体を隠すようにして跨がってきた。陽一は藍子の足の間に手を差し入れた。ぐっしょり濡れたショーツの股布をずらして、無線のローターを抜き取った。藍子は引き出したペニスに指を添え、尻を沈めてくる。ローターの代わりに、雄々しい陰茎が女肉を埋め尽くした。

「ああんッ、ステキ、陽一さん」

「すごいヌルつきだね。父さんに見られて興奮したんだ」

藍子は、陽一の肩に頬を擦りつけてコクンとうなずく。

「恐かったし、緊張したわ」

媚肉の収縮が起こり、粘膜がひっきりなしに絡みついてくる。藍子は腰を前後にゆすり始めた。ノーブラの乳房が陽一の胸に当たって弾む。

「父さんのコレ、思い出す？」

「あ、あの人は、お酒の影響で……」

語尾を濁した藍子の言い方で、陽一はピンときた。

「父さん、勃たないんだ」

「わたしの肌に、もう何年もふれていないわ。家を出るずっと前から」

藍子が陽一の口にキスをした。舌を差し入れてくる。陽一も舌を擦りつけて応じ、唾液を行き来させた。二人分の唾液を、藍子は当然のように啜り呑んだ。

「出していい？」

口が離れると陽一は告げた。藍子が発情していたように、陽一も異常な状況に昂っていた。射精感が近い。

「ください。注いで」

ゆらめかすような腰遣いが、ペニスを絞り込む大きなグラインドに変わる。陽一は呻き、藍子の腰を摑んだ。

「忘れないで。わたしはあなたの妻ですから」

「わかってるよ。藍子は僕のモノだよ」

「抱き締めて。陽一さん、わたしを離さないで」

女体をきつく抱き締め、陽一も腰を浮かせた。ズンと突き込んだ瞬間、快感が振り切れる。視界のなかが黄色に染まり、ペニスが律動した。精が尿道を通る度、放出の悦楽が腰から背筋に走った。

「ああっ、ミルク、まだこんなに濃い」

樹液を感じて、丸いヒップが震えていた。淫らに染まった美貌を見つめながら、陽一は残りの精を、膣奥に流し込んだ。

3

陽一は戸を開けて、浴場に入った。

「なんだ父さん、こっちにいたんだ。大浴場の方に行ったかと思った」

鷹夫が湯船に浸かっていた。部屋に備え付けの家族風呂は、露天風呂になっていた。

「あっちは団体客がお酒の匂いをさせて入ってくるから、ちょっと居心地悪くてね」

「あ、そうなんだ。ごめん」

「陽一のせいじゃないさ。気にしないでくれよ」

電車で一時間、一泊の温泉旅行だった。アルバイト代の残り全部を使い、家族三人の旅費、宿泊費を出したのは陽一だった。

「ママは?」

「ホテルのお土産コーナーをのぞいてからお風呂に入るって。会社の人に挨拶がてら、なにか渡すんだって」

引っ越しして二週間が経つ。陽一と藍子は狭いマンションから、広い一軒家の自宅へと戻った。陽一は自宅近くの公立校に転校し、藍子は勤務地を変えてもらった。今は複数の店舗を統括するエリアマネージャーとして働いている。

陽一も湯船に入った。遠い山並みに淡い赤い色が見えた。

「あれ、桜かな。梅かな」

「さあ。ママに聞けばわかるんじゃないか。ママ植物に詳しいから」

そう言うと鷹夫は気持ちよさそうに息を吐き、バシャバシャと湯で顔を洗った。

鷹夫はジェネリック薬品を研究する会社に、品質管理職として再就職した。以前に比べれば収入は減ったが、ストレスからは遠ざかったように見える。

「なあ陽一、ママに赤ちゃん出来たって知ってるか？」

のんびりとした口調で、父が切り出した。内心ドキッとしながら、陽一はうなずいた。

「知っているけれど、父さんはいいの？」

藍子と鷹夫、二人の間に長年肉体関係がないことを陽一は知っている。父は過度のアルコール摂取の影響で、勃起不全の症状が出ていた。

「そうか。陽一も知ってるのか。ママが生みたいって言うんだから、わたしはなにも言うことはないよ。赤ちゃんが無事に生まれたら、かわいがってやってくれ」

「相手の男性のこと、聞かなくて平気なんだ」

藍子が陽一となした子を、鷹夫は自分の子として認知し、育てることになる。

「関係はとっくに切れているみたいだからな。ママが休日に出かけることはないし、仕事が終わればまっすぐ帰ってくる。ママも相手のことを言いたそうではないから、無理に聞くこともないかと――」

脱衣室の方に人影が見え、父が話すのをやめた。

「あら。一緒なのね」

入ってきたのは藍子だった。髪をくるっと頭の上で団子にし、タオルで前を隠しながら、からんの前に移動した。母の秘園には、翳りがない。陽一が剃刀ですべて剃り落とした。母が無毛になったことに、父が気づいているのかはわからない。

藍子が身体を洗ってから、湯船に入ってきた。スーと陽一の隣に来る。

「いい湯ね。ありがとう陽くん」

陽一を見て、藍子がにこっと笑んだ。

「ママの栄転と、父さんの就職祝いだから」

陽一は湯のなかで母の手を取る。陰茎を握らせた。ピクッと母の肩が動き、細指を巻き付け、ゆるやかに擦り立てる。湯は白く濁っていた。水面下の行為は見えない。

「陽一が温泉旅行までプレゼントしてくれるとはな。筋肉も付いて、ずいぶん頼もしくなったようだし。転校したばっかりだけど、陽一はずいぶんともてるだろ」

「それなりに。ラブレターとかはまだいいんだけど、お弁当を作ってきて、食べてくださいってやつが、一番困るかな……っっ」

息子の自慢をなじるように、母の手がペニスに爪を立ててきた。

「そういうお弁当ってさ、たいていいまいちなんだよね。僕はママの料理に慣れているから。ママのお弁当が一番だよ」

「あら」

藍子が頬を染めて俯く。陽一は藍子の下半身に手を伸ばした。股間にふれると、藍子は弄りやすいように足を開いた。幼い少女のようになった恥丘は、すべすべとなめらかだった。毛がないためクリトリスはすぐに見つかる。肉芽をやさしく撫でつけると、藍子もペニスをさわる手の下にもう一つの手を潜り込ませ、陰嚢を揉み込んできた。

「あーあ、そろそろわたしは上がるよ。のぼせそうだ。陽一はあの花がなんなのか、ママに聞いておいてくれな」

父が湯船から上がり、脱衣室へと戻った。藍子がすぐに陽一の口にチュッとキスをした。陽一は母の乳房を摑んで揉んだ。湯で肌はつるつるになり、陽一の指はなめらかにすべって、膨らみに沈み込む。

「強くしちゃだめよ。鷹夫さんがまだそこに」

藍子が唇を噛んで、嗚咽を耐えていた。情欲の気配を醸しながら、それでも湯のなかの女の指は、ペニスをしっかり握って離さない。

「ママのおっぱい。また大きくなった？　妊娠したからかな」

「この前、新しいスーツを仕立てる時に採寸してもらったら、トップが九十九センチになっていたのよ。妊娠よりあなたがいっぱい揉むからでしょう……。あとちょっとで三桁よ。三桁なんて、太っている人みたいじゃないの……あんッ」

乳頭をつままれ、藍子が色っぽく呻く。睫毛を震わせ、悩ましい目で陽一を見た。

「鷹夫さんが行くまで待ちなさい。……今、鷹夫さんの言っていた花ってなんのこと？」

「向こうの山の方に見える、あの赤いの。なんだろうって」

「どこ？」

陽一の視線を追って、藍子が背を向けた。見当たらないのか腰を浮かせる。ゆたかなヒップが陽一の前に現れ出た。陽一もそーっと立ち上がって勃起を握った。

狙いを定めて一気に貫いた。女の背肌がきゅっと反り、手は湯船の縁の岩にしがみつく。

「あっ、うん、いきなり」

藍子はよがり声を必死に耐える。陽一は二回、三回と潤った女肉を突き刺して、引き抜いた。呆気なく終わった抜き差しに、藍子が物足りなそうな相で陽一を振り返った。

「赤ちゃんに影響があると困るから。ママ、ローション持ってるよね」

「ええ。ポーチのなかの小瓶に」

陽一は、母の持ち込んだシャンプーやコンディショナーの入ったポーチを取り、小瓶を取り出した。蓋を外して、ねっとりとした中身の液を、藍子の尻穴にたっぷり塗り込める。藍子は準備が整うのを、双臀を差し出した姿勢でおとなしく待っていた。

「なかはきれいにしてありますから」

尻穴愛撫を受ける前に、母は浣腸を使って腸内をきれいにする習慣になっていた。

挿入前に陽一は振り返って確認した。脱衣室に人影はない。ローションを己の勃起にも塗り、母のかわいらしい窄まりにあてがった。

「いくよ」

「きて、陽一さん」

　腰を進める。亀頭に押されて、窄まりが伸び広がった。ローション液の潤滑が関門の負荷を軽減し、じりじりと亀頭が沈んでいく。

「ああうっ」

　藍子が懸命に息を吐いて、身体の力を抜く。やがて野太い勃起は、ヌルンとすべって、肛孔につきたてられた。

「入ったよ」

　亀頭がくぐると、あとはなめらかに付け根の方まで呑み込んだ。

「あ、ああんッ、ママのバージン、いかがですか？」

「気持ちいいよ。ママは？」

　陽一は馴染ませるように、ゆっくりと出し入れを行った。膣とは異なる挿入感と、抽送の摩擦感だった。特に入り口の絞りは桁違いだった。

「いいの。気持ちいいわッ」

　藍子は演技ではない、恍惚の反応を示していた。湯気の当たる肌は朱色に染まり、歓喜の汗が噴き出していた。藍子の裸身からこぼれる甘い女の匂いを、陽一の鼻は嗅ぎ取った。

「時間を掛けて、開発してあげたものね」

陽一が繰り込みを速くする。まとめてあった髪が崩れて、毛先が湯のなかに落ちた。

指や舌、スティック状の淫具、ローター、今日に至るまで丹念な愛撫を受け続けた母の肛穴だった。細身のバイブでアナルアクメに達することもあった。

「今夜は陽一さんのオチン×ンで、藍子のお尻、たっぷり躾けてください」

陽一がうなずき、深刺しする。むっちり張った臀丘がビクンと震えた。

父は睡眠時、睡眠導入剤を服用していた。引っ越した夜から、鷹夫が寝入ったのを確認して、藍子と陽一は一つのベッドで寝ていた。自宅に戻っても、夫婦生活は変わらずに続いていた。それは温泉宿に来ても同じだった。恋慕に染まった互いの身体と心が、狂おしく求め合う。

「藍子のお尻のなかに出すね」

「ええ。陽一さんのミルク、呑ませて」

とどめを与える前に、陽一は藍子のお腹をやさしくなでさすった。二人の愛の結晶がそこに宿っている。

「藍子、イケッ」

「イクッ、藍子、お尻でイッちゃう」

陽一は丸いヒップに指を食い込ませた。露天風呂のなかで湯を弾かせ、肛穴を貫く。藍子は可憐に哭いて、ペニスを食い絞ってくる。陽一はこみ上げる幸福感のなか、かつて母であった女の臀丘に、熱い樹液を流し込んだ。


（完）

本作は『新しい母【三十四歳】』『ふたり暮らし【義母と甘えん坊な僕】』
（フランス書院文庫）を再構成し、刊行した。

フランス書院文庫X

新《あたら》しい母《はは》【花《か》穂《ほ》子《こ》と藍《あい》子《こ》】

著　者　神瀬知巳（かみせ・ともみ）
発行所　株式会社フランス書院
〒102-0072　東京都千代田区飯田橋3-3-1
https://www.france.jp
印　刷　誠宏印刷
製　本　若林製本工場

ISBN978-4-8296-7947-0 C0193

フランス書院文庫X　偶数月10日頃発売

借り腹妻【柚希と里佳】　御前零士
既婚を隠して、レンタル彼女のバイトをした柚希。クズ男に自宅を突き止められ、関係を結ばされる。一度のセックスで弱みを握られ、性の蟻地獄へ…。

人妻と誘拐犯【特別版】　結城彩雨
「欲しいのは金じゃねぇ。奥さんの体だよ」豊満な肉体を前に舌なめずりをする誘拐犯。大量の浣腸液を注がれ、人妻としての理性は崩壊寸前に…。

奴隷職員室【女教師・真由と涼子】　夢野乱月
教育への情熱みなぎる22歳の新任女教師・真由。怜悧な美貌と武道に秀でた気丈な牝豹教師・涼子。学園で華を競う二人の聖職者が同僚教師の罠に！

青春の肉檻【女子剣道部&女子弓道部】　甲斐冬馬
「もうやめて、何度辱めたら気が済むの？」教え子が見守る中、悪魔コーチに尻を貫かれる顧問女教師。紺袴をまとった女は穢される宿命にある！

【新版】華と悪魔　奴隷未亡人と哀姉妹　藤崎　玲
（あなた、許して……彩子はもう牝に堕ちます）凄艶な色気を漂わせる27歳の白い柔肌は、未亡人と呼ぶには若すぎ、喪服で隠すには惜しかった！

【新版】先生の奥さんは僕の奴隷　麻実克人
「だめ！　もう少しで夫が学校から帰ってくるわ」哀願の声を無視して続く若さに任せた律動。三十歳の美しき人妻が堕ちる不貞という名の蟻地獄！

【傑作選】人妻美囚市場　綺羅　光
「ふざけないで！　誰があなたの奴隷なんかに…」地下の牢獄で、自宅のリビングで、夫の目の前で、壮絶な性拷問を受け、マゾ性を暴かれる人妻たち。